U0928143

格律诗新探

唐人引以为豪的当时体

◎竺士元 著

ZHEJIANG UNIVERSITY PRESS
浙江大学出版社

图书在版编目(CIP)数据

格律诗新探／竺士元著. —杭州:浙江大学出版社,2013.1(2013.8重印)
ISBN 978-7-308-10838-6

Ⅰ.①格… Ⅱ.①竺… Ⅲ.①格律诗—诗歌研究—中国 Ⅳ.①I207.22

中国版本图书馆CIP数据核字(2012)第276989号

格律诗新探
竺士元 著

责任编辑 胡 畔 llpp_lp@163.com
封面设计 十木米
出版发行 浙江大学出版社
(杭州市天目山路148号 邮政编码310007)
(网址:http://www.zjupress.com)
排　　版 杭州中大图文设计有限公司
印　　刷 杭州丰源印刷有限公司
开　　本 710mm×1000mm 1/16
印　　张 19
字　　数 355千
版 印 次 2013年1月第1版 2013年8月第2次印刷
书　　号 ISBN 978-7-308-10838-6
定　　价 32.00元

目　　录

自　序

提起中国人引以为自豪的唐诗，几乎家喻户晓。但是，问及唐诗的主流诗体是什么，那就未必人人皆知了。其实，唐诗的主流诗体就是格律诗。

格律诗，又称律诗、近体诗、今体诗，是中国古代诗歌诸诗体之一，渊博高雅，源流绵邈。

下棋，各种棋有各种规则；打球，不同球有不同规则。格律诗也如此，它在字数、句数、节奏、押韵、平仄、对粘、对仗等方面都有严谨的规则，从而产生押韵回环美、平仄音乐美、对仗均衡美、语言形象美、抒情意境美等和谐流畅的感觉，给人美的享受，具有独特的艺术魅力，堪称祖国文学宝库中的瑰宝。

古人和今人都自觉地把文学视为独立存在的事物，当做宝贵的精神财富，将它的作用提升到重要的高度，令我印象深刻的有以下二例。

其一，古人曹丕说："盖文章经国之大业，不朽之盛事。年寿有时而尽，荣乐止乎其身，二者必至之常期，未若文章之无穷。是以古之作者，寄身于翰墨，见意于篇籍，不假良史之辞，不托飞驰之势，而声名自传于后。"（曹丕：《典论·论文》）

曹丕这里说的"文章"即指文学，在中国他第一次把文、史、哲加以区别，提出"奏议宜雅，书论宜理，铭诔尚实，诗赋欲丽"四种文体的不同要求，着重指出了文学本身具有不朽的价值，独立存在，并非经学的附庸。至于何谓"不朽"？鲁国史官左丘明《左传·襄公二十四年》最早提出了这样的观点："太上有立德，其次有立功，其次有立言。虽久不废，此之谓不朽。"用王充的话说："口言以明志，言恐灭遗，故著之文字。"（王充：《论衡·自纪》）这就说明了立言著之文学的文章功用与价值在当时早已确立。

其二，今人陈香梅，她作为"二战"抗日英雄陈纳德将军的遗孀、美国国际委员会主席，于 2006 年 3 月在上海的一次演讲中说："我是通过写作和演讲进入美国政界的，深感政治浮沉，转瞬即逝，唯有文学经典才能流芳百世，因此对养育了我的中国传统文化抱有深深的感激之怀。"（陈香梅：《中国传统文化与中国的发展》）

以上二例，提示了既具内容实质又显文采斐然的中国文学的不朽价值远超在历史长河中转瞬即逝的人的年寿与荣乐。文章誉望，概由后人点评，诸如李杜诗篇、李斯《谏逐客书》、陶渊明《桃花源记》、丘迟《与陈伯之书》、王勃《滕王阁序》、范仲淹《岳阳楼记》等经典名篇，千古传诵，含英咀华，滋润心田，不仅饮誉当时，且能流芳后世，其强大之生命力，谁能与之相颉颃？

我少小时对诗歌与骈散文感兴趣，对格律诗尤感兴趣，因它是一种具有严谨规则的诗体，仿佛在向每一个初学者挑战，而"初生之犊不怕虎"的我，却倔强地敢于应战。刚读初中时，我于课外进行自学，《诗词入门》、《诗韵集成》、《古诗十九首》、《唐诗三百首》等成了我的必备读物。经过几年时间琢磨，居然对写格律诗的艺术技巧懂点皮毛，小有收获。

我的一生也许跟古代诗歌结下了不解之缘，业余时间会经常逛书店淘书，阅读与探索成为寻常事，因而在这方面逐渐有了一点长进。所幸的是，我基本上一直生活在国际性大都市上海，书店林立，文化氛围浓郁，能有较多的机会接触到各种文学类的书籍。同时，也得益于个人没有打牌、麻将、跳舞等爱好，可以挤出时间，学海无涯甘作舟。我在二十五岁那年写了一首七言律诗，曾被当时上海著名媒体《新闻报》采用发表，更增强了我自学的信心，并坚认无论是师承或自学都应秉承这样的中华传统理念："合抱之木，生于毫末。九层之台，起于累土。千里之行，始于足下。"（老子：《德经·第六十四章》）

"日月逝于上，体貌衰于下，忽然与万物迁化，斯志士之大痛也。"（曹丕：《典论·论文》），我以笨鸟自况，总想把这段重寸阴的古训当做座右铭来自勉，但也难以完全实践。

蜂采百花酿蜜，令我神往。退休后，我的自学时间比较多了，在汲取、总结、梳理前贤研究的基础上，取其精华，融化剪裁，结合个人学习领悟，提出自己的一得之见进行再创作，用十年时间断断续续地编著了这本书；在编排上则力求采用独立成章和有机整体结合的互现法。之所以把它定名为《格律诗新探》，主要原因有三：（一）由于本人长期利用业余时间自学，深感祖国古代诗歌发展历史中的相关典籍，卷帙浩繁，即使殚精竭虑，皓首穷经，亦不能尽其极，仍要博采众长不断探索，此正印证了中华传统文化之精深微妙，研究空间广阔，离开了它就会成为无本之木，无源之水。（二）唐人视格律诗为本朝诗体，故又称今体诗，体现了它是唐诗的主流诗体，且也是探索中华民族悠久历史和灿烂文明的重要津梁之一。作为炎黄子孙理应自豪并须努力整理发掘，爱护弘扬，以告慰于民族祖先。（三）自 19 世纪下半叶开始，汉诗通过英译，真正迈出国门，走向世界，进行跨文化交流，让世界了解中国，认识中国。格律诗作为唐诗的主流诗体走向世界，更有必要对英译匡谬，精益求精，进行深入的研究和探索。

总之，对格律诗内涵和外延的继续深化、广泛探索，即是我尝试撰述这本学术专著的初衷。

“为世用者百篇无害，不为用者一章无补。”我不避智浅才疏，贻笑大方，旨在瓦釜待黄钟，谅远见群贤不以为嗤也。又思学识鲜见，纰缪颇多，世道必进，后胜于今，借此求正于广大读者与海内外专家学者，希不吝赐教，俾便修订舛误，不断完善，为弘扬中华传统文化而略尽绵薄之力。是为序。

竺士元

2012年暮春于上海

第一章　构成旧体诗的四大诗体

诗歌，作为中华民族优秀传统文化之一，博大精深，源远流长。

自反映先秦周代社会生活的《诗经》起，直至晚清，我国古典诗歌的发展经历了约三千年的悠久历史，诗体也相应发生了变化。在这一漫长历史时期产生的所有体裁的诗歌，可以统称为“旧体诗”，以区别于“五四”后的“新体诗”。现在根据古典诗歌体裁的发展与流变，择要简述如下。

旧体诗主要可分为古体诗、骚体诗、乐府诗、近体诗，这就是构成旧体诗的四大诗体。

第一节　古体诗

以四言为主的《诗经》是我国最早的一部诗歌总集，其中《商颂》的《那》是年代最古老的纯粹四言诗，而许多周代民歌也都保存在这部总集的《国风》和《小雅》里。《诗经》绝大部分都押韵，尤其是民歌，格律自由灵活，语言古朴明快，众多优秀诗篇迄今传诵不衰。

在《诗经》的影响下，两汉魏晋诗歌的发展以五言为主，《古诗十九首》标志着我国文学史上文人五言诗进入成熟阶段，如第二首《青青河畔草》一连用了“青青”、“郁郁”、“盈盈”、“皎皎”、“娥娥”、“纤纤”六个叠音词，十分自然贴切。另外，东汉末的五言叙事诗《孔雀东南飞》竟有 357 句，1785 字，是五言鸿篇巨制的代表作，与此前后交相辉映的则推以五言为主的北朝《木兰诗》。迨及建安，更是文人诗歌的大发展时期，用刘勰的话说：“暨建安之初，五言腾踊。”（刘勰：《文心雕龙·明诗》）

由于唐代及以后所作古诗均以五言或七言为主，故古体诗只指五古与七古。唐时，五言古风较普遍，次者为七言古风，杂言古风则较少。五言古风如李白《月下独酌》，隔句押韵，前八句是“亲”、“人”、“身”、“春”，押的是平声“真”韵，后六句是“乱”、“散”、“汉”，换了去声“翰”韵。七言古风如杜甫《古柏行》，前八句是“柏”、“石”、“尺”、“惜”、“白”，押的是入声“陌”韵；中间八句是“宫”、“空”、

“风”、“功”，换成平声“东”韵；后八句是“重”、“送”、“凤”、“用”，又换用平声“冬”韵与去声“送”、“宋”韵，可见换韵通押之宽松。李白《梦游天姥吟留别》是一首杂言古风，有四、五、六、七、九言，但以七言为主，仍属七言古风。又因古诗、古风同属古体诗范畴，所以上述五言古风、七言古风也可称五言古诗、七言古诗。

古体诗大体上具有以下八个特征。

(1)篇幅可长可短，不受限制；句数可奇数，也可偶数。

(2)篇章内可杂言，以五言为主的属五言古诗，以七言为主的属七言古诗。

(3)韵脚可押平韵，也可押仄韵，一般还可押邻韵。

(4)重韵不忌，允许每句押韵，也可逢三句押韵或四句押韵。

(5)可以一韵到底，也可中间换韵。

(6)押平韵的古风，尾句多用三平调，显示高古格调。

(7)没有平仄交替规定，更无对粘限制；对仗可用可不用，也可对半句。

(8)初唐近体诗定型后，模仿并兼备某些特点的古风，称“入律古风”。

第二节 骚体诗

《离骚》是伟大的爱国主义诗人屈原最光辉的作品，约写于楚怀王后期，其他的按王逸《楚辞章句》篇目排列为《九歌》、《天问》、《九章》、《远游》、《卜居》、《渔父》，与其弟子宋玉及以后的贾谊、东方朔、王褒、刘向、王逸等人的骚体作品都是构成《楚辞》的组成部分。

《离骚》是植根于楚地民歌并在其基础上发展而成的诗体，也称《离骚经》，它的中心思想体现在“离，别也。骚，愁也。经，径也。言已放逐离别，中心愁思，犹依道径，以风谏君也”。

骚体诗具有以下五个特征。

(1)篇幅长短不受限制。

(2)句式上，突破了《诗经》以四言为主，大都用五、六、七、八言，以七言居多，也有九、十言的，《离骚》七言达 170 余句，显得更加自由灵活。

(3)多用语助词“兮”，虽是古汉语虚词，却表现出楚地方言土语的通俗性，使诗人更易表达感情及调节诗歌的节奏。

(4)韵脚富于变化，平韵仄韵都押，在《离骚》中用上了“裳”、“芳”、“荒”、“章”、“常”等隔句阳韵，和谐动听，如“集芙蓉以为裳”、“苟余情其信芳”、“长余佩之陆离”、“将往观乎四荒”、“芳菲菲其弥章”、“余独好修以为常”。

(5)善于把大量的神话故事融入其间，使得情节奇异，风格特殊，比喻优美，凸显出很高的浪漫主义艺术成就，其浪漫激越的文风，深刻影响了后世大批诗人的创作思路和意境格调的开拓，如唐代的李白、李贺、李商隐等人，直至晚清，影响深远。《离骚》是骚体诗的奠基石，雄奇瑰丽的骚体诗树立了浪漫主义诗篇的榜样，实开中国文学史上之先河。

第三节　乐府诗

汉惠帝时命夏侯宽为乐府令，只限祭祀与娱乐用。至汉武帝刘彻大规模扩充并创立了专门主管音乐的行政机构，“乐府”才首次正式出现，亦即“暨武帝崇礼，始立乐府，总赵代之音，撮齐楚之气”（刘勰：《文心雕龙·乐府》）。这个乐府官署掌管宫廷、巡行、祭祀用的音乐，并采各地民歌配以乐曲并加以演奏，以致乐府成立前的配乐歌诗和后来文人模仿乐府的诗歌都被称为“乐府诗”，乐府官署名从此习惯与转称为诗体名了。诚如顾亭林《日知录》所说：“乐府是官署之名……后人乃以乐府所采之诗即名之曰乐府。”于是，“乐府诗”也顺理成章成为文学史上的一种诗体。

至于乐府诗的分类，众说纷纭，但以能展现历代乐府诗之完整风貌者，应推宋郭茂倩穷其毕生心血所编纂的《乐府诗集》为佳。

以《蜀道难》为例，《乐府诗集·相和歌辞》中共收七首，其中：梁简文帝二首，全是五言；刘孝威二首，五、七言各一首；陈阴铿一首，五言；唐张文琮一首，五言；李白一首，杂言。李白这首名篇，以“噫吁戏”三个感叹词开始，中间杂以四、五、七、九言，甚至有“嗟尔远道之人胡为乎来哉！”包括叹词、语助词在内十一字的诗句，最后以“侧身西望长咨嗟！”含叹词的七字句结尾。

《乐府诗集》共划分为十二类：(1)郊庙歌辞；(2)燕射歌辞；(3)鼓吹曲辞；(4)横吹曲辞；(5)相和歌辞；(6)清商曲辞；(7)舞曲歌辞；(8)琴曲歌辞；(9)杂曲歌辞；(10)近代曲辞；(11)杂歌谣辞；(12)新乐府辞。

其中“鼓吹”、“横吹”、“相和”、“清商”、“杂曲”五类基本源于民间，“感于哀乐，缘事而发”，反映了乐府诗的精华所在；而“新乐府”则源于以元稹、白居易为首倡导“即事名篇，无复依傍”的“新乐府运动”，它继承、发展了杜甫的现实主义创作道路，不袭用乐府旧题，不入乐，采用新题，体制上和古乐府大不相同，因此，这一时期可以说是乐府诗创作的辉煌时期。晚唐皮日休又继承中唐元、白的这一精神，把自己所作的十首乐府诗冠名为“正乐府”，有取乐府诗“正统”之意。以上各种入乐的歌诗（含传唱于民间的“常乐”与奏唱于官府的“官乐”）以及不入乐的诗歌都被收集在内容庞大丰富的《乐府诗集》内。

汉魏乐府诗中多有题名为“歌”、“行”、“歌行”体裁的诗歌，如刘邦的《大风歌》、《鸿鹄歌》；曹操的《蒿里行》、《苦寒行》、《短歌行》等，都以四言、五言、七言为主，而最早一韵到底的七言“歌行”则为曹丕的《燕歌行》。到了南朝，梁元帝萧绎突破了这一逐句押平声韵的柏梁体，用七言转韵的《燕歌行》来替代。萧绎的《燕歌行》共二十二句，开头六句的韵脚是“多”、“歌”、“蛾”、“河”，押平声歌韵；第七句至第十句是“营”、“生”、“更”，押平声庚韵；第十一句至第十四句是“别”、“节”、“结”，押入声屑韵；第十五句至第十八句是“开”、“台”、“杯”，押平声灰韵；最后四句是“雌”、“离”、“垂”，押平声支韵。这种平仄韵转换互押的新生诗体，开唐代七言歌行之滥觞。随着格律诗（近体诗）在初唐的成熟定型，乐府诗也自然而然地带有这方面的明显痕迹，直至晚清，余响不绝，如龚自珍的《西郊落花歌》、魏源的《天台石梁雨后观瀑歌》、梁启超的《去国行》、秋瑾的《宝刀歌》等拟乐府歌行体诗歌。龚自珍《西郊落花歌》的开头四句：“西郊落花天下奇，古来但赋伤春诗。西郊车马一朝尽，定庵先生沽酒来赏之。”既是仿乐府歌行体的写景抒情，又带有浓郁格律诗之味；魏源《天台石梁雨后观瀑歌》则是在平仄韵转换互押中透露出夸张手法和神奇想象；梁启超《去国行》中的一句诗“不然高山蒲生象山松荫之间占一席”竟长达十五字；秋瑾《宝刀歌》共四十四句，不仅运用历史典故，平仄韵转换，并渗入律诗格调，末后以《楚辞》中九死不悔的铁骨精神，大声疾呼：“铸造出千柄万柄宝刀兮，澄清神州。”其热爱祖国，眷恋华夏，以身相殉的伟大爱国精神，溢于言表。

综观上述，我们可以看出乐府诗的特征：采用三、四、五、七乃至多言，长短不拘，以五言、七言为主，字数、句数、平仄、押韵均不限，平仄韵可交替使用；以叙事诗为传统，抒情诗为骨干；尤其是新乐府诗，语言质朴，朗朗上口，能起到诗史的镜子作用，在中国文学史上功不可没。至于汉乐府中未经润色的民间歌谣，胡应麟在《诗薮》中有过很高的评价，他说：“汉乐府歌谣，采摭闾阎，非由润色，然质而不俚，浅而能深，近而能远，天下至文，靡以过之。”

当然，古体诗和乐府诗都受《诗经》、《楚辞》的影响，渊源相同，两者皆有互补性，有时难分伯仲。不过，汉乐府民歌和新乐府诗在思想上较之古体诗更贴近生活，这是不言而喻的。特别是新乐府诗继承、发展了伟大诗人杜甫的现实主义创作道路。白居易的作品语言通俗，音韵优美，易记易诵，以致“二十年间，禁省、观寺、邮候墙壁之上无不书；王公、妾妇、牛童、马走之口无不道；至于缮写模勒，衒卖于市井，或持之以交酒茗者，处处皆是”（元稹：《白氏长庆集序》）。其盛况空前，毋庸讳言。

第四节　近体诗

近体诗，也称“今体诗”或“格律诗”、“律诗”，这种诗体由于在字数、句数、节奏、押韵、平仄、对粘、对仗等方面都有严谨的规定，所以更显示出独特的听觉上的回环美、音乐美和视觉上的对称美。近体诗包括五律、七律、五绝、七绝、排律等。

值得指出的是，“近体诗”的“近”是唐人站在自己时代立场上对古体诗而言，故不能与当今“新体诗”相混淆。明徐师曾说：“律诗者，梁陈以下声律对偶之诗也……梁陈诸家，渐多俪句，虽名古诗，实堕律体。唐兴，沈宋之流，研练精切，稳顺声势，号为律诗。”（徐师曾：《文体明辨·近体律诗》）可见，“近体诗”与“格律诗”虽属同一概念，但相隔已一千多年，时至今日，还是以“格律诗”称谓为宜。

格律诗源于六朝，成熟定型于初唐，得益于《诗经》、《楚辞》良多。比如周代民歌已经用上了叠音词：“青青子衿，悠悠我心。”（《国风·子衿》）“风雨凄凄，鸡鸣喈喈。”（《国风·风雨》）也用上了联绵词：“窈窕淑女，君子好逑。”（《国风·关雎》）“陟彼崔嵬，我马虺隤。”（《国风·卷耳》）甚至用上了叠音词兼隔句对：“昔我往矣，杨柳依依。今我来思，雨雪霏霏。”（《小雅·采薇》）等等。《楚辞》提供的押韵，如前所述；对仗方面如“惟草木之零落兮，恐美人之迟暮。”去掉虚词“兮”与“之”，以“惟草木零落”对“恐美人迟暮”；“朝饮木兰之坠露兮，夕餐秋菊之落英。”同样如此，成为“朝饮木兰坠露”对“夕餐秋菊落英”……可见俪句已露，这些都为格律诗提供了初始之丰富营养。

南朝齐武帝（萧赜）永明年间（483—493），沈约、谢朓、王融、周颙等人提倡音韵理论，讲究“四声八病”。“四声”指平、上、去、入；“八病”指平头、上尾、蜂腰、鹤膝、大韵、小韵、旁纽、正纽。除声律外，又追求对偶、用典，这种新体诗就是“永明体”，也是格律诗的先驱。此诗体形成于永明，流行于齐梁，加上诸帝均为文学爱好者，“上有所好，下必甚焉”，致使王公缙绅、膏腴子弟“终朝点缀，分夜呻吟”，盛极一时。至初唐，在唐太宗带头写格律诗下，又经过许多诗人的创作实践，最后到沈佺期、宋之问手中成熟定型。《新唐书·文艺传》有这样一段记载：“魏建安后迄江左，诗律屡变。至沈约、庾信，以音韵相婉附，属对精密。及宋之问、沈佺期，又加靡丽，回忌声病，约句准篇，如锦绣成文，学者宗之。”明王世贞在《艺苑卮言》中也说：“五言律，六朝阴铿、何逊、庾信已开其体，但至沈宋，始可称律。”其间，初唐四杰实功不可没。王勃、杨炯擅长五言律诗；卢照邻、骆宾王以七言歌行见长。他们的作品“诗律精严，文辞雄放”，杜甫《戏为六绝句》曾说：“王杨卢骆当时体”，热情讴歌、肯定了这四人的历史功绩。一言以蔽之，格律诗经过许多诗人、学者的殚精竭虑，又经过唐太宗的翰墨垂范，历二百多年的不断发展，始臻完善。

关于写古体诗与格律诗孰难孰易的问题，清袁枚《随园诗话》曾作如下一番论述：“作古体诗，极迟不过两日，可得佳构；作近体诗，或竟十日不成一首。何也？盖古体地位宽余，可使才气卷轴；而近体之妙，须不着一字，自得风流，天籁不来，人力亦无如何。今人动轻近体，而重古风，盖于此道，未得甘苦者也。”可供参考。

格律诗的诗体特征和种种规定，以后各章均有详述。

第二章　唐太宗翰墨垂范推动了格律诗的繁荣发展

有严谨规则的格律诗成熟定型于初唐后期，极盛于全唐，直至晚清历久不衰。格律诗又称“今体诗”，唐人当时视为本朝诗体，以区别于以往的“古体诗”。不同体裁的唐诗能在中国文学史上展现出一个空前光辉繁荣的时代，是和唐太宗在位二十三年的“贞观之治”分不开的，也是与唐太宗本人重视、提倡、支持文学分不开的。前者是物质基础的奠定，后者是精神力量的振发。

从唐太宗到唐中宗、武则天、唐玄宗都爱好文学，吟诗作赋，开办文学馆、弘文馆，实行“声律取士”政策，招揽人才，促使唐代文学全面繁荣发展，唐太宗应推第一人。

唐太宗既是政治家、军事家，也是一位诗人。他身体力行，翰墨垂范，其作品经过古籍整理、搜寻、发掘（包括地下考古发掘），据学者吴云、冀宇《唐太宗全集校注》（天津古籍出版社 2004 年版），迄今计有诗 110 首、赋 5 篇、论文 25 篇、文告（诏、制、册文、玺书等）439 篇。其中，《帝京篇十首并序》、《饮马长城窟行》、《还陕述怀》、《执契静三边》、《入潼关》、《正日临朝》、《幸武功庆善宫》、《出猎》、《经破薛举战地》、《冬狩》、《春日望海》等诗文，都对唐诗的兴盛有一定影响。清康熙四十五年（1706）《全唐诗》成书，康熙帝在序中称：“得诗四万八千九百余首，凡二千二百余人。”据不完全统计，书中的五言律诗有一万五千余首，七言律诗有九千余首，两者相加就占了“半壁江山”，再把五言绝句、七言绝句、五言排律、七言排律全部归纳起来，那么格律诗之多就远超其他诗体的诗歌了。由此也见证了格律诗在全唐繁荣发展数量之最、速度之快。格律诗是唐诗的主流诗体，已无悬念了。

唐太宗的 110 首诗作，基本上是五言古诗，这与格律诗作为一种新的诗体当时尚未完全成熟定型有关，但在这些诗作中已先达到格律诗规范的也有，如《帝京篇十首并序·其一》：

> 秦川雄帝宅，函谷壮皇居。绮殿千寻起，离宫百雉余。连甍遥接汉，飞观迥凌虚。云日隐层阙，风烟出绮疏。

这首诗的内容，与其说是篇首极写帝王居处宫阙的气势雄伟，毋宁说是透露出作者在序中所述的中心思想:“予追踪百王之末,驰心千载之下,慷慨怀古,想彼哲人。庶以尧舜之风,荡秦汉之弊;用咸英之曲,变烂漫之音,求之人情,不为难矣。故观文教于六经,阅武功于七德。”其中的“咸英之曲”是指传说中古代的“正乐”;“六经”则是指《诗》、《书》、《礼》、《乐》、《易》、《春秋》六部儒家经典著作,这些文章教化难道不都关联到对格律诗的首肯吗?

此诗的形式,属于首句不入韵的平起式五言律诗,隔句韵脚“居”、“余”、“虚”、“疏”,一韵到底,其他平仄、对粘、对仗等也都合乎规则。值得一提的是整首诗八句四对仗,讲究骈偶,很不容易做到。可见要完成这首诗作,对“少从戎旅,不暇读书,贞观以来,手不释卷”的唐太宗来说,得耗费多少心血是完全可以理解的。视此诗是他格律诗之力作,当属公允。

再如《五言咏棋二首·其二》:

治兵期制胜,裂地不邀勋。半死围中断,全生节外分。雁行分假翼,阵气本无云。玩此孙吴意,怡神静俗氛。

此诗勇气兼备,艺术技巧上也同样合乎格律诗的标准,且是一首除却尾联不对仗的三对仗五言律诗。

以上所举二例,《帝京篇十首并序·其一》约作于贞观二年(628),《五言咏棋二首·其二》在唐太宗全部诗作的后期。这些都比武则天统治时期的沈佺期、宋之问的格律诗完全成熟定型要早出数十年。在唐朝天下初定后的创始阶段,唐太宗亲自带头写格律诗,无疑是鼓励天下臣民写格律诗,为繁荣唐诗,促进文学与文化建设起到了示范作用。加上他领导下的全国,出现了社会安定,政治清明,经济发展,人口增加,崇尚节俭,民族和睦等等的一片繁荣兴旺景象,使得格律诗能顺应历史发展而如鱼得水。

七言诗的诞生要晚于五言诗,唐太宗的全部诗作中,只有三首七言诗:《饯中书侍郎来济》属七言古诗;《两仪殿赋柏梁体》属七言柏梁体;《送魏徵灵座》是唯一的一首七言绝句,诗曰:“劲筱逢霜摧美质,台星失位夭良臣。唯当掩泣云台上,空对余形无复人。”唐太宗痛失良相魏徵,悲伤不已,“望哭尽哀”,并为之亲书碑文及挽歌词,这首诗写得情真意切,是一首一对仗的七绝,诗中虽有“三平调”诗艺之弊,但在该时当可理解。

“贞观之治”结束后,诗坛上出现了“初唐四杰”,王勃、杨炯擅长五言律诗,卢照邻、骆宾王擅长七言歌行,大诗人杜甫称之为“当时体”,加之日后不断涌现出来的各具风格的大家,绝非偶然,都与唐太宗对诗歌的提倡密切相关,尤其是对武则天时期的沈佺期、宋之问为律诗的完全成熟定型起到了催生作用。

唐太宗虽然“少尚威武,不精学业”,然而他高瞻远瞩,在战争尚未完全结束之际,就将目光转向文化建设方面。据《旧唐书·太宗本纪上》载:“于时海内渐平，太宗乃锐意经籍，开文学馆以待四方之士。行台司勋郎中杜如晦等十有八人为学士。”他的《置文馆学士教》如是说：“引礼度而成典则，畅文词而咏风雅，优游幕府，是用嘉焉。”上述“风雅”乃泛指诗文，十八学士即指杜如晦、房玄龄、于志宁、苏世长、薛收、褚亮、姚思廉、陆德明、孔颖达等人。唐太宗延揽的天下文学之士，不乏带有齐梁诗风的前朝遗老，议论商榷也不限于以往朝代的政治得失，而是“高谈典籍，杂以文咏”，他对文化艺术兴趣愈浓，自己的诗歌创作当然受齐梁余波的影响也愈大。唐太宗曾创作过不少感时应景、吟风咏月的诗歌，或许因为他认为诗歌仅是娱情遣兴而与治道无关。

贞观二年(628)，唐太宗对侍官说：“古人云：‘君犹器也，人犹水也；方圆在于器，不在于水。’故尧、舜率天下以仁，而人从之；桀、纣率天下以暴，而人从之。下之所行，皆从上之所好。……朕今所好者，唯在尧、舜之道，周、孔之教，以为如鸟有翼，如鱼依水，失之必死，不可暂无耳。”(《贞观政要·卷六·慎所好》)唐太宗认为尧舜以仁义治天下，民风则淳厚；桀纣以暴虐治天下，民风则淡薄。他既持有尧舜的准则与周公、孔子的庙堂谋略来治国，写一些跟政教无关的风花雪月的东西也就不足为奇了。

唐太宗除了亲赋格律诗外，他的论文《陆机论》也是推动唐朝格律诗繁荣发展的重要因素之一，他对陆机的文才给予了极高的评价：“实荆、衡之杞梓，挺珪璋于秀实，驰英华于早年，风鉴澄爽，神情俊迈，文藻宏丽，独步当时，言论慷慨，冠乎终古。”唐太宗对陆机的德才也是推崇备至，曰：“其词深而雅，其意博而显，故足远超枚、马，高蹑王、刘，百代文宗，一人而已。”在唐太宗看来，陆机的文才远超西汉辞赋家枚乘和司马相如，也高于“建安七子”中的王粲与刘桢，“百代文宗，一人而已”。唐太宗为什么如此高度评价三百多年前的陆机呢？笔者认为主要有以下三条理由。

(一)陆机(261—303)，字士衡，出身名门，祖陆逊、父陆抗皆三国吴名将。陆机的诗作在内容与形式上曾名重一时，是太康诗风的代表人物，更有“太康之英”的美誉。

陆机讲究对偶，注重修辞，工于意象描绘，能以敏锐的感受增添诗歌的美感。孙绰曾评：“陆文若排沙简金，往往见宝。”(刘义庆：《世说新语·文学》)沈德潜则评：“士衡以名将之后，破国亡家，称情而言，必多哀怨，乃词旨敷浅，但工涂泽，复何贵乎？”(沈德潜：《古诗源》)后人对陆机诗作褒贬不一。

陆机《文赋》堪称中国文学史上首篇创作论，提出了与“诗言志”不同的“诗缘情而绮靡”的新观点，强调抒情。他说：“理扶质以立干，文垂条而结繁。”这是处理内容与形式的关系；“立片言而居要，乃一篇之警策，虽众辞之有条，必待兹而效绩。”辞藻虽丰，但要抓住主旨，警句即是体现主旨之处；“暨音声之迭代，若五色之相宣。”要加强作品的音乐性。南朝梁钟嵘把陆机诗归为上品,《诗品》评曰:“其源出于陈思。才高词赡,举体华美。气少于公干;文劣于仲宣。尚规矩,不贵绮错,有伤直致之奇。然其咀嚼英华,厌饫膏泽,文章之渊泉也。”钟嵘之评,用现代话来说是从“两点论”的角度出发的。

就形式而言,唐太宗诗歌讲究对偶,注重声律,其论文多为骈文,这些确能顺应诗歌历史发展的潮流。他的作品往往能抓住主旨,提纲挈领,突出警句,总揽全局,这与陆机《文赋》理论是一致的,可谓“英雄所见略同”。比如,《帝京篇十首·其二》:“韦编断仍续,缥帙舒还卷。”形象鲜明地表述了作者暂搁军政要务,在崇文馆勤奋读书;《帝京篇十首·其四》:“去兹郑卫声,雅音方可悦。”欣赏乐曲主张歌辞典雅纯正,力斥淫靡邪声;《帝京篇十首·其八》:“得志重寸阴,忘怀轻尺璧。”透露出作者得志观宴娱乐时,仍“不贵尺之璧,而重寸之阴”,李世民马上取天下,并不穷兵黩武,坚持武功文治两不偏废,凸显出“一代英主”的英雄本色。

《执契静三边》:“衣宵寝二难,食旰餐三惧。”在绥靖边疆时作者起早贪黑,食不定时,牢记孔子所言“明王有三惧”:“一曰处尊位而恐不闻其过;二曰得志而恐骄;三曰闻天下之至道而恐不能行。”《经破薛举战地》:“心随朗日高,志与秋霜洁。”作者路过旧战场,追叙战功,心情愉悦而仍坚持要心志高洁,不丧壮志。《入潼关》:“弃繻怀远志,封泥负壮情。”作者胸怀大志,极言义无反顾,奋力拒敌,以入关成就大业。以上可谓“立片言而居要,乃一篇之警策。”《赐萧瑀》:“疾风知劲草,板荡识诚臣。”上句是比喻句,下句虽泛指在社会动荡不安时能识别仁人志士,实际上是对萧瑀的称赞赏识。短短十字,不但是警句,还是流传千古的名句……类似诗例,在唐太宗作品中确实多见,再者,从以上举例中,我们也会发现诗歌音节铿锵、刚劲有力的艺术风格,这与陆机《文赋》所说的“暨音声之迭代,若五色之相宣”是相呼应的。

上述即是唐太宗从诗歌形式方面对陆机的肯定与推崇的依据之一。

(二)就诗歌内容而言,后人多认为陆机的诗歌大都内容贫瘠,思想平庸,缺乏空灵矫健之气,因而评价不高。当然,陆机诗歌也有内容充实、情辞并茂、感情真切的佳作。如《赴洛道中作》、《猛虎行》、《招隐诗》、《君子行》、《为顾彦先赠妇》等。唐太宗却见仁见智,认为陆氏于吴亡后离家投归司马氏,原拟施展宏图,未料兵败为司马颖所杀,为陆氏的仕途乖舛,未能在辅佐事业及文学上继续发挥才华而深表惋惜。为此,唐太宗在《陆机论》中评道:“不知世属未通,运钟方否,进不能辟昏匡乱,退不能屏迹全身,而奋力危邦,竭心庸主……”并将陆机、陆云兄弟俩遇害比做“穴碎双龙,巢倾两凤”。

另外,唐太宗谅必读过陆机《吊魏武帝文并序》一文,其中“厘三才之阙典,启天地之禁闱。举修纲之绝纪，纽大音之解徽。扫云物以贞观，要万涂而来归。丕大德以宏覆，援日月而齐晖。济元功于九有，固举世之所推。"（译意：厘清古代以天、地、人为三才的典章制度的缺陷，开启天地禁止通行的门闱；重振治国大纲中断了的纲纪，纠正礼乐不正的散乱音调；扫荡群雄割据以还天下清明太平，迫使各方的混乱局势结束而归顺中央；弘扬大德以普覆天地，让日月齐放光辉；完成头等大功于全国，则是举世所推崇的。）这段骈文内容，对雄才大略的唐太宗来说是大有裨益的，太宗对之颇为赞赏。

庾信《哀江南赋序》曾说："潘岳之文采，始述家风；陆机之辞赋，先陈世德。"唐太宗也有类似陆机颂扬祖先功德内容的《皇德颂》，称赞其父辈"勋迈高光"（功勋超越汉高祖刘邦和汉光武帝刘秀）、"配尧登唐"（可与帝尧陶唐氏相匹配）。

唐太宗得天下后实行任人唯贤政策来治理国家，尊重前贤，推崇陆机，完全合乎太宗本人古今心灵相通之内在情结，这在《帝范・求贤篇》中说得很清楚："明君旁求俊乂，博访英才，搜扬仄陋，不以卑而不用，不以辱而不尊。"唐太宗列举了历史上地位卑微的伊尹、吕尚、管仲、韩信等人仍被时人重用，陆机乃名将之后，唐太宗当格外重视。

唐太宗的武功文治，一生英雄业绩，绝非往时陆机所能比拟，因此他的诗歌思想内容也远胜其艺术形象。兹举例如下：《帝京篇十首・其十》："奉天竭诚敬，临民思惠养。"《正日临朝》："虽无舜禹迹，幸欣天地康。"《还陕述怀》："慨然抚长剑，济世岂邀名。"《春日玄武门宴群臣》："粤余君万国，还惭抚八埏。庶几保贞固，虚己厉求贤。"《出猎》："所为除民瘼，非是悦林丛。"《冬狩》："禽荒非所乐，抚辔更招忧。"《春日望海》："之罘思汉帝，碣石想秦皇。霓裳非本意，端拱且图王。"……唐太宗虽拥有帝王之尊，仍追慕舜禹功绩，济世也并非为了个人名声；宴群臣时自惭抚恤边防工作尚未做好，只有虚心求贤才能坚守正道；外出打猎是翦灭猛兽为民除害，并非寻求园林之乐；也没有像秦皇、汉武那样观海望山求仙，而是希冀一统天下后能治国安邦成就王业。他为国事忧心，处处不忘施惠于黎民的志愿，充溢于诗歌中的字里行间。其作品内容与其说难免有作秀过誉之处，不如说因"玄武门之变"带来的内心压力促使他进一步励精图治，更何况宫廷权力斗争在中国历史上不胜枚举。

后来，唐玄宗再创"开元盛世"，实源于政通人和的"贞观之治"的良好开局。可以引用《全唐诗》对唐太宗如下一段值得关注的评述："听朝之间，则与讨论典籍，杂以文咏。或日昃夜艾，未尝少怠。诗笔草隶，卓越前古。至于天文秀发，沈丽高朗，有唐三百年风雅之盛，帝实有以启之焉。"由于李世民重视、提倡文化建设事业于伊始，大唐近三百年天下的风雅之盛，不正是体现了其厚积薄发吗？

以上是唐太宗从诗文内容方面对陆机为人为文的肯定与推崇的依据之二。

(三)陆机的祖父陆逊,世江东大族,三国吴丞相,六十三岁卒。父陆抗,三国吴大司马、荆州牧,凤凰三年(274)卒,子陆晏、陆景、陆玄、陆机、陆云分领父兵。太安二年(303),成都王司马颖等讨伐长沙王司马乂,任陆机为后将军、河北大都督,陆机战败被杀,其弟陆云同时遇害。陆氏家风"忠义刚烈"兼"博学善政",陆机"伏膺儒术,非礼不动",为人"清厉有风格",陆云有"当今颜子"之称。

以李渊父子为首的关陇贵族集团于公元618年灭隋建唐,并吸取隋亡的教训,调整与改革了许多治国策略。李渊之父李昞仕隋,李渊袭封唐国公,与隋文帝杨坚既是君臣,又是连襟。李渊曾立长子李建成为太子,封次子李世民为秦王,四子李元吉为齐王。李世民二十四岁平定天下,二十九岁贵为天子,以儒治国。他尊崇六经,功成设献功之乐,倡导"礼乐之兴,以儒为本"(《帝范·崇文篇》);深谙"不临深溪,不知地之厚;不游文翰,不识智之源。"(同上);由于他坚持"性怀辨慧,非积学不成"(人虽有辨别事物是非的本性,但若不勤学是达不到这个目的的)(同上)。因而在日理万机之余,勤奋读书,以提高自己的辨慧能力。唐太宗批评秦始皇、周穆王、汉武帝、魏明帝等人的"峻宇雕墙,穷侈极丽",而欲"以尧舜之风,荡秦汉之弊",运用致中和之道达到和谐境界,所以他作《帝京篇十首并序》以明其志。

就陆机和唐太宗两人各自的出身门第,家族家风,尊崇儒学等各方面来考察,具有一定的相似之处,自然容易引发心理趋同的共鸣,这就是唐太宗之所以推崇陆机的依据之三。

沈约修撰《宋书·谢灵运传》中曾说:"降及元康,潘、陆特秀,律异班、贾,体变曹、王,缛旨星稠,繁文绮合。缀平台之逸响,采南皮之高韵,遗风余烈,事极江右。"意思是说,到了晋惠帝元康年间(291—299),潘岳、陆机的才能特别高出于当时的文人,其诗文声律不同于班固、贾谊,文体有异于曹植、王粲,繁杂的内容犹如稠密的星辰,华丽的辞藻安排得像有花纹织物那样赏心悦目,既缀合了西汉时的高超辞赋水准,又采摭了建安文学的高雅韵律,承上启下,诗文异同,驰骋纵横于整个西晋文坛。这是沈约对潘岳、陆机的肯定与赞赏,也认定了诗歌发展史的总趋势。

我们虽然无从知悉唐太宗是否读过沈约《宋书》中的这段文字,但从唐太宗推崇陆机的为人为文,以及对待诗文发展观来看,都有共同的地方。唐太宗亲赋格律诗,提倡写诗,追慕陆机,为繁荣发展格律诗,垂范后昆,这是无可讳言的。

第三章 王士祯撰《唐人万首绝句选》留给后人的启示

南宋文学家洪迈(1123—1202),绍兴年间进士,官至端明殿学士。淳熙年间辑集唐人绝句五千四百首进呈孝宗赵昚,受帝褒扬,秉旨再行搜罗补辑,得万首之多。于光宗绍熙三年(1192),再进呈内府,后流传下来。

清诗人王士祯(1634—1711),顺治十二年(1655)殿试中进士二甲,授扬州推官,后官至刑部尚书。王士祯少时爱读洪迈所辑之书,但嫌其辑录芜杂,久欲重新制定,但因无暇兼顾,一直到告老还乡后才着手厘定,以遂心愿。他从洪迈原本中精选出五言绝句二百二十七首,七言绝句六百六十八首,共取八百九十五首,定名为《唐人万首绝句选》,汰弃九成以上,其取舍之严谨,可见一斑。用王士祯自己的话说:"余少习是书,惜其踳驳,久欲为之刊定而未暇也。归田之五载,为康熙戊子,乃克成之。"(《唐人万首绝句选序》)康熙戊子是公元1708年,可知此书于王士祯离世前三年甫成。当可辨识王氏活到老学到老之治学精神,诚属可敬可佩。王士祯撰《唐人万首绝句选》留给后人什么样的启迪?笔者认为:

其一,王士祯是清代前期诗坛盟主,论诗主张"神韵"说,当时影响甚大。可以讲,他几乎毕生崇尚唐音,这与洪迈辑集《万首唐人绝句》是一脉相通的,在某种程度上均反映了宋人、清人对唐人绝句的推崇。

其二,据《唐人万首绝句选序》,王士祯认为乐府诗始于汉高祖刘邦过沛诗《三侯之章》,即指刘邦的《大风歌》:"大风起兮云飞扬,威加海内兮归故乡,安得猛士兮守四方。""侯"通"兮",古汉语助词,相当于现代汉语的"啊"或"呀",因《三侯之章》诗有三"兮",故名。并且王士祯指出,东汉后期曹氏父子所作乐府诗的"悲壮奥崛",直至唐代的李白、杜甫、韩愈、柳宗元等人的乐府作品"不沿齐梁,不袭汉魏,因事立题,号称乐府之变。然考之开元、天宝已来,宫掖所传、梨园弟子所歌、旗亭所唱、边将所进,率当时名士所为绝句尔。"王士祯提出的乐府诗"世谓始于汉武,非也。……乐府实始汉初"是有一定道理的,其争鸣精神确也可嘉,学术研究本来就允许商榷。再说"唐三百年以绝句擅场",此说不无道理,因为唐乐府诗已演化成为具有现实主义即事名篇的诗体,入乐的诗却转换为以绝句为主,中晚唐以后又发展为词,诚如王士祯在《序》中所提及:"王之涣

‘黄河远上’、王昌龄‘昭阳日影’之句，至今艳称之。而右丞‘渭城朝雨’，流传尤众，好事者至谱为《阳关三叠》。他如刘禹锡、张祜诸篇，尤难指数。”他又说绝句“即唐三百年之乐府也”，这是因为律绝盛行于唐开元、天宝以来，唐代唱词以律绝为主，因此促进了绝句的繁荣发展，连古绝句也被人们视为唐人乐府诗了。同时文人们所创作的拟乐府诗则由于与乐谱不符，故多不入乐。

其三，绝句作为诗体，在中国古代可分为古绝、律绝、拗绝三种。古绝指唐以前多用每首四句，每句五言，不讲究平仄、对粘与对仗，平仄韵皆可押的较自由的诗体；律绝指初唐以后通行并确立的格律诗绝句，每句五言或七言，五绝首句以不入韵为正格，七绝首句以入韵为正格，讲究对粘，平仄协调，可以对仗也可以不对仗，其是否用对仗取决于截取律诗之方式；拗绝起源于唐，由盛唐大诗人王维、杜甫开创，分五言和七言两类，有意不依照平仄规则，常失对失粘，属于格律诗的变体，其风格近古，以宣泄胸中的失意与积郁为主。

唐人创作入乐的乐府诗大多袭用旧题，而“新乐府诗”多数则与音乐完全脱钩，不用旧题用新题，但具有现实主义精神。

洪迈辑集《万首唐人绝句》收录萧颖士（开元二十三年进士）的一首五言古诗《九日别元鲁山》，共二十八句，截取其第五句至第八句成为绝句：“绵连滍川回，杳渺鸦路深。彭泽兴不浅，临风动归心。”属于古绝。又将宋之问作的《途中寒食》和《送杜审言》两首五言律诗各截取前四句而成绝句收录，属于律绝。王士祯将上述三首诗编入《唐人万首绝句选》，惜乎没有在诗题上标明“古绝”或“律绝”，否则更好。同时王士祯选取洪迈原本唐人所作古题乐府诗绝句约二十首，除此之外皆为唐人创作并占全书压倒多数的五言绝句与七言绝句。由此可见，王士祯对不同的诗体看得并不重要，而且把唐人绝句当做是唐世乐章，这跟明胡应麟的观点几乎是一致的，胡氏《诗薮·内编·卷一》云：“乐府之体，古今凡三变：汉、魏古词，一变也；唐人绝句，一变也；宋、元词曲，一变也。”依笔者之见，乐府诗固然有三变，但不加区别统统视唐人绝句因入乐而成为乐府并不妥，毕竟诗的体裁与内容是会随着时代发生嬗变的，应区分“古乐府”、“新乐府”、“五言、七言绝句”、“宋词”、“元曲”等不同范畴。看来，王士祯无疑受到胡应麟的一定影响。

其四，笔者曾作统计，《唐人万首绝句选》取五言绝句二百二十七首，诗人一百人，前十一位诗人及选诗数量排名如下：王维，二十二首；刘禹锡，九首；裴迪，八首；李白，八首；李商隐，八首；韦应物，七首；李益，七首；崔国辅，六首；刘长卿，六首；王勃，五首；钱起，五首。取七言绝句六百六十八首，诗人一百六十四人，前十一位诗人及选诗数量排名如下：李商隐，四十一首；王建，三十一首；杜牧，三十一首；王昌龄，二十六首；刘禹锡，二十五首；李白，二十首；白居易，一十八首；张祜，一十六首；李益，一十四首；张籍，一十三首；杜甫，一十二首。

王士祯论诗以“神韵”为核心，推崇司空图“咸酸之外”的“味外之旨”以及“不著一字，尽得风流”的含蓄。同时发挥严羽“羚羊挂角，无迹可求”、“言有尽而意无穷”的“兴趣”说与“酝酿胸中，久之自然悟入”的“妙悟”说。“神韵”说提倡“兴会超妙”、“含蓄隽永”、“冲淡清远”、“自然天真”，创作诗歌只有当灵感冲动时方能为之的“伫兴而就”，不能勉强拼凑。有什么样的诗歌风格，应有什么样的选诗标准，从上述五言绝句与七言绝句的排名名单就可看出“爱屋及乌”的痕迹来，这也是顺理成章之事。

其五，王士祯曾赋七律《秋柳四首·其一》：“秋来何处最销魂？残照西风白下门。他日差池春燕影，只今憔悴晚烟痕。愁生陌上黄骢曲，梦远江南乌夜村。莫听临风三弄笛，玉关哀怨总难论。”这首以“神韵”为核心的代表作，写得含蓄朦胧，令人雾里看花，难以揣测，几乎跟李商隐的七律《锦瑟》一样，看来谁也说不清楚，只能存疑，毕竟“诗无达诂”。王士祯选李商隐七言绝句达四十一首之多的原因，后人当不难理解。

其六，绝句体裁短小、易读、易记、易学，颇受时人青睐，有唐一代，绝句擅场近三百年，高手林立，大家辈出，初唐如王勃、上官仪、杜审言、宋之问、贺知章等人；盛唐如王维、李白、王之涣、王昌龄、孟浩然、王翰、高适、岑参等人；中唐如杜甫、韦应物、钱起、李益、刘长卿等人；晚唐如李商隐、杜牧、温庭筠、韦庄、许浑、李频等人。绝句作为一种载体，在唐诗百花园中与各种诗体争奇斗艳，相互辉映，功莫大焉。入宋后，宋人的绝句创作基本学唐，同样涌现出许多大家高手，如欧阳修、王安石、苏轼、王禹偁、黄庭坚、陆游、杨万里、范成大、姜夔等人。只是唐宋国运不同，宋人诗境内敛，不能与唐人同日而语。但从另一种审美视角来考察，未尝不是别有一番意趣，从而也可领略到唐人绝句对后世的影响。

其七，王士祯撰《唐人万首绝句选》后五十余年，孙洙（别号蘅塘退士，乾隆十六年进士）因嫌《千家诗》“工拙莫辨，且止五七律绝二体，而唐、宋人又杂出其间，殊乖体制。”故于乾隆癸未年（1763），选编《唐诗三百首》并作《序》，取唐诗三百一十首。光绪十一年（1885）《唐诗三百首》增补杜甫《咏怀古迹》三首，合计三百一十三首，脍炙人口，风行海内，流传至今，其影响之大，堪称各种唐诗选本中的范本。

据笔者统计，《唐诗三百首》入选诗人八十二人，辑录古体诗六十一首，其中五言古诗三十三首，七言古诗二十八首，占 19.49%；乐府诗三十九首，占 12.46%；格律诗二百一十三首，其中七言律诗五十三首，五言律诗八十首，七言绝句五十一首，五言绝句二十九首，占 68.05%。该书主要特点在于选诗体裁多备，各体醒目，编排合理，篇幅适中，使习者一目了然，循序渐进。长期以来当做家塾课本，极为适宜，因而无疑优于《唐人万首绝句选》与《千家诗》。

第四章　怎样写格律诗

第一节　诗体与诗法

诗体是指诗歌的各种不同体裁，亦即运用不同的外在形式所做的划分：初唐确立的具有严谨格律形式的格律诗则区别于以往较为自由宽松的古体诗；骚体诗是充满原始宗教色彩的楚国巫系文化养育的诗体，多用地方语与“兮”这一常见的语助词；而乐府诗则是一开始即与音乐有密切关系并独立于古体诗与格律诗之外的一种诗体。

诗体就大体而言，具体可指古体诗、入律古风、歌行体、古乐府、新乐府、正乐府、格律诗（含五言律诗、七言律诗、五言绝句、七言绝句、五言排律、七言排律等）、格诗、拗体、杂言诗、杂体诗（含离合体、回文体、辘轳体、柏梁体、宝塔诗、续句诗等），等等。

诗法是指不同的诗体都应运用不同的规则以达到某一诗体外在形式的方法。对格律诗而言，大体上则指出句、对句、节奏、首联、领联、颈联、尾联、押韵、违韵、转韵、重韵、邻韵、宽韵、窄韵、险韵、四声、八病、对粘、孤平、三平调、大拗、小拗、对仗、合掌、言对、事对、正对、反对、严对、宽对、隔句对、借对、流水对、犄角对、巧对、探春对，等等。

总之，诗体与诗法是两种不同的概念与不同的范畴。

第二节　诗歌节奏

诗歌具有抒情性、形象性、音乐性、概括性四个基本特点，其中的音乐性就是要讲究音韵与节奏。

节奏是随着诗人情感起伏运用诗歌语言的重要表现形式。在古典诗歌中，节奏与押韵均为构成诗歌的要素，节奏甚至比押韵更为突出。可以说，凡是诗都有节奏，没有节奏的就不成诗。从先秦的《诗经》、《楚辞》起，至“五四”以前的所有旧体诗，都有节奏。“五四”后的新体诗诗歌语言的节奏，由于大量采用多音节的节拍，其旋律显得更宽广。

我们先看以二字尾结句为主的《诗经》中的几个例子。

周南·关雎

关关　雎鸠，在河　之洲。

窈窕　淑女，君子　好逑。

周南·桃夭

桃之　夭夭，灼灼　其华。

之子　于归，宜其　室家。

卫风·木瓜

投我以　木瓜，报之以　琼琚。

齐风·鸡鸣

虫飞　薨薨，甘与子　同梦。

小雅·北山

或　燕燕　居息，或　尽瘁　事国。

再看《楚辞》中除去助词同样以二字尾结句的例子。

离　骚

帝　高阳　之　苗裔　兮(助)，
朕　皇考　曰　伯庸。

何　桀纣　之　猖披　兮(助)，
夫唯(助)捷径　以　窘步。

固　时俗　之　流从　兮(助)，
又　孰能　无　变化。

《楚辞》中也出现一些以三字尾结句的例子。

湘夫人

沅有茝　兮　醴有兰，
×××　（助）　×××

思公子　兮　未敢言。
×××　（助）　×××

大司命

壹阴　兮　壹阳，
××　（助）　××

从莫知　兮　余所为。
×××　（助）　×××

少司命

悲莫悲　兮　生别离，
×××　（助）　×××

乐莫乐　兮　新相知。
×××　（助）　×××

山鬼

既含睇　兮　又宜笑，
×××　（助）　×××

子慕予　兮　善窈窕。
×××　（助）　×××

旧体诗的词汇多由双音节构成，这对律诗来说，由于平仄有严格规定不能随着变动，故节奏点在第二、四、六字上，而古体诗的节奏因不拘平仄相对就要自由。因此，律诗的节奏一般均有固定的格式。

举例：

送杜少府之任蜀川

王　勃

城阙　辅　三秦，　风烟　望　五津。
××　×　××　　××　×　××

与君　离别　意，　同是　宦游　人。
××　××　×　　××　××　×

海内　存　知己，　天涯　若　比邻。
××　×　××　　××　×　××

无为　在　歧路，　儿女　共　沾巾。
××　×　××　　××　×　××

这首诗的节奏格式，除颔联是“××　××　×”(2＋2＋1)型，其他都是“××　×　××”(2＋1＋2)型。

在狱咏蝉

骆宾王

西陆　蝉声　唱，南冠　客思　深。
××　××　×　××　××　×

哪堪　玄鬓　影，来对　白头　吟。
××　××　×　××　××　×

露重　飞　难进，风多　响　易沉。

无人　信　高洁，谁为　表　予心。

这首诗的节奏格式：前四句是“××　××　×”(2＋2＋1)型，后四句是“××　×　××”(2＋1＋2)型。

钱塘湖春行

白居易

孤山　寺北　贾亭　西，水面　初平　云脚　低。

几处　早莺　争　暖树，谁家　新燕　啄　春泥。

乱花　渐欲　迷　人眼，浅草　才能　没　马蹄。

最爱　湖东　行　不足，绿杨　阴里　白　沙堤。

此诗的节奏格式：前两句是“××　××　××　×”(2＋2＋2＋1)型，后六句是“××　××　×　××”(2＋2＋1＋2)型。

新城道中·其一

苏　轼

东风　知我　欲　山行，吹断　檐间　积　雨声。

岭上　晴云　披　絮帽，树头　初日　挂　铜钲。

野桃　含笑　竹篱　短，溪柳　自摇　沙水　清。

西崦　人家　应　最乐，煮葵　烧笋　饷　春耕。

此诗的节奏格式：除颈联是“××　××　××　×”(2＋2＋2＋1)型，其余均为“××　××　×　××”(2＋2＋1＋2)型。

事实上，律诗节奏呈现出以下三个特点。

(1)按一定的规则交替使用平仄，每两个字为一个节奏，五言节奏点在第二、四字上，七言节奏点在第二、四、六字上，体现了高低、轻重不同音韵规律性的配合，使人获得音乐上美的享受。

(2)节奏在固定格式内，自由灵活，使得诗歌读来抑扬顿挫，悦耳动听。

(3)不论五言或七言，每句句首总是以双音节开头，三字尾结句。五言三字尾结句的，如“辅　三秦”、“望　五津”、“玄鬓　影”、“白头　吟”……不是(1＋2)型，就是(2＋1)型。七言三字尾结句的，如“贾亭　西”、“云脚　低”、“披　絮帽”、“挂　铜钲”……同样是(2＋1)型或(1＋2)型。

第三节 格律诗押韵要遵循五项规则

押韵，主要是体现格律诗语言和谐流畅的音乐回环之美。五言律诗以首句不入韵为正格，七言律诗以首句入韵为正格。前者两句十个字一次回环，后者七个字一次回环。

举例：

八阵图（五言绝句　正格）

杜　甫

功盖三分国，名成八阵图。

江流石不转，遗恨失吞吴。

“图”隔了两句到第十个字有了“吴”，“图”与“吴”押的都是上平声七虞韵。

渡荆门送别（五言律诗　正格）

李　白

渡远荆门外，来从楚国游。

山随平野尽，江入大荒流。

月下飞天镜，云生结海楼。

仍怜故乡水，万里送行舟。

“游”隔了两句到第十个字有了“流”，依次类推又有了“楼”、“舟”。“游”、“流”、“楼”、“舟”，押的都是下平声十一尤韵。

泊秦淮（七言绝句　正格）

杜　牧

烟笼寒水月笼沙，夜泊秦淮近酒家。

商女不知亡国恨，隔江犹唱后庭花。

“沙”隔了六个字有了“家”，第三句不押韵，再隔六个字，有了“花”。“沙”、“家”、“花”，押的都是下平声六麻韵。

无题（七言律诗　正格）

李商隐

相见时难别亦难，东风无力百花残。

春蚕到死丝方尽，蜡炬成灰泪始干。

晓镜但愁云鬓改，夜吟应觉月光寒。
蓬山此去无多路，青鸟殷勤为探看。

“难”隔了六个字有了“残”，第三句不押韵，再隔六个字又有“干”，依次类推又有了“寒”、“看”。“难”、“残”、“干”、“寒”、“看”，押的都是上平声十四寒韵。

其实，在齐梁永明体以前的古体诗虽不讲究平仄，但却追求诗韵，这早在先秦《诗经》中已见端倪，例如，《召南·行露》：“谁谓雀无角，何以穿我屋？谁谓女无家，何以速我狱。虽速我狱，室家不足！”韵脚“角”、“屋”、“狱”、“足”；《召南·小星》：“彼小星，三五在东。肃肃宵征，夙夜在公。寔命不同！”韵脚“东”、“公”、“同”；《邶风·柏舟》：“泛彼柏舟，亦泛其流。耿耿不寐，如有隐忧。微我无酒，以敖以游。”韵脚“舟”、“流”、“忧”、“游”。……其致力谐韵，可见一斑。

写诗选择韵部字数多、余地大的称“宽韵”，如平声韵三十个中的“东、支、虞、真、先、阳、庚、尤”等八个；选择韵部字数少、余地小的称“窄韵”，如“微、文、删、青、蒸、覃、盐”等七个；选择介于“宽韵”与“窄韵”之间的称“中韵”，如“冬、鱼、齐、灰、元、寒、萧、豪、歌、麻、侵”等十一个；选择韵部字数更少的称“险韵”，如“江、佳、肴、咸”等四个。以上划分的范围只要一查诗韵表便可领会。有人多选用“宽韵”作诗，较为省力；有人却故意选用“窄韵”，甚至“险韵”，以此炫耀才华，比如唐代的韩愈、宋代的黄庭坚等人，然而这些诗人也确非等闲之辈。

诗歌是用来表达感情的，如果情绪慷慨激昂，那么多选用声调洪亮的“东”、“冬”、“江”、“阳”等韵部为宜；如果格调轻松欢畅，多选用“先”、“歌”、“麻”、“青”等韵部较佳；如要表现郁悒低沉，则选用“微”、“虞”、“齐”、“删”等韵部为好。当然，这也不是绝对的。比如，文天祥《过零丁洋》：

辛苦遭逢起一经，干戈寥落四周星。
山河破碎风飘絮，身世浮沉雨打萍。
惶恐滩头说惶恐，零丁洋里叹零丁。
人生自古谁无死？留取丹心照汗青！

这首诗的韵脚“星”、“萍”、“丁”、“青”，押的是下平声九青韵。诗人身处逆境，被押俘在广东零丁洋一带，虽有哀婉，却以大无畏的精神，视死如归，尾联显得无比的慷慨刚劲，不用“东”、“冬”、“江”、“阳”等韵同样能铮铮誓言来表达这位民族英雄拥有浩然正气和非凡节操的高大形象。

随着时间的流逝，朝代的迭替，汉语的语音也发生了变化，当时平水韵与现代语音在某些字上也不尽相同。比如，张继《枫桥夜泊》：

月落乌啼霜满天，江枫渔火对愁眠。
姑苏城外寒山寺，夜半钟声到客船。

此诗的韵脚押的是下平声一先韵,“天”、“眠”、“船”,用今音来读分别是tian、mian、chuan,其中“船”字由声母ch与韵母uan相加,而“天”、“眠”由声母t与韵母ian、声母m与韵母ian分别相加,“船”跟“天”、“眠”由于韵母不同,显然不合韵,但是按当时诗韵押韵是完全符合规则的。要鉴赏旧体诗当然要懂得古人的诗韵,尤其是平水韵;要写格律诗,对初学者来说,是增加了一些难度,但对具有一定文学基础的人而言,这种情况只要在同一韵部中换字另行构思诗句,也可迎刃而解。

格律诗押韵要遵循以下五项规则。

(一)每首诗必须一韵到底,排律同样如此。首句可以押韵也可以不押韵,偶句必须押韵;押平声韵的是正格,押仄声韵的是变格。

举例:

中秋月·其二(五言绝句)

李　峤

圆魄上寒空,皆言四海同。

安知千里外,不有雨兼风。

“空”、“同”、“风”,押上平声一东韵,正格。

江雪(五言绝句)

柳宗元

注:这是一首名诗,清蘅塘退士所编《唐诗三百首》将其列为五言绝句,但严格地说,此诗失粘不合格律要求,应是古绝或拗绝。

千山鸟飞绝,万径人踪灭。

孤舟蓑笠翁,独钓寒江雪。

“绝”、“灭”、“雪”,押入声九屑韵,变格。

桃花溪(七言绝句)

张　旭

隐隐飞桥隔野烟,石矶西畔问渔船。

桃花尽日随流水,洞在清溪何处边?

“烟”、“船”、“边”,押下平声一先韵,正格。

寒闺怨(七言绝句)

白居易

寒月沉沉洞房静,真珠帘外梧桐影。

秋霜欲下手先知,灯底裁缝剪刀冷。

"静"、"影"、"冷"，押上声二十三梗韵，变格。

夜宿七盘岭（五言律诗）

沈佺期

独游千里外，高卧七盘西。
晓月临窗近，天河入户低。
芳春平仲绿，清夜子规啼。
浮客空留听，褒城闻曙鸡。

"西"、"低"、"啼"、"鸡"，押上平声八齐韵，正格。

望蓟门（七言律诗）

祖　咏

燕台一去客心惊，箫鼓喧喧汉将营。
万里寒光生积雪，三边曙色动危旌。
沙场烽火连胡月，海畔云山拥蓟城。
少小虽非投笔吏，论功还欲请长缨。

"惊"、"营"、"旌"、"城"、"缨"，押下平声八庚韵，正格。

（二）首句可以借用邻韵来押韵。

由于五言古体诗首句不存在押韵的传统，故五言律诗首句多不入韵；而七言柏梁体因句句押韵，七言律诗受传统影响首句多入韵。所以，在正格与变格的区别上，五言律诗和七言律诗恰好相反。但是不论首句是否入韵，要求却相对宽松，入韵的也不计在韵数之内，故五律、七律皆有"四韵诗"之称。因此，首句入韵的允许借用邻韵来押韵，这种情况盛唐前较少，中唐后增多，到了晚唐渐趋普遍，到宋则成风气了。（▲表示借押邻韵）

举例：

马诗二十二三首·其十（五言绝句）

李　贺

催榜渡乌江，神骓泣向风。
君王今解剑，何处逐英雄。

"江"，上平声三江韵；"风"、"雄"，上平声一东韵，这首诗首句借用邻韵"江"韵来押韵。

越上闻子规（五言绝句）

范仲淹

夜入翠烟啼，昼寻芳树飞。
春山无限好，犹道不如归。

“啼”，上平声八齐韵；“飞”、“归”，上平声五微韵，这首诗首句借用邻韵“齐”韵来押韵。

访戴天山道士不遇（五言律诗）

李 白

犬吠水声中，桃花带露浓。
树深时见鹿，溪午不闻钟。
野竹分青霭，飞泉挂碧峰。
无人知所去，愁倚两三松。

“中”，上平声一东韵；“浓”、“钟”、“峰”、“松”，上平声二冬韵，这首诗首句借用邻韵“东”韵来押韵。

读渡江诸将传（五言律诗）

王 迈

读到诸贤传，令人泪洒衣。
功高成怨府，权盛是危机。
勇似韩彭有，心如廉蔺希。
中原岂天下，尺土不能归。

“传”，下平声一先韵；“衣”、“机”、“希”、“归”，上平声五微韵，这首诗首句借用邻韵“先”韵来押韵。

投简梓州幕府兼简韦十郎官（七言绝句）

杜 甫

幕下郎官安稳无，从来不奉一行书。
固知贫病人须弃，能使韦郎迹也疏？

“无”，上平声七虞韵；“书”、“疏”，上平声六鱼韵，这首诗首句借用邻韵“虞”韵来押韵。

清明(七言绝句)

杜 牧

清明时节雨纷纷,路上行人欲断魂。
借问酒家何处有,牧童遥指杏花村。

“纷”,上平声十二文韵;“魂”、“村”,上平声十三元韵,这首诗首句借用邻韵“文”韵来押韵。

望湖楼醉书(七言绝句)

苏 轼

黑云翻墨未遮山,白雨跳珠乱入船。
卷地风来忽吹散,望湖楼下水如天。

“山”,上平声十五删韵;“船”、“天”,下平声一先韵,这首诗首句借用邻韵“删”韵来押韵。

题岱宗无字碑(七言绝句)

李 昉

巨石来从十八盘,离宫复道满千山。
不因封禅穷民力,汉祖何缘便入关。

“盘”,上平声十四寒韵;“山”、“关”,上平声十五删韵,这首诗首句借用邻韵“寒”韵来押韵。

牡丹(七言律诗)

李商隐

锦帏初卷卫夫人,绣被犹堆越鄂君。
垂手乱翻雕玉佩,折腰争舞郁金裙。
石家蜡烛何曾剪,荀令香炉可待熏。
我是梦中传彩笔,欲书花叶寄朝云。

“人”,上平声十一真韵;“君”、“裙”、“熏”、“云”,上平声十二文韵,这首诗首句借用邻韵“真”韵来押韵。

送宫人入道归山(七言律诗)

于 鹄

十五吹箫入汉宫,看修水殿种芙蓉。
自伤白发辞金屋,许著黄衣向玉峰。

解语老猿开晓户，学飞雏鹤落高松。

定知别后宫中伴，应听缑山半夜钟。

“宫”，上平声一东韵；“蓉”、“峰”、“松”、“钟”，上平声二冬韵，这首诗首句借用邻韵“东”韵来押韵。

西塞山泊渔家（七言律诗）

皮日休

白纶巾下发如丝，静倚枫根坐钓矶。

中妇桑村挑叶去，小儿沙市买蓑归。

雨来莼菜流船滑，春后鲈鱼坠钓肥。

西塞山前终日客，隔波相羡尽依依。

“丝”，上平声四支韵；“矶”、“归”、“肥”、“依”，上平声五微韵，这首诗首句借用邻韵“支”韵来押韵。

山园小梅·其一（七言律诗）

林 逋

众芳摇落独暄妍，占尽风情向小园。

疏影横斜水清浅，暗香浮动月黄昏。

霜禽欲下先偷眼，粉蝶如知合断魂。

幸有微吟可相狎，不须檀板共金樽。

“妍”，下平声一先韵；“园”、“昏”、“魂”、“樽”，上平声十三元韵，这首诗首句借用邻韵“先”韵来押韵。

必须指出，正格与变格存在着两种不同的审视概念。

(1)就句型的组合而言，首句不入韵的五言律诗、五言绝句，属正格；首句入韵的五言律诗、五言绝句，属变格。首句入韵的七言律诗、七言绝句，属正格；首句不入韵的七言律诗、七言绝句，属变格。

(2)就句尾押韵而言，不论五言律诗或七言律诗，凡押平声韵的，属正格；押仄声韵的，属变格。

以上不论哪一种，律诗多为正格，变格是少数的，不常见。

所谓“邻韵”，具有两个主要特征：前后排列相邻的韵部；虽不相邻，但语音接近之韵。按照平水韵，大体上可分为以下九类：(1)东、冬；(2)江、阳；(3)支、微、齐；(4)鱼、虞；(5)佳、灰；(6)真、文、元、寒、删、先；(7)萧、肴、豪；(8)庚、青、蒸；(9)覃、盐、咸。

首句借押邻韵，古人称之“孤雁出群”，生动形象。

（三）除首句可借用邻韵外，其他偶句的韵脚不得出韵，出韵也叫违韵。违韵即为不合格的落韵诗，这是格律诗之大忌。

（四）不得转韵。古体诗可以在若干句转一次韵，以致一首诗出现两个以上的韵，格律诗则不允许。而“江”韵可转入“东”、“冬”韵；“鱼”、“虞”韵可转入“尤”韵，这种情况在首句转韵有过。比如上面列举的李贺《马诗二十三首·其十》：

催榜渡乌江，神骓泣向风。
君王今解剑，何处逐英雄。

“江”，属上平声三江韵；“风”、“雄”，属上平声一东韵，“江”韵转入“东”韵。

（五）不得重韵。在一首诗的韵脚，同一个韵字不准重复出现。古体诗对重韵并不回避，格律诗却不允许。比如，杜甫《又上后园山脚》：“……蓐收困用事，玄冥蔚强梁。……”韵脚“梁”字重复出现，这是一首长达三十六句的古诗，当然不能与格律诗相提并论。

第四节 平仄与格式

曹魏时的李登、西晋时的吕静都以宫、商、角、徵、羽五个音阶与汉字字音对照，至南朝齐永明年间，沈约、谢朓、王融、周颙等人“文章始用四声，以为新变”。用沈约的话说：“欲使宫羽相变，低昂舛节，若前有浮声，则后须切响。一简之内，音韵尽殊；两句之中，轻重悉异。妙达此旨，始可言文。”（《宋书·谢灵运传》）说明一句之中，一联之内要交替使用平仄成为有规律的组合，才能使诗歌节奏明快、声律和谐，抑扬顿挫，朗朗上口，获得音乐上的美感。刘勰在《文心雕龙·知音》里也说：“是以将阅文情，先标六观……六观宫商。”他指的“宫商”，就是平仄节奏的“音律”。可见，他们都把诗歌语言的音乐美提升到相当的高度。

从南朝齐梁开始讲究声律，直至初唐，经过许多诗人、学者的不断探索实践，格律诗终于成熟定型。其后，有的诗人继续追求运用四声，避免单调，极尽错落有致与音韵和谐之美，在诗歌艺术上达到了很高的造诣。例如，盛唐孟浩然的《宿桐庐江寄广陵旧游》：

山暝听猿愁，沧江急夜流。
风鸣两岸叶，月照一孤舟。
建德非吾土，维扬忆旧游。
还将两行泪，遥寄海西头。

这首诗的四句出句尾字是"愁"（平声）、"叶"（入声）、"土"（上声）、"泪"（去声），囊括了平上去入四声，读来错综变化，诗人执着声律音韵之美，值得肯定。孟浩然另一首《晚春》：

二月湖水清，家家春鸟鸣。
林花扫更落，径草踏还生。
酒伴来相命，开尊共解酲。
当杯已入手，歌妓莫停声。

同样，"清"（平声）、"落"（入声）、"命"（去声）、"手"（上声），兼有平上去入四声。

当然，随着时间的推移，古今语音也有不尽相同的地方。古时四声中的平声，相当于现今普通话的阴平声与阳平声，古时的上声、去声与今音基本吻合，古时的入声至今在南方的苏、浙、闽、赣、桂、粤等省份的方言中仍保持着，而在普通话中则不复存在。

在阅读写作旧体诗时，特别要重视另一个问题，那就是古典诗歌中的一些汉字的读音，往往一个汉字既可读平声也可读仄声，而词义与词性也不同。比如，"重"字，"山重水复疑无路，柳暗花明又一村"（宋·陆游：《游山西村》）。这里的"重"，应读平声，作"重叠"释义，语法上作并列动词用。两句诗的平仄格式为"平平仄仄平平仄，仄仄平平仄仄平"。

"汉皇重色思倾国，御宇多年求不得。"（唐·白居易：《长恨歌》）

此处的"重"，应读仄声，作"着重"释义，语法上作偏正动词用。

"江东子弟多才俊，卷土重来未可知。"（唐·杜牧：《题乌江亭》）

这个"重"，应读平声，作"再"、"又"释义，语法上作副词用。

"水南水北重重柳，山后山前处处梅。"（宋·王安石：《庚申正月游齐安》）

"重"，应读平声，作"层"释义，语法上作数量词用。

"世溷浊而不清，蝉翼为重，千钧为轻；黄钟毁弃，瓦釜雷鸣；谗人高张，贤士无名。"（战国·屈原：《卜居》）

"重"，应读仄声，表示分量的大小，与"轻"相反，语法上作形容词或名词用。

"稻粱惠既重，华池遇亦深。"（南朝梁·吴钧：《主人池前鹤》）

"重"，应读仄声，作"贵重"释义，语法上作并列形容词用。

五言律诗有四种平仄格式:正格有两种,变格也有两种。

(一)正格,首句不入韵平起式

平平平仄仄
仄仄仄平平
仄仄平平仄
平平仄仄平
平平平仄仄
仄仄仄平平
仄仄平平仄
平平仄仄平

(二)正格,首句不入韵仄起式

仄仄平平仄
平平仄仄平
平平平仄仄
仄仄仄平平
仄仄平平仄
平平仄仄平
平平平仄仄
仄仄仄平平

(三)变格,首句入韵平起式

平平仄仄平
仄仄仄平平
仄仄平平仄
平平仄仄平
平平平仄仄
仄仄仄平平
仄仄平平仄
平平仄仄平

(四)变格,首句入韵仄起式

仄仄仄平平
平平仄仄平
平平平仄仄

仄仄仄平平
仄仄平平仄
平平仄仄平
平平平仄仄
仄仄仄平平

不难看出，五言律诗的平仄格式不外乎有四种句型：平平平仄仄；仄仄仄平平；仄仄平平仄；平平仄仄平。

七言律诗有四种平仄格式：正格有两种，变格也有两种。

（一）正格，首句入韵平起式

平平仄仄仄平平
仄仄平平仄仄平
仄仄平平平仄仄
平平仄仄仄平平
平平仄仄平平仄
仄仄平平仄仄平
仄仄平平平仄仄
平平仄仄仄平平

（二）正格，首句入韵仄起式

仄仄平平仄仄平
平平仄仄仄平平
平平仄仄平平仄
仄仄平平仄仄平
仄仄平平平仄仄
平平仄仄仄平平
平平仄仄平平仄
仄仄平平仄仄平

（三）变格，首句不入韵平起式

平平仄仄平平仄
仄仄平平仄仄平
仄仄平平平仄仄
平平仄仄仄平平
平平仄仄平平仄

仄仄平平仄仄平
仄仄平平平仄仄
平平仄仄仄平平

（四）变格，首句不入韵仄起式

仄仄平平平仄仄
平平仄仄仄平平
平平仄仄平平仄
仄仄平平仄仄平
仄仄平平平仄仄
平平仄仄仄平平
平平仄仄平平仄
仄仄平平仄仄平

同样，七言律诗的平仄格式也不外乎有四种句型：平平仄仄仄平平；仄仄平平仄仄平；仄仄平平平仄仄；平平仄仄平平仄。

凡每首诗八句的称“律诗”，其中每句五个字的称“五言律诗”或“五律”；每句七个字的称“七言律诗”或“七律”。每首诗四句的称“绝句”，其中每句五个字的称“五言绝句”或“五绝”；每句七个字的称“七言绝句”或“七绝”。

五绝是截取五律的一半，七绝是截取七律的一半。

截取方法有四种：1. 截取前四句，三、四句要对仗；2. 截取中间四句，则三、四句要对仗，五、六句也要对仗，最不容易做；3. 截取后四句，五、六句要对仗；4. 截取首尾各两句，不需对仗，最容易做。

排律，又称长律，讲究排偶对仗，除首尾两联不需对仗外，其余均要对仗，每首诗至少十句，韵数多用偶数，如十韵、二十韵，甚至长达百韵以上。

律诗不论五言或七言，一、二句称“首联”或“起联”，三、四句称“颔联”或“胸联”，五、六句称“颈联”或“腹联”，七、八句称“尾联”或“结联”。每联的前句称“出句”或“上句”，后句称“对句”或“下句”。句中的字，凡应“平”的用了“仄”，应“仄”的用了“平”，称“拗”。

第五节　孤平与补救

孤平，是指诗句中除韵脚外仅留下一个平声字。犯孤平会使诗句单调枯燥，不能保持抑扬顿挫的音乐美，因此是律诗写作之大忌。

五言句“平平仄仄平”，第一字不能拗，如果拗了，则成“仄平仄仄平”，即犯孤平。虽有“一三五不论，二四六分明”之说，但并非绝对，有的地方不适用。这个句型犯了孤平，必须采用本句自救或对句相救进行补救。

(一)本句自救

(甲)从“仄平仄仄平”变通为“仄平平仄平”，即第一字拗，以第三字救，用简便的记忆法就是把原句型的第一字与第三字的位置对换一下。举例：(▲表示仄声，△表示平声)

恐惊天上人　(李白：《夜宿山寺》)

坐看云起时　(王维：《终南别业》)

往来成古今　(孟浩然：《与诸子登岘山》)

(乙)七言句“仄仄平平仄仄平”，第三字不能拗，如果拗了，就成为“仄仄仄平仄仄平”，即犯孤平，也必须用本句自救来补救，可变通为“仄仄仄平平仄平”，把原句型的第三字与第五字的位置对换一下。举例：

笑问客从何处来　(贺知章：《回乡偶书》)

野水野花清露时　(韩偓：《伤乱》)

(二)对句相救

正常句型“仄仄平平仄，平平仄仄平”。如果出句第四字拗以及对句第一字拗，成为“仄仄平仄仄，仄平仄仄平”。即犯了孤平，那么对句第三字仄应易平，变通为“仄仄平仄仄，仄平平仄平”。这样，既救了出句之拗，也避免了对句的孤平。举例：

窈窕清禁闼，罢朝归不同。(杜甫：《奉答岑参补阙见赠》)

只有天在上，更无山与齐。(寇准：《华山》)

第六节　三平调

三平调，又称“下三连”，是指诗句句尾三个字连用三个平声字，读来不顺口，违反了和谐的音律原则，这是律诗不允许的。

格律诗虽在初唐已成熟定型，但是古体诗与之同时流行，相互影响，尚未完全摆脱古风格调，加上有的诗人刻意追求高古的平韵古风，因此这些作品只能称之为“五言古诗”、“七言古诗”或者“古风式律诗”。

例如，李白《下终南山过斛斯山人宿置酒》中“随人归”、“开荆扉”、“吟松风”、“河星稀”等句；杜甫《望岳》中的“生层云”；王维《终南别业》中的“南山陲”、“无还期”；崔颢《黄鹤楼》中的“空悠悠”；刘长卿《听弹琴》中的“松风寒”；金昌绪《春怨》中的“黄莺儿”等等。韩愈的《谒衡岳庙遂宿岳寺题门楼》一诗中，三平调愈加多见，堪称典型。

第七节　对与粘

对与粘作为律诗的重要规则之一，是为了保证一联内出句与对句在节奏点上的平仄相反不重复，以及下联出句与上联对句在节奏点上的相粘，起到平仄形式不至于单调的必要作用。

律诗有四联，每联两句，即出句与对句，对句的平仄要与出句的平仄相反，平对仄，仄对平，形成对立，这就是“对”，不符合的就是“失对”。具体地说，五言律诗中每一联对句的第二字与出句的第二字平仄要相反，称为“对”，反之叫“失对”；七言律诗中每一联对句的第二、四字与出句的第二、四字平仄要相反，称为“对”，反之叫“失对”。

就五律而言，上一联的下句与下一联的上句，第二字平仄应相同，这就是“粘”，粘连的意思，反之即为“失粘”；拿七律来说，上一联的下句与下一联的上句第二、四字的平仄应相同，反之即为“失粘”。现举例说明如下：

望月怀远

张九龄

联	句	诗句	平仄
首联	出句（上句）	海上生明月，	仄仄平平仄
	对句（下句）	天涯共此时。	平平仄仄平
颔联	出句（上句）	情人怨遥夜，	平平仄平仄
	对句（下句）	竟夕起相思。	仄仄仄平平
颈联	出句（上句）	灭烛怜光满，	仄仄平平仄
	对句（下句）	披衣觉露滋。	平平仄仄平
尾联	出句（上句）	不堪盈手赠，	仄平平仄仄
	对句（下句）	还寝梦佳期。	平仄仄平平

这是一首正格首句不入韵仄起式的五律，每联上下句第二字都是平仄相对，如“上”（仄声）与“涯”（平声）相对；“人”（平声）与“夕”（仄声）相对；“烛”（仄声）与“衣”（平声）相对；“堪”（平声）与“寝”（仄声）相对。

再看，首联下句第二字“涯”（平声）与颔联上句第二字“人”（平声）平平相粘；颔联下句第二字“夕”（仄声）与颈联上句第二字“烛”（仄声）仄仄相粘；颈联下句第二字“衣”（平声）与尾联上句第二字“堪”（平声）平平相粘。

野望

杜甫

首联：	出句（上句）	西山白雪三城戍，	平平仄仄平平仄
	对句（下句）	南浦清江万里桥。	平仄平平仄仄平
颔联：	出句（上句）	海内风尘诸弟隔，	仄仄平平平仄仄
	对句（下句）	天涯涕泪一身遥。	平平仄仄仄平平
颈联：	出句（上句）	唯将迟暮供多病，	平平仄仄仄平仄
	对句（下句）	未有涓埃答圣朝。	仄仄平平仄仄平
尾联：	出句（上句）	跨马出郊时极目，	仄仄仄平平仄仄
	对句（下句）	不堪人事日萧条。	仄平平仄仄平平

这是一首变格首句不入韵平起式的七律，每联出句与对句的第二字都是平仄相对，如“山”（平声）与“浦”（仄声）相对；“内”（仄声）与“涯”（平声）相对；“将”（平声）与“有”（仄声）相对；“马”（仄声）与“堪”（平声）相对。每联出句与对句的第四字也是平仄相对，如“雪”（仄声）与“江”（平声）相对；“尘”（平声）与“泪”（仄声）相对；“暮”（仄声）与“埃”（平声）相对；“郊”（平声）与“事”（仄声）相对。平仄相对的情况甚至涵盖了每联出句与对句的第六字。

首联下句第二字“浦”（仄声）与颔联上句第二字“内”（仄声），仄仄相粘；颔联下句第二字“涯”（平声）与颈联上句第二字“将”（平声），平平相粘；颈联下句第二字“有”（仄声）与尾联上句第二字“马”（仄声），仄仄相粘。首联下句第四字“江”（平声）与颔联上句第四字“尘”（平声），平平相粘；颔联下句第四字“泪”（仄声）与颈联上句第四字“暮”（仄声），仄仄相粘；颈联下句第四字“埃”（平声）与尾联上句第四字“郊”（平声），平平相粘。同样，平平相粘与仄仄相粘包括了整诗各联下句与上句的第六字。

齐梁时代的新体诗规定了一联内上下句的“对”，而联与联的“粘”则要更晚些，当时虽已流行，但尚未形成规范化。初唐、盛唐诗人同样沿袭这一传统，在要求不高的情况下，遵循力度当然不大，因此失对失粘的作品屡有出现。举例如下。

送著作佐郎崔融等从梁王东征

陈子昂

金天方肃杀，白露（仄）始专征。

王师（平）非乐战，之子慎佳兵。

海气侵南部，边风(平)扫北平。

莫卖(仄)卢龙塞，归邀麟阁名。

此诗首联对句的“露”与颔联出句的“师”，平仄相反而失粘。颈联对句的“风”与尾联出句的“卖”，也是平仄相反而失粘。

于易水送人

骆宾王

此地(仄)别燕丹，壮士(仄)发冲冠。

昔时(平)人已没，今日水犹寒。

此诗上联上句的“地”与下句的“士”，仄仄相对而失对；“士”与下联上句的“时”，平仄相反而失粘。

长干行

崔　颢

君家何处生？妾住(仄)在横塘。

停船(平)暂借问，或恐是同乡。

此诗上联下句的“住”与下联上句的“船”，平仄相反而失粘。

渭城曲

王　维

渭城朝雨浥轻尘，客舍(仄)青青柳色新。

劝君(平)更尽一杯酒，西出阳关无故人。

此诗上联下句的“舍”与下联上句的“君”，平仄相反而失粘。（此诗列入乐府，有《阳关三叠》之美称。）

中唐及以后，“对与粘”规定较严，违者渐少，偶有这种情况，也属故意学杜甫之拗体。

例如：

赠　内

白居易

漠漠暗苔新雨地，微微(平)凉露欲秋天。

莫对(仄)月明思往事，损君颜色减君年。

此诗上联下句的“微”与下联上句的“对”，平仄相反而失粘。

至宋后，由于科举考场严格规定不准有失对与失粘，情况就迥然不同了，除非是刻意求拗者。

举例：

村 行

王禹偁

马穿(平)山径(仄)菊初(平)黄，信马(仄)悠悠(平)野兴(仄)长。

万壑(仄)有声(平)含晚(仄)籁，数峰(平)无语(仄)立斜(平)阳。

棠梨(平)叶落(仄)胭脂(平)色，荞麦(仄)花开(平)白雪(仄)香。

何事(仄)吟余(平)忽惆(平)怅？村桥(平)原树(仄)似吾(平)乡。

这首首句入韵平起式的七律宋诗，除了尾联上下句第六字“惆”与“吾”因平仄变通属本句自救外，全诗第二、四、六字节奏点上都不失对不失粘。

第八节 拗 救

格律诗中凡平仄不合律的，称之“拗”。

前人有“一三五不论，二四六分明”的口诀，指的是每句诗的一、三、五字可以“不论”，平的可仄，仄的可平，而在二、四、六字节奏点则须“分明”，这是指七律、七绝而言；对五律、五绝来说，则是“一三不论，二四分明”。其实，这个口诀只能说基本正确，却并不尽然。故又有人认为“一三五不一定不论，二四六不一定分明”，这就是因“不论”而出现“拗救”的变通情况。

以下四种情况必须注意：

1.“孤平”为格律诗之大忌，出现这种情况，必须拗救。

2.“三平调”为格律诗所避忌，必须拗救。

3.半拗可救可不救，如五律“仄仄平平仄”改为“平仄平平仄”，可不救；“仄仄平平仄”改为“仄仄仄平仄”，这种出句第三字平拗仄，那么对句第三字应仄拗平，由原来的“平平仄仄平”改为“平平平仄平”。如七律“平平仄仄平平仄”改为“仄平仄仄平平仄”或“平平平仄平平仄”，可不救，如改为“平平仄仄仄平仄”，出句第五字平拗仄，则对句第五字应仄拗平，由原来的“仄仄平平仄仄平”改为“仄仄平平平仄平”。以上处于一、三、五字非节奏点，称为“半拗”，五律上句的第三字拗与七律上句的第五字拗，通常用对句相救。

4.大拗必救，如五律的“仄仄平平仄”改为“仄仄平仄仄”；七律的“平平仄仄平平仄”改为“平平仄仄平仄仄”。这样，就改变了原来的平仄脚句型，属大拗必救，通常都采用“对句相救”来解决。

“拗”本来就违反诗歌格律，吟诵拗口，只有通过此处拗，别处再拗作为补救，使得音律恢复悦耳动听。下节将分别详述与举例。

第九节　三十三种平仄变通基本规则

一、五言律诗

（一）平平平仄仄　（三种变通句型结构）

（甲）按“一、三不论”第一字可变通用仄声，成为：“仄平平仄仄”。（▲表示仄声，△表示平声。）举例：

可怜闺里月　（沈佺期：《杂诗》）
我行殊未已　（宋之问：《题大庾岭北驿》）
那堪玄鬓影　（骆宾王：《在狱咏蝉》）
愿君多采撷　（王维：《相思》）
欲穷千里目　（王之涣：《登鹳雀楼》）
白头宫女在　（元稹：《行宫》）
晚来天欲雪　（白居易：《问刘十九》）
近乡情更怯　（李频：《渡汉江》）

（乙）如果第三字拗，则第四字救，变通为“平平仄平仄”，也即第三字与第四字的位置对换，属本句自救。举例：

情人怨遥夜　（张九龄：《望月怀远》）
明朝望乡处　（宋之问：《题大庾岭北驿》）
无为在歧路　（王勃：《送杜少府之任蜀川》）
泉声咽危石　（王维：《过香积寺》）
移舟泊烟渚　（孟浩然：《宿建德江》）
红颜弃轩冕　（李白：《赠孟浩然》）
遥怜小儿女　（杜甫：《月夜》）
烦君最相警　（李商隐：《蝉》）

（丙）第一字拗，也可以用对句第一字补救，变通为“仄平平仄仄，平仄仄平平”。属对句相救。举例：

不堪盈手赠，还寝梦佳期。（张九龄：《望月怀远》）
与君离别意，同是宦游人。（王勃：《送杜少府之任蜀川》）
哪堪玄鬓影，来对白头吟。（骆宾王：《在狱咏蝉》）
竹喧归浣女，莲动下渔舟。（王维：《山居秋暝》）

（二）仄仄仄平平　（一种变通句型结构）

第一字可变通用平声，成为“平仄仄平平”；第三字不能变通，否则就成了“三平调”。举例：

城阙辅三秦　（王勃：《送杜府之任蜀川》）
谁为表予心　（骆宾王：《在狱咏蝉》）
沙暖睡鸳鸯　（杜甫：《绝句二首》）
书剑两无成　（孟浩然：《自洛之越》）
寥落古行宫　（元稹：《行宫》）
能饮一杯无　（白居易：《问刘十九》）
雄险此回环　（张祜：《入潼关》）
圆魄上寒空　（李峤：《中秋月》）
风雪夜归人　（刘长卿：《逢雪宿芙蓉山主人》）
林暗草惊风　（卢纶：《塞下曲》）

（三）仄仄平平仄　（五种变通句型结构）

（甲）这是个平仄脚句型，第一字可变通用平声，成为“平仄平平仄”，按照“一三不论”属于半拗，对句可不救。举例：

闻道黄龙戍　（沈佺期：《杂诗》）
阴月南飞雁　（宋之问：《题大庾岭北驿》）
西陆蝉声唱　（骆宾王：《在狱咏蝉》）
功盖三分国　（杜甫：《八阵图》）
红豆生南国　（王维：《相思》）
山水寻吴越　（孟浩然：《自洛之越》）

余亦能高咏　　（李白：《夜泊牛渚怀古》）

何处枭凶辈　　（张祜：《入潼关》）

惆怅南朝事　　（刘长卿：《秋日登吴公台上寺远眺》）

（乙）出句第三字拗，则对句第三字救，成为"仄仄仄平仄，平平平仄平"。此属对句相救。举例：

落日鸟边下，秋原人外闲。（王维：《登裴秀才迪小台作》）

万籁此俱寂，但余钟磬音。（常建：《题破山寺后禅院》）

挥手自兹去，萧萧班马鸣。（李白：《送友人》）

（丙）如果出句第四字拗，则改变了平仄脚句型，那么对句第三字应救，这种对句相救属"大拗必救"。此联的句型结构成为"仄仄平仄仄，平平平仄平"。举例：

远送从此别，青山空复情。（杜甫：《奉济驿重送严公四韵》）

野火烧不尽，春风吹又生。（白居易：《赋得古原草送别》）

（丁）上述"大拗必救"，出句第一字可变通用平声，此联句型结构成为"平仄平仄仄，平平平仄平"。举例：

林表明霁色，城中增暮寒。　（祖咏：《终南望余雪》）

（戊）上述（丙）的"大拗必救"，也可变通为"仄仄平仄仄，仄平平仄平"。即对句第一字平易仄。举例：

窈窕清禁闼，罢朝归不同。（杜甫：《奉答岑参补阙见赠》）

只有天在上，更无山与齐。（寇准：《华山》）

（四）平平仄仄平　（两种变通句型结构）

（甲）第一字不能拗，否则就会犯"孤平"；第三字可变通用平声，成为"平平平仄平"，第一字一定要"论"，第三字可以"不论"。举例：

春风花草香　　（杜甫：《绝句二首》）

深山何处钟　　（王维：《过香积寺》）

王孙归不归　　（王维：《送别》）

禅房花木深　　（常建：《题破山寺后禅院》）

（乙）如果第一字拗，则第三字要易平声，即第一、三字的位置对换，变通成为"仄平平仄平"，此属本句自救。举例：

寂寥无所欢 （李白：《宿五松山下荀媪家》）

往来成古今 （孟浩然：《与诸子登岘山》）

夜来风雨声 （孟浩然：《春晓》）

欲归翻旅游 （高适：《别韦五》）

恐惊天上人 （李白：《夜宿山寺》）

坐看云起时 （王维：《终南别业》）

故园芜已平 （李商隐：《蝉》）

莫教枝上啼 （金昌绪：《春怨》）

远随流水香 （刘昚虚：《阙题》）

二、七言律诗

（一）仄仄平平仄仄平 （五种变通句型结构）

（甲）第一字按“一、三、五不论”可变通用平声，句型结构成为“平仄平平仄仄平”。举例：

笳鼓喧喧汉将营 （祖咏：《望蓟门》）

千里江陵一日还 （李白：《早发白帝城》）

注：一，古音入声四质；今音 yī，阴平。

樽酒家贫只旧醅 （杜甫：《客至》）

河上仙翁去不回 （崔曙：《九日登望仙台呈刘明府》）

空戴南冠学楚囚 （赵嘏：《长安秋夕》）

方丈萧萧落叶中 （戴叔伦：《酬盏厔耿少府湋见寄》）

霜叶红于二月花 （杜牧：《山行》）

汀月寒生古石楼 （贾岛：《早秋寄题天竺灵隐寺》）

心有灵犀一点通 （李商隐：《无题》）

人物萧条市井空 （张泌：《边上》）

飞入寻常百姓家 （刘禹锡：《乌衣巷》）

诗界千年靡靡风 （梁启超：《读陆放翁集》）

注：靡靡，表示“颓废”，读 mǐ；靡费，表示“浪费”，读 mí。这里读 mǐ。

（乙）第三字不可拗，否则就会犯“孤平”；第五字可变通用平声，句型结构成为“仄仄平平平仄平”。举例：

万里长征人未还 （王昌龄：《出塞》）
晋代衣冠成古丘 （李白：《登金陵凤凰台》）
隔叶黄鹂空好音 （杜甫：《蜀相》）
极目萧条三两家 （岑参：《山房春事》）
汴水东流无限春 （李益：《汴河曲》）
自古逢秋悲寂寥 （刘禹锡：《秋词》）
月落乌啼霜满天 （张继：《枫桥夜泊》）
北斗阑干南斗斜 （刘方平：《月夜》）
一道残阳铺水中 （白居易：《暮江吟》）
地险悠悠天险长 （李商隐：《南朝》）
塞叶声悲秋欲霜 （沈彬：《塞下》）
苦竹丛深春日西 （郑谷：《鹧鸪》）

（丙）如果第三字拗，则第五字必须再拗，变通句型结构成为“仄仄仄平平仄平”，即第三、五字的位置对换，属于本句自救。举例：

眼见客愁愁不醒 （杜甫：《绝句漫兴》）
笑问客从何处来 （贺知章：《回乡偶书》）
野水野花清露时 （韩偓：《伤乱》）

（丁）上述（丙）也可变通成为“平仄仄平平仄平”，即第一字仄易平。举例：

山雨欲来风满楼 （许浑：《咸阳城东楼》）
长笛一声人倚楼 （赵嘏：《长安秋夕》）
长笛一声归岛门 （谭用之：《秋宿湘江遇雨》）

（戊）在（丁）的基础上，第三字可变通用平声，句型结构成为“平仄平平平仄平”。举例：

丹凤城南秋夜长 （沈佺期：《独不见》）
芳草萋萋鹦鹉洲 （崔颢：《黄鹤楼》）
风急天高猿啸哀 （杜甫：《登高》）
风起杨花愁煞人 （李益：《汴河曲》）

天淡云闲今古同　（杜牧:《题宣州开元寺水阁》）

明日愁来明日愁　（罗隐:《自遣》）

江雨霏霏江草齐　（韦庄:《台城》）

扬子江头杨柳春　（郑谷:《淮上与友人别》）

寒到君边衣到无　（陈玉兰:《寄夫》）

（二）平平仄仄仄平平　（三种变通句型结构）

（甲）第一字可拗，平易仄，句型结构成为“仄平仄仄仄平平”；第五字不可拗，否则就成了“三平调”。举例：

忽闻岸上踏歌声　（李白:《赠汪伦》）

注:忽，古音入声六月；今音 hū，阴平。

指挥若定失萧曹　（杜甫:《咏怀古迹》）

注:失，古音入声四质；今音 shī，阴平。

谢公此地昔年游　（贾岛:《早秋寄题天竺灵隐寺》）

注:昔，古音入声十一陌；今音 xī，阴平。

绿杨著水草如烟　（李益:《盐州过胡儿饮马泉》）

(5)半江瑟瑟半江红　（白居易:《暮江吟》）

（乙）第三字可变通用平声，句型结构成为“平平平仄仄平平”。举例：

秦时明月汉时关　（王昌龄:《出塞》）

蓬门今始为君开　（杜甫:《客至》）

江枫渔火对愁眠　（张继:《枫桥夜泊》）

虫声新透绿窗纱　（刘方平:《月夜》）

江边深夜舞刘琨　（谭用之:《秋宿湘江遇雨》）

吴人何苦怨西施　（罗隐:《西施》）

清明时节雨纷纷　（杜牧:《清明》）

朝闻游子唱离歌　（李颀:《送魏万之京》）

金陵津渡小山楼　（张祜:《题金陵渡》）

佳人才唱翠眉低　（郑谷:《鹧鸪》）

身留环卫隐墙东　（戴叔伦:《酬盩厔耿少府湋见寄》）

文章何处哭秋风　（李贺:《南国十三首》）

(丙)第一、三字平仄对换,句型结构成为"仄平平仄仄平平",属本句自救。举例:

万条垂下绿丝绦 (贺知章:《咏柳》)
每逢佳节倍思亲 (王维:《九月九日忆山东兄弟》)
洞庭春尽水如天 (柳宗元:《别舍弟宗一》)
十年多难与君同 (刘长卿:《送李录事兄归襄阳》)
注:十,古音入声十四缉;今音 shí,阳平。
朔云边月满西山 (严武:《军城早秋》)
六朝如梦鸟空啼 (韦庄:《台城》)
白云深处有人家 (杜牧:《山行》)
一川如画晚晴新 (吴融:《富春》)
两三星火是瓜州 (张祜:《题金陵渡》)
至今千里赖通波 (皮日休:《汴河怀古》)
淡妆浓抹总相宜 (苏轼:《饮湖上,初晴后雨》)
去年今日割台湾 (丘逢甲:《春愁》)
注:割,古音入声七曷;今音 gē,阴平。

(三)平平仄仄平平仄 (八种变通句型结构)

(甲)这是个平仄脚句型,第一字可拗,句型结构成为"仄平仄仄平平仄"。举例:

不知细叶谁裁出 (贺知章:《咏柳》)
画图省识春风面 (杜甫:《咏怀古迹》)
欲知此后相思梦 (柳宗元:《别舍弟宗一》)
可怜九月初三夜 (白居易:《暮江吟》)
主人不在花长在 (钱起:《故王维右丞堂前芍药花开,凄然感怀》)
座中醉客延醒客 (李商隐:《杜工部蜀中离席》)
映霞旅雁随疏雨 (沈彬:《塞下》)
不知近水花先发 (张谓:《早梅》)
洞房昨夜停红烛 (朱庆馀:《近试上张水部》)
若无水殿龙舟事 (皮日休:《汴河怀古》)

（乙）第三字可拗，句型结构成为“平平平仄平平仄”。举例：

沙场烽火侵胡月　（祖咏：《望蓟门》）
云横秦岭家何在　（韩愈：《左迁至蓝关示侄孙湘》）
交亲流落身羸病　（韩偓：《伤乱》）
姑苏城外寒山寺　（张继：《枫桥夜泊》）
西园公子名无忌　（韦庄：《忆昔》）
真珠帘外梧桐影　（白居易：《寒闺怨》）
须知胡骑纷纷在　（杜牧：《早雁》）
嫦娥应悔偷灵药　（李商隐：《嫦娥》）
三湘愁鬓逢秋色　（卢纶：《晚次鄂州》）
纵横联句长侵晓　（杨巨源：《送人过卫州》）

（丙）出句第五字拗，则对句第五字救，属对句相救，句型结构成为“平平仄仄仄平仄，仄仄平平平仄平”。如出句首字拗，则对句首字再拗。举例：

雨中草色绿堪染，水上桃花红欲燃。（王维：《辋川别业》）
春潮带雨晚来急，野渡无人舟自横。（韦应物：《滁州西涧》）

（丁）第一、三字的平仄对换，属本句自救，句型结构成为“仄平平仄平平仄”。举例：

白狼河北音书断　（沈佺期：《独不见》）
注：白，古音入声十一陌；今音 bái，阳平。
为乘阳气行时令　（王维：《奉和圣制从蓬莱向兴庆阁道中留春雨中春望之作应制》）
不知何处吹芦管　（李益：《夜上受降城闻笛》）
莫愁前路无知己　（高适：《别董大》）
更催飞将追骄虏　（严武：《军城早秋》）
可怜无定河边骨　（陈陶：《陇西行》）
旧时王谢堂前燕　（刘禹锡：《乌衣巷》）
数声风笛离亭晚　（郑谷：《淮上与友人别》）
一行书信千行泪　（郑玉兰：《寄夫》）
绝无衣被苍生用　（丘逢甲：《春日杂诗》）
注：绝，古音入声九屑；今音 jué，阳平。

(戊)第三、五字的平仄对换,属本句自救,句型结构成为"平平平仄仄平仄"。举例:

吴宫花草埋幽径　(李白:《登金陵凤凰台》)

渔人相见不相问　(谭用之:《秋宿湘江遇雨》)

溪云初起日沉阁　(许浑:《咸阳城东楼》)

(己)如果变通为"平平仄仄平仄仄",即改变了平仄脚句型,此属大拗,须"大拗必救",也就是出句第六字拗,对句第五字应再拗。这样,此联的句型结构就成为"平平仄仄平仄仄,仄仄平平平仄平"。举例:

流年不尽人自老,外事无端心已空。(戴叔伦:《酬盩厔耿少府湋见寄》)

帘虚日薄花竹静,时有乳鸠相对鸣。(苏舜钦:《初晴游沧浪亭》)

注:竹,古音入声一屋;今音 zhú,阳平。对句中的第一字"时",平声;第三字"乳",上声。作者系采用第一、三字平仄对换的作诗技巧来补救。

(庚)出句第六字拗,改变了平仄脚句型,如(己)所述,则对句也可变通为"仄仄仄平平仄平"。这样,出句与对句的句型结构就成为"平平仄仄平仄仄,仄仄仄平平仄平"。且出句首字可平可仄。举例:

舞阳去叶才百里,贱子与公俱少年。(黄庭坚:《次韵裴仲谋同年》)

(辛)如果出句改变平仄脚句型,第五、六字皆拗,成为"仄平仄仄仄仄仄",一句中仅第二字是平声。此种大拗,对句第五字要用平声相救,应成"平仄仄平平仄平",即从原来的正常句型"平平仄仄平平仄,仄仄平平仄仄平"变通为"仄平仄仄仄仄仄,平仄仄平平仄平"。举例:

一身报国有万死,双鬓向人无再青。(陆游:《夜泊水村》)

注:对句第五字"无"字既救了本句第三字的"向",又救了出句中第五、六"有"、"万"两个拗字,这种拗救属"本句自救"兼"对句相救"双用法。

(四)仄仄平平平仄仄　(六种变通句型结构)

(甲)按照"一、三、五不论",首字可易平声,句型结构成为"平仄平平平仄仄"。举例:

三晋云山皆北向　(崔曙:《九日登望仙台呈刘明府》)

黄鹤楼中吹玉笛　(李白:《与史郎中钦听黄鹤上吹笛》)

回乐峰前沙似雪　(李益:《夜上受降城闻笛》)

心忆悬帆身未遂　(贾岛:《早秋寄题天竺灵隐寺》)

今夜偏知春气暖 （刘方平:《月夜》）
山色遥连秦树晚 （韩翃:《同题仙游观》）
神女生涯原是梦 （李商隐:《无题》）
惆怅无因见范蠡 （杜牧:《题宣州开元寺水阁》）
谁爱风流高格调 （秦韬玉:《贫女》）
三十年前谁过此 （陈宝琛:《吉隆车中口号》）

（乙）第三字可以平易仄，句型结构成为“仄仄仄平平仄仄”。举例：

独在异乡为异客 （王维:《九月九日忆山东兄弟》）
此夜曲中闻折柳 （李白:《春夜洛城闻笛》）
桂岭瘴来云似墨 （柳宗元:《别舍弟宗一》）
隔座送钩春酒暖 （李商隐:《无题》）
二十四桥明月夜 （杜牧:《寄扬州韩绰判官》）
汉水楚云千万里 （刘长卿:《送李录事兄归襄邓》）
只此旅魂招未得 （张泌:《边上》）
十里暗流声不断 （李群玉:《引水行》）
自是海边鸥伴侣 （陆龟蒙:《寒夜同袭美访北禅院寂上人》）
一样晓风残月地 （夏曾佑:《无题》）

（丙）第一、三字的平仄对换，句型结构成为“平仄仄平平仄仄”。举例：

花径不曾缘客扫 （杜甫:《客至》）
庭树不知人去尽 （岑参:《山房春事二首》）
同作逐臣君更远 （刘长卿:《重送裴郎中贬吉州》）
闻道欲来相问讯 （韦应物:《寄李儋、元锡》）
鸿雁不堪愁里听 （李颀:《送魏万之京》）
银烛树前长似昼 （韦庄:《忆昔》）
商女不知亡国恨 （杜牧:《泊秦淮》）
千里暮烟愁不尽 （张泌:《边上》）
诗客入天争秀骨 （刘光第:《峨眉最高顶》）
风雅不亡由善变 （黄遵宪:《酬曾重伯编修》）

(丁)上述(丙)“平仄仄平平仄仄”的出句第一、三字的拗救,也可兼作对句相救,其对句变通为“仄平平仄仄平平”。这样,出句与对句的句型结构就成为“平仄仄平平仄仄,仄平平仄仄平平”。举例:

云里帝城双凤阙,雨中春树万人家。
(王维:《奉和圣制从蓬莱向兴庆阁道中留春雨中春望之作应制》)

(戊)“仄仄平平平仄仄”句型也可变通成为“平仄平平仄平仄”,属本句自救。举例:

千载琵琶作胡语 (杜甫:《咏怀古迹》)
灯底裁缝剪刀冷 (白居易:《寒闺怨》)
行到中庭数花朵 (刘禹锡:《春词》)
妆罢低声问夫婿 (朱庆馀:《近试上张水部》)

(己)上述(戊)也可变通为“仄仄平平仄平仄”,即第一字由平易仄。举例:

(1)但用东山谢安石 (李白:《永王东巡歌》)
正是江南好风景 (杜甫:《江南逢李龟年》)
莫遣行人照容鬓 (李益:《盐州过胡儿饮马泉》)
想得家中夜深坐 (白居易:《邯郸冬至夜思家》)
苦恨年年压金线 (秦韬玉:《贫女》)
注:压,古音入声十七洽;今音 yā,阴平。
欲把西湖比西子 (苏轼:《饮湖上,初晴后雨》)
记取江湖泊船处 (陆游:《夜泊水村》)
不管烟波与风雨 (郑文宝:《绝句三首》)
试挈壶觞饮江水 (黄节:《岁暮示秋枚》)
便遣频阳老王翦 (鲁一同:《辛丑重有感》)

以上三十三种变通句型结构,即为三十三种平仄变通基本规则的具体化。

第十节 对仗的要点、格式及形式

对仗,又称对偶,应注意以下六项要点。

(一)一联中的出句与对句,要平仄相对。按常规,律诗中的首联和尾联不需对仗，颔联和颈联必须对仗，而三对仗、四对仗则不限。非常规的一对仗也有，但总是在颈联，颔联可以不对仗；个别的甚至整首律诗中连一对仗也没有，比如李白《夜泊牛渚怀古》：

牛渚西江夜，青天无片云。
登舟望秋月，空忆谢将军。
余亦能高咏，斯人不可闻。
明朝挂帆去，枫叶落纷纷。

这首五言律诗的押韵、平仄、对粘完全合乎格律诗的要求，但是颈联对仗却连宽对也谈不上，只能视为零对仗。然而，此诗甚被推崇，因为诗的意境深远，胜出追求对仗的工整。

（二）每联对仗，不但要求出句与对句的字数相同，含义相对且在同一字序位置上的字词保持词性一致，名词对名词，动词对动词，形容词对形容词，副词对副词，代词对代词等等。特别在名词中要求人名对人名，地名对地名，专有名词对专有名词等，而名词的细目又可分为天文、地理、时令、宫室、服饰、器用、饮食、植物、动物、体貌、文学、人伦、人事、武备、技艺、珍宝，等等，还有数量词、方位词、干支词、颜色词、叠音词、联绵词，等等。总之，格律诗对仗对词的分类非常细致、讲究。

（三）忌合掌，对仗要“反对”，不要“正对”。正对是指出句与对句构成意义重复的一联，字词同类，缺少“理殊趣合”的意境，这是格律诗对仗之大忌。文艺理论家刘勰在《文心雕龙·丽辞》中曾举例王粲《登楼赋》中的两句：“钟仪幽而楚奏，庄舄显而越吟。”说明楚囚钟仪奏琴时仍奏楚国音乐，而越人庄舄在楚做大官仍发越声。出句与对句属于“理殊趣合”，是“反对为优”。同时又举例张协《七哀诗》中的两句诗：“汉祖想枌榆，光武思白水。”说明刘邦想家乡枌榆和刘秀思家乡白水的出句与对句意思重复，字词同类，属于“事异义同”，即“正对为劣”，犯了合掌。

在唐诗中，属于“反对为优”的诗例很多，诸如“晓战随金鼓，宵眠抱玉鞍”（李白：《塞下曲》）；“且看欲尽花经眼，莫厌伤多酒入唇”（杜甫：《曲江》）；“水落鱼梁浅，天塞梦泽深。”（孟浩然：《与诸子登岘山》）；等等。

对于合掌，这里必须特别指出，那就是一联中的出句与对句，其意义完全相同或基本相同的动词、形容词、虚词相对，都不属犯合掌，而虚词一般是指介词、连词、助词、语气词、叹词等在句中不能独立充当任何成分的词。比如：“岐王宅里寻常见，崔九堂前几度闻。”（杜甫：《江南逢李龟年》），此联的“见”与“闻”是两个意义基本相同的动词相对。再如：“竹喧归浣女，莲动下渔舟。”（王维：《山居秋暝》），此联的“喧”与“动”也是两个意义基本相同的动词相对。又如：“江汉古人少，音书从此稀。”（杜甫：《赠韦赞善别》），此联的“少”与“稀”是两个意义完全相同的形容词相对。其他如：“敢将十指夸纤巧，不把双眉斗画长。”（秦韬玉：《贫女》），此联的“将”与“把”，以及“拼将十万头颅血，须把乾坤力挽回”。（秋瑾：《黄海舟中日人索句并见日俄战争地图》），此联的“将”与“把”，均为两个同义的介词相对，皆不属犯合掌之例。有时，名词对名词甚至也不能算犯合掌，例如“弟妹悲歌里，朝廷醉眼中”。（杜甫：《九日登梓州城》），此联的“里”与“中”，都含有“内”的意义，是两个同义的名词相对。再如：“溪云初起日沉阁，山雨欲来风满楼。”（许浑：《咸阳城东楼》），此联的“阁”与“楼”，是两个意义基本相同的名词相对，而且，历代诗评家对此联大多给予好评，尤其是“山雨欲来风满楼”更是千百年来传诵不衰的名句。由此也可见，唐人写诗十分重视“当以意为主”和“不以词害意”的优良传统。

（四）每联中，出句与对句在同一字序位置上的字不可相同，故要忌同字相对。对此，以往五古多不避，比如：“去者日以疏，来者日以亲。”（《古诗十九首·去者日以疏》）；大诗人杜甫作五古《佳人》：“但见新人笑，哪闻旧人哭。在山泉水清，出山泉水浊。”同样不忌避同字相对，但写格律诗却截然不同。

（五）在联中要求出句与对句的句式结构和音韵节奏一致，但对邻联却要避免结构与节奏的雷同。唯有如此，才能不造成音律的重复呆板而倾向错综交替、多姿多彩的灵活性，故要忌雷同。例如，苏轼《六月二十日夜渡海》：

参横|斗转|欲|三更，苦雨|终风|也|解晴。
××|××|×|××　××|××|×|××

云散|月明|谁|点缀，天容|海色|本|澄清。
××|××|×|××　××|××|×|××

空余|鲁叟|乘桴|意，粗识|轩辕|奏乐|声。
××|××|××|×　××|××|××|×

九死|南荒|吾|不恨，兹游|奇绝|冠|平生。
××|××|×|××　××|××|×|××

这首诗颔联的节奏形式是“××　××　×　××”（2＋2＋1＋2）型，颈联节奏形式是“××　××　××　×”（2＋2＋2＋1）型。颔联出句与对句的节奏是一致的，而颈联出句与对句的节奏也是一致的，但主要体现在颔联节奏跟颈联节奏并不雷同。

再从古汉语语法视角来看句式结构。

颔联出句的“云散”、“月明”是偏正短语作主语（省略了关联词语的连接），状动结构“点缀”作动词谓语，疑问代词“谁”放在动词的前面，“谁点缀”就是“点缀谁”，“谁”作宾语，这一句的句式结构即为主语（偏正短语）＋谓语（状动结构）＋宾语（疑问代词）。对句的“天容”、“海色”也是偏正短语作主语，形容词“澄清”作谓语，“本”是副词作状语，这一句的句式结构即为主语（偏正短语）＋谓语（形容词活用）＋状语（副词）。故颔联上下句的句式结构基本上达到一致。

颈联出句句首的“空余”作主语“鲁叟”的定语，动词“意”含有“意会”之意作谓语，而“乘桴”是动词性词组，在句中充当“意”的状语，这一句的句式结构即为：定语＋主语＋谓语（动词）＋状语（动词性词组）。对句句首的“粗识”作主语“轩辕”的定语，动词“声”含有“声明”之意作谓语，而“奏乐”也是动词性词组，在句中充当“声”的状语，这一句的句式结构即为：定语＋主语＋谓语（动词）＋状语（动词性词组）。故颈联上下句的句式结构是一致的。

然而，颔联与颈联的句式结构就不一样，忌避了雷同的情况。

（六）一联中的出句与对句，凡细类词语相对，属工整的是“工对”，也称“严对”，比如：“敏捷诗千首，飘零酒一杯。”（杜甫：《不见》）“潮平两岸阔，风正一帆悬。”（王湾：《次北固山下》）等。一联中的出句与对句，在相对位置上未能用同类或邻类的字词相对，而仅能用词性相同，有时甚至连词性也有差异的字词来相对是“宽对”，比如“三顾频烦天下计，两朝开济老臣心。”（杜甫：《蜀相》）、“人世几回伤往事，山形依旧枕寒流。”（刘禹锡：《西塞山怀古》）等。事实上，古代大诗人在追求对仗美和意境美“二者不可兼得”的时候，往往顾后者而不顾前者。

由于律诗格式普遍要求颔联与颈联对仗，故这里不举例，现就四对仗、三对仗、一对仗举例如下。

1. 五律（四对仗）

垂 白

杜 甫

垂白冯唐老，清秋宋玉悲。
江喧长少睡，楼迥独移时。
多难身何补，无家病不辞。
甘从千日醉，未许七哀诗。

故西河郡杜太守挽歌

王 维

天上去西征，云中护北平。
生擒白马将，连破黑雕城。
忽见刍灵苦，徒闻竹使荣。
空留左氏传，谁继卜商名。

2. 五律(三对仗)

发潭州

杜 甫

夜醉长沙酒,晓行湘水春。
岸花飞送客,樯燕语留人。
贾傅才未有,褚公书绝伦。
高名前后事,回首一伤神。

南中别蒋五岑向青州

张 说

老亲依北海,贱子弃南荒。
有泪皆成血,无声不断肠。
此中逢故友,彼地送还乡。
愿作枫林叶,随君度洛阳。

3. 五律(一对仗)

塞下曲

李 白

五月天山雪,无花只有寒。
笛中闻折柳,春色未曾看。
晓战随金鼓,宵眠抱玉鞍。
愿将腰下剑,直为斩楼兰。

月 夜

杜 甫

今夜鄜州月,闺中只独看。
遥怜小儿女,未解忆长安。
香雾云鬟湿,清辉玉臂寒。
何时倚虚幌,双照泪痕干。

4. 七律(四对仗)

登 高

杜 甫

风急天高猿啸哀,渚清沙白鸟飞回。
无边落木萧萧下,不尽长江滚滚来。
万里悲秋长作客,百年多病独登台。
艰难苦恨繁霜鬓,潦倒新停浊酒杯。

注:历代诗评家对此诗评价甚高。查慎行语:“七律八句皆属对,创自老杜。”(《瀛奎律髓汇评》)沈德潜评:“八句皆对,起二句对举之中仍复用韵,格奇而变。”(《唐诗别裁集》)胡应麟云:“此诗自当为古今七言律第一,不必为唐人七言律第一也。”(《诗薮》)

5. 七律(三对仗)

筹笔驿

李商隐

猿鸟犹疑畏简书,风云常为护储胥。
徒令上将挥神笔,终见降王走传车。
管乐有才终不忝,关张无命欲何如。
他年锦里经祠庙,梁父吟成恨有余。

与毛令方尉游西菩寺

苏　轼

推挤不去已三年,鱼鸟依然笑我顽。
人未放归江北路,天教看尽浙西山。
尚书清节衣冠后,处士风流水石间。
一笑相逢那易得,数诗狂语不须删。

6. 七律(一对仗)

咏怀古迹

杜　甫

摇落深知宋玉悲,风流儒雅亦吾师。
怅望千秋一洒泪,萧条异代不同时。
江山故宅空文藻,云雨荒台岂梦思。
最是楚宫俱泯灭,舟人指点到今疑。

黄鹤楼

崔　颢

昔人已乘黄鹤去,此地空余黄鹤楼。
黄鹤一去不复返,白云千载空悠悠。
晴川历历汉阳树,芳草萋萋鹦鹉洲。
日暮乡关何处是?烟波江上使人愁。

注:这首诗的上半首不合律,并有三平调,故为古风。下半首合律,是律诗。整首诗是一首古风形式律诗。此诗气势雄大,滔滔莽莽,历代诗评家评价甚高,有人评曰:“不古不律,亦古亦律,千秋绝唱,何独李唐?”严羽更是直截了当评曰:“唐

人七言律诗当以崔颢《黄鹤楼》为第一。”(《沧浪诗话》)

绝句对仗可分为四种形式。

(一)截取首、尾两联的,不须对仗。例如:

相　思

王　维

红豆生南国,春来发几枝。
愿君多采撷,此物最相思。

下江陵

李　白

朝辞白帝彩云间,千里江陵一日还。
两岸猿声啼不住,轻舟已过万重山。

(二)截取首、颔两联的,颔联要对仗。例如:

宿建德江

孟浩然

移舟泊烟渚,日暮客愁新。
野旷天低树,江清月近人。

陇西行

陈陶

誓扫匈奴不顾身,五千貂锦丧胡尘。
可怜无定河边骨,犹是春闺梦里人。

(三)截取颈、尾两联的,颈联要对仗。例如:

逢雪宿芙蓉山主人

刘长卿

日暮苍山远,天寒白屋贫。
柴门闻犬吠,风雪夜归人。

饮湖上初晴后雨

苏　轼

水光潋滟晴方好,山色空濛雨亦奇。
欲把西湖比西子,淡妆浓抹总相宜。

(四)截取颔、颈两联的,两联都要对仗。例如:

登鹳雀楼

王之涣

白日依山尽，黄河入海流。
欲穷千里目，更上一层楼。

绝句四首(三)

杜甫

两个黄鹂鸣翠柳，一行白鹭上青天，
窗含西岭千秋雪，门泊东吴万里船。

下面八种对仗形式。

(一)当句对，也称本句对，可分两种：一句自成对仗，与另一句并不构成对仗；另一种是既在出句中自成对仗，与对句同时构成对仗。

(甲)一句中自成对仗与另一句不构成对仗。

烟笼寒水月笼沙，夜泊秦淮近酒家。

(杜牧：《泊秦淮》)

秦时明月汉时关，万里长征人未还。

(王昌龄：《出塞》)

从以上两例，可看出本句中既同字相对，“笼”对“笼”、“时”对“时”；又因七言而字数未能成双。显示出当句对的两个特征。

(乙)出句自成对仗，并与对句同时构成对仗。

戎马不如归马逸，千家今有百家存。

(杜甫：《白帝》)

座中醉客延醒客，江上晴云杂雨云。

(李商隐：《杜工部蜀中离席》)

以上，第一例本句中“戎马”对“归马”，“马”字同字相对；“千家”对“百家”，“家”字同字相对。而出句与对句的平仄是：“平仄仄平平仄仄，平平平仄仄平平。”不但平仄合格，二、四、六不失对，且对得有趣。

再看第二例，本句中“醉客”对“醒客”，“客”字同字相对；“晴云”对“雨云”，“云”字同字相对。而出句与对句的平仄是：“仄平仄仄平平仄，平仄平平仄仄平。”同样平仄合格，二、四、六不失对，对得也有趣。

(二)隔句对，也称扇面对，不是两句相连的对仗，而是第三句对第一句，第四句对第二句。其实，在《诗经·小雅·采薇》中早已有过，第三句“今我来思”对第一句“昔我往矣”，第四句“雨雪霏霏”对第二句“杨柳依依”。再举例如下。

缥缈巫山女，归来七八年。
殷勤湘水曲，留在十三弦。
（白居易：《夜闻筝中弹潇湘送神曲感旧》）

这首诗是隔句对，“殷勤”对“缥缈”是“并列形容词”对“联绵形容词”；“湘水”对“巫山”是“地方名词”对“地方名词”；“曲”对“女”是“名词”对“名词”；“留在”对“归来”是“支配动词”对“并列动词”；“十三”对“七八”是“数量词”对“数量词”；“弦”对“年”是“名词”对“名词”。又如：

几思闻静话，夜雨对禅床。
未得重相见，秋灯照影堂。
（郑谷：《吊僧诗》）

（三）流水对，也称串对，是指出句与对句的意思连贯，上句是下句的展开，下句是上句的延伸，一气呵成，构成先后、启承、因果等关系，似水流下，上下句的意思不能颠倒。

例如：

闻官军收河南河北

杜　甫

即从巴峡穿巫峡，便下襄阳向洛阳。
（先）　（后）

登鹳雀楼

王之涣

欲穷千里目，更上一层楼。
（启）　（承）

赋得古原草送别

白居易

野火烧不尽，春风吹又生。
（因）　（果）

咸阳城东楼

许　浑

溪云初起日沉阁，山雨欲来风满楼。
（先、启、因）　（后、承、果）

我们细细品味这副颔联，就不难发现出句与对句的意思连贯，似水流下，出句的“溪云初起”、“日沉阁”，正同对句的“山雨欲来”、“风满楼”构成“先后”、“启承”、“因果”等关系。难怪古代诗家把此颔联评为“机神凑合”（范大士：《历代诗发》），或就平仄音韵而论，认定“其一出句拗第几字，则偶句亦拗第几字，抑扬抗坠，读之是一片宫商”（王士祯：《分甘余话》）。

（四）错综对，也称“犄角对”、“交股对”，是指字词不是依次相对，而是交错对偶，犄角而成。例如李群玉《杜丞相悰筵中赠美人》：

裙拖六幅湘江水，鬓耸巫山一段云。

对句的“巫山”对出句的“湘江”；对句的“一段”对出句的“六幅”，就是交错相对，而韵脚“水”与“云”则是仄平正常相对。

再如，李商隐《隋宫》：

于今腐草无萤火，终古垂阳有暮鸦。

这首七律的颈联同样对的相当工整，对句的“有暮鸦”对出句的“无萤火”，“鸦”与“萤”均属动物禽虫类名词，犄角而成，交错相对。

（五）借字对，某些汉字往往一字多音多义，利用这一特点来构成出句与对句的对偶。比如，杜甫《曲江》：

酒债寻常行处有，人生七十古来稀。

“寻常”有两种意思，一是理解为“平常”；另一种按照古制八尺为“寻”，“两寻”为“常”。“七十”对“寻常”是“数量词”对“数量词”，是一种俏皮对，显得幽默风趣。再如，韩翃《酬程延秋夜即事见赠》：

节候看应晚，心期卧亦赊。

出句的“节”看似“肢节”的“节”，与对句的“心”正好是体貌名词的互对，但从出句的整句来理解，却可以作“时节”的“节”来释义，与韵脚“晚”字前后呼应，形成“体貌名词”对“时令名词”。

（六）借音对，利用汉字的同音，在一联的相同位置上构成对偶。例如，刘长卿《江州重别薛六、柳八二员外》：

寄身且喜沧洲近，顾影无如白发何。

出句的“沧”在意思上并不能跟对句的“白”构成对偶，但“沧”与“苍”同音，“苍”是指青黑色，“苍髯白发”是指灰白色，故“苍”与“白”都属于颜色词，可成对偶。再如，李商隐《春雨》：

红楼隔雨相望冷，珠箔飘灯独自归。

对句的“珠箔”是指“珠帘”，“珠”与“朱”同音，而“朱”与“红”均属颜色词，也是借音巧对成偶。

（七）巧对，没有固定规则，全凭运思精密，出奇制胜，使诗意进入深层，谓之巧对。这是对仗创作的一种技巧提升。比如，杜甫《秦州杂诗二十首·其一》：

满目悲生事，因人作远游。
迟回度陇怯，浩荡及关愁。
水落鱼龙夜，山空鸟鼠秋。
西征问烽火，心折此淹留。

颈联的“山空”对“水落”，“鸟鼠”对“鱼龙”，“秋”对“夜”，均属工对，看起来似乎与一般对仗方法无异，然而“鱼龙”和“鸟鼠”正是秦州的“鱼龙川”、“鸟鼠谷”两处地名，稳当地嵌入出句与对句，形成“仄仄平平仄，平平仄仄平”，完全合律，读来有“巧夺天工”的感觉。

（八）探春对，又称偷春格，这是律诗对仗的变体。按常规，律诗的首联、尾联不须对仗，颔联、颈联必须对仗，探春对则在首联、颈联对仗，颔联不对仗，以比喻梅花偷春色而先开。比如，王勃《送杜少府之任蜀州》：

城阙辅三秦，风烟望五津。
与君离别意，同是宦游人。
海内存知己，天涯若比邻。
无为在歧路，儿女共沾巾。

这首脍炙人口的名诗的首联犹如“梅花偷春色”而先对仗，颔联不对，颈联依常规仍对仗，并成为传世名句。再如，杜甫《一百五日夜对月》：

无家对寒食，有泪如金波。
斫却月中桂，清光应更多。
仳离放红蕊，想像嚬青蛾。
牛女漫愁思，秋期犹渡河。

同样，首联先对仗，颔联不对仗，颈联仍对仗。此种对仗诗例早在齐梁时代已经形成。比如，梁元帝《关山月》：

朝望清波道，夜上白登台。
月中含桂树，流影自徘徊。
寒沙逐风起，春花犯雪开。
夜长无与晤，衣单为谁裁？

再如，邓铿《奉和夜听妓声》：

烛华似明月，鬓影胜飞桥。
妓儿齐郑舞，争研学楚腰。
新歌自作曲，旧瑟不须调。
众中俱不笑，座上莫相撩。

此外，还有当时其他作者的作品，可参阅南朝徐陵选编《玉台新咏》。

由于七律的产生晚于五律，且首句多入韵不易对仗，故七律偷春格较五律偷春格为少。这种律诗对仗的变体较著名的，比如，白居易《南浦岁暮对酒，送王十五归京》：

腊后冰生覆湓水，夜来云暗失庐山。
风飘细雪落如米，索索萧萧芦苇间。
此地二年留我住，今朝一酌送君还。
相看渐老无过醉，聚散穷通总是闲。

第十一节 排律的规则

排律，又称长律，其规则有四。

1. 至少十句五韵，多则不限，均用偶数句，如十句五韵、十二句六韵……直至二百句一百韵，或一百韵以上。

2. 必须符合律诗的声律格式，平仄相对，后联出句与前联对句要相粘，押韵合辙，否则只能称古风或古体诗。

3. 按照对仗规则，除首、尾两联外，中间出句与对句的各联必须对仗，联联铺排。

4. 必须一韵到底，不能换韵。因此，排律一般都采用宽韵，如东、支、虞、真、先、阳、庚、尤等八韵；窄韵与险韵不宜用，冬、鱼、齐、灰、元、寒、萧、豪、歌、麻、侵等十一个韵则少用。

排律以五言为主，七言的很少，元稹和白居易有少量此类作品，一般都在诗题上标明韵数，这是有别于古风的主要标志，但也非绝对。

例一：

送陆侍御归淮南使府五韵

刘禹锡

江左重诗篇，陆生名久传。
凤城来已熟，羊酪不嫌膻。
归路芙蓉府，离堂玳瑁筵。
泰山呈腊雪，隋柳布新年。
曾忝扬州荐，因君达短笺。

这首五言排律用的是“先”韵，“篇”、“传”、“膻”、“筵”、“年”、“笺”，一韵到底。第一个韵脚按规则可选用邻韵，但作者并没有这样做，故诗题虽标明“五韵”，实际上却是六韵，当然这样押韵也是允许的。首、尾两联不对仗，第五句第六句中的“芙蓉”、“玳瑁”，是联绵词对联绵词。

例二：

敬赠郑谏议十韵

杜　甫

（— 表示平声，| 表示仄声）

谏官非不达，诗义早知名。

| — — | | — | | — —

破的由来事，先锋孰敢争。

| | — — | — — | | —

思飘云物外，律中鬼神惊。

— — — | | | | | — —

毫发无遗恨，波澜独老成。

— | — — | — — | | —

野人宁得所，天意薄浮生。

| — — | | — | | — —

多病休儒服，冥搜信客旌。

— | — — | — — | | —

筑居仙缥缈，旅食岁峥嵘。

| — — — | | | | — —

使者求颜阖，诸公厌祢衡。

| | — — | — — | | —

将期一诺重，欻使寸心倾。

— — | | | — | | — —

君见途穷哭，宜忧阮步兵。

— | — — | — — | | —

（注：欻，音 xū，忽然。张衡《西京赋》：“神山崔巍，欻从背见。”）

以上标明平仄，为的是便于检验声律格式。这首五言排律共二十句十韵，用的是“庚”韵，“名”、“争”、“惊”、“成”、“生”、“旌”、“嵘”、“衡”、“倾”、“兵”，一韵到底。首联可以不对仗，但这首作品已采用了对偶，当然更好。第七联中的“缥缈”、“峥嵘”是联绵词对联绵词。“毫发无遗恨，波澜独老成”、“筑居仙缥缈，旅食岁峥嵘”、“使者求颜阖，诸公厌祢衡”、“将期一诺重，欻使寸心倾”等联，都给人留下了严谨的印象。

笔者据北宋王洙编撰《杜工部集》统计，杜甫所作在诗题上标明韵数的排律有二十九首，另有在诗题上不标明韵数以及不用平韵的为数不少的古风。他的《奉赠太常张卿二十韵》用的则是介于宽韵与窄韵之间的“齐韵”，由此可见，杜甫诗歌的艺术造诣确实可用“出于其类，拔乎其萃”来概括。

七言排律较五言排律产生为晚，又因句锻字炼，全局严整，创作极难，故唐人较少创作。

例一：

重题别东楼

白居易

东楼胜事我偏知，气象多随昏旦移。
湖卷衣裳白重叠，山张屏障绿参差。
海仙楼塔晴方出，江女笙箫夜始吹。
春雨星攒寻蟹火，秋风霞飐弄涛旗。
宴宜云髻新梳后，曲爱霓裳未拍时。
太守三年嘲不尽，郡斋空作百篇诗。

例二：

和乐天重题别东楼

元 稹

山容水态使君知，楼上从容万状移。
日映文章霞细丽，风驱鳞甲浪参差。
鼓催潮户凌晨击，笛赛婆官彻夜吹。
唤客潜挥远红袖，卖垆高挂小青旗。
賸铺床席春眠处，乍卷帘帷月上时。
光景无因将得去，为郎抄在和郎诗。

以上两首七言排律均为十二句六韵，由于作者首句不用邻韵，实际上为十二句七韵，采用"支"韵，韵脚位置两诗相同，"知"、"移"、"差"、"吹"、"旗"、"时"、"诗"，一韵到底。这两首诗，首、尾两联皆不对仗。

第二首是元稹对白居易《重题别东楼》的和韵诗，这种唱和因与原作的韵脚先后次序完全一致，故称"步韵"或"次韵"，在三种和韵中，写作难度最大。第二种和韵称"用韵"，指用原来的韵脚但不必拘先后次序，写作难度次之。第三种称"依韵"，即指在同一个韵部中可以自由选用，不受拘束，相对而言最容易做。

第十二节　谈谈齐梁诗、格律诗、格诗三种诗体

齐梁诗、格律诗、格诗是三种不同概念的诗体，既有联系，又有区别。

齐梁间，格律诗尚未成熟，诗人们所创作的既异于古体又未成律的诗歌作品，称之为齐梁诗，这是就体类诗体而言，非就体派风格而言。

举例：

送沈记室夜别

南朝梁·范云

桂水澄夜氛，楚山清晓云。秋风两乡怨，秋月千里分。

寒枝宁共采，霜猿行独闻。扪萝正忆我，折桂方思君。

这首齐梁时期的诗如用格律诗的要求审视，押平声韵，韵脚“氛”、“云”、“分”、“闻”、“君”，押的是上平声十二文韵，一韵到底，符合押韵要求，且四联皆排偶。但第四句第二字“月”与第五句第二字“枝”失粘。“枝”与第六句第二字“猿”失对。

从南朝齐永明年间，沈约、谢朓、王融、周颙等人创立音韵理论，讲究声律、对偶至初唐沈、宋时成熟定型，近体诗或称格律诗对字数、句数、押韵、平仄、对粘、对仗均有严格要求，如五律、七律、五绝、七绝、排律等。

唐人在近体诗成熟以后又故意模仿齐梁诗，运用拗体，使其诗体介于齐梁诗与近体诗之间的诗歌，称为格诗。据清纳兰性德《渌水亭杂识》云：“建安无偶句，西晋颇有之，日盛月加，至梁陈谓之格诗，有排偶而无粘。沈宋又加剪裁，成五言唐律。”按此说，则格诗早在梁、陈就已有了，并演化为后来唐代的五律。

格诗的重要标志有五点：只限于五言八句；有对偶；有时不押平声韵；有时出句与对句的第二字失对；有时后联出句与前联对句的第二字失粘。

例一：

并州羊肠坂

南朝陈·江总

三春别帝乡，五月度羊肠。本畏车轮折，翻嗟马骨伤。

惊风起朔雁，落照尽胡桑。关山定何许，徒御惨悲凉。

这首陈诗，押平声韵，韵脚“乡”、“肠”、“伤”、“桑”、“凉”，押的是下平声七阳韵。除尾联外，其他三联皆对偶。但第六句第二字的“照”与第七句第二字的“山”失粘。

例二：

寄全椒山中道士

唐·韦应物

今朝郡斋冷，忽念山中客。涧底束荆薪，归来煮白石。

欲持一瓢酒，远慰风雨夕。落叶满空山，何处寻行迹。

这首诗没有押平声韵，韵脚“客”、“石”、“夕”、“迹”，押的是入声十一陌韵。首句尾字“冷”属上声二十三梗韵，第五句尾字“酒”属上声二十五有韵，皆不合律。尾联出句第二字的“叶”与对句第二字的“处”失对。整首诗只有颔联可算“宽对”。

例三：

溪　居

唐・柳宗元

久为簪组束，幸此南夷谪。闲依农圃邻，偶似山林客。
晓耕翻露草，夜榜响溪石。来往不逢人，长歌楚天碧。

这首诗首句韵脚“束”属入声二沃韵，其余韵脚“谪”、“客”、“石”、“碧”押的是入声十一陌韵。第五句韵脚“草”，属上声十九皓韵，不合律。首联对句第二字“此”与颔联出句第二字“依”失粘。颔联对句第二字“似”与颈联出句第二字“耕”失粘。中间两联对偶。

综上所述，可见“格诗”是从齐梁诗过渡到格律诗的一种自然过渡诗体，而唐代诗人是在声律技巧娴熟下对此种诗体的故意作拗。

第十三节　赋、比、兴及其兼用法

赋、比、兴及其兼用法是中国重要的传统写诗方法，早在全面反映西周、东周(春秋时期)社会生活的《诗经》中已经出现。历代注释《诗经》者不乏其人，以南宋著名理学家朱熹注释的《诗集传》影响最大，流传最广。今结合其他流行本进行说明。

什么叫赋？赋就是铺陈直叙，直抒胸臆，不用拐弯抹角。兹举例如下。

葛之覃兮，施于中谷；维叶萋萋，黄鸟于飞；集于灌木，其鸣喈喈。

(《诗经・国风・周南・葛覃》)

《葛覃》共三章，每章六句，这是第一章。注曰：“赋者，敷陈其事而直言之者也。盖后妃既成絺绤而赋其事，追叙初夏之时，葛叶方盛，而有黄鸟鸣于其上也。后凡言赋者放此。”

出其东门，有女如云。虽则如云，匪我思存。缟衣綦巾，聊乐我员。

(《诗经・国风・郑风・出其东门》)

《出其东门》共二章，每章六句，这是第一章。注曰：“人见淫奔之女而作此诗。以为此女虽美且众，而非我思之所存，不如己之室家，虽贫且陋，而聊可自乐也。是时淫风大行，而期间乃有如此之人，亦可谓能自好而不为习俗所移矣。羞恶之心，人皆有之，岂不信哉！”

昔我往矣，杨柳依依。今我来思，雨雪霏霏。行道迟迟，载渴载饥。我心伤悲，莫知我哀。

（《诗经·小雅·采薇》）

《采薇》共六章，每章八句，这是第六章。注曰：“此章又设为役人预自道其归时之事，以见其勤劳之甚也。程子曰：‘此皆极道其劳苦忧伤之情也。上能察其情，则虽劳而不怨，虽忧而能励矣。’范氏曰：‘予于《采薇》，见先王以人道使人，后世则牛羊而已矣。’”

江南佳丽地，金陵帝王州。逶迤带绿水，迢递起朱楼，飞甍夹驰道，垂杨荫御沟。凝笳翼高盖，叠鼓送华辀。献纳云台表，功名良可收。

（谢朓：《鼓吹曲辞·入朝曲》）

此诗为藩王入朝时作，着重刻画京城胜状，目睹“朱楼”、“飞甍”、“驰道”、“御沟”、“华辀”；耳闻“凝笳”、“叠鼓”，尽收皇家气象，诗境宏伟。这是一首用赋法铺陈直叙的成功之作。

东皋薄暮望，徙倚欲何依。树树皆秋色，山山唯落晖。牧人驱犊返，猎马带禽归。相顾无相识，长歌怀采薇。（王绩：《野望》）

这首五言律诗状物生动，尤其是颔联与颈联，形象极为鲜明，全诗用赋法创作，毫无齐梁绮艳纤丽之痕迹，实属难能可贵。沈德潜评曰：“五言律前此失严者多，应以此章为首。”并认为尾句的“怀采薇”是“偶然兴寄古人也”。（沈德潜：《唐诗别裁集》），笔者认为，尾句并无作者兴寄之具体词语，故认定整首诗以赋法创作为宜。

五陵年少金市东，银鞍白马度春风。落花踏尽游何处？笑入胡姬酒肆中。

（李白：《少年行·其二》）

富家豪族子弟“银鞍白马”外出嬉游，何等的春风得意！几乎到处游遍了，又笑入胡姬酒肆中去寻欢作乐。作者以白描手法直论其事，用赋法写此诗。

什么叫比？比是用打比方来说明事理，也就是常说的“比喻”、“比拟”。兹举例如下：

螽斯羽，诜诜兮。宜尔子孙，振振兮。

（《诗经·国风·周南·螽斯》）

《螽斯》共三章，每章四句，这是第一章。注曰："比者，以彼物比此物也。后妃不妒忌而子孙众多，故众妾以螽斯之群处和集而子孙众多比之。言其有是德而宜有是福也。后凡言比者放此。"

投我以木瓜，报之以琼琚。匪报也，永以为好也。

（《诗经·国风·卫风·木瓜》）

《木瓜》共三章，每章四句，这是第一章。注曰："言人有赠我以微物，我当报之以重宝，而犹未足以为报也。但欲其长以为好而不忘耳。疑亦男女相赠答之词，如《静女》之类。"

鸿雁于飞，哀鸣嗷嗷。维此哲人，谓我劬劳。维彼愚人，谓我宣骄。

（《诗经·小雅·鸿雁》）

《鸿雁》共三章，每章六句，这是第三章。注曰："流民以鸿雁哀鸣自比而作此歌也。知者闻我歌，知其出于劬劳，不知者谓我闲暇而宣骄也。"

迟日园林悲昔游，今春花鸟作边愁。独怜京国人南窜，不似湘江水北流。

（杜审言：《渡湘江》）

这首诗是杜审言因与张易之、张昌宗交往，被流放峰州（今福建永定）途中所作。极言往日整天园林宴游之乐，而今天渡江徒有路旁花鸟陪我到边远地方，今昔对比，不胜悲哀，愁绪万千。接着诉说在京都的我，被南逐到荒蛮之地，还比不上湘江水可以自由向北流去。作者采用比法抒发感情，突出了本体（迟日园林、京国人）和喻体（今春花鸟、湘江水）二者特征，使作品具备了艺术感染力。

茂陵多病后，尚爱卓文君。酒肆人间世，琴台日暮云。野花留宝靥，蔓草见罗裙。归凤求凰意，寥寥不复闻。

（杜甫：《琴台》）

"茂陵"地处长安近郊，与长陵、安陵、阳陵、平陵合称"五陵"，是晚年司马相如与卓文君居住之地；"琴台"指他们俩在临邛当垆卖酒之地。杜甫辗转成都时，曾游览琴台旧址，有感而赋此五律一首。诗的篇首就将茂陵代指司马相如，晚年多病的他，对卓文君始终怀着至死不渝的深爱。司马相如是家徒四壁的穷书生，卓文君则是富豪卓王孙之女，两人一经爱情火花的碰撞，便冲破层层压力，用当垆卖酒的艰辛生活来反抗，讥讽世俗偏见。颔联的明喻是极具张扬的。颈联用自由芬芳的"野花"来比喻卓文君脸颊两边的小酒窝；再用随风摇曳，不断滋生的“蔓草”来比喻她穿的罗裙。作者在尾联以很大的同情与热情讴歌了这一对坚强夫妻的凤求凰精神，同时也慨叹这世上表现得如此执着的爱情已经“寥寥不复闻”了。像如此格调的诗篇，在杜诗中极为罕见，反映了杜甫除了具有“致君尧舜”的拯世济民思想以及对贫富阶级的对立与社会不公表示愤慨外，也蕴含了对爱情的理解，具有一种当时社会没有的独到之见。

大弦嘈嘈如急雨，小弦切切如私语。嘈嘈切切错杂弹，大珠小珠落玉盘。间关莺语花底滑，幽咽泉流水下难。冰泉冷涩弦暂绝，凝绝不通声暂歇。别有幽愁暗恨生，此时无声胜有声。银瓶乍破水浆迸，铁骑突出刀枪鸣。曲终收拨当心画，四弦一声如裂帛。东船西舫悄无言，唯见江心秋月白。

（白居易：《琵琶行》）

以上是白居易《琵琶行》选段。作者运用比喻，把艺人弹奏琵琶的“大弦”和“小弦”作为“本体”，然后将“急雨”、“私语”、“嘈嘈”、“切切”、“大珠”、“小珠”、“莺语”、“幽咽”、“冰泉”、“幽愁”、“暗恨”、“银瓶”、“水浆”、“铁骑”、“刀枪”等作为“喻体”，调动这些模棱两可既具体又抽象的文学语言来为“本体”服务。这就是“比”的诗法，“比”的艺术魅力。

什么叫兴？兴即是借别的事物开个头，然后抒发作者自己的思想感情。引用朱熹的话说：“先言他物以引起所咏之词也。”兹举例如下。

关关雎鸠，在河之洲。窈窕淑女，君子好逑。

（《诗经·国风·周南·关雎》）

《关雎》共三章，第一章四句，第二、三章各八句，这是第一章。注曰：“周之文王生有圣德，又得圣女姒氏以为之配。宫中之人，于其始至，见其有幽闲贞静之德，故作是诗。言彼关关然之雎鸠，则相与和鸣于河洲之上矣。此窈窕之淑女，则岂非君子之善匹乎。言其相与和乐而恭敬，亦若雎鸠之情挚而有别也。后凡言兴者，其文意皆放此云。”

东门之池，可以沤麻。彼美淑姬，可与晤歌。

（《诗经·国风·陈风·东门之池》）

《东门之池》共三章，每章四句，这是第一章。注曰：“此亦男女会遇之词。盖因其会遇之地，所见之物，以起兴也。”

鱼在在藻，有颁其首。王在在镐，岂乐饮酒。

（《诗经·小雅·鱼藻》）

《鱼藻》共三章，每章四句，这是第一章。注曰：“此天子燕诸侯，而诸侯美天子之诗也。言鱼何在乎？在乎藻也，则有颁其首矣。王何在乎？在乎镐京也，则岂乐饮酒矣。”

城上风威冷，江中水气寒。戎衣何日定，歌舞入长安。

（骆宾王：《在军登城楼》）

骆宾王是初唐四杰之一，他曾为徐敬业写过讨伐武则天的著名檄文《为徐敬业讨武盟檄》。诗人骆宾王率军登上城楼，凭借所见情景“城上风威冷，江中水气寒”两句起兴，继而豪情满怀地抒发了何日能够戎衣定天下，载歌载舞胜利进入长安的政治抱负。这首五言绝句符合格律诗的规范，一扫绮靡浮艳的齐梁诗风，并早出于沈、宋成熟定型之前的数十年，令人刮目相看。

半朽临风树，多情立马人。开元一株树，长庆二年春。

（白居易：《勤政楼西老柳》）

作者于唐穆宗李恒长庆二年(822)春，途经勤政楼西，立马目睹临风的半朽老柳树而起兴，鉴于这株老柳种植于开元盛世，树龄已达百年，而今河朔祸乱，朝政不振，国事日蹙，自己又无能为力，如何不深深感慨！“开元一株树，长庆二年春”饱含着诗人忧国忧民的沉重心情。这首五言绝句虽只有两联，却是两联皆对仗，从内容到形式，都不失为佳作。

竹帛烟销帝业虚，关河空锁祖龙居。坑灰未冷山东乱，刘项原来不读书。

（章碣：《焚书坑》）

这是一首凭吊古迹的咏史诗。开头以“竹帛烟销”（秦始皇用来焚书的大坑烟灰散尽后）四字起兴，点明了秦朝的“帝业虚”。接着指出“祖龙居”（秦朝咸阳）虽有函谷关和黄河的天险，然而却是“空锁”的，无法阻挡反秦起义军的猛烈进攻。秦始皇原来视“儒生”与“书籍”为心腹大患，想不到“坑灰未冷山东乱”，两支反秦主力军的统帅刘邦和项羽都不是读书人，这是始料不及的。作者章碣是唐僖宗乾符年间进士，他用“兴”的诗法写这首七绝，咏物抒情，立意新颖，寓有辛辣的讽刺，确是一首好诗。

从整部《诗经》来看，采用赋、比、兴三种写诗方法的占了绝大部分，还有小部分则采取兼用法，分别是赋而比法、赋而兴法、比而兴法、兴而比法、赋而兴又比法等五种，分别举例如下。

一、赋而比法

行道迟迟，中心有违。不远伊迩，薄送我畿。

谁谓荼苦，其甘如荠。宴尔新昏，如兄如弟。

（《诗经·国风·邶风·谷风》）

《谷风》共六章，每章八句，这是第二章。注曰："言我之被弃，行于道路，迟迟不进。盖其足欲前而心有所不忍，如相背然。而故夫之送我，乃不远而甚迩，亦至其门内而止耳。又言荼虽甚苦，反甘如荠，以比己之见弃，其苦有甚于荼。而其夫方且宴乐其新婚，如兄如弟而不见恤。盖妇人从一而终，今虽见弃，犹有望夫之情，厚之至也。"这首诗的前四句用赋法，后四句用比法。

二、赋而兴法

彼黍离离，彼稷之苗。行迈靡靡，中心摇摇。知我者，谓我心忧。不知我者，谓我何求。悠悠苍天，此何人哉。

（《诗经·国风·王风·黍离》）

《黍离》共三章，每章十句，这是第一章。注曰："周既东迁，大夫行役至于宗周，过故宗庙宫室，尽为禾黍。闵周室之颠覆，彷徨不忍去，故赋其所见黍之离离，与稷之苗，以兴行之靡靡，心之摇摇。既叹时人莫识己意，又伤所以致此者，果何人哉？追怨之深也。"这首诗的前四句用赋法，后六句用兴法。

三、比而兴法

冽彼下泉，浸彼苞稂。忾我寤叹，念彼周京。

（《诗经·国风·曹风·下泉》）

《下泉》共四章，每章四句，这是第一章。注曰："王室陵夷，而小国困弊，故以寒泉下流而苞稂见伤为比，遂兴其忾然以念周京也。"这首诗的前两句用比法，后两句用兴法。

四、兴而比法

奕奕寝庙，君子作之。秩秩大猷，圣人莫之。他人有心，予忖度之。跃跃毚(chán)兔，遇犬获之。

（《诗经·小雅·巧言》）

《巧言》共六章，每章八句，这是第四章。注曰："奕奕寝庙，则君子作之。秩秩大猷，则圣人莫之。以兴他人有心，则予得而忖度之。而又以跃跃毚兔，遇犬获之比焉。反复兴比，以见谗人之心，我皆得之，不能隐其情也。"这首诗的前四句用兴法，后四句用比法。

五、赋而兴又比法

有頍(kuǐ)者弁，实维伊何？尔酒既旨，尔殽既嘉。岂伊异人？兄弟匪他。茑与女萝，施于松柏。未见君子，忧心奕奕。既见君子，庶几说怿。

(《诗经·小雅·頍弁》)

《頍弁》共三章，每章十二句，这是第一章。注曰："此亦燕兄弟亲戚之诗，故言有頍者弁，实维伊何乎？尔酒既旨，尔殽既嘉，则岂伊异人乎？乃兄弟而匪他也。又言茑萝施于木上，以比兄弟亲戚缠绵依附之意，是以未见而忧，既见而喜也。"这首诗的前四句用赋法，中四句用兴法，后四句用比法。

《诗经》是中国诗歌之源，尽管诗歌的本质从"诗言志"转变到"诗缘情而绮靡"，形式风格也迭变不同，如陆机之缠绵，左思之磅礴，陶潜之澹远，谢灵运之警秀，鲍照之逸俊，谢朓之高华，江淹之韶妩，庾信之清新等等，皆能自成一家。而写诗的诗法——赋、比、兴及其兼用法，可谓历千年而不衰，从中汲取智慧，举一反三，当大有裨益。

第五章　从杜甫格律诗与古体诗诗例看二者押韵之严宽

今选杜甫格律诗为例：

月夜（五言律诗）

今夜鄜州月，闺中只独看。遥怜小儿女，未解忆长安。
香雾云鬟湿，清辉玉臂寒。何时倚虚幌，双照泪痕干。

该诗八句四十字，韵脚“看”、“安”、“寒”、“干”，属上平声十四寒韵，一韵到底。

再选杜甫格律诗为例：

登楼（七言律诗）

花近高楼伤客心，万方多难此登临。
锦江春色来天地，玉垒浮云变古今。
北极朝廷终不改，西山寇盗莫相侵。
可怜后主还祠庙，日暮聊为梁甫吟。

该诗八句五十六字，韵脚“心”、“临”、“今”、“侵”、“吟”，属下平声十二侵韵，一韵到底。

三选杜甫格律诗为例：

寄刘峡州伯华使君四十韵（排律）

峡内多云雨，秋来尚郁蒸。远山朝白帝，深水谒彝陵。
迟暮嗟为客，西南喜得朋。哀猿更起坐，落雁失飞腾。
伏枕思琼树，临轩对玉绳。青松寒不落，碧海阔逾澄。
昔岁文为理，群公价尽增。家声同令闻，时论以儒称。
太后当朝肃，多才接迹升。翠虚捎魍魉，丹极上鲲鹏。
宴引春壶满，恩分夏簟冰。雕章五色笔，紫殿九华灯。
学并卢王敏，书偕褚薛能。老兄真不坠，小子独无承。
近有风流作，聊从月继征。放蹄知赤骥，捩翅服苍鹰。
卷轴来何晚，襟怀庶可凭。会期吟讽数，益破旅愁凝。

雕刻初谁料，纤毫欲自矜。神融蹑飞动，战胜洗侵凌。
妙取筌蹄弃，高宜百万层。白头遗恨在，青竹几人登。
回首追谈笑，劳歌跼寝兴。年华纷已矣，世故莽相仍。
刺史诸侯贵，郎官列宿应。潘生骖阁远，黄霸玺书增。
乳虎号攀石，饥鼯诉落藤。药囊亲道士，灰劫问胡僧。
凭久乌皮折，簪稀白帽棱。林居看蚁穴，野食行鱼罾。
筋力交凋丧，飘零免战兢。皆为百里宰，正似六安丞。
姹女萦新裹，丹砂冷旧秤。但求椿寿永，莫虑杞天崩。
炼骨调情性，张兵挠棘矜。养生终自惜，伐数必全惩。
政术甘疏诞，词场愧服膺。展怀诗诵鲁，割爱酒如渑。
咄咄宁书字，冥冥欲避矰。江湖多白鸟，天地有青蝇。

该诗八十句四百字，四十韵，韵脚“蒸”、“陵”、“朋”、“腾”、“绳”、“澄”、“增”、“称”、“升”、“鹏”、“冰”、“灯”、“能”、“承”、“征”、“鹰”、“凭”、“凝”、“矜”、“凌”、“层”、“登”、“兴”、“仍”、“应”、“增”、“藤”、“僧”、“棱”、“罾”、“兢”、“丞”、“秤”、“崩”、“矜”、“惩”、“膺”、“渑”、“矰”、“蝇”，属下平声十蒸韵，一韵到底。

从以上三例看，首句可以押韵也可以不押韵，五律首句一般不押韵，这是由于五言古体无押韵之传统，《月夜》就是一例。七律对于首句是否入韵要求并不严，偶有押韵，韵脚限制在一个韵部里，且只押平声韵，余音袅袅，声律和谐严谨，充溢着回环美。但就排律诗例看，其中“自矜”作“自尊、自满”解；另一句“张兵挠棘矜”，“棘矜”指矛柄，《史记・主父偃传》：“起闾巷，杖棘矜。”一首诗中有两个“矜”字作韵脚，有犯重韵之弊；大诗人杜甫写诗造诣之深，自当知悉此诗之缺失所在，然而仍坚持“以意为主”、“以辞采章句为之兵卫”、“不以词害意”的原则，何况重韵相隔之距，影响较小，时人亦可理解。

今选杜甫古体诗为例：

望岳（五言古诗）

岱宗夫如何？齐鲁青未了。造化钟神秀，阴阳割昏晓。
荡胸生层云，决眦入归鸟。会当凌绝顶，一览众山小。

该诗八句四十字，韵脚“了”、“晓”、“鸟”、“小”，属上声十七筱韵，一韵到底。

再选杜甫古体诗为例：

古柏行（七言古诗）

孔明庙前有老柏，柯如青铜根如石。
霜皮溜雨四十围，黛色参天二千尺。
君臣已与时际会，树木犹为人爱惜。

云来气接巫峡长，月出寒通雪山白。
忆昨路绕锦亭东，先主武侯同閟宫。
崔嵬枝干郊原古，窈窕丹青户牖空。
落落盘踞虽得地，冥冥孤高多烈风。
扶持自是神明力，正直原因造化功。
大厦如倾要梁栋，万牛回首丘山重。
不露文章世已惊，未辞翦伐谁能送？
苦心岂免容蝼蚁，香叶终经宿鸾凤。
志士幽人莫怨嗟，古来材大难为用。

该诗二十四句一百六十八字，韵脚十五个，分别是“柏”、“石”、“尺”、“惜”、“白”，五个入声十一陌韵；“东”、“宫”、“空”、“风”、“功”，五个上平声一东韵；“栋”、“重”、“送”、“凤”、“用”，其中“栋”、“送”、“凤”去声一送韵三个，“用”二宋韵一个，“重”上声二肿韵一个。

三选杜甫古体诗为例：

北征（五言古诗）

皇帝二载秋，闰八月初吉。杜子将北征，苍茫问家室。
维时遭艰虞，朝野少暇日。顾惭恩私被，诏许归蓬荜。
拜辞诣阙下，怵惕久未出。虽乏谏诤姿，恐君有遗失。
君诚中兴主，经纬固密勿。东胡反未已，臣甫愤所切。
挥涕恋行在，道途犹恍惚。乾坤含疮痍，忧虞何时毕？
靡靡逾阡陌，人烟眇萧瑟。所遇多被伤，呻吟更流血。
回首凤翔县，旌旗晚明灭。

第一章有十三个韵脚，其中“吉”、“室”、“日”、“荜”、“出”、“失”、“毕”、“瑟”，八个四质韵；“勿”，一个五物韵；“惚”，一个六月韵；“血”、“切”、“灭”，三个九屑韵。

前登寒山重，屡得饮马窟。邠郊入地底，泾水中荡潏。
猛虎立我前，苍崖吼时裂。菊垂今秋花，石戴古车辙。
青云动高兴，幽事亦可悦。山果多琐细，罗生杂橡栗。
或红如丹砂，或黑如点漆。雨露之所濡，甘苦齐结实。
缅思桃源内，益叹身世拙。坡陀望鄜畤，岩谷互出没。
我行已水滨，我仆犹木末。鸱鸟鸣黄桑，野鼠拱乱穴。
夜深经战场，寒月照白骨。潼关百万师，往者散何卒！
遂令半秦民，残害为异物。

第二章有15个韵脚，其中“潏”、“栗”、“漆”、“实”，四个四质韵；“物”，一个五物韵；“窟”、“没”、“骨”、“卒”，四个六月韵；“末”，一个七曷韵；“裂”、“辙”、“悦”、“拙”、“穴”，五个九屑韵。

况我堕胡尘，及归尽华发。经年至茅屋，妻子衣百结。
恸哭松声回，悲泉共幽咽。平生所娇儿，颜色白胜雪。
见耶背面啼，垢腻脚不袜。床前两小女，补绽才过膝。
海图坼波涛，旧绣移曲折。天吴及紫凤，颠倒在裋褐。
老夫情怀恶，呕泄卧数日。那无囊中帛，救汝寒凛栗。
粉黛亦解苞，衾裯稍罗列。瘦妻面复光，痴女头自栉。
学母无不为，晓妆随手抹。移时施朱铅，狼藉画眉阔。
生还对童稚，似欲忘饥渴。问事竞挽须，谁能即嗔喝。
翻思在贼愁，甘受杂乱聒。新归且慰意，生理焉得说？

第三章有18个韵脚，其中“膝”、“日”、“栗”、“栉”，4个四质韵；“发”，1个六月韵；“袜”、“褐”、“抹”、“阔”、“渴”、“喝”、“聒”，7个七曷韵；“结”、“咽”、“雪”、“折”、“列”、“说”，6个九屑韵。

至尊尚蒙尘，几日休练卒。仰观天色改，坐觉祆气豁。
阴风西北来，惨淡随回鹘。其王愿助顺，其俗善驰突。
送兵五千人，驱马一万匹。此辈少为贵，四方服勇决。
所用皆鹰腾，破敌过箭疾。圣心颇虚伫，时议气欲夺。
伊洛指掌收，西京不足拔。官军请深入，蓄锐何俱发。
此举开青徐，旋瞻略恒碣。昊天积霜露，正气有肃杀。
祸转亡胡岁，势成擒胡月。胡命其能久，皇纲未宜绝。
忆昨狼狈初，事与古先别。奸臣竟菹醢，同恶随荡析。
不闻夏殷衰，中自诛褒妲。周汉获再兴，宣光果明哲。
桓桓陈将军，仗钺奋忠烈。微尔人尽非，于今国犹活。

第四章有20个韵，其中“匹”、“疾”，2个四质韵；“卒”、“鹘”、“突”、“发”、“月”，5个六月韵；“豁”、“夺”、“拔”、“妲”、“活”，5个七曷韵；“杀”，1个黠韵；“决”、“碣”、“绝”、“别”、“哲”、“烈”，6个九屑韵；“析”，1个十二锡韵。

凄凉大同殿，寂寞白兽闼。都人望翠华，佳气向金阙。
园陵固有神，扫洒数不缺。煌煌太宗业，树立甚宏达。

第五章有4个韵脚，其中“阙”，1个六月韵；“闼”、“达”，2个七曷韵；“缺”，1个九屑韵。

全诗共有 70 个韵脚，其中 18 个四质韵；2 个五物韵；12 个六月韵；15 个七曷韵；1 个八黠韵；21 个九屑韵；1 个十二锡韵。

从以上三例看，《望岳》首句不押韵，这符合五言古体之传统；押仄声韵，与格律诗正格只押平声韵不同。《古柏行》是七言古诗，首句押韵，在转韵时第一句就入韵(使用"逗韵法"，作为转韵的准备，不至于太突然)，八句一转韵，既可押平声韵，也可押仄声韵，如前八句押入声十一陌韵，中八句押上平声一东韵，后八句押去声一送韵和二宋韵，"送"与"宋"是去声邻韵可以通押。押韵相当宽。五言古诗《北征》，奇句大多数是平声，也有少数仄声。首句不押韵，偶句押韵，押仄声韵，70 个韵脚分布在入声的七个韵部，几乎可视为入声的通押。由于押入声，短促突兀，戛然而止。"乾坤含疮痍，忧虞何时毕？"气氛显得肃穆悲凉。

可见，格律诗与古体诗二者押韵之严宽，有很大的不同。

第六章　诗韵的演变

诗歌创作中作为和谐流畅的诗韵，早在《诗经》中已经显现。曹魏时，李登著《声类》，西晋吕静著《韵集》，张谅撰《四声韵林》。南朝齐，周颙著《四声切韵》。沈约更在前人四声理论基础上提出“四声八病”说，著有《四声谱》，《梁书》曾载：“（约）又撰《四声谱》，以为在昔词人，累千载而不寤，而独得胸衿，穷其妙旨，自谓入神之作。”也可以讲，四声说要比“宫、商、角、徵、羽”五声说更为进步，因古代五声说是从乐器五声音阶而来，四声说则是从语音的韵而来，这是两者最大之区别。

隋陆法言等著《切韵》，经唐孙愐修改而名《唐韵》，定为官韵，这在唐袭隋制以诗赋取士的科举制度中，其作用之重要，影响之大，确是不言而喻。《全唐诗序》说：“盖唐当开国之初，即用声律取士，聚天下才智英杰之彦，悉从事于六义之学，以为进身之阶。”可以佐证。

北宋时，陈彭年等依照《唐韵》而撰《广韵》。南宋，平水人刘渊撰《壬子新刊礼部韵略》，同时代金朝的王文郁依此撰《平水新刊礼部韵略》，把刘渊的107韵缩并为106韵。由于刘、王二人皆为平水人，故称该韵为“平水韵”，长期流传下来，清代仍参照平水韵而修订成《佩文韵府》。至今，许多人赏析、写作旧体诗都以平水韵作为押韵标准。

元代周德清著《中原音韵》，成书于泰定帝也孙铁木儿泰定元年（1324），刊行于元顺帝妥懽帖睦尔至正元年（1341）。这部韵书以当时北方口语语音为基础，总结了元曲的押韵规律，较全面地反映了当时的语音系统。其后，陆续又有反映近古汉语实际语音的著作出现，为向现代汉语语音系统的演变提供了丰富的语音资料。

我们基本上可以把音韵的发展划分为以下四个历史阶段：以《诗经》音系为代表的上古语音，适用于先秦两汉历史时期；以《切韵》音系为代表的中古语音，适用于六朝至唐宋的历史时期；以《中原音韵》音系为代表的近古语音，适用于元明清历史时期；以普通话音系为代表的现代语音，适用于现阶段。

《诗经》音系除了专门研究汉语音韵学的专家学者外，因年代久远，早已无人问津，更无韵书相传。以洛阳音为基础的《切韵》，供当时赋诗选字，也早已散佚。事实上,《切韵》、《唐韵》、《广韵》、《韵略》一脉相承,而《中原音韵》是北曲的韵谱,写诗的人多不用,故以刘、王的"平水韵"影响最大、流传最广,《佩文诗韵》为清代科举考试与作诗的用韵依据,即是明证。

随着时代的发展,古今语音存在差异,有的韵脚也发生了变化。例如,李商隐《乐游原》:"向晚意不适,驱车登古原。夕阳无限好,只是近黄昏。"其中"原"和"昏",在平水韵里均属上平声十三元韵,而今音普通话则读 yuán 和 hūn,听来别扭,不押韵。

再如,杜牧《山行》:"远上寒山石径斜,白云生处有人家。停车坐爱枫林晚,霜叶红于二月花。"其中"斜"和"家",在平水韵里均属下平声六麻韵,而今音普通话则读 xié 和 jiā,读来同样拗口。

又如,苏轼《望湖楼醉书》:"黑云翻墨未遮山,白雨跳珠乱入船。卷地风来忽吹散,望湖楼下水如天。"首句"山"属上平声十五删韵,借邻韵押;"船"和"天"均属下平声一先韵,三个韵脚用今音普通话则读 shān、chuán 和 tiān,听来不和谐流畅,更无音乐回环之美。

何况,古音的入声至今除了南方的苏、浙、闽、赣、桂、粤等省方言尚保存外,在今音普通话中已不复存在了。为此,语音必须与时俱进,谋求用韵的统一与规范,已成为现代音韵学家的研究课题。

1965 年,中华书局上海编辑所曾出版过《诗韵新编》。1978 年,上海古籍出版社在该书原有基础上进行修订重印,并增添了《通押后的十八韵与十三辙对照表》,指出某几个韵部可以通押,从十八个韵部减少到十三个韵部,基本上跟十三辙相吻合。所谓"辙",在北方戏曲中韵叫"辙",押韵叫"合辙"。相信旧体诗歌的诗韵在广大诗歌作者与专家们的努力探索下,一定会更上一层楼,不断合理完善。

要特别重视格律诗的两个押韵规则:1. 首句可押可不押,也可借邻韵押。2. 必须一韵到底。尤其是后者,如果一诗出现两个韵部的韵脚,即被认为是违韵(或称出韵、失韵、落韵),这是作诗的大忌。这种情况在唐代诗歌中极少,宋代也少见,到了明清两朝的科举考场的应试诗(试帖诗)则被严禁。然而时至今日,毕竟时代不同,古音既变,改革旧诗韵也在情理之中。

现以鲁迅《无题》为例:

惯于长夜过春时,挈妇将雏鬓有丝。
梦里依稀慈母泪,城头变幻大王旗。
忍看朋辈成新鬼,怒向刀丛觅小诗。
吟罢低眉无写处,月光如水照缁衣。

这首七律的韵脚"时"、"丝"、"旗"、"诗"属上平声四支韵;"衣"属上平声五微韵。依照旧规则是违韵了，属不合格的律诗，但按今音读起来仍较和谐流畅。

创作旧体诗既要熟悉了解平水韵，又不要拘守平水韵。旧诗韵的改革，势在必行。因而，笔者不避智浅才疏，几年前游云南石林，曾赋《赞石林之奇美》七律一首：

水水山山遍域中，石林奇景显人踪。
深情最赞阿诗玛，耋耄尤推五老峰。
地拔天擎惊翰墨，神工鬼斧洗心胸。
劝君一走喀斯特，毕竟风光有异同。

拙作的韵脚“踪”、“峰”、“胸”，属上平声二冬韵；“中”、“同”，属上平声一东韵。依照旧规则，首句的“中”是邻韵，允许借押，而末句的“同”却不是一韵到底，则是属于不合格的违韵诗了，但自我估量，按今音读来也尚算和谐流畅吧。

国人有智慧，今后诗韵演变形成权威性的统一与规范的韵书时代必将来临。

第七章　南朝萧齐佛教盛行和“四声八病”之创立

佛教传入中国并获得朝廷承认崇信始自汉明帝，亦即相传“白马驮经”的那个年代。佛教到南朝大为盛行，至隋唐极盛。南朝齐高帝萧道成、齐武帝萧赜都笃信佛教，其宗室及士族文人也纷纷推崇，高帝与武帝为弘扬佛教先后修建了建元寺、齐安寺、禅灵寺、集善寺。

唐代著名诗人杜牧面对南朝遗留下来的众多寺庙，曾作《江南春》一诗，既有历史感慨又对朦胧美进行了令人神往的生动描绘。诗云：

千里莺啼绿映红，水村山郭酒旗风。
南朝四百八十寺，多少楼台烟雨中。

在宗室中，以齐武帝第二子竟陵王萧子良信佛尤笃，事佛最勤。他交往名僧甚多，并延请讲席；手书佛经七十一卷，对佛教义理之研究十分重视；劝导士人事佛弃道。《南齐书·萧子良传》中有如下一段记载：“招致名僧，讲语佛法，造经呗新声，道俗之盛，江左未有也。……数于邸园营斋戒，大集朝臣众僧，至于赋食行水，或躬亲其事，世颇以为失宰相体。劝人为善，未尝厌倦，以此终致盛名。”以萧子良的显赫政治地位及天下才学之士游集于他门下的文坛影响，用“济济乎，实旷代之盛事也”来评价，当不为过。

上述“讲语佛法，造经呗新声”就是当时辨字审音创立四声之说的开端。

刘勰《文心雕龙·明诗》说：“暨建安之初，五言腾踊，文帝陈思，纵辔以骋节；王徐应刘，望路而争驱。”可见当时五言诗影响之大，拿建安文学中成就最高的曹植来说，留下的诗作八十多首，其中乐府诗约占一半。五言诗、乐府诗的音乐美都是从所谱曲调中体现出来，单音节的汉字本身是否具有音乐美很难让人们发现。南朝萧齐时代盛行讲经，而佛经均用有音乐性、多音节的梵文写就，因此把它翻译成汉语，也宜讲究一些音乐性，尤其是梵文字母拼注汉字发音，发明反切法，这不能不说是一种偶然因素。但在另一方面，中国古诗在《诗经》中就早已出现了双声、叠韵与押韵等和谐婉转的音乐美，同样具备了一些必然因素。

永明七年(489)，竟陵王萧子良以政坛的政治地位兼文坛的重要影响，组织了一批僧侣及有影响力的文人包括周颙、王融、沈约等在京城进行译经、辨字、审音工作。结果参与者在依据及模拟借转读佛经之声调时，分别发现高低不同的音调，定为平上去三声，再加上入声，于是创立了四声之说。其间，周颙发现单音节的汉字本身就存在着四声，始撰《四声切韵》一书，这一音韵学的重大发现与突破，同时也带来了诗歌创作上新的诗体的重大突破。伴之而来的是沈约在四声的基础上提倡“八病说”，“八病”指平头、上尾、蜂腰、鹤膝、大韵、小韵、旁纽、正纽。因此，讲究四声八病、对偶用典的“永明体”应运而生，而周颙对四声的贡献尤显。后人把四声归结为四句话：“平声平道莫低昂，上声高呼用力强。去声分明哀远道，入声短促急收藏。”

永明初，萧子良在鸡笼山开西邸，招文士，组成以萧衍（齐武帝萧赜的族弟，后为梁武帝）、沈约、谢朓、王融、萧琛、范云、任昉、陆倕八人为核心的“竟陵八友”，其他文士还有周颙、张融、僧孺、虞义、丘国宾、萧文琰、丘令楷、江洪、刘孝标、柳恽、孔休源等人，成为一个阵营坚固的永明文学团体。永明诗创作崇尚“圆美流转”，倾向轻便，追求清丽委婉。其中谢朓成就最为杰出，他的诗作力求平仄和谐，音韵铿锵，对仗严整，词采清丽。不仅备受时人好评，而且受到后来唐代李白与杜甫两位大诗人的赞誉。

由于“八病说”在声律上讲究太过，束缚太甚，以致连沈约本人与谢朓也无法完全做到。比如：

洛阳道

沈　约

洛阳大道中，佳丽实无比。
燕裙旁日开，赵带随风靡。

这首诗中的首句第二字“阳”与第五字“中”，都是平声，犯了蜂腰病；第五字“中”与第十五字“开”，都是平声，犯了鹤膝病。

再如：

玉阶怨

谢　朓

夕殿下珠帘，流萤飞复息。
长夜缝罗衣，思君此何极。

这首诗属乐府相和歌辞，沈德潜曾评：“竟是唐人绝句。”按照“八病说”，此诗第五字“帘”与第十五字“衣”，同是平声，犯了鹤膝病。

据上所述，“四声”的创立是中国音韵学研究的重大突破，并为发展格律诗奠定基础，功不可没；而“八病”则瑕瑜互见，但毕竟瑕不掩瑜，理应择善而从，客观地分清主次，理性对待。“四声八病”在中国古典诗歌的发展史上，因审字辨音，讲究韵同调合，“声不失序，音以律文”，“异音相从谓之和，同声相应谓之韵”，所做出的贡献是不可磨灭的。

第八章　沈约“八病说”之我见

南朝齐武帝永明年间，诗歌由原来的自由化状态开始向格律化突破，实现了外在形式的飞跃，进入了一个崭新的阶段，如果把这一突破视为诗体学的一次革命，恐不为过。时人沈约、谢朓、王融、周颙等功不可没。

沈约，字休文，历南朝宋、齐、梁三代，《四声谱》作者，永明体奠基人。他提出了作诗的八种弊病，今据日僧空海（法号遍照金刚）《文镜秘府论》之述。

一、平头

五言诗第一字不得与第六字同声，第二字不得与第七字同声。同声者，不得同平上去入四声，犯者名为犯平头。平头诗曰：“芳时淑气清，提壶台上倾。”（如此之类，其病也）上句第一字与下句第一字，同平声不为病，同上去入声一字即为病。若上句第二字与下句第二句同声，无问平上去入，皆是巨病。

上述文字说明了“芳时”（平平）与“提壶”（平平），犯了平头病；仅“芳”与“提”同是平声，不为病，而同为上声，同为去声，同为入声，皆属犯了平头；上句第二字与下句第二字，不论平上去入，只要同声，都犯了巨病。究其实质，第一字与第六字同用平声，可以放宽，同为上去入声则要禁止；第二字与第七字凡是同声不论平上去入都要严禁。阐述了五言诗的一句中第二字是关键，是节奏点，务必要遵照平对仄，仄对平的对仗规则。正如沈约本人所言：“一简之内，音韵尽殊，两句之中，轻重悉异。”（沈约：《宋书・谢灵运传论》），否则，便犯弊病。今依此说，举例评析。

登鹳雀楼

王之涣

白日依山尽，黄河入海流。
（入）（入）　（平）（平）
欲穷千里目，更上一层楼。

上下句相当工整，未犯平头病。

夜送赵纵

杨　炯

赵(上)氏(上)连城壁，由(平)来(平)天下传。

送君还旧府，明月满前川。

未犯平头病。

相　思

王　维

红(平)豆(去)生南国，春(平)来(平)发几枝。

愿君多采撷，此物最相思。

第一字“红”与第六字“春”，同是平声不为病，未犯平头。

新嫁娘

王　建

三(平)日(入)入厨下，洗(上)手(上)作羹汤。

未谙姑食性，先遣小姑尝。

第二字“日”与第七字“手”失对，犯平头巨病。

二、上尾

五言诗中，第五字不得与第十字同声，名为上尾。诗曰：“西北有高楼，上与浮云齐。”（如此之类，是其病也）又曰：“荡子别倡楼，秋庭夜月华。桂叶侵云长，轻光逐汉斜。”（若以“家”代“楼”，此则无嫌）或如陆机诗曰：“衰草蔓长河，塞木入云烟。”（“河”与“烟”平声）此上尾，齐梁以前，时有犯者。齐梁以来，无有犯者。此为巨病。唯连韵者，非病也。如“青青河畔草，绵绵思远道”是也。

以上是说，第一句尾字与第二句尾字，不属于同一个韵部的平声字相押，即犯上尾巨病，而同一个韵部的平声字相押，则非病也。上去入声相押，也同样如此，韵脚必须限制在同一个韵部，如“草”与“道”是连韵。今举例评析。

静夜思

李　白

床前明月光(平)，疑是地上霜(平)。

举头望明月，低头思故乡。

第五字“光”与第十字“霜”，同一韵部平声字相押，未犯上尾。

岁暮归南山

孟浩然

北阙休上书(平),南山归敝庐(平)。
不才明主弃,多病故人疏。
白发催年老,青阳逼岁除。
永怀愁不寐,松月夜窗虚。

第五字“书”与第十字“庐”,同一韵部平声字相押,未犯上尾。

登城春望

王 勃

物外山川近(去),晴初景霭新(平)。
芳郊花柳遍,何处不宜春。

第五字“近”与第十字“新”不同声,未犯上尾。

过酒家

王 绩

此日长昏饮(去),非关养性灵(平)。
眼看人尽醉,何忍独为醒。

第五字“饮”与第十字“灵”不同声,未犯上尾。

三、蜂腰

五言诗一句之中,第二字不得与第五字同声。言两头粗,中央细,似蜂腰也。诗曰:“青轩明月时,紫殿秋风日。瞳昽引夕照,晻暧映容质。”又曰:“闻君爱我甘,窃独自雕饰。”又曰:“徐步金门出,言寻上苑春。”又第二字与第四字同声,亦不能善。此虽世无的目,而甚于蜂腰。如魏武帝《乐府歌》云:“冬节南食稻,春日复北翔。”

第一例首句的“轩”与“时”都是平声。第二例首句的“君”与“甘”都是平声,第二句的“独”与“饰”都是入声。第三例第二句的“寻”与“春”都是平声。以上均犯蜂腰病。后又引申为第二字不得与第四字同声,如魏武帝《乐府歌》中首句的“节”与“食”都是入声,第二句的“日”与“北”都是入声,亦犯蜂腰病。今举例评析。

静夜思

李 白

床(平)前明月光(平),疑是地(上)上(上)霜。

举头望明月,低头思故乡。
(平) (平) (平) (平)

首句第二字“前”与第五字“光”都是平声。第二句第二字“是”与第四字“上”都是上声。第三句第二字“头”与第四字“明”都是平声。第四句第二字“头”与第五字“乡”都是平声。此诗句句皆犯蜂腰病。

赐房玄龄

李世民

太液仙舟迥,西园隐上才。
(入) (平)(上) (平) (上)(平)

未晓征车度,鸡鸣关早开。
(上) (平)(去) (平) (上)(平)

第二句第二字“园”与第五字“才”都是平声。第四句第二字“鸣”与第五字“开”都是平声。犯了蜂腰病。

杂　诗

王　维

君自故乡来,应知故乡事。
(去) (平)(平) (平) (平)(去)

来日绮窗前,寒梅著花未?
(入) (平)(平) (平) (平)(去)

第二句第二字“知”与第四字“乡”都是平声。第四句第二字“梅”与第四字“花”都是平声。犯了蜂腰病。

行　宫

元　稹

寥落古行宫,宫花寂寞红。
(入) (平)(平) (平) (入)(平)

白头宫女在,闲坐说玄宗。
(平) (去)(去) (上) (平)(平)

第二句第二字“花”与第五字“红”都是平声,犯了蜂腰病。

以上四例,无一例不犯蜂腰病。

四、鹤膝

五言诗第五字不得与第十五字同声。言两头细,中央粗,似鹤膝也,以其诗中央有病。诗曰:“拨棹金陵渚,遵流背城阙。浪蹙飞船影,山挂垂轮月。”又曰:“陟野看阳春,登楼望初节。绿池始沾裳,弱兰未央结。”取其两字间似鹤膝。若上句第五“渚”字是上声,则第三句末“影”字不得复用上声,此即犯鹤膝。如班姬诗云:“新裂齐纨素,皎洁如霜雪。裁为合欢扇,团团似明月。”“素”与“扇”同去声是也。此曰第三句者,举其大法耳。但从首至末,皆须以次避之,若第三句不得与第五句相犯,第五句不得与第七句相犯。犯法准前也。

第一例的第五字“渚”与第十五字“影”均是上声。第二例的第五字“春”与第十五字“裳”皆为平声。第三例的第五字“素”与第十五字“扇”同属去声。以上三例都犯了鹤膝病。今举例评析。

山居秋暝

王　维

空山新雨后(上)，天气晚来秋。
明月松间照(去)，清泉石上流。
竹喧归浣女(上)，莲动下渔舟。
随意春芳歇(入)，王孙自可留。

此诗的“后”与“照”虽都是仄声，但“后”是上声，“照”是去声，未犯鹤膝病；后面第五句与第七句的“女”与“歇”也同样如此，未犯鹤膝病。

秋兴八首・其一

杜　甫

玉露凋伤枫树林(平)，巫山巫峡气萧森。
江间波浪兼天涌(上)，塞上风云接地阴。
丛菊两开他日泪(去)，孤舟一系故园心。
寒衣处处催刀尺(入)，白帝城高急暮砧。

随着“八病说”对后世的影响，七言律诗也出现了四联出句尾字“平、上、去、入”四声兼备的现象，这一诗例是以佐证作者讲究诗歌艺术技巧的纯熟与精湛。

渡汉江

李　频

岭外音书绝(入)，经冬复立春。
近乡情更怯(入)，不敢问来人。

此诗第五字“绝”与第十五字“怯”都是入声，犯了鹤膝病。如定要遵循其说，依笔者之见，“绝”宜改为“断”，则为去声，不致犯病，但也反映了作者对“八病说”的取向。

问刘十九

白居易

绿蚁新醅酒(上)，红泥小火炉。
晚来天欲雪(入)，能饮一杯无？

第五字“酒”与第十五字“雪”不同声，未犯鹤膝病。

五、大韵

五言诗若以“新”为韵，上九字中，更不得安“人”、“津”、“邻”、“身”、“陈”等字，既同其类，名犯大韵。诗曰：“紫翮拂花树，黄鹂闲绿枝。思君一叹息，啼泪应言垂。”又曰：“游鱼牵细藻，鸣禽哢好音。谁知迟暮节，悲吟伤寸心。”今就十字内论大韵，若前韵第十字是“枝”字，则上第七字不得用“鹂”字，此为同类，大须避之。通二十字中，并不得安“籭”、“羁”、“雌”、“池”、“知”等类。除非故作叠韵，此即不论。

第一例前两句以“枝”为韵，前九字中的“鹂”是同类字。第二例前两句以“音”为韵，前九字中的“禽”是同类字。以上均犯大韵病。后引申为二十字内不得有同类字，除非故作叠韵者。今举例评析。（以下•表示同一韵部的字）

终南望余雪

祖　咏

终南阴岭秀，积雪浮动端。
林表明霁色，城中增暮寒。

此诗第十字“端”与前面的九字以及“寒”前面的九字均无同类字，未犯大韵病。

在军登城楼

骆宾王

城上风威冷，江中水气寒。
戎衣何日定，歌舞入长安。

此诗第十字“寒”前九字无同类字，“安”前九字也无同类字，未犯大韵。

和宋之问寒食题黄梅临江驿

崔　融

春分自淮北，寒食渡江南。
忽见浔阳水，疑是宋家潭。
明主阍难叫，孤臣逐未堪。
遥思故园陌，桃李正酣酣。

整诗四联各韵脚前的九字，均无“覃”韵同类字，末句“酣酣”是故作叠韵，故未犯大韵病。

听弹琴

刘长卿

泠泠七弦上，静听松风寒。
古调虽自爱，今人多不弹。

此诗以“寒”为韵脚，除“寒”与“弹”外，其余十八字均无同类字，未犯大韵病。

六、小韵

除韵以外，而有迭相犯者，名为犯小韵病也。诗曰：“搴帘出户望，霜花朝瀁日，晨莺傍杼飞，早燕挑轩出。”又曰：“夜中无与悟，独寐抚躬叹。唯惭一片月，流彩照南端。”若第九字是“瀁”字，则上第五字不得复用“望”字等音，为同是韵之病。小韵者，五言诗十字中，除本韵以外自相犯者，若已有“梅”，更不得复用“开”、“来”、“才”、“台”等字。若故为叠韵，两字一处，于理得通，如“飘遥”、“窈窕”、“徘徊”、“周流”之等，不是病限。

第一例上联中除韵脚“日”外，九字中的“望”与“瀁”为同一韵部。第二例上联中除韵脚“叹”外，九字中的“悟”与“寐”为同一韵部，“中”与“躬”亦为同一韵部。以上都犯了小韵病，但故为叠韵者，则不算弊病。小韵虽非巨害，以避为美。今举例评析。

宿建德江

孟浩然

移舟泊烟渚，日暮客愁新。
野旷天低树，江清月近人。

此诗除韵脚“新”以外，前九字中的“舟”与“愁”是同一韵部，犯了小韵病。

听　筝

李　端

鸣筝金粟柱，素手玉房前。
欲得周郎顾（去），时时误（去）拂弦。

此诗中的“时时”是故作叠韵，不算弊病。下联韵脚“弦”前九字中，“顾”属去声遇韵，“误”亦属去声遇韵，故是同韵，构成了声律不谐，犯了小韵病。笔者认为，李端为大历十才子之一，这首五绝是表现一位女性风情、具有真情实感且韵味深长的流传佳作。下联则典出陈寿《三国志·卷五十四·吴书九》：“瑜少精意于音乐，虽三爵之后，其有阙误，瑜必知之，知之必顾，故时人谣曰：‘曲有误，周郎顾。’”如定要遵循其说，宜把“误”改成“怠”，则属去声宥韵，声律自当改善，这也同样反映了此诗作者对“八病说”的认同度。

怨情

李白

美人卷珠帘，深坐颦娥眉。
但见泪痕湿，不知心恨谁。

此诗除韵脚“眉”与“谁”以外，前九字都无同一韵部的字，未犯小韵病。

何满子

张祜

故国三千里，深宫二十年。
一声何满子，双泪落君前。

此诗除韵脚“年”与“前”之外，前九字皆无同一韵部的字，未犯小韵病。

七、傍纽（又称“大纽”）

五言诗一句之中有“月”字，更不得安“鱼”、“元”、“阮”、“愿”等之字，此即双声，双声即犯傍纽。诗曰：“鱼游见风月，兽走畏伤蹄。”（如此类者，是又犯傍纽病）又曰：“元生爱皓月，阮氏愿清风。取乐情无已，赏玩未能同。”“鱼”、“月”是双声，“兽”、“伤”并双声，此即犯大纽，所以即是，“元”、“阮”、“愿”、“月”为一纽。凡安双声，唯不得隔字，若“踟蹰”、“踯躅”、“萧瑟”、“流连”之辈，两字一处，于理即通，不在病限。

以上是说，一句内凡双声两字一处，不算弊病；隔字双声，即犯傍纽病，如上述第一例中的“兽”与“伤”，按现代汉语拼音，前者为 shòu，后者为 shāng，声母相同。今举例评析。

秋夜寄丘员外

韦应物

怀君属秋夜，散步咏凉天。
空山松子落，幽人应未眠。

此诗每句五言都未用同声纽的字，未犯傍纽病。

金陵新亭

李白

王公何慷慨，千载仰雄名。

“慷慨”双声两字一处，此两句未犯傍纽病。

北　征

杜　甫

挥涕恋行在，道途犹恍惚。

"恍惚"双声两字一处，此两句未犯傍纽病。

别张十三建封

杜　甫

眼中万少年，用意尽崎岖。

"崎岖"双声两字一处，此两句未犯傍纽病。

八、正纽(又称"小纽")

五言诗"壬"、"衽"、"任"、"入"，四字为一纽；一句之中，已有"壬"字，更不得安"衽"、"任"、"入"等字。如此之类，名为犯正纽之病也。诗曰："抚琴起和曲，叠管泛鸣驱。停轩未忍去，白日小踟蹰。"又曰："心中肝如割，腹里气便燋。逢风回无信，早雁转成遥。"("肝"、"割"同纽，深为不便)就五字中论，即是下句第九、十双声两字是也。除非故作双声，下句复双声对，方得免小纽之病也。若为联绵赋体类，皆如此也。或曰：正纽者，谓正双声相犯。其双声虽一，傍正有殊，从一字纽之得四声，是正也。如云："我本汉家子，来嫁单于庭。"("家"、"嫁"是一纽之内，名正双声，名犯正纽者也)傍纽者，如："贻我青铜镜，结我罗裙裾。"("结"、"裙"是双声之傍，名犯傍纽也。)

上述文字"衽"、"任"、"壬"、"入"指四声虽不同而声母与韵母相同或非常相似的字，四字为一纽，有了"壬"字，如其他字出现便犯了正纽病。第一例下联的"踟蹰"二字是双声，即犯了正纽，除非故作双声，另句再以双声相对，方可免除。(笔者认为，这一提法与上述"傍纽"的表述是相互混乱矛盾的，当有其历史原因造成。)第二例子的"肝"与"割"同纽，隔字出现，犯了正纽。第三例的"家"与"嫁"，是指四声不同而声母与韵母相同的二字在一联中出现，名正双声，犯了正纽。第四例的"结"与"裙"是指声母与韵母结构相近的二字在一句中出现，是犯傍纽，以此来区分"正纽"与"傍纽"之别。

对"踟蹰"一例因与"傍纽"之说互相矛盾，众多诗人多不随其说，今举例评析。

自京赴奉先县咏怀五百字

杜　甫

朱门酒肉臭，路有冻死骨。

荣枯咫尺异，惆怅难再述。

这四句诗是传世名句，“惆怅”二字是双声，但并非故作双声，上句也无双声相对，岂非犯了正纽病？

冬夜醉宿龙门，觉起言志

李 白

哀哀歌苦寒，郁郁独惆怅。

“惆怅”二字是双声，非故作双声，上句也无双声相对，岂非犯了正纽病？

九日登山

李 白

齐歌送清扬，起舞乱参差。

“参差”二字是双声，非故作双声，上句也无双声相对，岂非犯了正纽病？

南 池

杜 甫

驻马问渔舟，踌躇慰羁束。

“踌躇”二字是双声，非故作双声，上句也无双声相对，岂非犯了正纽病。

同从弟销南斋玩月忆山阴崔少府

王昌龄

荏苒几盈虚，澄澄变今古。

“荏苒”二字是双声，下句以双声叠韵“澄澄”二字相对，严格地说，仍犯正纽病。

合江亭

韩 愈

长绠汲沧浪，幽蹊下坎坷。

下句“坎坷”二字是双声，下句以叠韵“沧浪”相对，岂非犯了正纽病？

（以上诗例与前面“傍纽”举例有悖，应从“傍纽”之说为宜。）

对于“我本汉家子，来嫁单于庭”两句，因正双声，犯了正纽病，可顺其说，再举一例：

怨 情

李 白

美人卷珠帘，深坐颦娥眉。

但见泪痕湿，不知心恨谁。

下联“痕”与“恨”二字，声母与韵母相同，四声不同，前者是平声元韵，后者是去声愿韵，故此诗犯了正纽病。

综观上述，"八病说"在运用四声和声母韵母来制约、规范五言诗向严格的格律诗发展上起到了十分积极的作用。这也是中国文学史上的一个重大发展，其深远影响，不可低估。然而，"八病说"毕竟讲究太过，束缚太甚，有的提法比较笼统模糊甚至矛盾，因此，初唐以来诗人们并非完全遵循其说，而是择善而从，善于变通，不拘泥于定论。比如前述李频《渡汉江》一诗，押韵、平仄、对粘完全符合律绝规定，从"八病说"角度看，却犯了"鹤膝病"，但具体如何指向，时人与后人也有不同的解释，《渡汉江》中的"绝"与"怯"虽都是入声，但前者属屑韵，后者属洽韵，韵部不同。据此，这也可能是该诗作者对沈约理论并不完全认同的表现。

再以诗歌豪迈，个性鲜明，具有突出浪漫主义特色的李白为例，在"以词害意"情况下，当然不会受沈约主张的约束，他的《静夜思》第三句的第二字与第四字同是上声，都落在节奏点上，虽不妥，仍拗。但是，以李白《秋浦歌》第八首为例：

白发三千丈，缘愁似个长。
不知明镜里，何处得秋霜？

此诗一反《静夜思》，从"八病说"观点看，简直无可挑剔，看来李白作诗同样会受到沈约理论的一定影响。

齐梁时代是"永明体"促使古体诗向格律诗发生重大转折的时期，虽说沈约理论是针对五言诗，但必然也会深刻地影响七言诗从早期柏梁体的原始风貌向严谨格律化的重大转变。其特征除了音律谐调，对偶工整，还与博奥典重的晋宋诗风有所不同，总体上呈现出清丽流畅的平易风格，这也应归功于沈约提倡"易见事"、"易识字"、"易读诵"的诗歌"三易说"。

沈约本人也说："宫商之声有五，文字之别累万，以累万之繁，配五声之约，高下低昂，非思力所学。又非止若斯而已，十字之文，颠倒相配，字不过十，巧历已不能尽，何况复过于此者乎？"（《答陆厥书》）八病提倡者尚畏难而不能全部遵守，何况他人呢？事实上，自唐以来，许多诗人对八病说的"见贤思齐，从善如流"，正是采取了一分为二的正确态度，这是完全值得肯定的。清康熙帝曾说："沈约之声韵，后人不无訾议。"此评是比较公允的。

第九章　对仗论

格律诗中的对仗，也称对偶，要求严谨，且有严对与宽对之分。它的上下句字数相等，结构相同或相近，意义相反或相关，平仄相反，成对地排列在一起，如古代帝王、官员等外出时的护卫仪仗。对仗的“仗”即由护卫仪仗之义而生。

对仗，在诗歌与散文里都能见到，当然，诗歌对仗和骈体文中的对仗有所不同。从现存的文字资料来看，萌芽时期的对仗，早在《周易》卦辞中就可发现其天然优势。举例如下。

屯如，邅如，乘马班如。匪寇，婚媾，女子贞不字，十年乃字。

（《周易上经·屯第三（上坎下震）》）

大意：聚集难进就像乘骑接踵排列，并非劫掠，而是求婚，女子守贞不出嫁，须过十年才许嫁。

句中“匪寇，婚媾”就是描写古代社会一个男子骑在马上徘徊不前欲求配偶不成的行为表白，这四字也即自然地形成了上下原始对仗之一。

无平不陂，无往不复，艰贞无咎。勿恤其孚，于食有福。

（《周易上经·泰第十一（上坤下乾）》）

大意：没有只平而不陂的，没有过往的事物不反复的，在艰难困苦中守正则无灾。不要担忧他的诚信，饮食上有口福。

句中“无平不陂，无往不复”是原始对仗之一，两个“无”与“不”同字相对，作为原始对仗，不足为奇。

盱豫悔，迟有悔。

（《周易上经·豫第十六（上震下坤）》）

大意：沉溺娱乐必悔，悔恨太迟要悔。

“盱豫悔，迟有悔”两句尾字“悔”，同字相对，当时不足为奇。

系小子，失丈夫。

（《周易上经·随第十七（上兑下震）》）

大意：随从小子，失去丈夫。

原始对仗之一，语出自然，较成熟。

硕果不食，君子得舆，小人剥庐。

（《周易上经·剥第二十三（上艮下坤）》）

大意：不食大果，君子受到车乘拥戴，小人遭遇覆巢之危。

“君子得舆，小人剥庐”是原始对仗之一，语出自然，较成熟。

舍尔灵龟，观我朵颐，凶。

（《周易上经·颐第二十七（上艮下震）》）

大意：舍弃你的灵龟，看着我的进食，有凶险。

“舍尔灵龟，观我朵颐”是原始对仗之一，语出自然，较成熟。

不恒其德，或承之羞，贞吝。

（《周易下经·恒第三十二（上震下巽）》）

大意：不坚守德行，可能受羞辱，守正遇难。

“不恒其德，或承之羞”是原始对仗之一。

小人用壮，君子用罔，贞厉。羝羊触藩，羸其角。

（《周易下经·大壮第三十四（上震下乾）》）

大意：小人的壮盛，君子被网罗，占事危险。公羊触于藩篱，角被挂住。

“小人用壮，君子用罔”是原始对仗之一。

鸿渐于陆，夫征不复，妇孕不育，凶，利御寇。

（《周易下经·渐第五十三（上巽下艮）》）

大意：鸿鸟渐渐飞向高平地，丈夫因出征却不回来，妇女怀孕流产，凶险，有利于抵御外寇。

“鸿渐于陆，夫征不复”是原始对仗之一。

女承筐无实，士刲羊无血，无攸利。

（《周易下经·归妹第五十四（上震下兑）》）

大意：新娘提篮里没有果实，新郎宰羊没有血，办事不顺利。

“女承筐无实，士刲羊无血”是原始对仗之一，两个“无”字相对，不足为奇。

由“风”、“雅”、“颂”三大部分构成的《诗经》，以代表民风乐歌的十五国风最为精彩。然而，对仗的出现则在二雅（《大雅》与《小雅》）中较多，文辞也较优美，这想必跟二雅大多是当时统治阶级贵族文人所作不无关系。西周时代的《大雅》以统治阶级祭祖与宴会的颂歌为主，西周后期与东周时代的《小雅》则可分为抒情诗、宴会诗、讽刺诗。《颂》共四十篇，分《周颂》、《鲁颂》和《商颂》，是贵族统治者宗庙祭祀的乐歌，其艺术价值逊于《风》、《雅》。现将有关对仗举例如下。

南有乔木，不可休思，汉有游女，不可求思。

（《诗经·周南·汉广》）

当时“江干樵唱”之诗，类似山歌，采用兴比写作方法，对偶不宜苛求。

有女怀春，吉士诱之。

（《诗经·召南·野有死麕》）

采用兴的写作方法。

山有扶苏，隰有荷华。

（《诗经·郑风·山有扶苏》）

下句以“湿地荷花”对上句“山上小树”，贴切自然，采用兴的写作方法。

其室则迩，其人甚远。

（《诗经·郑风·东门之墠》）

“人”对“室”，“远”对“迩”，贴切自然，采用赋的写作方法。

风雨凄凄，鸡鸣喈喈。

（《诗经·郑风·风雨》）

在当时已显得比较成熟了，采用赋的写作方法。

纠纠葛屦，可以履霜。掺掺女手，可以缝裳。

（《诗经·魏风·葛屦》）

“轻轻薄薄的麻鞋可以踩冰霜；尖尖瘦瘦的女手可以缝衣裳。”对的相对成熟，采用兴的写作方法。

昔我往矣，杨柳依依。今我来思，雨雪霏霏。

（《诗经·小雅·采薇》）

在并无定规情况下，已相对成熟且著名，采用赋的写作方法。

春日迟迟，卉木萋萋。

（《诗经·小雅·出车》）

“春天的日子过得很慢；草木的生长长得很快。”相对成熟，采用赋的写作方法。

湛湛露斯，匪阳不晞。厌厌夜饮，不醉无归。

（《诗经·小雅·湛露》）

“清澈浓重的露水，不见太阳是不会干的；安闲的晚宴，不到酩酊是不肯归的。”这首天子赐宴诗，文辞优美，定出于贵族文人之手，风格上与民歌迥异，采用兴的写作方法。

忘我大德，思我小怨。

（《诗经·小雅·谷风》）

这首诗为贵族文人所作，反映贵族阶层内部倾轧，不讲义气。《诗序》："刺幽王也。天下俗薄，朋友道绝焉。"说的有一定道理，采用比的写作方法。

南山烈烈，飘风发发。

（《诗经·小雅·蓼莪》）

已相对成熟，采用兴的写作方法。

其旅湑湑，鸾声嘒嘒。

（《诗经·小雅·采菽》）

"车上的旗帜迎风飘扬；车上的铃声清脆叮当。"贴切自然，采用兴的写作方法。

原隰既平，泉流既清。

（《诗经·小雅·黍苗》）

贴切自然，采用赋的写作方法。

鸢飞戾天，鱼跃于渊。

（《诗经·大雅·旱麓》）

"鹞鹰直飞穹苍；鱼儿跳跃深渊。"这首祭祀诗，歌颂文王能继承祖之功业，文辞优雅，无疑为贵族文人所作，采用兴的写作方法。

济济多士，克广德心。桓桓于征，狄彼东南。

（《诗经·鲁颂·泮水》）

此诗对仗不仅赞颂鲁僖公身边众多人才能弘扬国王的德心，且表扬了威武的兵将能征伐淮夷取胜，同样是贵族文人的作品，采用赋的写作方法。

《诗经》主要是民歌，而《楚辞》则是个人创作，其主要代表人物是屈原和他的学生宋玉，还有景差、贾谊、东方朔、严忌、王褒、刘向、王逸等人。用现实主义与浪漫主义写作手法创作的《楚辞》，更凸显浪漫主义，其中同样有丰富多彩的诗歌对仗。现举例如下：

朝搴阰之木兰（兮），夕揽洲之宿莽。

（屈原：《离骚》）

朝饮木兰之坠露（兮），夕餐秋菊之落英。

（屈原：《离骚》）

揽木根以结茝（兮），贯薜荔之落蕊。

（屈原：《离骚》）

夏桀之常违(兮),乃遂焉而逢殃。后辛之菹醢(兮),殷宗用而不长。

(屈原:《离骚》)

兰芷变而不芳(兮),荃蕙化而为茅。

(屈原:《离骚》)

麾蛟龙使梁津(兮),诏西皇使涉予。

(屈原:《离骚》)

浴兰汤(兮)沐芳,华采衣(兮)若英。

(屈原:《九歌·云中君》)

览冀州(兮)有余,横四海(兮)焉穷。

(屈原:《九歌·云中君》)

采薜荔(兮)水中,搴芙蓉(兮)木末。

(屈原:《九歌·湘君》)

心不同(兮)媒劳,恩不甚(兮)轻绝。

(屈原:《九歌·湘君》)

鸟次(兮)屋上,水周(兮)堂下。

(屈原:《九歌·湘君》)

悲莫悲(兮)生别离,乐莫乐(兮)新相知。

(屈原:《九歌·少司命》)

旌蔽日(兮)敌若云,矢交坠(兮)士争先。

(屈原:《九歌·国殇》)

身既死(兮)神以灵,子魂魄(兮)为鬼雄。

(屈原:《九歌·国殇》)

注:后句尚有两说:一云,魂魄毅兮为鬼雄。一云,子魄毅兮为鬼雄。今从王逸注洪兴祖补注《楚辞章句补注》。

惜诵以致愍(兮),发愤以抒情。

(屈原:《九章·惜诵》)

令五帝以枏中(兮),戒六神与向服。

(屈原:《九章·惜诵》)

带长铗之陆离(兮),冠切云之崔嵬。

(屈原:《九章·涉江》)

吴信谗而弗味(兮),子胥死而后忧。

(屈原:《九章·惜往日》)

鱼葺鳞以自别(兮),蛟龙隐其文章。

(屈原:《九章·悲回风》)

举世皆浊我独清，众人皆醉我独醒。

（屈原：《渔父》）

汉武帝设置乐府机构，大规模采集民间歌谣和文人诗歌进行制谱配乐，供朝廷祭祀神鬼、宴飨巡行所用，其目的不仅是通过“制礼作乐”以显功德，且能“观风俗，知薄厚”，在政治上起到借鉴作用。

至于乐府范畴，最早为入乐歌诗，后有魏晋文人拟乐府、唐代的新乐府。在发展过程中，乐府无疑与音乐逐渐脱节成为独立诗歌形式，而以乐府记述时事，反映政治动荡、战乱残酷、社会风情为重点，突出了继承汉乐府民歌的现实主义优良传统。乐府诗诗体，既完善了古体诗，也为后来唐诗的重视骈偶与音律和谐打下了基础。因此，也可以这样说，乐府诗是替格律诗也即近体诗在初唐的成熟定型提供了一定的条件。现将有关乐府对仗方面举例如下。

水深激激，蒲苇冥冥。枭骑战斗死，驽马徘徊鸣。

（《乐府诗集·鼓吹曲辞·铙歌十八首·战城南》）

上山采蘼芜，下山逢故夫。

（《玉台新咏·古诗八首·上山采蘼芜》）

注：此诗《乐府诗集》未收入，《太平御览》作《古乐府》。

头上倭堕髻，耳中明月珠。

（《乐府诗集·相和歌辞·相和曲·陌上桑》）

阳春布德泽，万物生光辉。……少壮不努力，老大徒伤悲！

（《乐府诗集·相和歌辞·平调曲·长歌行》）

东西植松柏，左右种梧桐。枝枝相覆盖，叶叶相交通。

（《玉台新咏·古诗为焦仲卿妻作并序》）

注：此诗初见于《玉台新咏》，后《乐府诗集》收于《杂曲歌辞·焦仲卿妻》。

皑如山上雪，皎若云间月。

（《乐府诗集·相和歌辞·楚调曲·白头吟》）

兔从狗窦入，雉从梁上飞。

（《乐府诗集·横吹曲辞·梁鼓角横吹曲·紫骝马歌辞》）

注：也叫《十五从军征》。

宁饮建业水，不食武昌鱼。宁还建业死，不止武昌居。

（《乐府诗集·杂歌谣辞·吴孙晧初童谣》）

单衫杏子红，双鬓鸦雏色。

（《乐府诗集·杂曲歌辞·西洲曲》）

朔气传金柝，寒光照铁衣。将军百战死，壮士十年归。

（《乐府诗集·横吹曲辞·梁鼓角横吹曲·木兰诗》）

神龙藏深泉，猛兽步高冈。

（曹操：《却东西门行》）

白日半西山，桑梓有余晖。

（王粲：《从军行》）

雠高念皇家，远怀柔九州。

（曹植：《鰕䱇篇》）

福钟恒有兆，祸集非无端。

（陆机：《君子行》）

顾瞻望宫阙，俯仰御飞轩。

（刘琨：《扶风歌》）

志意既放逸，赀财亦丰奢。被服极纤丽，肴膳尽柔嘉。

（张华：《轻薄篇》）

居德斯颐，积善嬉谑。

（谢灵运：《善哉行》）

夏日长抱饥，寒夜无被眠。

（陶渊明：《怨诗》）

注：此诗被收入《乐府诗集·相和歌辞·楚调曲上》。

食梅常苦酸，衣葛常苦寒。

（鲍照：《代东门行》）

云萦九折嶝，风卷万里波。

（沈约：《从军行》）

歌出棹女曲，舞入江南弦。

（江淹：《江南弄·采菱曲》）

才见孤鸟还，未辨连山极。

（谢朓：《临高台》）

注：此诗被收入《乐府诗集·鼓吹曲辞·汉铙歌下》。

马头要落日，剑尾掣流星。

（吴均：《入关》）

注：此诗被收入《乐府诗集·横吹曲辞·汉横吹曲一》。

星旗映疏勒，云阵上祁连。

（徐陵：《关山月》）

蔷薇花开百重叶，杨柳拂地数千条。

（王褒：《燕歌行》）

关山连汉月，陇水向秦城。

（庾信：《出自蓟北门行》）

暗牖悬蛛网，空梁落燕泥。

（薛道衡：《昔昔盐》）

北风嘶朔马，胡霜切塞鸿。

（杨素：《出塞》）

注：此诗被收入《乐府诗集·横吹曲辞·汉横吹曲一》。

综上唐前的诗歌对仗来看，其特征是不严格讲究字面平仄协调，允许同字相对，只追求词义相对。当然，诗歌对仗既有如前所述的天然优势，也得益于赋与骈文的互补发展。现以历仕宋、齐、梁三朝的沈约的赋篇代表作《郊居赋》来说，该赋共七章四百余句，二千余字，称得上赋中的鸿篇巨制。第一章云："惟至人之非已，固物我而兼忘。自中智以下洎，咸得性以为场。兽因窟而获骋，鸟先巢而后翔。陈巷穷而业泰，婴居湫而德昌。侨栖仁于东里，凤晦迹于西堂。伊吾人之褊志，无经世之大方。思依林而羽戢，愿托水而鳞藏。固无情于轮奂，非有欲于康庄。披东郊之寥廓，入蓬藋之荒茫。既从竖而横构，亦风除而雨攘。"全章以"阳"韵字相押，抒情陈意。自"兽因窟而获骋"起，至"亦风除而雨攘"止，对偶骈俪，刻意追求匀称华丽，佳句迭出，俯拾皆是。其他章里的如："思幽人而轸念，望东皋而长想。本忘情于徇物，徒羁绁于天壤。""不兴羡于江海，聊相忘于余宅。""始则钟石锵铉，终以鱼龙澜漫。""睇东献以流目，心凄怆而不修。""修林则表以桂树，列草则冠以芳芝。""驾雌霓之连卷，泛天江之悠永。"等等，都与诗歌对仗有不解之缘。

再以有"骈体之祖"美誉的李斯《谏逐客书》为例，这篇总共二十五句的奏章论文，用对偶和排比的就有十八句之多，读来音韵铿锵，文字典雅，具有鲜明的艺术特色。最令人难忘的也许就是这一句："是以泰山不让土壤，故能成其大；河海不择细流，故能就其深；王者不却众庶，故能明其德。"其隽永魅力可见一斑。

三以初唐四杰之一王勃的骈文代表作《滕王阁序》来说，文中的"十旬休假，胜友如云；千里逢迎，高朋满座。……层峦耸翠，上出重霄；飞阁流丹，下临无地。……落霞与孤鹜齐飞，秋水共长天一色。渔舟唱晚，响穷彭蠡之滨；雁阵惊寒，声断衡阳之浦。……时运不齐，命途多舛；冯唐易老，李广难封。……老当益壮，宁移白首之心；穷且益坚，不坠青云之志。……"通篇写景抒情，慨叹个人羁旅之感与怀才不遇的愤懑，对仗匀称，风格清新，意境开阔，堪称千古绝唱。

值得一提的是西晋文学家陆机的作品，会意尚巧，遣言贵妍，讲究辞藻华美，对偶工整，起到了六朝对偶之风盛行不衰的良好作用，如《赴洛道中作》："山泽纷纡馀，林薄杳阡眠。虎啸深谷底，鸡鸣高树巅。哀风中夜流，孤兽更我前。悲情触物感，沉思郁缠绵。伫立望故乡，顾影凄自怜。"多用骈偶，情调感人。钟嵘《诗品》曾对陆机作出如此评价："其源出于陈思。才高词赡，举体华美。气少于公斡；文劣于仲宣。尚规矩，不贵绮错，有伤直致之奇。然其咀嚼英华，厌饫膏泽，文章之渊泉也。”其后颜延之、谢灵运、鲍照、谢朓、沈约等著名诗人均承此风，对格律诗之发轫与发展，功不可没。沈德潜《古诗源》评：“古诗之亡，亡于齐梁之间……”这是中肯之语。齐梁时，诗作尤其讲究声律调和与对偶工整，进一步显示出修辞手法上整齐划一的形式对称美，确为以后格律诗的成熟定型奠定了扎实基础。唐人视其为本朝诗体，此诗体绵延至晚清不衰。

诗歌对仗天然而成，早在古老的《易经》中就已有之，“一阴一阳”，二者对立统一，相依相存。“阴”与“阳”，不同学科观点有不同解释，可以理解为“地”与“天”、“月”与“日”、“女”与“男”、“柔”与“刚”、“夜”与“昼”、“寒”与“暑”、“秋”与“春”、“形”与“象”、“坤元”与“乾元”、“偶数”与“奇数”、“潜意识”与“显意识”、“潜规则”与“显规则”、“逻辑思维”与“形象思维”，等等。

刘勰《文心雕龙》第一章《原道》开头就说：“文之为德也，大矣；与天地并生者，何哉？夫玄黄色杂，方圆体分，日月叠璧，以垂丽天之象；山川焕绮，以铺理地之形。此盖道之文也。仰观吐曜，俯察含章；高卑定位，故两仪既生矣。惟人参之，性灵所钟，是谓三才。为五行之秀，实天地之心。心生而言立，言立而文明，自然之道也。”他继续在第三十五章《丽辞》中就对偶在理论上作了专门阐述：“造化赋形，支体必双，神理为用，事不孤立。夫心生文辞，运裁百虑，高下相须，自然成对。”在刘勰看来，人体的上下四肢必然成对，事物绝非孤立，这是天地造化的作用。而诗文的创作，是多方运思谋虑，上下高低的相互配合，因此自然构成对偶。他举了一个“满招损，谦受益”的具体例子，指出了“岂营丽辞？率然对尔”。刘勰还认为，自从扬雄、司马相如、张衡、蔡邕等人对对偶的推崇，并运用盛行，就像宋元君的讲究绘画、吴国的讲究铸剑那样，“刻形镂法，丽句与深采并流，偶意共逸韵俱发”。并提出了“言对为易，事对为难，反对为优，正对为劣”的著名“四对”。

至初唐，经沈（佺期）、宋（之问）辈的精切律诗，转为定型。其中颔联与颈联往往留下不少千古流传的名联，举例如下：

海内存知己，天涯若比邻。（王勃：《送杜少府之任蜀州》）
欲穷千里目，更上一层楼。（王之涣：《登鹳雀楼》）
海日生残夜，江春入旧年。（王湾：《次北固山下》）
曲径通幽处，禅房花木深。（常建：《题破山寺后禅院》）
山随平野尽，江入大荒流。（李白：《渡荆门送别》）
烽火连三月，家书抵万金。（杜甫：《春望》）
明月松间照，清泉石上流。（王维：《山居秋暝》）
鸟宿池边树，僧敲月下门。（贾岛：《题李凝幽居》）

三顾频烦天下计，两朝开济老臣心。（杜甫：《蜀相》）
云横秦岭家何在？雪拥蓝关马不前。
（韩愈：《左迁至蓝关示侄孙湘》）
乱花渐欲迷人眼，浅草才能没马蹄。（白居易：《钱塘湖春行》）
春蚕到死丝方尽，蜡炬成灰泪始干。（李商隐：《无题》）
事去千年犹恨速，愁来一日即为长。（李益：《同崔邠分登鹳雀楼》）
沉舟侧畔千帆过，病树前头万木春。
（刘禹锡：《酬乐天扬州初逢席上见赠》）
溪云初起日沉阁，山雨欲来风满楼。（许浑：《咸阳城东楼》）
云边雁断胡天月，陇上羊归塞草烟。（温庭筠：《苏武庙》）

有的诗作虽非格律诗，但诗中却留下名句，后人如能组成对仗，也不失为诗坛佳话。例如，唐著名诗人李贺《金铜仙人辞汉歌》："……衰兰送客咸阳道，天若有情天亦老……"其中"天若有情天亦老"即是名句，可作上联，谁来对下联？直至北宋，有名士石延年（曼卿，994—1041）在一次中秋赏月时触景生情，对出下联"月如无憾月常圆"。上联是"平仄仄平平仄仄"，下联是"仄平平仄仄平平"，这是一副诗情画意与艺术技巧均出色的严对，真可谓珠联璧合。有的将出自不同诗人手笔的佳句集成对仗，例如，"劝君更尽一杯酒，与尔同销万古愁。"（集作者佚名），上联出自王维《送元二使安西》中的后两句诗："劝君更尽一杯酒，西出阳关无故人。"下联出自李白《将进江》中的尾句："五花马，千金裘，呼儿将出换美酒，与尔同销万古愁。"有的把名胜古迹的石刻作为上联，巧妙地答出下联。例如，作为中国四大佛教名山之一的普陀山，在佛顶山慧济寺山门外的石碑上，刻有"佛顶顶佛"，亦即"佛顶山顶佛"，却无下联，后来相传有一樵夫脱口对出下联"云扶石扶云"，上联是"仄仄平仄仄"，下联是"平平仄平平"。（云扶石在慧济寺下方，香云亭之侧，两石上下互垒，似坠而不坠。）此联名词、动词互对，地名互对，平仄协调，亦属严对，出自"江干樵唱"之口，确实不易。

由格律诗对仗衍生的楹联、春联、寿联、婚联、挽联、乔迁联、开业联、庆典联等各种对联，最早的应推五代后蜀之主孟昶的"新年纳余庆，嘉节号长春"。虽要求比较宽泛，同样也不乏传诵不衰的著名佳作，称得上是旧体诗词干系的优秀对联文化。兹举例如下：

楼观沧海日；门对浙江潮。
（宋之问：《西湖韬光庵观海亭联》）
天上楼台山上寺；云边钟鼓月边僧。
（苏轼：《吉水龙济寺联》）

日月两轮天地眼；诗书万卷圣贤心。

（朱熹：《庐山白鹿洞书院联》）

刚日读经，柔日读史；十年树木，百年树人。

（王阳明：《贵州修水龙岗山阳明洞联》）

一水抱城西，烟霭有无，拄杖僧归苍茫外；群峰朝阁下，雨晴浓淡，倚栏人在画图中。

（杨慎：《昆明华亭寺联》）

江淮河汉思明德；精一危微见道心。

（康熙：《绍兴禹王庙联》）

汲来江水烹新茗；买尽青山当画屏。

（郑板桥：《镇江焦山自然庵联》）

海纳百川，有容乃大；壁立千仞，无欲则刚。

（林则徐：《自勉联》）

苟利国家生死以；敢因祸福避趋之。

（林则徐：《自题堂室联》）

五百里滇池，奔来眼底。披襟岸帻，喜茫茫空阔无边！看东骧神骏，两翥灵仪，北走蜿蜒，南翔缟素。高人韵士，何妨选胜登临。趁蟹屿螺洲，梳裹就风鬟雾鬓，更苹天苇地，点缀些翠羽丹霞。莫孤负四周香稻，万顷晴沙，九夏芙蓉，三春杨柳。

数千年往事，注到心头。把酒凌虚，叹滚滚英雄谁在？想汉习楼船，唐标铁柱，宋挥玉斧，元跨革囊。伟烈丰功，费尽移山心力。尽珠帘画栋，卷不及暮雨朝云，便断碣残碑，都付与苍烟落照。只赢得几杵疏钟，半江渔火，两行秋雁，一枕清霜。

（孙髯：《昆明大观楼长联》）

清康熙三年（1664）进士车万育曾编著《声律启蒙》，《卷上》从一东韵至十五删韵，《卷下》从一先韵至十五咸韵，共计三十个韵部，分别介绍了对仗口诀，可以借鉴参考，但不必囿于原作所见，应触类旁通，灵活运用，当大有裨益。今摘录二冬韵对仗如下。

云对雨，雪对风，晚照对晴空。来鸿对去燕，宿鸟对鸣虫。三尺剑、六钧弓，岭北对江东。人间清暑殿，天上广寒宫。两岸晓烟杨柳绿，一园春雨杏花红。两鬓风霜，途次早行之客；一蓑烟雨，溪边晚钓之翁。

沿对革，异对同，白叟对黄童。江风对海雾，牧子对渔翁。颜巷陋、阮途穷，冀北对辽东。池中濯足水，门外打头风。梁帝讲经同泰寺,汉皇置酒未央宫。尘虑萦心,懒抚七弦绿绮;霜华满鬓,羞看百炼青铜。

贫对富,塞对通,野叟对溪童。鬓皤对眉绿,齿皓对唇红。天浩浩,日融融,佩剑对弯弓。半溪流水绿,千树落花红。野渡燕穿杨柳雨,芳池鱼戏芰荷风。女子眉纤,额下现一弯新月;男儿气壮,胸中吐万丈长虹。

其他韵部对仗,可参阅原著。

人禀受天地自然之灵气,蕴含好、恶、喜、怒、哀、乐六气,感情在内激荡,对外发言为诗。不论是《诗经》还是《楚辞》,都反映了言情与言志合二为一的特色。诗歌对仗则较非对仗部分在文辞上更为严格,要求匀称,且须摒弃芜杂之音与累赘言辞,以达到韵同调和,音节和谐,精要简练。如不刻苦求工,是无法做到体尽排偶的,而排偶则不排除与内容的统一,恰恰正是为内容服务。

第十章　意境论

“诗言志”的命题源自先秦，我国儒家经典之一的《尚书·尧典》说：“诗言志，歌永(咏)言。”这里的“志”主要是指一国的民俗民情、赋诗者的讽谏与本人的志趣、情感等。汉代《毛诗序》进一步指出：“诗者，志之所之也，在心为志，发言为诗，情动于中而形于言。”把诗视为抒发个人审美情感的表达方式。中国美学虽未形成独立形态，却已附着于诗学以及其他诸如政治、宗教、文论、艺术等各个体系之中，反映了我国古代美学发端的多样性。

18世纪初，德国哲学家鲍姆嘉滕(Baumgarten)倡导美学，经过康德、席勒、谢林、黑格尔等多人的深化发展，才形成了独立、完整的美学学科。中国美学思想源于先秦形成于唐宋，但是中国的美学研究起步于19世纪末20世纪初，由梁启超、王国维、蔡元培等人的先后引进西方美学思想，并尝试建立中国美学研究。

意境论是美学概念，也是古代诗人们追求的审美理想。这里先引用南朝梁刘勰《文心雕龙·情采》中的一段话：“昔诗人什篇，为情而造文；辞人赋颂，为文而造情。何以明其然？盖风雅之兴，志思蓄愤，而吟咏情性，以讽其上，此为情而造文也；诸子之徒，心非郁陶，苟驰夸饰，鬻声钓世，此为文而造情也。”刘勰赞成《诗经》那样为表达真实情感而“志思蓄愤”以婉言规劝执政者的作品，反对汉代辞赋家虚饰夸张，矫揉造作，为写作而写作。一言以蔽之，刘勰提倡“为情而造文”，反对“为文而造情”，“情”就是情志。

在具体的审美活动中，诗作者作为主体可以根据自己的情况对审美客体进行自主、自由、能动的想象，不同的主体能使同一审美客体构成一个完全不同的审美对象。“情志”就广义而言，可以囊括情感、意趣、志向、爱好、欲望等，是不可互相借代的个性化的具体的心理想象表现。在此基础上产生的作品包含物境、情境、意境(唐王昌龄《诗格》中提出的“诗有三境”说)所描述的第一形象，让读者品味出新的第二形象，又因各不相同的读者的文化修养、道德素质、生活经历、审美情趣等因素而对新的第二形象占有各不相同的分享，这就是意境论的精髓所在。

现以崔颢《黄鹤楼》为例进行说明。(—表示平声，|表示仄声)

昔人已乘黄鹤去，此地空余黄鹤楼。

黄鹤一去不复返，白云千载空悠悠。

晴川历历汉阳树，芳草萋萋鹦鹉洲。

日暮乡关何处是？烟波江上使人愁。

这首诗，我们可以看做首句不入韵的平起式七律来分析：

1. 首联的出句对句在同一字序位置上，“鹤”字同字相对，颔联出句一连六个仄声，对句结尾三个平声。显然，这是违反平仄对粘规定的，且“三平调”是律诗所禁忌。因此，前半首不合律，是古风或古体。

2. 鉴于“一三五不论，二四六分明”，在一定条件下允许变通与拗救，后半首的平仄对粘皆合律，颈联对仗工整，因此整首诗是古风式律诗。

3. 尽管此诗不是完整的七言律诗，却是一首不以词害意的千古传诵不朽的名篇，古代诗评家把它列为唐人七言律诗第一。

4. 诗人崔颢登上武昌黄鹤楼，先借传说为始，既慨叹仙人骑鹤“一去不复返”，又惋惜岁月的“一去不复返”，仅留茫茫千载、悠悠白云，体现出时空两苍莽。令人感觉到已逝的时间无限，空间无限，虚景是“已乘黄鹤去”，实景是“空余黄鹤楼”。接下来，远眺汉阳平原，嘉树繁荫，历历在目；鹦鹉洲上碧草如茵，满眼野芳。面对实景，诗人在暮色降临中，唯见江上烟波浩渺，晚归乡愁之情，涌上心头，伤感不已，展望未来，一片迷惘。整首诗有虚景实景，虚实结合；时间空间，时空并用；逝者来看，昔今同显。气象万千，感情真挚，意境深远，充分表达了诗人的一腔情志，也体现了作者汪洋恣肆的诗风，这首诗堪称意境论的一个典型范例。

5. 元辛文房《唐才子传》：“（崔）后游武昌，登黄鹤楼，感慨赋诗。及李白来，曰：‘眼前有景道不得，崔颢题诗在上头。’无作而去，为哲匠敛手云。”可见此诗立意高雅，意境深远，连大诗人李白也虚心废笔了。

6. 历代诗评家对《黄鹤楼》的评价选述如下。严羽评：“唐人七言律诗，当以崔颢《黄鹤楼》为第一。”（《沧浪诗话》）李梦阳说：“一气浑成，净亮奇瑰，太白所以见屈。”（《唐诗选脉会通评林》）陆时雍说：“此诗气格高迥，浑若天成。”（《唐诗镜》）王船山说：“鹏飞象行，惊人以远大。”（《唐诗评选》）沈德潜说：“意得象先，神行语外，纵笔写去，遂擅千古之奇。”（《唐诗别裁集》）纪昀说：“偶而得之，自成绝调，然不可无一，不可有二，再一临摹，便成窠臼。”（《瀛奎律髓刊误》）方东树说：“此体不可再学，学则无味，亦不奇矣。”（《昭昧詹言》）等等。其中“鹏飞象行”、“意得象先，神行语外”、“浑若天成”等评语都表述了意境论整体美的“思与境偕”，亦即形象思维有别于逻辑思维，而形象思维需借助灵感来表现，使作品进入了情(意)即是景(境)、景即是情,如水乳交融浑然一体的最高境界。

7. 李白后至金陵,仿崔颢《黄鹤楼》赋《登金陵凤凰台》:

凤凰台上凤凰游,凤去台空江自流。
吴宫花草埋幽径,晋代衣冠成古丘。
三山半落青天外,二水中分白鹭洲。
总为浮云能蔽日,长安不见使人愁。

诗评家们对崔、李二诗,见仁见智,各有褒贬,但不论怎样,有两点结语却是无疑:其一,崔诗在先,李诗模仿在后,确见崔诗是上乘之作。其二,崔、李二人各有自己的情感、意趣以及不可互相借代的个性化具体的心理想象,都是"为情而造文",从而描述出各自的第一形象,而诗评家们对新的第二形象占有各不相同的分享再得出不同的评说,亦属正常。

诗人作为主体,当然要多读书,读好书,否则主体修养不高,势必无法写出好诗。诗歌创作要凭形象思维,营造意境要有妙悟,这跟凭逻辑思维写学术文章大相径庭。严羽说得精当:"语忌直,意忌浅,脉忌露,味忌短。"(《沧浪诗话·诗法》)故写诗应让读者身临诗般的含蓄意境之中。严羽《沧浪诗话》又以"诗之法有五",从"体制"、"格力"、"气象"、"兴趣"、"音节"五个审美角度分析了诗歌的美学特性。尤其重视"兴趣",他说:"诗者,吟咏性情也。盛唐诸人唯在兴趣。羚羊挂角,无迹可求。故其妙处透彻玲珑,不可凑泊,如空中之音,相中之色,水中之月,镜中之象,言有尽而意无穷。""兴"的特性是指含蓄蕴藉,言尽意无穷;"趣"的特性是指情趣,形象空灵。严羽所说的"兴趣",直截了当地说,就是指意境。又说:"南朝人尚词而病于理;本朝人尚理而病于意兴;唐人尚意兴而理在其中;汉魏之诗,词理意兴,无迹可求。"据此,严羽针砭南宋人以文字为诗,以才学为诗,以议论为诗异常明显。他提出"以禅喻诗"、"以悟论诗",认为诗人写诗如同佛教徒参禅,俾便顿悟与渐悟,最后达到大彻大悟,进入完美的艺术境界,即所说的"大抵禅道唯在妙悟,诗道亦在妙悟"(《沧浪诗话·诗辨》)。

除上述崔颢《黄鹤楼》外,李商隐的《锦瑟》也是一首感情真挚、意境深远、传颂古今的七律名作,而且四个更难解读的典故使诗歌具有扑朔迷离的内蕴。学者们为探索此诗迄今仍然众说纷纭,各执己见。

李商隐的另一首七言律绝:

夜雨寄北

君问归期未有期,巴山夜雨涨秋池。
何当共剪西窗烛,却话巴山夜雨时。

这是为情而作,措辞委婉,意境含蓄的上乘之作。此诗第一句"期"字重复出现，前一个“期”字为后一个“期”字埋下了虚拟伏笔；“巴山夜雨”同样也重复出现，第二句的“巴山夜雨”是实景，第四句的“巴山夜雨”是虚景，用虚拟笔法陈述将来“共剪西窗烛”的夜话乐趣，表达了诗人伉俪现在身居两地的相思之苦与羁旅伤感。短短二十八个字，诗人强烈的内心情感与客观环境经过碰撞而迸发出一个似梦似幻的意境。触景兴怀，实中生虚，时空并用，情景交融，浑若天成。这首七绝之所以令读者含英咀华，其独特魅力就在于“意境”二字。

江　雪

柳宗元

千山鸟飞绝，万径人踪灭。
孤舟蓑笠翁，独钓寒江雪。

此诗可用两点来评析：首先，这首选用仄声押韵的五言绝句，在古代是常见的，但是该诗上联的对句与下联的出句失粘，显然不合格律诗要求，因此严格地说不是五言绝句而应归入古体绝句。然而，清蘅塘退士编《唐诗三百首》把它辑录在“五言绝句”里。一方面反映了此诗以意境胜出，跟《黄鹤楼》被列为“七言律诗”第一，如出一辙；另一方面也说明了古人奉诗以意为主，意犹帅也。其次，《江雪》这首诗虽仅二十个字，却凸显出作者内心苦闷抗争与字面写景外在的沉寂凛冽形成了强烈的反差。前两句“鸟飞绝”遍于“千山”，“人踪灭”出现于“万径”，描述了恶劣气候的寥廓区域；后两句，只见孤舟上的披蓑戴笠渔翁，在一片肃杀的雪天寒江中仍坚持独钓。渔翁心灵深处埋藏了些什么？前者利用寂静辽阔的自然空间作为实景，后者揭示了作者虽在寒冬时节却隐隐约约地道出了内心“不平则鸣”的喧闹虚景。此诗是作者被贬永州后所赋，因参与王叔文政治集团在政治上遭受打击，托诗言志，其“志思蓄愤，吟咏情性”是完全可以理解的，借用南宋后期诗人刘克庄的话说：“其幽微者可玩而味。”柳宗元为完成这首攀登意境高峰的不朽之作，相信既出于本意自然而其创作过程又是不同寻常艰辛的。

由于唐太宗翰墨垂范与唐朝以“诗赋取士”科举制度的实行，大大促进了唐朝诗歌创作的全面繁荣，并使唐诗达到了中国诗歌史上的光辉顶点。上面列举四例唐诗的意境成就，可以一斑窥全豹。

宋诗继承唐诗，但因两个朝代的时代背景不同，唐诗和宋诗的特点也随之而各异，主要表现在：唐朝文武相济，国势强盛，邻邦臣服，经济繁荣，思想文化艺术领域十分活跃，故唐诗气象雄浑，意境开阔；宋朝重视文治，军力穷蹙，防务上被动挨打，积贫积弱，国耻日深，长歌当哭，1127 年北宋亡，1279 年南宋亡，故宋诗多悲凉凄怆，至多的则是气度闲淡，缺乏形象思维，难涉意境。刘克庄曾对宋诗弊病作出如下评论：“本朝则文人多，诗人少。三百年间，虽人各有集，集各有诗，诗各自为体，或尚理致，或负材力，或逞辩博，少者千篇，多至万首，要皆经义策论之有韵者尔，非诗也。”其中说的“经义策论之有韵者”是指有韵的逻辑思维东西，“非诗也”，这个结论是公允的。明文学家杨慎同样评判：“唐人诗主情，去‘三百篇’近；宋人诗主理，去‘三百篇’却远矣。”（《升庵诗话》）当然，有些宋诗佳品不乏意境美，令人读后难忘，如林逋《猫儿》：“纤钩时得小溪鱼，饱卧花阴兴有余。自是鼠嫌贫不到，莫惭尸素在吾庐。”但总体看来，宋诗不重视情感和形象的统一，衰于前朝，很难与唐诗等量齐观。

诗人创作诗歌追求审美理想，就是要把自己的思想、情感、评判等讯息传递给读者，让读者读后感到言外有意，弦外有音，思与境偕，具有一定的审美价值，以明辨其意境之有无与深浅。中国诗歌创作之意境说的发端可以追溯到西晋陆机《文赋》的“诗缘情而绮靡”，陆机首次提出诗歌的本质要抒情，创作过程中只有拍动丰富想象的翅膀，才能翱翔九天，冀构思“情曈昽而弥鲜，物昭晰而互进”。同时着重词语的色彩、声调、排偶，力求兼顾诗歌之内容与形式的提升，后来钟嵘《诗品》称赞“陆机为太康之英”，“才高词赡，举体华美”。三百年后的唐太宗更是对他推崇备至，臧评有加。

一二百年后，刘勰《文心雕龙》深化了形象思维的重要作用，他在《神思》章中总结说：“神用象通，情变所孕。物以貌求，心以理应。刻镂声律，萌芽比兴，结虑司契，垂帷制胜。”第一句“神用象通，情变所孕”就是侧重“象”（物质）是第一性，“神”（精神）是第二性，精神只有依靠物象来贯通，而情思变化所孕育的东西是建筑在物象上面的。接着又指出物象以形象来激发作者的思想情绪，使作者内心有相应的反映；雕刻镂空般的安排文辞声律，萌生比兴的写作手法；经过殚思竭虑，广积学识，才能制胜。刘勰这一带有辩证唯物的论述无疑为意境是诗歌的基本审美范畴提供了理论根据，比之陆机理论更胜一筹。

与刘勰同时代的钟嵘，跟刘勰一样，将外物感染看做是诗歌发生的主要原因。他认为，“气之动物，物以感人，故摇荡性情，形诸舞咏。”（《诗品序》）他推尊五言诗“居文词之要”，是各种诗体中“有滋味者”，而且“指事造形，穷情写物”是最为详尽并切中要害的。钟嵘说的“指事造形，穷情写物”，其实就是主客观、情景的合二为一，是对诗歌“意境说”进一步的阐释与发挥。

过了二百多年，历史进入盛唐。有“诗家夫子王江宁”之称的著名诗人王昌龄出现，他的《诗格》继承前人，首创诗有三境：物境、情境、意境。主张“诗一向言意，则不清及无味；一向言景，亦无味。事须景与意相兼始好。”与钟嵘的“滋味说”一脉相承。王昌龄《芙蓉楼送辛渐》：“寒雨连江夜入吴，平明送客楚山孤。洛阳亲友如相问，一片冰心在玉壶。”这首七绝为自己的诗歌主张做出榜样，尤其是“一片冰心在玉壶”句成为千古绝唱。

稍后几十年，中唐诗僧皎然著有《诗式》，主张创作诗歌的构思过程要突出“取境”，他认为“诗人之思初发，取境偏高，则一首举体便高；取境偏逸，则一首举体便逸”。并奉谢灵运“为文真于情性，尚于作用，不顾词彩，而风流自然”为圭臬，重视诗人主观“作用”的认识。用佛语佛典于诗学，以禅理论诗是该书的一大特色。

岁月荏苒，进入晚唐。诗人司空图的《二十四诗品》问世，这部诗歌理论专著对二十四种风格的诗歌各用四言十二句来概括，如《诗品·实境》：“情性所至，妙不自寻。”《诗品·精神》：“妙造自然，伊谁与裁?”《诗品·冲淡》：“脱有形似，握手已违。”《诗品·委曲》：“似往已回，如幽匪藏。”《诗品·超诣》：“远引若至，临之已非。”《诗品·飘逸》：“如不可执，如将有闻。”等等，引领出虚虚实实、若即若离、似去似回、如临非临的诗歌意境，既有自然真率又有含蓄朦胧，对“意境说”理论的具体深化，不可低估。

公元907年，唐朝宣告终结，其后五十多年的五代十国以及北宋、辽历史时期，有关诗歌理论之“意境”说乏善可陈，唯有南宋后期的严羽《沧浪诗话》所论允当，对后世影响很大，其美学特性前已简陈，不再重述。

元于公元1234年灭金，1279年灭南宋。元代文学以元曲为主要表现形式，与唐诗宋词并称于世。元诗式微但宗唐之风颇盛，如杨载《宗阳宫望月分韵得声字》：“老君台上凉如水，坐看冰轮转二更。大地山河微有影，九天风露寂无声。蛟龙并起承金榜，鸾凤双飞载玉笙。不信弱流三万里，此身今夕到蓬瀛。”这首七律意境空灵蕴藉，韵味隽永，诚如诗作者对诗歌创作的主张所述：“语贵含蓄，言有尽而意无穷者，天下之至言也。”(《诗法家数》)

宗唐之风不限诗坛，且影响到散曲，如马致远的《天净沙·秋思》：“枯藤老树昏鸦，小桥流水人家，古道西风瘦马。夕阳西下，断肠人在天涯。”其抒情写景，情景交融，造语造境，极为传神，将“断肠”的游子内心活动刻画得生动入微，十分形象，可称不朽之作。

17世纪，明末清初思想家、文学家王夫之在诗论方面主张“情之所至，诗无不至；诗之所至，情以之止”。强调了情感在诗歌创作过程中的主导地位。他反对以议论入诗，说：“有议论而无歌咏，则胡不废诗而著论辩也。”且指出：“诗达情，非达欲也。”诗歌只是表达情感而不是为了表达私欲，这里王夫之提高了诗歌创作的高度，将诗品与人品相互结合起来。对于“情”与“景”二者关系，他认为：“情景名为二，而实不可离。神于诗者，妙令无垠。巧者则有情中景，景中情。”这种景中生情，情中含景的“神于诗者，妙合无垠”的阐述无疑是辩证的，更进步了。

“凌烟功臣少颜色，将军下笔开生面。”(杜甫：《丹青引，赠曹将军霸》)，王夫之诗论中的“一笔”说是别开生面的，极具创意。所谓“一笔”是借喻草书一笔首尾通体相连，说明抒情诗必须保持艺术完整性，主张只能抒写“一时一事一意，约之止一两句；长言永叹，以写缠绵悱恻之情，诗本教也”。要求写诗赏诗都是这样，并依此检查出古代名作的一些瑕疵。另外，他反对用字的“诗眼”；反对“一三五不论，二四六分明”；反对“起承转合”。总之，王夫之一生著述甚丰，他的诗歌评论是其文学成就的主要体现，应予积极肯定，但某些方面也可商榷。

清初文学家叶燮的诗论专著《原诗》，对诗歌理论提出了重要的见解。首先，他认为：“诗之源流、本末、正变、盛衰，互为循环。”诗歌发展的历史过程永远在不断地变化着，也就是“前者启之，而后者承之而益之；前者创之，而后者因之而广大之”，是“以渐而进”的，主张既要继承又要创新，既可模拟古人的创作，又应当将古人的创作为我服务。其次，把诗歌分为“在物者”和“在我者”，“在物者”具备了“理、事、情”就能“穷尽万有之变态”；“在我者”具备了“才、胆、识、力”就能“穷尽此心之神明”。诗歌作品正是此两者结合之产物，这样的诗歌才是“大之经纬天地，细而一动一植，咏叹讴吟，俱不能离是而为言者矣”。他进一步阐述了三者：“譬之一木一草，其能发生者，理也；其既发生，则事也；既发生之后，夭矫滋植，情状万千，咸有自得之趣，则情也。”道明了“在物者”的发生、发展、事态的三个阶段三者不可偏废。对于“才、胆、识、力”四者，他认为相辅相成，交相为济，而以“识”（识别）最为重要，“四者无缓急，而要在先之以识，使无识，则三者俱无所托”，并强调“抒写胸襟，发挥景物，境皆独得，意自天成”。这里的“意”即指情感，情感要自然，忌矫揉造作。《原诗》下面一段话，概括了诗歌创作的美学特征：“诗之至处妙在含蓄无垠，思致微渺，其寄托在可言不可言之间，其指归在可解不可解之会，言在此而意在彼，泯端倪而离形象，绝议论而穷思维，引人于冥漠恍惚之境，所以为至也。”至此，叶燮的形象思维“意境说”发挥得淋漓尽致。

清康乾年间，诗人沈德潜诗论倡导诗歌应为政治教化服务，他在《说诗晬语》中说：“诗之为道，可以理性情，善伦物，感鬼神，设教邦国，应对诸侯，用如此其重也。”在《清诗别裁集》中，沈德潜认为诗歌“关乎人伦日用及古今成败兴坏之故者，方为可存”。他主张“诗必原本性情”，要“温柔敦厚”；讲究音律，“诗以声为用者也，其微妙在抑扬顿挫抗坠之间”。对诗歌之发展，认为“诗之风气随便人变迩久矣，其间有变而盛者，有变而衰者，大约衰极必盛，既盛复衰。”宗唐诗，其“诗至有唐为极盛”这一论断与古代众多诗人学者评判一致，极为恰当。史实证明，宋诗作家与作品的数量虽远超唐诗作家与作品，但毕竟盛极难继，代之以宋词而崛起。明代后期诗人陈子龙曾言：“宋人不知诗而强作诗，故终宋之世无诗。然其欢愉愁苦之致，动于中而不能抑者，类发于诗余，故其所造独工。”

语虽尖锐，却也一语中的。

沈德潜编撰《古诗源》之目的在于“使览者穷本知变，以渐窥风雅之遗意，犹观海者由逆河上之以溯昆仑之源，于诗教未必无少助也夫！”用诗教辅佐促进政教的意图十分明显。他业承叶燮，曾获乾隆帝的青睐，官至内阁学士兼礼部侍郎。当时以他为代表的格调派与王士祯的神韵派、翁方纲的肌理派成三足鼎立之势，在诗坛上影响很大。

清末学者王国维著《人间词话》，书开端就说：“词以境界为最上。有境界则自成高格，自有名句。”又说：“然沧浪所谓‘兴趣’，阮亭所谓‘神韵’，犹不过道其面目，不若鄙人拈出‘境界’二字，为探其本也。”严羽的“兴趣”，王士祯的“神韵”只不过指出一般的面目，而王国维却能探其本源。他的“境界”即指“意境”。王国维认为，境界可以分为造境与写境两种，前者是理想主义，后者是写实主义，但两者颇难区别。又认为，有“有我之境，有无我之境”，前者“于由动之静时得之”壮美；后者“人唯于静中得之”优美。如何鉴别作品的有境界或无境界？他斩钉截铁地说：“能写真境物、真感情者，谓之有境界。否则谓之无境界。”而且认定作品的境界不以大小来决定高低优劣。

王国维有一个独到的见解，他认为《水浒传》与《红楼梦》的作者阅世愈深，材料愈丰，变化愈多，是客观诗人；李煜阅世愈浅，性情愈真，其词是以血书者，犹如德国哲学家尼采所谓，是客观诗人。他赞赏欧阳修、晏殊、秦观、林逋、苏轼、姜夔、陶潜、谢灵运、纳兰容若等人的某些作品，尤其尊奉冯延巳“开北宋一代风气”，褒嘉辛弃疾的佳作“语语有境界”、“独有千古”。对周邦彦却贬多于褒，但也肯定他的“言情体物，穷极工巧”、“妙解音律”。

王国维以“意境说”为核心思想的《人间词话》，运用意境深邃的文学语言来解释古今之成大事业、大学问者必须经过的三种境界。他首先化用柳永《蝶恋花》词：“昨夜西风凋碧树。独上高楼，望尽天涯路。”作为第一境界；再引：“衣带渐宽终不悔，为伊消得人憔悴。”（注：《蝶恋花》“独倚危楼”一阕，见于欧阳修《六一词》，也载于柳永《乐章集》，究竟出于何人手笔？王国维倾向于欧阳修，他说：“‘衣带渐宽终不悔，为伊消得人憔悴’，此等语固非欧公不能道也。”）作为第二境界；最后引辛弃疾《青玉案》词：“众里寻他千百度，蓦然回首，那人却在灯火阑珊处。”作为第三境界。他用深度形象化的新颖写作技巧，既使读者由渐悟至顿悟，又令人耳目一新，其三境界说确让人最回味，也让人最难忘。

他认为，格律诗诗体以五七言绝句为“最尊”，五七言律诗“次之”，五七言排律“最下”，原因是这些诗体“于寄兴言情，两无所当，殆有韵之骈体文耳”。有关双声、叠韵之论，王国维认为“盛于六朝，唐人犹多用之。至宋以后则渐不讲，并不知二者为何物”。并主张“于词之荡漾处多用叠韵，促结处用双声，则其铿锵可诵，必有过于前人者。惜世之专讲音律者，尚未悟此也”。他提及的“官、家、更、广四字皆从 k 得声”，在当时是对的，但随着汉字语音的演变，在现代汉语中“官、更、广”三字从 g 得声，“家”则从 j 得声，均有所不同。又提及的“狞”、“奴”二字皆从 n 得声，“慢”、“骂”二字皆从 m 得声，则沿用至今，没有变化。有关文学升降兴衰之关键，他的观点和前人叶燮、沈德潜基本相似。又认为，“政治家之眼，域于一人一事。诗人之眼，则通古今而观之”。所论肯綮，颇有见地。

王国维对作者提出了如下的要求：“词人之忠实，不独对人事宜然。即对一草一木，亦须有忠实之意。否则所谓游词也。”这种谆谆告诫，严格要求，完全符合古人刘勰“为情而造文”吟咏情性之说。否则，忠实不存，沽名钓誉，背离意境，必生游词，此根本不可取。由此也联想到《人间词话》的内容真实。惜王国维自沉于北京昆明湖，终年五十岁。

从撷取以上十一位前贤有关意境论来看，审美观点虽不尽相同，但却证实了中国古代美学始终附着于各个体系之中，以及应当充分承认并尊重中国古代美学思想的精湛性和丰富性，这是一个不争的事实。许多美学家都奉美学是研究一般艺术规律的科学，诗歌作为“第一文学”，理应被人们首先发现、接触与交流，这同样是毋庸置疑的。

王国维《人间词话》是近代集中国古代美学与诗词理论之大成的宏著，尤其以美学思想为核心的“境界说”，更是难能可贵。该书算不上大部头，说它是“宏著”，也许有言过其实之嫌，但如用“山不在高”、“水不在深”来形容却是恰当的。

第十一章　古典诗歌中三十二个常用汉字异声歧义的不同运用

本章选取古典诗歌中三十二个常用汉字因异声歧义而产生的不同运用，分别举例，有的地方加了注，主要从古汉语语法视角分析，以便鉴别。从举例的多寡也可反映出我国诗歌中这些汉字出现的不同频率，以及不同历史时期的时代风貌。

三十二个常用汉字以现代汉语拼音标声顺序排列，声调以阴平、阳平、上声、去声为序，阴平、阳平归平声；上声、去声归仄声。

被(bèi)	便(biàn)	曾(céng)	禅(chán)
长(cháng)	重(chóng)	当(dāng)	干(gān)
更(gèng)	观(guān)	冠(guān)	横(héng)
化(huà)	几(jǐ)	将(jiāng)	教(jiāo)
论(lùn)	难(nán)	能(néng)	宁(nìng)
奇(qí)	调(tiáo)	惟(唯)(wéi)	为(wèi)
纤(xiān)	相(xiāng)	降(xiáng)	行(xíng)
咽(yè)	应(yīng)	与(yǔ)	朝(zhāo)

一、被

(一)被(bèi)读仄声。

表示“覆盖”，引申义为“布满”、“施加”、“遭受”，作动词用。举例：

众谗人之嫉妒兮，被以不慈之伪名。

（战国·屈原：《九章·哀郢》）

身被疾而不闲兮，心沸热其若汤。

（西汉·东方朔：《七谏·怨思》）

凝霜被野草，岁暮亦云已。

（三国魏·阮籍：《咏怀诗·嘉树下成蹊》）

皋兰被径路，青骊逝骎骎。

（三国魏·阮籍：《咏怀诗·湛湛长江水》）

箫鼓流汉思，旌甲被胡霜。 （南朝·鲍照：《代出自蓟北门行》）
水云涵郡郭，粳稻被湖田。 （明·杨士奇：《高邮》）
斗星高被众峰吞，莽荡山河剑气昏。 （清·谭嗣同：《崆峒》）

表示“被子”，引申义为“被服”、“服饰”、“床上用品”，多作名词用。举例：

被文服纤，丽而不奇些。 （战国·宋玉：《招魂》）
洪生资制度，被服正有常。
（三国魏·阮籍：《咏怀诗·洪生资制度》）
燕帏缃绮被，赵带流黄裾。 （南朝·萧悫：《秋思》）
床中绣被卷不寝，至今三载犹闻香。 （唐·李白：《长相思》）
白马金羁辽海东，罗帷绣被卧春风。 （唐·李白：《春怨》）
廿两棉花装破被，三根松木煮空锅。 （明·黄宗羲：《山居杂咏》）
绝无衣被苍生用，空负遮天作异红。 （清·丘逢甲：《春日杂诗》）

注：原诗“极目春城夕照中，落花飞絮木棉风。绝无衣被苍生用，空负遮天作异红”。这里的“衣被”作动词用，与“苍生”是动宾关系。古汉语在结构形式上仅靠动词本身含义及根据上下的文意来判别断定。

表示“让”、“叫”，被动状，作介词用。举例：

山鸡翟雉来相劝，南禽多被北禽欺。 （唐·李白：《山鹧鸪词》）
已恨碧山相阻隔，碧山还被暮云遮。 （宋·李觏：《乡思》）

注：时地介词“被”，介绍“暮云”给动词“遮”，介词结构作状语。

纵被春风吹作雪，绝胜南陌碾成尘。 （宋·王安石：《北陂杏花》）
出山定被江潮涴，能为山僧更少留？
（宋·苏轼：《六和寺冲师闸山溪为水轩》）
人皆养子望聪明，我被聪明误一生。 （宋·苏轼：《洗儿戏作》）
林疏放得遥山出，又被云遮一半无。 （宋·赵师秀：《数日》）
一亩不籍官，也被官差去。
（明·袁宏道：《江上见数渔舟为公卒所窘》）

（二）被（pī）读平声，通“披”。

表示“披戴”、“披散”，作动词用。举例：

操吴戈兮被犀甲。 （战国·屈原：《九歌·国殇》）
被明月兮佩宝璐。 （战国·屈原：《九章·涉江》）
被荷裯之晏晏兮，然潢洋而不可带。 （战国·宋玉：《九辩》）

比干忠谏而剖心兮，箕子被发而佯狂。（汉·贾谊：《惜誓》）

凿山楹而为室兮，下被衣于水渚。（汉·严忌：《哀时命》）

被褐出阊阖，高步追许由。（晋·左思：《咏史》）

被褐欣自得，屡空常晏如。

（晋·陶潜：《始作镇军参军经曲阿作》）

被发何时下大荒，河山举目共凄凉。

（明·黄周星：《秋日与杜子过高座寺登雨花台》）

二、便

(一)便(biàn)读仄声。

表示"就"、"即"，作副词用。举例：

手巾掩口啼，泪落便如泻。（《孔雀东南飞》）

作书与内舍，便嫁莫留住。善待新姑嫜，时时念我故夫子。

（汉魏·陈琳《饮马长城窟行》）

即从巴峡穿巫峡，便下襄阳向洛阳。

（唐·杜甫：《闻官军收河南河北》）

江上荒城猿鸟悲，隔江便是屈原祠。（宋·陆游：《楚城》）

把酒送春无别语，羡君才到便成归。（宋·朱弁：《送春》）

寻常一样窗前月，才有梅花便不同。（宋·杜耒：《寒夜》）

乱条犹未变初黄，倚得东风势便狂。（宋·曾巩：《咏柳》）

似嫌车马繁华处，才入城门便不生。（宋·刘敞：《春草》）

谁道无心便容与？亦同翻覆小人心。（宋·王禹偁：《春居杂兴》）

莫言下岭便无难，赚得行人错喜欢。

（宋·杨万里：《过松源，晨炊漆公店·其五》）

便欲手把并州剪，剪取一幅玻璃烟。

（元·杨维桢：《庐山瀑布谣》）

莫道春来便归去，江南虽好是他乡。（明·王恭：《春雁》）

若为坐看花枝尽，便是伤多酒莫推。（明·唐寅：《无题》）

不因国愤冲双鬓，便与支公老翠微。（明·戚继光：《宿阿育王寺》）

寄语莺声休便老，天涯犹有未归人。（明·徐熥：《寄弟》）

不须更觅登高地，只恐登高便泫然。

（明·黄宗羲：《九日出北门沿惜字庵至范文清东篱》）

若教顽石能言语，便与从头话六朝。

（明·黄周星：《观凌歊台故址》）

国家不幸诗家幸，赋到沧桑句便工。　（清·赵翼：《题遗山诗》）

表示“即便”，假设性的让步，作连词用。举例：

或从十五北防河，便至四十西营田。　（唐·杜甫：《兵车行》）

东风便试新刀尺，万叶千花一手裁。　（宋·黄庶：《探春》）

注：原诗：“雪里犹能醉落梅，好营杯具待春来。东风便试新刀尺，万叶千花一手裁。”“便”，即便或即使，作假设性让步，是未成事实的让步连词。后两句化用“不知细叶谁裁出？二月春风似剪刀。”（贺知章：《咏柳》）“便”通常用在句首，如举例（1）；也有用在主语和谓语之间，如举例（2）。连词“便”，不能单独充当句子成分，也不能单独回答问题，只起到连接词、词组或句子的作用。

（二）便（pián）读平声。

表示“安适”，引申为“适宜”、“美好”，多作形容词用。举例：

魂乎归徕！恣所便只。　（战国·屈原：《大招》）

注：“只”，语气词，表示句尾感叹。

数言便事兮，见怨门下。　（汉·东方朔：《七谏·初放》）

世味门常掩，时光箪已便。　（宋·唐庚：《醉眠》）

老去无心听管弦，病来杯酒不相便。

（宋·姜夔：《平甫见招不欲往》）

借住郊园旧有缘，绿阴清昼静中便。　（元·刘因：《夏日饮山亭》）

鹅鸭似便春雨数，楼台争出暮云层。　（明·程敏政：《扬州》）

表示“擅长辞令”、“能说会道”，作副词用。举例：

云有第三郎，窈窕世无双。年始十八九，便言多令才。

（《孔雀东南飞》）

三、曾

（一）曾（céng）读平声

表示“曾经”，过去经历过，作时间副词用。举例：

惜往日之曾信兮，受命诏以昭诗。

（战国·屈原：《九章·惜往日》）

灵怀曾不吾与兮，即听夫人之谀辞。　（汉·刘向：《九叹·离世》）

谷中石虎经衔箭，山上金人曾祭天。（隋·卢思道：《从军行》）
笛中闻折柳，春色未曾看。（唐·李白：《塞下曲》）
苦心岂免容蝼蚁，香叶曾经宿鸾凤。（唐·杜甫：《古柏行》）
花径不曾缘客扫，蓬门今始为君开。（唐·杜甫：《客至》）
莫道弦歌愁远谪，青山明月不曾空。（唐·王昌龄：《龙标野宴》）
曾经沧海难为水，除却巫山不是云。（唐·元稹：《离思》）
尚想旧情怜婢仆，也曾因梦送钱财。（唐·元稹：《遣悲怀》）
戏罢曾无理曲时，妆成只是薰香坐。（唐·王维：《洛阳女儿行》）
同是天涯沦落人，相逢何必曾相识。（唐·白居易：《琵琶行》）
悠悠生死别经年，魂魄不曾来入梦。（唐·白居易：《长恨歌》）
江汉曾为客，相逢每醉还。（唐·韦应物：《淮上喜会梁州故人》）
曾是寂寥金烬暗，断无消息石榴红。（唐·李商隐：《无题》）
长明灯是前朝焰，曾照青青年少时。（唐·刘禹锡：《谢寺双桧》）
曾于青史见遗文，今日飘蓬过古坟。（唐·温庭筠：《过陈琳墓》）
曾是洛阳花下客，野芳虽晚不须嗟。（宋·欧阳修：《戏答元珍》）
伤心桥下春波绿，曾是惊鸿照影来。（宋·陆游：《沈园二首》）
行人怅望苏台柳，曾与吴王扫落花。（宋·姜夔：《姑苏怀古》）
一事颇为清节累，秦时曾作大夫官。（宋·李师中：《咏松》）
春入西园何苦夸？我曾狂醉洛城花。（宋·梅尧臣：《县署西园》）
曾因国难披金甲，耻为家贫卖宝刀。（宋·曹翰：《退将诗》）
往年曾向嘉陵宿，驿楼东畔阑干曲。（明·杨慎：《宿金沙江》）
曾经看百战，唯有一狻猊。（明·顾炎武：《旧沧州》）
谷洛通淮日夜流，渚荷宫树不曾秋。（明·陈恭尹：《隋宫怀古》）

表示“尚且”、“竟然”、“还”，作连词、副词用。举例：

谁谓河广？曾不容刀。谁谓宋远？曾不崇朝。
（《诗经·卫风·河广》）
屡顾尔仆，不输尔载。终逾绝险，曾是不意。
（《诗经·小雅·正月》）
曾不知路之曲直兮，南指月与列星。（战国·屈原《九章·抽思》）

表示“层”，作数量词、形容词用。举例：

荡胸生曾云，决眦入归鸟。（唐·杜甫：《望岳》）

注：宋代理学家朱熹曾化用杜甫《望岳》作诗：“我来万里驾长风，绝壑层云许

荡胸。"(《醉下祝融峰》),句中用"层"不用"曾"。陈造《题赵秀才壁》:"日日危亭凭曲栏,几层苍翠拥烟鬟。"徐玑《建剑道中》:"云麓烟峦知几层,一湾溪转一湾清。"以上"曾云"、"层云"中的"曾"、"层"修饰"云",均作形容词用;而"几层"的"层"作数量词用。

(二)曾(zēng)读平声。

表示"增加"、"添加",古同"增",作动词用。举例:

曾伤爰哀,永叹喟兮。（战国·屈原:《九章·怀沙》)

指中间隔两代的亲属,如"曾祖"、"曾孙",作名词用。举例:

畇畇原隰,曾孙田之。(《诗经·小雅·信南山》)

曾孙维主,酒醴维醹。(《诗经·大雅·竹苇》)

四、禅

(一)禅(chán)读平声。

表示"静坐默念",佛教用语,泛指与佛教有关的事物,多作名词、动词。举例:

薄暮空潭曲,安禅制毒龙。(唐·王维:《过香积寺》)

朝梵林未曙,夜禅山更寂。(唐·王维:《蓝田山石门精舍》)

曲径通幽处,禅房花木深。(唐·常建:《题破山寺后禅院》)

晚依禅客当金殿,初对将军映画旗。(唐·刘禹锡:《谢寺双桧》)

鸟在寒枝栖影动,人依古堞坐禅深。

(唐·陆龟蒙:《寒夜同袭美访北禅院寂上人》)

义公习禅处,结构依空林。(唐·孟浩然:《题大禹寺义公禅房》)

学诗浑似学参禅,竹榻蒲团不计年。(宋·吴可:《学诗诗》)

芍药樱桃俱扫地,鬓丝禅榻两忘机。(宋·苏轼:《和子由四首》)

不炼金丹不坐禅,不为商贾不耕田。(明·唐寅:《言志》)

久坐闻香气,何必存禅名。(清·何振岱:《理安寺》)

南屏千丈泼空翠,一禅酩酊万禅醉。(清·夏敬观:《净慈寺井》)

(二)禅(shàn)读仄声。

表示"禅让"、"受禅"、"封禅",多作动词用。举例:

皇穹窃恐不照余之忠诚,云凭凭兮欲吼怒,尧舜当之亦禅禹。

(唐·李白:《远别离》)

安得相如草，空余封禅文。（唐·李白：《宣城哭蒋征君华》）

不因封禅穷民力，汉祖何缘便入关？

（宋·李昉：《题岱宗无字碑》）

茂陵他日求遗稿，犹喜曾无封禅书。（宋·林逋：《书寿堂壁》）

未定维新业，先传禅让文。

（清·康有为：《戊戌八月国变记事四首》）

五、长

（一）长（cháng）读平声。

表示时间的"长"，引申义为"长久"、"永远"，多作形容词、副词用。举例：

所可详也，言之长也。（《诗经·鄘风·墙有茨》）

长太息以掩涕兮，哀民生之多艰。（战国·屈原：《离骚》）

春兰兮秋菊，长无绝兮终古。（战国·屈原：《九歌·礼魂》）

愿岁并谢，与长友兮。（战国·屈原：《九章·橘颂》）

去白日之昭昭兮，袭长夜之悠悠。（战国·宋玉：《九辩》）

人生非金石，岂能长寿考？（《古诗十九首·回车驾言迈》）

长鸣呼凤，谓凤无德。（汉·朱穆：《与刘伯宗绝交诗》）

忧人不能寐，耿耿夜何长！（《乐府诗集·伤歌行》）

白狼河北音书断，丹凤城南秋夜长。（唐·沈佺期：《独不见》）

借问路旁名利客，何如此处学长生？（唐·崔颢：《行经华阴》）

忽魂悸以魄动，怳惊起而长嗟。（唐·李白：《梦游天姥吟留别》）

独坐幽篁里，弹琴复长啸。（唐·王维：《竹里馆》）

寄书长不达，况乃未休兵。（唐·杜甫：《月夜忆舍弟》）

事去千年犹恨速，愁来一日即为长。

（唐·李益：《同崔邠登鹳雀楼》）

天长地久有时尽，此恨绵绵无绝期！（唐·白居易：《长恨歌》）

银烛树前长似昼，露桃花里不知秋。（唐·韦庄：《忆昔》）

风露凄清西馆静，悄然怀旧一长叹。

（宋·寇准：《海康西馆有怀》）

此身倘长在，敢恨归无日？（宋·罗与之：《寄衣曲》）

已分忍饥度残岁，更堪岁里闰添长！（宋·杨万里：《悯农》）

有怀长不释，一语一酸辛。（宋·郑思肖：《德祐二年岁旦》）

霸图无永岁，文字有长年。　（明·袁中道：《邺城道中》）

直谏吾终敬，长贫尔岂愁！

（清·翁同龢：《游西山见宝竹坡题名，因书其后》）

表示距离的“远”，多作形容词、动词用。举例：

溯洄从之，道阻且长。　（《诗经·秦风·蒹葭》）

顺彼长道，屈此群丑。　（《诗经·鲁颂·泮水》）

道路阻且长，会面安可知？　（《古诗十九首·行行重行行》）

我所思兮在汉阳，欲往从之陇阪长。　（汉·张衡：《四愁诗》）

揽弓捷鸣镝，长驱上南山。　（汉魏·曹植：《名都篇》）

清川带长薄，车马去闲闲。　（唐·王维：《归嵩山作》）

清海长云暗雪山，孤城遥望玉门关。　（唐·王昌龄：《从军行》）

万里长征战，三军尽衰老。　（唐·李白：《战城南》）

长风破浪会有时，直挂云帆济沧海。　（唐·李白：《行路难》）

地险悠悠天险长，金陵王气应瑶光。　（唐·李商隐：《南朝》）

长驱渡河洛，直捣向燕幽。　（宋·岳飞：《送紫岩张先生北伐》）

依然形胜扼荆襄，赤壁山前故垒长。　（清·赵翼：《赤壁》）

表示“长度”，多作形容词、名词用。举例：

妇有长舌，维厉之阶。　（《诗经·大雅·瞻卬》）

四月南风大麦黄，枣花未落桐叶长。　（唐·李颀：《送陈章甫》）

敢将十指夸针巧，不把双眉斗画长。　（唐·秦韬玉：《贫女》）

表示“时常”、“经常”，通“常”，含有时间很长或行为动作经常发生之意，如“君子坦荡荡，小人长戚戚”（《论语·述而》），作副词用。举例：

忆君长入梦，归晚更生疑。　（唐·王维：《早春行》）

名花倾国两相欢，长得君王带笑看。

（唐·李白：《清平调词三首》）

楚山秦山皆白云，白云处处长随君。

（唐·李白：《白云歌送刘十六归山》）

出师未捷身先死，长使英雄泪满襟。　（唐·杜甫：《蜀相》）

不雨山长润，无云水自阴。　（唐·张祜：《题杭州孤山寺》）

主人不在花长在，更胜青松守岁寒。

（唐·钱起：《故王维右丞堂前芍药花开，凄然感怀》）

愿得此身长报国，何须生入玉门关。　　（唐·戴叔伦：《塞上曲》）

春风多可太忙生，长共花边柳外行。　　（宋·方岳：《春思》）

佣耕犹自抱长饥，的知无力输租米。（宋·范成大：《后催租行》）

长为风流恼人病，不如天性总无情。

（宋·黄庭坚：《奉答李和甫代简二绝句》）

浊酒不妨留客醉，好山长是被云遮。　　（明·叶颙：《题幽居》）

表示“长策”、“上策”，含“长治久安”之意，作名词用。举例：

和亲自古非长策，谁与朝家共此忧？

（宋·陆游：《估客有自蔡州来者，感怅弥日》）

（二）长（zhǎng）读仄声。

表示官职，如“长官”；表示长辈，如“长者”，作名词用。举例：

宁为百夫长，胜作一书生。　　（唐·杨炯：《从军行》）

长者虽有问，役夫敢申恨。　　（唐·杜甫：《兵车行》）

表示“生长”、“增长”、“成长”，引申义为“增进”，作动词用。举例：

禾易长亩，终善且有。　　（《诗经·小雅·甫田》）

群山万壑赴荆门，生长明妃尚有村。　　（唐·杜甫：《咏怀古迹》）

十年离乱后，长大一相逢。　　（唐·李益：《喜见外弟又言别》）

野桑穿井长，荒竹过墙生。　　（唐·王建：《原上新居》）

今日听君歌一曲，暂凭杯酒长精神。

（唐·刘禹锡：《酬乐天扬州初逢席上见赠》）

胡儿向化新成长，犹自千回问汉王。　　（唐·沈彬：《塞下》）

清溪鸣石齿，暖日长藤芽。　　（金·元好问：《少室南原》）

表示“老大”、“排行第一”，作名词用。举例：

阿爷无大儿，木兰无长兄。　　（《木兰诗》）

表示“长老”，对年高德厚僧人的总称，作名词用。举例：

北省朋僚音信断，东林长老往还频。　　（唐·白居易：《闲意》）

表示“师长”，对教师的总称，作名词用。举例：

年岁虽少，可师长兮。　　（战国·屈原：《九章·橘颂》）

六、重

(一)重(chóng)读平声。

表示"重叠",多作动词用。举例:

清人在彭,驷介旁旁。二矛重英,河上乎翱翔。

(《诗经·郑风·清人》)

不知声远近,唯见山重沓。(南朝·沈约:《石塘濑听猿》)

万重关塞断,何日是归年?(唐·李白:《奔亡道中五首》)

两岸猿声啼不住,轻舟已过万重山。(唐·李白:《早发白帝城》)

岭树重遮千里目,江流曲似九回肠。

(唐·柳宗元:《登柳州城楼寄漳汀封连四州刺史》)

行冲薄薄轻轻雾,看放重重叠叠山。(宋·范成大:《早发竹下》)

山重水复疑无路,柳暗花明又一村。(宋·陆游:《游山西村》)

莫讶临岐再回首,江山重叠故人稀。

(宋·张咏:《新市驿别郭同年》)

表示"再"、"又",重复动作,作副词用。举例:

行行重行行,与君生别离。(《古诗十九首·行行重行行》)

弃置勿重陈,重陈令心伤。(晋·刘琨:《扶风歌》)

焉知二十载,重上君子堂。(唐·杜甫:《赠卫八处士》)

凄凄不似向前声,满座重闻皆掩泣。(唐·白居易:《琵琶行》)

临别殷勤重寄词,词中有誓两心知。(唐·白居易:《长恨歌》)

移船相近邀相见,添酒回灯重开宴。(唐·白居易:《琵琶行》)

江东子弟多才俊,卷土重来未可知。(唐·杜牧:《题乌江亭》)

八骏日行三万里,穆王何事不重来?(唐·李商隐:《瑶池》)

地下若逢陈后主,岂宜重问后庭花?(唐·李商隐:《隋宫》)

何当重相见,樽酒慰离颜。(唐·温庭筠:《送人东游》)

迟留更爱吾庐近,只待重来看雪天。

(宋·林逋:《孤山寺端上人房写望》)

乡国不堪重伫望,乱山落日满长途。(清·朱彝尊:《度大庾岭》)

我劝天公重抖擞,不拘一格降人才。(清·龚自珍:《己亥杂诗》)

表示"层",作数量词用。举例:

交疏结绮窗，阿阁三重阶。　　（《古诗十九首·西北有高楼》）
人疑天上坐楼船，水净霞明两重绮。
（唐·李白：《江上赠窦长史》）
百战沙场碎铁衣，城南已合数重围。　　（唐·李白：《从军行》）
八月秋高风怒号，卷我屋上三重茅。
（唐·杜甫：《茅屋为秋风所破歌》）
凤尾香罗薄几重？碧文圆顶夜深缝。　　（唐·李商隐：《无题》）
京口瓜洲一水间，钟山只隔数重山。　（宋·王安石：《泊船瓜洲》）
水南水北重重柳，山前山后处处梅。
（宋·王安石：《庚申正月游齐安》）
重重红树秋山晚，猎猎青帘社酒香。
（宋·陆游：《九月三日泛舟湖中作》）
春云浓淡日微光，双阙重门耸建章。
（宋·梅尧臣：《考试毕登铨楼》）

注：左思《蜀都赋》：“华阙双邈，重门洞开。”

孤臣霜发三千丈，每岁烟花一万重。　　（宋·陈与义：《伤春》）
金粉东南十五州，万重恩怨属名流。　　（清·龚自珍：《咏史》）

（二）重（zhòng）读仄声。

表示“重视”、“尊重”、“珍重”，如“重利”、“重名”、“重色”等，多作动词、名词、形容词用。举例：

男儿爱后妇，女子重前夫。　　（汉·辛延年：《羽林郎》）
汉帝重阿娇，贮之黄金屋。　　（唐·李白：《妾薄命》）
汉皇重色思倾国，御宇多年求不得。　（唐·白居易：《长恨歌》）
商人重利轻别离，前月浮梁买茶去。　（唐·白居易：《琵琶行》）
乡思不堪悲橘柚，旅游谁肯重王孙。
（唐·谭用之：《秋宿湘江遇雨》）
人情到底重官荣，见我东归夹路迎。　　（宋·张咏：《途中》）
我愿息兵戈，海宇重农务。　　（明·王蒙：《暮宿田家作》）
珍重故人招隐意，草堂南郭可淹留。　　（明·薛蕙：《草堂》）
不重雄封重艳情，遗踪犹自慕倾城。　（清·蒋士铨：《响屧廊》）
常闻倾国与倾城，翻使周郎受重名。
（清·邵为章：《题壁（吴三桂）》）

珍重玉关天万里，西风大树日萧萧。

（清·鲁一同：《辛丑重有感》）

一腔热血勤珍重，洒去犹能化碧涛。（清·秋瑾：《对酒》）

表示“重”，与“轻”反，指分量的大小，作形容词、名词用。举例：

世溷浊而不清：蝉翼为重，千钧为轻；黄钟毁弃，瓦釜雷鸣；谗人高张，贤士无名。（战国·屈原：《卜居》）

露重飞难进，风多响易沉。（唐·骆宾王：《在狱咏蝉》）

赠言若可重，实此轻华嵩。

（唐·李白：《访道安陵遇盖还为余造真箓，临别留赠》）

感君恩重许君命，太山一掷轻鸿毛。（唐·李白：《结袜子》）

漠漠帆来重，冥冥鸟去迟。（唐·韦应物：《赋得暮雨送李胄》）

云低远渡帆来重，潮落寒沙鸟下频。（唐·吴融：《富春》）

露浓烟重草萋萋，树映阑干柳拂堤。（唐·王建：《李处士故居》）

痕沾珠箔重，点落玉盘空。（唐·雍陶：《秋露》）

自古驱民在信诚，一言为重百金轻。（宋·王安石：《商鞅》）

莲花剑淬胡霜重，柳叶衣轻汉月秋。（明·夏完淳：《鱼服》）

湿云鸦背重，野寺出新晴。（清·蒋士铨：《湖上晚归》）

朔气三军重，平原万马轻。

（清·夏曾佑：《舟过大沽望炮台二首》）

表示“贵重”、“重要”，多作形容词用。举例：

稻粱惠既重，华池遇亦深。（南朝·吴均：《主人池前鹤》）

艳色天下重，西施宁久微？（唐·王维：《西施咏》）

剑阁重关蜀北门，上皇归马若云屯。

（唐·李白：《上皇西巡南京歌十首》）

殊方又喜故人来，重镇还须济世才。（唐·杜甫：《奉待严大夫》）

将军贵重不据鞍，夜夜发兵防隘口。（宋·刘克庄：《军中乐》）

七、当

（一）当（dāng）读平声。

表示“阻挡”、“面对着”，作动词用。举例：

闻君有他心，拉杂摧烧之。摧烧之，当风扬其灰。

（《乐府诗集·有所思》）

鸱枭鸣衡轭，豺狼当路衢。（汉魏·曹植：《赠白马王彪》）

衔霜当路发，映雪拟寒开。（南朝·何逊：《咏早梅》）

思妇高楼上，当窗应未眠。（南朝·徐陵：《关山月》）

当窗理云鬓，对镜贴花黄。（《木兰诗》）

一身转战三千里，一剑曾当百万师。（唐·王维：《老将行》）

远树带行客，孤城当落晖。（唐·王维：《送綦毋潜落第还乡》）

困兽当猛虎，穷鱼饵奔鲸。（唐·李白：《古风五十九首》）

剑阁峥嵘而崔嵬，一夫当关，万夫莫开，所守或匪亲，化为狼与豺。

（唐·李白：《蜀道难》）

碧穗吹烟当树直，绿纹溪水趁桥弯。（宋·范成大：《早发竹下》）

四月清和雨乍晴，南山当户转分明。

（宋·司马光：《居洛初夏作》）

隔岸黄鹂语，当轩白鸟斜。（宋·宋白：《春》）

十荡十决无当前，一日横驰三百里。（清·黄遵宪：《冯将军歌》）

表示“承受”、“承担”，作动词用。举例：

八柱何当？东南何亏？（战国·屈原：《天问》）

身当恩遇常轻敌，力尽关山未解围。（唐·高适：《燕歌行》）

古者世称大手笔，此事不系于职司，当仁自古有不让。

（唐·李商隐：《韩碑》）

表示“应当”，作动词用。

君当作磐石，妾当作蒲苇。（《孔雀东南飞》）

君怀良不开，贱妾当何依？（汉魏·曹植：《七哀》）

得欢当作乐，斗酒聚比邻。（晋·陶潜：《杂诗》）

衣食当须记，力耕不吾欺。（晋·陶潜：《移居》）

何时当奉面，娱目于书诗。（晋·左思：《感离思》）

为草当作兰，为木当作松。

（唐·李白：《于五松山赠南陵常赞府》）

挽弓当挽强，用箭当用长。（唐·杜甫：《前出塞》）

沙平水息声影绝，一杯相属君当歌。

（唐·韩愈：《八月十五日夜赠张功曹》）

生当作人杰，死亦为鬼雄。（宋·李清照：《绝句》）

丈夫不学曹孟德，生子当如孙仲谋。（元·吴师道：《赤壁图》）

剑诀有经当熟记，遇蛟龙处斩蛟龙。（明·俞大猷：《少林寺僧宗擎学予剑法告归》）

表示“执掌”、“掌管”、“充当”、“担当”，引申义为“代替”，作动词用。举例：

信直退而毁败兮，虚伪进而得当。（汉·东方朔：《七谏·沉江》）

悲歌可以当泣，远望可以当归。

（《乐府诗集·杂曲歌辞·悲歌行》）

胡姬年十五，春日独当垆。（汉·辛延年：《羽林郎》）

幸托不肖躯，且当猛虎步。（汉魏·孔融：《杂诗》）

男儿当门户，堕地自生神。（晋·傅玄：《豫章行苦相篇》）

昼出耘田夜绩麻，村庄儿女各当家。

（宋·范成大：《四时田园杂兴》）

稚子金盆脱晓冰，彩丝穿取当银钲。（宋·杨万里：《稚子弄冰》）

生女不如男同，虽存何所当？（宋·梅尧臣：《汝坟贫女》）

小车犹择路，独木已当桥。（清·张謇：《屡出》）

表示“在”，处在某时某地的某种情境下，作介词用。举例：

此日六军同驻马，当时七夕笑牵牛。（唐·李商隐：《马嵬》）

注：“此日”指马嵬兵变杨贵妃的赐死日；“当时”指以往唐玄宗与杨贵妃七夕密誓“世世为夫妇”，并讥笑牵牛、织女一年仅能见面一次。这里的“当”，传达了在长生殿七月七日夜半无人私语密誓的情境。沈德潜《说诗晬语》说：“对句用逆挽法，诗中得此一联，便化板滞为跳脱。”评语肯綮。

表示“评价”，作动词用。举例：

览察草木其犹未得兮，岂珵美之能当？（战国·屈原：《离骚》）

表示“当权”，作名词用。举例：

时混混兮浇饡，哀当世兮莫知。（汉·王逸：《九思伤时》）

（二）当（dàng）读仄声。

表示“恰当”、“适当”，作形容词用。举例：

阴阳易位，时不当兮。（战国·屈原：《九章·涉江》）

哀余生之不当兮，独蒙毒而逢尤。（汉·刘向：《九叹·愍命》）

注：这两句诗，据《楚辞章句补注》注："言哀我之生，不当昭明之世，举贤之时，独蒙苦毒而遇罪过也。"上句"哀余生之不当兮"，指生不逢时。"不当"的"当"是形容词，作谓语动词"生"的宾语。"哀余生之不当"就是"以不当之余生为哀"。

表示事情发生的同一时间，作形容词用。举例：

当君怀归日，是妾断肠时。（唐·李白：《春思》）

当年不嫁惜娉婷，抹白施朱作后生。（宋·陈师道：《放歌行》）

诸公可叹善谋身，误国当时岂一秦？（宋·陆游：《追感往事》）

八、干(乾)

(一)干(gān)读平声。

表示"盾"、"盾牌"，与古代横刃长柄的一种武器"戈"在一起，称"干戈"，泛指武器，比喻义为"战争"、"兵戎相见"，作名词用。举例：

弓矢斯张，干戈戚扬，爰方启行。（《诗经·大雅·公刘》）

注："干戈戚扬"是指盾、戈、斧、钺四种武器。

玉币牲牷分荐享，羽旄干鏚递成容。

（《乐府诗集·郊庙歌辞·唐祭方丘乐章·舒和》）

刑夫舞干戚，猛志故常在。（晋·陶潜：《读〈山海经〉》）

即今漂泊干戈际，屡貌寻常行路人。

（唐·杜甫：《丹青引，赠曹将军霸》）

辛苦遭逢起一经，干戈寥落四周星。（宋·文天祥：《过零丁洋》）

耻见干戈里，荒城梅又春。（宋·郑思肖：《德祐二年岁旦》）

青山一发愁蒙蒙，干戈已满天南东。

（宋·林景熙：《题陆放翁诗卷后》）

都人不识有干戈，罗绮丛中乐事多。

（宋·汪元量：《湖州歌九十八首》）

中原干戈古亦闻，岂有逆胡传子孙？（宋·陆游：《关山月》）

听惯干戈信，愁因风雨深。（明·方以智：《独往》）

十年天地干戈老，四海苍生痛苦深。（清·顾炎武：《海上》）

表示"冒犯"、"触犯"、"冲犯"，作动词用。举例：

愿承闲而效志兮，恐犯忌而干讳。（汉·东方朔：《七谏·谬谏》）

四体诚乃疲，庶无异患干。

（晋·陶潜：《庚戌岁九月中于西田获早稻》）

表示“岸”、“水边”，作名词用。举例：

坎坎伐檀兮，置之河之干兮。（《诗经·魏风·伐檀》）

江干远树浮，天末孤烟起。（南朝·范云：《之零陵郡次新亭》）

病骨支离纱帽宽，孤臣万里客江干。（宋·陆游：《病起书怀》）

干通“竿”，作名词用。举例：

孑孑干旄，在浚之郊。（《诗经·鄘风·干旄》）

表示“干谒”，有所企求的谒见，作动词用。举例：

以兹悟生理，独耻事干谒。

（唐·杜甫：《自京赴奉先县咏怀五百字》）

表示“干镆”，即古代名剑“干将”与“镆铘”（也作“莫邪”），作名词用。举例：

心铁已从干镆利，鬓丝休叹雪霜垂。

（唐·李商隐：《赠司勋杜十三员外》）

表示“干城”，指防御用的盾牌和城墙，比喻“捍卫国家的将士”，作名词用。举例：

赳赳武夫，公侯干城。（《诗经·周南·兔罝》）

表示“干燥”，与“湿”相反，多作形容词用。举例：

床头屋漏无干处，雨脚如麻未断绝。

（唐·杜甫：《茅屋为秋风所破歌》）

春蚕到死丝方尽，蜡炬成灰泪始干。（唐·李商隐：《无题》）

昨夜阴风透胆寒，地炉无火酒瓶干。（宋·高言：《呈友人》）

绕岸车鸣水欲干，鱼儿相逐尚相欢。（宋·王安石：《鱼儿》）

（二）乾（qián）读平声。

古汉语中，“干湿”的“干”作“乾”，今简化为“干”。“乾”作为八卦之一，不简化，仍读 qián，象征“天”、“君主”、“男性”等。表示“乾坤”，象征“天地”、“日月”，作名词用，后来泛指世界、社会与国家的形势、局面等。举例：

少帝长安开紫极，双悬日月照乾坤。

（唐·李白：《上皇西巡南京歌十首》）

遥拱北辰缠寇盗，欲倾东海洗乾坤。

（唐·杜甫：《追酬故高蜀州人日见寄》）

乾坤颠倒孤舟在，聊复残生伴钓翁。　　（宋·丁开：《建业》）

迢递乾坤任此身，逢君欢喜别君颦。

（明·俞大猷：《别李克庵佥宪》）

日月双悬于氏墓，乾坤半壁岳家祠。

（明·张煌言：《甲辰八月辞故里》）

众芳久寂寞，赖汝照乾坤。　　（清·钱澄之：《梅花》）

拼将十万头颅血，须把乾坤力挽回。

（清·秋瑾：《黄海舟中日人索句并见日俄战争地图》）

九、更

（一）更（gèng）读仄声。

表示“再”、“又”，多作副词；修饰动词，作状语。举例：

欲穷千里目，更上一层楼。　　（唐·王之涣：《登鹳雀楼》）

劝君更尽一杯酒，西出阳关无故人。

（唐·王维：《送元二使安西》）

室中更无人，唯有乳下孙。　　（唐·杜甫：《石壕吏》）

莫辞更坐弹一曲，为君翻作琵琶行。　　（唐·白居易：《琵琶行》）

论旧举杯先下泪，伤离临水更登楼。

（唐·杨巨源：《送人过卫州》）

只此旅魂招未得，更堪回首夕阳中。　　（唐·张泌：《边上》）

更有明朝恨，离杯惜共传。　（唐·司空曙：《云阳馆与韩绅宿别》）

出师一表通今古，夜半挑灯更细看。　　（宋·陆游：《病起书怀》）

起视青天分外青，满天一点更无星。

（宋·杨万里：《迓使客夜归》）

新月已生飞鸟外，落霞更在夕阳西。　　（宋·张耒：《和周廉彦》）

只有天在上，更无山与齐。　　（宋·寇准：《华山》）

晚遭乱世成功业，更向公前与仲争。

（宋·张方平：《题沛县汉高祖庙》）

我本无家更安往？故乡无此好湖山。

（宋·苏轼：《六月二十七日望湖楼醉书》）

诗老不知梅格在，更看绿叶与青枝。　　（宋·苏轼：《红梅》）

明日开门雪到檐，隔墙更听邻家哭。

（宋·吕本中：《兵乱后寓小巷中作》）

独恨碧波浑占却，更无剩水浴沙鸥。（宋·严羽：《临池》）

天设居庸百二关，祁连更隔万重山。（明·李梦阳：《经行塞上》）

自从一上南枝宿，更不回身向北飞。

（明·顾炎武：《路舍人客居太湖东山三十年，寄此代柬》）

却更有人忙过我，蹇蹄先印石桥霜。（清·李渔：《早行》）

更无敬业卒，空讨武曌文。

（清·康有为：《戊戌八月国变记事四首》）

注：上句“更无敬业卒”中的“无”是动词，作“没”、“没有”解，副词“更”放在动词之前，修饰“无”，作状语；大意是“再没有像徐敬业这样爰举义旗，以请妖孽的士卒了”，下句“空讨曌盟文”与此呼应。

姹女不知家国恨，更弹汉曲入胡琴。

（清·梁启超：《澳亚归舟杂记》）

表示“更加”、“愈加”，作副词用，相当于“愈”、“益”、“尤”、“弥”、“兹”等。举例：

蝉噪林愈静，鸟鸣山更幽。（南朝·王籍：《入若耶溪》）

白头搔更短，浑欲不胜簪。（唐·杜甫：《春望》）

闲鹭栖常早，秋花落更迟。（唐·钱起：《谷口书斋寄杨补阙》）

同穴窅冥何所望，他生缘会更难期。（唐·元稹：《遣悲怀三首》）

宣室求贤访逐臣，贾生才调更无伦。（唐·李商隐：《贾生》）

高树晓还密，远山晴更多。（唐·许浑：《早秋》）

近乡情更怯，不敢问来人。（唐·李频：《渡汉江》）

茅檐相对坐终日，一鸟不鸣山更幽。（宋·王安石：《钟山即事》）

鸣蝉更乱行人耳，正抱疏桐叶半黄。（宋·王安石：《葛溪驿》）

鸣骹直上一千尺，天静无风声更干。（宋·柳开：《塞上》）

昨夜嫦娥更潇洒，又携疏影过窗纱。（宋·陈与义：《竹》）

小县春偏早，今年花更肥。（清·杨圻：《得幼儿丰祚贞祚家书》）

吹灯窗更明，月照一天白。（清·袁枚：《十二月十五日夜》）

(二)更(gēng)读平声。

表示“古时夜间计时单位”，作名词用。举例：

仰头相向鸣，夜夜达五更。（《孔雀东南飞》）

劳者时歌榜，愁人数问更。（南朝·阴铿：《五洲夜发》）
更深月色半人家，北斗阑干南斗斜。（唐·刘方平：《夜月》）
五更疏欲断，一树碧无情。（唐·李商隐：《蝉》）
来是空言去绝踪，月斜楼上五更钟。（唐·李商隐：《无题》）
更阑酒醒山月落，彩缣百段支女乐。（宋·刘克庄：《军中乐》）
独眠百感秋夜情，孤城急雨中闻更。（宋·晁冲之：《秋夜情》）
沉沉更鼓急，渐渐人声绝。（清·袁枚：《十二月十五日夜》）
系缆北风劲，五更荒岸舟。（清·谭嗣同：《夜泊》）
思家嫌梦短，苦病觉更长。（清·宋教仁：《秋晓》）

表示“更换”、“改变”，作动词用。举例：

世俗更而变化兮，伯夷饿于首阳。（汉·东方朔：《七谏·沉江》）
桂魄初生秋露微，轻罗已薄未更衣。（唐·王维：《秋夜曲》）
六代更霸五，遗迹见都城。（唐·李白：《留别金陵诸公》）
天意宁群盗，时艰更老亲。
（明·王世贞：《乱后初入吴舍弟小酌》）

表示“经历”、“经过”，作动词用。举例：

竟抱固穷节，饥寒饱所更。（晋·陶潜：《饮酒诗》）

十、观

（一）观（guān）读平声。

表示“观看”、“观察”，引申义为“瞻望”，多作动词用。举例：

降观于桑，卜云其吉。终然允臧。（《诗经·鄘风·定之方中》）
监观四方，求民之莫。（《诗经·大雅·皇矣》）
鲁侯戾止，言观其旗。（《诗经·鲁颂·泮水》）
瞻前而顾后兮，相观民之计极。（战国·屈原：《离骚》）
荒忽兮远望，观流水兮潺湲。（战国·屈原：《九歌·湘夫人》）
超五岭兮嵯峨，观浮石兮崔嵬。（汉·王逸：《九思·伤时》）
众人徒嗷嗷，安知彼所观。（汉魏·曹植：《美女篇》）
弱冠弄柔翰，卓荦观群书。（晋·左思：《咏史》）
观此遗物虑，一悟得所遣。
（南朝·谢灵运：《从斤竹涧越岭溪行》）

吾观自古贤达人，功成不退皆殒身。（唐·李白：《行路难三首》）

十五观奇书，作赋凌相如。（唐·李白：《赠张相镐二首》）

观书到老眼如镜，论事惊人胆满躯。

（宋·辛弃疾：《送湖南部曲》）

表示值得观赏的事物，如“壮观”、“大观”、“可观”等，作名词用。举例：

开春理常业，岁功聊可观。

（晋·陶潜：《庚戌岁九月中于西田获早稻》）

登高壮观天地间，大江茫茫去不还。

（唐·李白：《庐山谣寄卢侍御虚舟》）

金陵空壮观，天堑净波澜。（唐·李白：《金陵三首》）

千秋壮观君知否？黑海东头望大秦。

（清·王国维：《读史二十首》）

（二）观（guàn）读仄声。

表示“道观”、“台观”；皇宫门前两边的楼谓“阙”，也称“观”，作名词用。举例：

飞观百余尺，临牖御棂轩。（汉魏·曹植：《杂诗六首》）

枝横却月观，花绕凌风台。（南朝·何逊：《咏早梅》）

寥廓云海晚，苍茫宫观平。（唐·李白：《登瓦官阁》）

玄都观里桃千树，尽是刘郎去后栽。

（唐·刘禹锡：《元和十一年自朗州召至京，戏赠看花诸君子》）

十一、冠

（一）冠（guān）读平声。

表示“帽子”，作名词用。举例：

高余冠之岌岌兮，长余佩之陆离。（战国·屈原：《离骚》）

吾闻之，新沐者必弹冠，新浴者必振衣。（战国·屈原：《渔父》）

冠崔嵬而切云兮，剑淋漓而从横。（汉·严忌：《哀时命》）

弹冠俟知己，知己谁不然？（汉魏·曹植：《赠徐幹》）

危冠切浮云，长剑出天外。

（三国魏·阮籍：《咏怀·危冠切浮云》）

冠盖纵横至，车骑四方来。（南朝·鲍照：《代放歌行》）

注：冠盖，冠冕与车盖，作名词用，泛指当时戴高冠坐篷车的达官显贵。唐杜甫《梦李白》中有"冠盖满京华，斯人独憔悴"诗句，"冠盖"即指达官显贵。

此地别燕丹，壮士发冲冠。　　（唐·骆宾王：《于易水送人》）
长剑既照曜，高冠何赩赫。　　（唐·李白：《君马黄》）
流血涂野草，豺狼尽冠缨。　　（唐·李白：《古风》）
危冠广袖楚宫妆，独步闲庭逐夜凉。
（唐·高适：《听张立本女吟》）
濯冠沐浴告祭酒，如此至宝存岂多。　　（唐·韩愈：《石鼓歌》）
塞雨巧催燕泪落，蒙蒙吹湿汉衣冠。　　（宋·王安石：《出塞》）
箫鼓追随春社近，衣冠简朴古风存。　　（宋·陆游：《游山西村》）
争利争名日日新，满城冠盖九逵尘。　　（宋·彭思永：《绝句》）
须知榜辱神无变，旋与衣冠语益庄。　　（明·瞿式耜：《浩气吟》）
三年羁旅客，今日又南冠。　　（明·夏完淳：《别云间》）

注：南冠，语出《左传·成公九年》："南冠而絷者，谁也？"后世以"南冠"指囚徒。

(二)冠(guàn)读仄声。

表示"戴帽"，作动词用。举例：

带长铗之陆离兮，冠切云之崔嵬。　（战国·屈原：《九章·涉江》）

注：据汉王逸注宋洪兴祖补注《楚辞章句补注》注："言己内修忠信之志，外带长利之剑，戴崔嵬之冠，其高切青云也。切云，冠名。"下句中的"冠"，作动词用，与上句的"带"（动词）相呼应，"长铗"、"切云"形成对仗。"切云"是帽名，作谓语动词"冠"的宾语。上下句中的"之"是结构助词，前面各有对象"长铗"与"切云"，后面各有形容词"陆离"（剑低昂貌）与"崔嵬"（高貌），"之"译为"的"，这两句诗可译为："佩着低昂的长铗剑，戴着高高的切云帽。"

十二、横

(一)横(héng)读平声。

与"竖"、"直"、"纵"相对，引申义为"交错"、"广远"，多作动词、副词、形容词用。举例：

横流涕兮潺湲，隐思君兮陫侧。　（战国·屈原：《九歌·湘君》）
叶菸邑而无色兮，枝烦挐而交横。　（战国·宋玉：《九辩》）
不开寤而难道兮，不别横之与纵。　（汉·东方朔：《七谏·沉江》）

注：据《楚辞章名补注》注："纬曰横，经曰纵。言君心常惑而不可开寤，语以政

道，尚不别缯布经纬横纵，不能知贤愚亦明矣。”这里的“横”与“纵”均作名词用。

惜往事之不合兮，横泪罗而下沥。（汉·刘向：《九叹·远逝》）
霖雨泥我涂，流潦浩纵横。（汉魏·曹植：《赠白马王彪》）
走兽交横驰，飞鸟相随翔。
（三国魏·阮籍：《咏怀·徘徊蓬池上》）
纤腰减束素，别泪损横波。（北朝·庾信：《拟咏怀》）
楚山横地出，汉水接天回。（唐·杜审言：《登襄阳城》）
千里横黛色，数峰出云间。（唐·王维：《崔濮阳兄季重前山兴》）
昔时横波目，今成流泪泉。（唐·李白：《长相思》）
青山横北郭，白水绕东城。（唐·李白：《送友人》）
天姥连天向天横，势拔五岳掩赤城。
（唐·李白：《梦游天姥吟留别》）
云横秦岭家何在？雪拥蓝关马不前。
（唐·韩愈：《左迁至蓝关示侄孙湘》）
雁山横代北，狐塞接云中。（唐·陈子昂：《送魏大从军》）
春潮带雨晚来急，野渡无人舟自横。（唐·韦应物：《滁州西涧》）
横看成岭侧成峰，远近高低各不同。（宋·苏轼：《题西林壁》）
斗柄横斜河欲没，数山青处乱鸦鸣。（宋·裘万顷：《早作》）
霜枝凋翠雁横秋，莫倚危楼动旅愁。
（宋·程琳：《和答刘夔咏茱萸》）
野水无人渡，孤舟尽日横。（宋·寇准：《春日登楼怀归》）
疏影横斜水清浅，暗香浮动月黄昏。（宋·林逋：《山园小梅》）
饿走抛家舍，纵横死路岐。（宋·戴复古：《庚子荐饥》）
月晃长江上下同，画桥横绝冷光中。
（宋·苏舜钦：《中秋松江新桥对月和柳令之作》）
烟横绿野山空在，树倚高原日渐曛。（宋·吕蒙正：《行经鸿沟》）
牧童归去横牛背，短笛无腔信口吹。（宋·雷震：《村晚》）
百二关河草不横，十年戎马暗秦京。（金·元好问：《岐阳》）
横空千里雄西域，江左名山不足夸。（元·耶律楚材：《阴山》）
黄尘古渡迷飞挽，白日横空冷战场。（明·李梦阳：《秋望》）
云护牙签满，星含宝剑横。（明·戚继光：《韬钤深处》）
一年三百六十日，多是横戈马上行。（明·戚继光：《马上作》）

横涂竖抹千千幅，墨点无多泪点多。（清·郑板桥：《题屈翁山诗札，石涛、石溪、八大山人山水小幅，并白丁墨兰，共一卷》）

白雪横千嶂，青天泻二流。（清·吴兆骞：《长白山》）

临眺飞云横八表，岂无倚剑叹雄才。

（清·康有为：《秋登越王台》）

传闻哀痛诏，犹洒泪纵横。（清·黄遵宪：《香港感怀十首》）

西域纵横尽百城，张陈远略逊甘英。

（清·王国维：《读史二十首》）

(二)横(hèng)读仄声。

表示“横蛮”、“横暴”、“专横”，作形容词、副词用，贬义。举例：

欲横奔而失路兮，坚志而不忍。（战国·屈原：《九章·惜诵》）

吸精粹而吐氛浊兮，横邪世而不取容。

（汉·刘向：《九叹·逢纷》）

注：下句据《楚辞章句补注》注：“言己体清洁之行，在横邪贪枉之世，而不能自容入于众也。”“横邪”作形容词用。

猛虎虽猛犹可喜，横行只在深山里。（明·高启：《猛虎行》）

风狂雨横江潮急，却送沉愁过岁华。（清·陈去病：《癸卯除夕别上海，甲辰元旦宿青浦，越日过淀湖归家》）

表示“横行”，作偏正动词用，含“纵横驰骋”之意，褒义。举例：

览冀州兮有余，横四海兮焉穷。（战国·屈原：《九歌·云中君》）

注：下句据《楚辞章名补注》注：“言云神出入奄忽，须臾之间，横行四海，安有穷极也。”这里的“横”即含“纵横驰骋”之意，作动词用，与上句的“览”(动词)相呼应，形成对仗。

鸿鹄高飞，一举千里。羽翮已就，横绝四海。

（汉·刘邦：《鸿鹄歌》）

横行负勇气，一战净妖氛。（唐·李白：《塞下曲六首》）

命将征西极，横行阴山侧。（唐·李白：《塞上曲》）

男儿本自重横行，天子非常赐颜色。（唐·高适：《燕歌行》）

十三、化

(一)化(huà)读仄声。

表示“变化”、“改变”、“化为”，多作动词用。举例：

余既不难夫离别兮，伤灵修之数化。　　（战国·屈原：《离骚》）

注：下句据《楚辞章句补注》注："化，变也。言我竭忠见过，非难与君离别也。伤念君信用谗言，志数变易，无常操也。"这里的"化"动词用作名词，充当定语，放到中心词"灵修"（君德）的后面，这是为了强调"灵修"的性质，故"化"是定语后置；而"灵修之数化"就是"数化之灵修"的倒装，"数化"是修饰"灵修"的，定语后置的目的是为了强调定语。

兰芷变而不芳兮，荃蕙化而为茅。　　（战国·屈原：《离骚》）

何变化以作诈，而兵嗣逢长？　　（战国·屈原：《天问》）

与化去而不见兮，名声著而日延。　　（战国·屈原：《远游》）

何楚国兮难化，迄于今兮不易。　　（汉·王逸：《九思·遭厄》）

注：这里的"难化"，指楚国君臣之乱，不可晓谕而改变。

人生似幻化，终当归空无。　　（晋·陶潜：《归园田居》）

希君生羽翼，一化北溟鱼。

（唐·李白：《江夏使君叔席上赠史郎中》）

只愁歌舞散，化作彩云飞。　　（唐·李白：《宫中行乐词八首》）

若为化得身千亿，散上峰头望故乡。

（唐·柳宗元：《与浩初上人同看山寄京华亲故》）

从今别却江南路，化作啼鹃带血归。　　（宋·文天祥：《金陵驿》）

忽惊平地化成水，乃是月华光满庭。

（宋·杨万里：《迓使客夜归》）

秋风兰蕙化为茅，南国凄凉气已消。　　（元·倪瓒：《题郑所南兰》）

流泉得月光，化为一溪雪。　　（明·袁中道：《夜泉》）

当年赵括轻秦人，降卒秦坑化为土。　　（明·陶凯：《长平戈头歌》）

销魂万里生前果，化血三年死后功。　　（清·王夫之：《正落花诗》）

蹇驴疾遁化赤虬，囊锦碎割无人收。　　（清·黄人：《题〈长吉集〉》）

忍见浮萍随柳絮，倘因集蓼毖桃虫。　　（清·陈宝琛：《感春》）

落红不是无情物，化作春泥更护花。　　（清·龚自珍：《己亥杂诗》）

表示"造化"，指天地、大自然的功能，作名词用。举例：

大矣造化功，万殊莫不均。　　（晋·王羲之：《兰亭诗》）

不睹诡谲貌，岂知造化神？　　（唐·李白：《上云乐》）

精诚有所感，造化为悲伤。　　（唐·李白：《古风》）

造化钟神秀，阴阳割昏晓。　　（唐·杜甫：《望岳》）

扶持自是神明力，正直原因造化功。　　（唐·杜甫：《古柏行》）

殿前作赋声摩空，笔补造化天无功。　（唐·李贺：《高轩过》）

湖州放笔夺造化，此事世人哪得知。

（元·柯九思：《题文与可画竹》）

万形递相嬗，造化无停机。　（清·文廷式：《谈仙诗》）

（二）化（huā）读平声。

表示“花费”、“消耗”，作动词用。举例：

计专专之不可化兮，愿遂推而为臧。　（战国·宋玉：《九辩》）

注：上句“计专专之不可化兮”，据《楚辞章句补注》注：“我心匪石，不可转也。化，旧音花。”这里的“化”即为“转”，转化之意，而宋玉惜其师（屈原）忠而放逐，故作《九辩》以述其志。下句“愿遂推而为臧”更是表现了屈原“执履忠信，不离善也”。其志未耗，犹念君不忘，化，读平声，作动词用。

虽体解其不变兮，岂忠信之可化。　（汉·严忌：《哀时命》）

注：下句的“化”指内在性质“忠信”未耗，意与上例同。

十四、几

（一）几（jǐ）读仄声。

表示不确定的数，多用于数量、时间、距离等，如“几何”、“几许”、“几时”、“几度”、“几多”等，作代词、副词用。举例：

为犹将多，尔居徒几何？　（《诗经·小雅·巧言》）

死丧无日，无几相见。　（《诗经·小雅·頍弁》）

自明及晦，所行几里？　（战国·屈原：《天问》）

少壮几时兮奈老何！　（汉·刘彻：《秋风辞》）

河汉清且浅，相去复几许？　（《古诗十九首·迢迢牵牛星》）

红豆生南国，春来发几枝？　（唐·王维：《相思》）

当时只记入山深，青溪几曲到云林。　（唐·王维：《桃源行》）

苒苒几盈虚，澄澄变今古。

（唐·王昌龄：《同从弟销南斋玩月，忆山阴崔少府》）

岐王宅里寻常见，崔九堂前几度闻。

（唐·杜甫：《江南逢李龟年》）

此曲只应天上有，人间能得几回闻。　（唐·杜甫：《赠花卿》）

昨别今已春，鬓丝生几缕！　（唐·韦应物：《长安遇冯著》）

醉卧沙场君莫笑，古来征战几人回？　（唐·王翰：《凉州词》）

几处早莺争暖树，谁家新燕啄春泥？

（唐·白居易：《钱塘湖春行》）

闲坐悲君亦自悲，百年都是几多时。（唐·元稹：《遣悲怀》）

人世几回伤往事，山形依旧枕寒流。

（唐·刘禹锡：《西塞山怀古》）

莺啼燕语报新年，马邑龙堆路几千？（唐·皇甫冉：《春思》）

几道征西将，同收碎叶城。（唐·张籍：《征西将》）

舳舻岁岁衔清汴，才足都人几炬烧？

（宋·刘子翚：《汴京纪事·其六》）

遗民忍死望恢复，几处今宵垂泪痕！（宋·陆游：《关山月》）

几日随风北海游，回从扬子大江头。（宋·文天祥：《扬子江》）

壶中若逐仙翁去，待看年华几许长。（宋·李觏：《秋晚悲怀》）

天地寂寥山雨歇，几生修得到梅花？（宋·谢枋得：《武夷山中》）

注：这里的“几生”，相当于“哪辈子”，作代词用。

掳掠几何君莫问，大船浑载汴京来。

（金·元好问：《癸巳五月三日北渡》）

注：这里的“几何”，相当于“多少”，作代词用。

一股在南一股北，几时裁得合欢袍。（明·宋濂：《越歌》）

青云诸老尽，白发几人归。（明·宋濂：《送许时用还剡》）

风雨梨花寒食过，几家坟上子孙来。

（明·高启：《送陈秀才还沙上省墓》）

长驱胡骑几曾经？草木江南半带腥。（明·张煌言：《追往》）

注：首句中的“几曾经”，是用反问语气表示“不曾”、“未曾”，作副词用。这句诗的大意是：“胡骑（清兵）未经周折长驱直入有过吗？”据陈寿《三国志·卷十七·魏书十七》：“……吾（曹操）用兵三十余年，及所闻古之善用兵者，未有长驱径入敌围者也。且樊、襄阳之在围，过于莒、即墨，将军（徐晃）之功，逾孙武、穰苴。”该诗作者谅用此典故。

相逢无奈还伤别，尊酒休辞饮几巡。

（明·王越：《与李布政彦硕、冯佥宪景阳对饮》）

霜溪曲曲转旌旗，几许沙鸥睡未知。（明·戚继光：《晚征》）

野桥梅几树，并是白纷纷。（清·洪升：《雪望》）

环珮几曾归夜月，琵琶惟许托宾鸿。（清·吴雯：《明妃》）

是处无衣搜杼轴，几人鬻子算租庸。

（清·梁启超：《庚戌岁暮感怀》）

(二)几(jī)读平声。

表示“几乎”、“近于”、“差不多”,多作副词用。举例:

既见君子,庶几说怿。（《诗经·小雅·頍弁》）

庶几夙夜,以永终誉。（《诗经·周颂·振鹭》）

“几”同“案”、“桌”,多作名词用。举例:

戚戚兄弟,莫远具尔,或肆之筵,或授之几。

（《诗经·大雅·行苇》）

跄跄济济,俾筵俾几。（《诗经·大雅·公刘》）

蓬壶来轩窗,瀛海入几案。（唐·李白:《莹禅师房观山海图》）

沉烟留棐几,竹色上楸枰。（明·袁宗道:《初晴即事》）

注;棐几,用榧木制成的桌子,《晋书·王羲之传》:“尝诣门生家,见棐几滑净,因书之,真草相半。”

十五、将

(一)将(jiāng)读平声。

表示“把”、“用”、“拿”,作介词用。举例:

欲为圣朝除弊事,肯将衰朽惜残年。

（唐·韩愈:《左迁至蓝关示侄孙湘》）

折戟沉沙铁未销,自将磨洗认前朝。（唐·杜牧:《赤壁》）

献赋十年犹未遇,羞将白发对华簪。

（唐·钱起:《赠阙下裴舍人》）

闻道玉门犹被遮,应将性命逐轻车。（唐·李颀:《古从军行》）

莫怪临风倍惆怅,欲将书剑学从军。（唐·温庭筠:《过陈琳墓》）

一水护田将绿绕,两山排闼送青来。

（宋·王安石:《书湖阴先生壁》）

饱饭闲游绕小溪,却将往事细寻思。

（宋·辛弃疾:《鹤鸣亭绝句四首》）

愁锁巴云往事空,只将遗恨寄芳丛。

（宋·真山民:《杜鹃花得红字》）

独绕去年挥泪处,还将牢落对沧洲。（宋·王安石:《楚天》）

雄气堂堂贯斗牛,誓将贞节报君仇。（宋·岳飞:《题青泥市壁》）

长淮见说田生棘，此地都将岭作田。

（宋·杨万里：《过石磨岭，岭皆创为田，直至其顶》）

只拟将身报天子，不负胸中书五车。

（元·范梈：《题李白郎官湖》）

四年绝域度新正，此夕空将两目瞠。（明·归庄：《己丑元日》）

莫想阴符遇黄石，好将鸿宝驻朱颜。

（清·吴伟业：《过淮阴有感》）

拼将十万头颅血，须把乾坤力挽回。

（清·秋瑾：《黄海舟中日人索句并见日俄战争地图》）

表示"将要"、"就要"，时间副词，不能带介词，多表示事情在短时间内将要发生或快要发生。举例：

冀枝叶之峻茂兮，愿竢时乎吾将刈。（战国·屈原：《离骚》）

注：下句，时间副词"将"，修饰动词"刈"，作状语，前面是第一人称代词"吾"。

吾不能变心而从俗兮，固将愁苦而终穷。

（战国·屈原：《九章·涉江》）

秋草荣其将实兮，微霜下而夜降。（汉·东方朔：《七谏·沉江》）

俯仰岁将暮，荣耀难久恃。（汉魏·曹植：《杂诗·南国有佳人》）

红颜零落岁将暮，寒光宛转时欲沉。（南朝·鲍照：《拟行路难》）

欲渡黄河冰塞川，将登太行雪满山。（唐·李白：《行路难》）

孰云网恢恢，将老身反累。（唐·杜甫：《梦李白》）

醉不成欢惨将别，别时茫茫江浸月。（唐·白居易：《琵琶行》）

一年将尽夜，万里未归人。（唐·戴叔伦：《除夜宿石头驿》）

游人不管春将老，来往亭前踏落花。

（宋·欧阳修：《丰乐亭游春三首》）

花枝已尽莺将老，桑叶渐稀蚕欲眠。（宋·黄公度：《道间即事》）

炎炎畏日树将焚，却恨都无一点云。

（宋·潘阆：《题资福院石井》）

鲁戈莫挽将颓日，敢望千秋青史传。（明·张煌言：《将入武林》）

用于动词后面，作语助词，无义。举例：

一车炭，千余斤，官使驱将惜不得。（唐·白居易：《卖炭翁》）

唯将旧物表深情，钿合金钗寄将去。（唐·白居易：《长恨歌》）

注：上句的“将”是介词，作“用”解；下句的“将”作语助词，无义。

若教此物堪收贮，应被豪门尽劚将。（唐·罗隐：《金钱花》）

今年次女已行媒，亦复驱将换升斗。（宋·范成大：《后催租行》）

注：“劚”同“斸”，音逐（zhú），斫也。

表示“携带”、“带领”，作动词用。举例：

燕子将雏语夏深，绿槐庭院不多阴。（宋·汪藻：《即事》）

语燕初飞陇麦青，春云将雨滞行人。（宋·钱昭度：《春阴》）

半掩柴门人不见，老牛将犊伴篱眠。（宋·吴潜：《竹》）

将雏一二去何方？岂料国破家亦亡。（宋·文天祥：《六歌》）

万点落花舟一叶，载将春色到江南。

（明·陆娟：《代父送人还新安》）

谁将春色来残堞？独有天风送短笳。（明·戚继光：《过文登营》）

表示“将就”、“凑合”，作动词用。举例：

生女有所归，鸡狗亦得将。（唐·杜甫：《新婚别》）

表示“和”、“跟”，作连词用。举例：

暂伴月将影，行乐须及春。（唐·李白：《月下独酌四首》）

表示“且……又……”，时间副词，作状语。举例：

将恐将惧，维予与女。（《诗经·小雅·谷风》）

注：据宋朱熹《诗集传》注：“‘将’，且也；‘恐惧’谓危难忧患之时也。此朋友相怨之诗，故言习习谷风，则维风及雨矣。将恐将惧之时，则维予与女矣。奈何将安将乐而女转弃予哉？”“恐”与“惧”均作动词，“将……将……”作时间副词用。这两句诗的译意为“且恐又惧时，我与你共度”，亦即“危难忧患之时，我与你共度”。

表示“长”、“长久”，作形容词用。举例：

白日晼晚其将入兮，哀余寿之弗将。（汉·严忌：《哀时命》）

注：上句中的“将”跟下句中的“将”含义不同，前者是时间副词，后者是形容词，作“长久”解，活用作一般动词，不带宾语。译成现代汉语为“哀叹我的寿命不长了”。

表示“将奈”、“怎奈”，作副词用。举例：

少陵无人谪仙死，才薄将奈石鼓何。（唐·韩愈：《石鼓歌》）

表示“扶持”、“搀扶”，作动词用。举例：

爷娘闻女来，出郭相扶将。（《木兰诗》）

表示“奉献”，作动词用。举例：

顾予烝尝，汤孙之将。（《诗经・商颂・那》）

注：据朱熹《诗集传》注：“‘将’，奉也。言汤其尚顾我烝尝哉。此汤孙之所奉者，致其丁宁之意，庶几其顾之也。”这两句诗的大意是：“望在天的汤王光顾祭祀，汤孙恭敬地奉上祭品。”下句中的“将”是动词，“奉献”的意思，“汤孙之将”意为“汤孙为之奉上祭品”，“之”是用在主谓结构之间的助词。

（二）将（qiāng）读平声。

表示“请”、“愿”、“望”，希望的语气，作动词、副词用。举例：

将子无怒，秋以为期。（《诗经・卫风・氓》）

将仲子兮，无逾我里，无折我树杞。（《诗经・郑风・将仲子》）

岑夫子，丹丘生，将进酒，杯莫停。（唐・李白：《将进酒》）

五花马，千金裘，呼儿将出换美酒，与尔同销万古愁。（唐・李白：《将进酒》）

请留盘石上，垂钓将已矣！（唐・王维：《青溪》）

（三）将（jiàng）读仄声。

表示“将领”、“将官”，作名词用。举例：

朔方烽火照甘泉，长安飞将出祁连。（隋・卢思道：《从军行》）

燕台一去客心惊，笳鼓喧喧汉将营。（唐・祖咏：《望蓟门》）

北落明星动光彩，南征猛将如云雷。（唐・李白：《司马将军歌》）

再催飞将追骄虏，莫遣沙场匹马还。（唐・严武：《军城早秋》）

老儒细为儿郎说，名将皆因战起家。（宋・刘克庄：《赠防江卒》）

不信封侯皆上将，前茅独让弃繻生。（明・张煌言：《师次观音门》）

飞将不见期，萧条阻北征。（明・王夫之：《杂诗四首》）

十六、教

（一）教（jiāo）读平声。

表示“使”、“令”、“让”，作动词用。举例：

若教长似扇，堪拂艳歌尘。（南朝・朱超：《舟中望月》）

谁为含愁独不见，更教明月照流黄。（唐・沈佺期：《独不见》）

忽见陌头杨柳色，悔教夫婿觅封侯。 （唐・王昌龄：《闺怨》）

但使龙城飞将在，不教胡马度阴山。 （唐・王昌龄：《出塞》）

若教坐待成林日，滋味还堪养老夫。

（唐・柳宗元：《柳州城西北隅种柑树》）

为感君王辗转思，遂教方士殷勤觅。 （唐・白居易：《长恨歌》）

金阙西厢叩玉扃，转教小玉报双成。 （唐・白居易：《长恨歌》）

但教心似金钿坚，天上人间会相见。 （唐・白居易：《长恨歌》）

曲罢曾教善才伏，妆成每被秋娘妒。 （唐・白居易：《琵琶行》）

建昌江水县门前，立马教人唤渡船。 （唐・白居易：《建昌江》）

打起黄莺儿，莫教枝上啼。 （唐・金昌绪：《春怨》）

承恩不在貌，教妾若为容？ （唐・杜荀鹤：《春宫怨》）

男儿得志升青云，须教利泽施于民。 （宋・王禹偁：《对酒吟》）

都为主人尤如事，风光留住不教回。

（宋・黄庶：《饮张承制园亭》）

玉梅一见怜痴小，教向旁边自在开。 （宋・范成大：《樱桃花》）

唯有落红官不禁，尽教飞舞出宫墙。 （宋・武衍：《宫词》）

龙盘虎踞是钟山，鸣镝谁教入汉关。 （明・屈大均：《白门秋望》）

二百年来只养兵，不教一骑出围城。 （明・归有光：《海上纪事》）

表示"传授"，多指各种知识与技能，作动词用。举例：

十三教汝织，十四学裁衣。 （《孔雀东南飞》）

自怜碧玉亲教舞，不惜珊瑚持与人。 （唐・王维：《洛阳女儿行》）

教战虽令赴汤火，终知上将先伐谋。 （唐・王维：《燕支行》）

二十四桥明月夜，玉人何处教吹箫？

（唐・杜牧：《寄扬州韩绰判官》）

藏书万卷可教子，遗金满籯常作灾。

（宋・黄庭坚：《题胡逸老致虚庵》）

临期上马无他嘱，多买诗书教子孙。 （宋・陈世卿：《思古堂》）

表示"从教"，即"纵然"、"即使"，作连词用。"从教"的"从"，旧读 zòng。举例：

从教变白能为黑，桃李依然是仆奴。

（宋・陈与义：《和张矩臣水墨梅五绝》）

(二)教(jiào)读仄声。

表示“教育”、“教诲”、“开导”、“教导”,作动词、名词用。举例:

教诲尔子,式榖似之。 (《诗经·小雅·小宛》)

注:据朱熹《诗集传》注:“式,用。榖,善也。……教诲尔子,则用善而似之可也。……戒之以不惟独善其身,又当教其子使为善也。”这两句诗的大意是:“教诲你的儿子,用善行让他继承下去。”下句的“式”是动词,“用”的意思;“榖”是名词,“善行美德”的意思。“似”表示“继承”,为动用法,“似之”,即“为之而似”,此种特殊的动宾关系,在古汉语中是存在的,“似”即为古汉语语法中的“为动词”。

辰彼硕女,令德来教。 (《诗经·小雅·车舝》)

尔之教矣,民胥效矣。 (《诗经·小雅·角弓》)

载色载笑,匪怒伊教。 (《诗经·鲁颂·泮水》)

十七、论

(一)论(lùn)读仄声。

表示“议论”、“评论”、“讨论”,多作名词、动词用。举例:

汤禹俨而祗敬兮,周论道而莫差。 (战国·屈原:《离骚》)

注:下句“周论道而莫差”,据《楚辞章句补注》:“周,周家也,差,过也。言殷汤、夏禹、周之文王,受命之君,皆畏天敬贤,论议道德,无有过差,故能获夫神人之助,子孙蒙其福祐也。”这里的“论”即“论议”,读仄声 lùn,“论道”是动词性词组,通过递进连词“而”(表示“而且”)用来修饰形容词性词组“莫差”,“莫差”在句中充当谓语。

业失之而不救兮,尚何论乎祸凶? (汉·东方朔:《七谏·沉江》)

众人莫可与论道兮,悲精神之不通。

(汉·东方朔:《七谏·谬谏》)

著论准过秦,作赋拟子虚。 (晋·左思:《咏史》)

形解验默仙,吐论知凝神。 (南朝·颜延之:《嵇中散》)

少小虽非投笔吏,论功还欲请长缨。 (唐·祖咏:《望蓟门》)

安能以此上论列,愿借辨口如悬河。 (唐·韩愈:《石鼓歌》)

论旧举杯先下泪,伤离临水更登楼。

(唐·杨巨源:《送人过卫州》)

若无水殿龙舟事,共禹论功不较多。 (唐·皮日休:《汴河怀古》)

若论破吴功第一,黄金只合铸西施。 (宋·郑獬:《蠡口》)

忘年尔我重交情,论事相同见老成。

(明·谢榛:《夜话李孺长书屋,因怀其尊君左纳言》)

边筹自古无中下，朝论于今有是非。　（明·袁宏道：《感事》）
绝域威名惊小范，中朝党论送维州。　（明·鲁一同：《读史杂感》）
不须论兵法，零落十三篇。　（清·朱铭盘：《赠邱履平》）
万里望君门，论都已枉论。　（清·宋育仁：《甲午感事三首》）

注：下句中“论都”的“论”，应读仄声 lùn；“枉论”的“论”，应读平声 lún，与上句的“门”均属上平声十三元韵，押韵。“枉论”含有“多余的话”、“徒然”之意。“论都”则是作者宋育仁借用汉光武时大臣杜笃反对迁都洛阳，上《论都赋》相争的历史典故（《后汉书·杜笃传》：“笃以关中表里山河，先帝旧京，不宜改营洛邑，仍上奏论都。”），用来比喻甲午战争后慈禧反对光绪向日本求和，感事而诗。一句中同一个汉字“论”两次出现，异声歧义明显。

（二）论（lún）读平声。

表示“说”、“讲”、“诉”、“话”，作动词用。《论语》的“论”，读平声（lún）。举例：

生人作死别，恨恨哪可论！　（《孔雀东南飞》）
不惜红罗裂，何论轻贱躯。　（汉·辛延年：《羽林郎》）
物故不可论，途穷能无恸。　（南朝·颜延之：《阮步兵》）
眼前一杯酒，谁论身后名？　（北朝·庾信：《拟咏怀》）
官高何足论？不得收骨肉。　（唐·杜甫：《佳人》）
千载琵琶作胡语，分明怨恨曲中论。　（唐·杜甫：《咏怀古迹》）
且乐杯中物，谁论世上名。　（唐·孟浩然：《自洛之越》）
路有论冤谪，言皆在中兴。　（唐·李商隐：《哭刘司户蕡》）
当其贯日月，生死安足论！　（宋·文天祥：《正气歌》）
嗟哉生计一如此，谬入王民版籍论。　（宋·梅尧臣：《小村》）
撑肠正有五千卷，下笔须论二百年。
（金·元好问：《赠答郝经伯常》）
毋论卑湿地，贾傅昔淹留。　（明·李昌祺：《送周秀才游长沙》）
亲朋乱后几人存，湖海交情酒后论。
（明·夏完淳：《寒食杂作同钱二不识赋二首》）
寂寞邻家叟，清狂安可论。　（清·萧蜕：《赠金东雷》）
红柑白笋不论钱，淳朴山川剧可怜。　（清·施闰章：《临江杂咏》）
小妇春风楼下眠，与论家计最堪怜。
（清·朱彝尊：《鸳鸯湖棹歌一百首》）
不论盐铁不筹河，独倚东南涕泪多。　（清·龚自珍：《己亥杂诗》）

十八、难

(一)难(nān)读平声。

表示"困难"、"艰难",多作形容词、名词、副词用。与"易"相对。举例:

嘅其叹矣,遇人之艰难矣! (《诗经·王风·中谷有蓷》)

尔还而入,我心易也;还而不入,否难知也。

(《诗经·小雅·何人斯》)

余处幽篁兮终不见天,路险难兮独后来。

(战国·屈原:《九歌·山鬼》)

注:下句中的形容词"险难"表示"艰难险阻",放在主语"路"的后面作谓语,"兮"是助词,相当于现代汉语的"啊",而补语"独后来"是用来补充说明"险难"的"独"是副词,作"只"解。这里,值得注意的是补语与后置状语的区别:前者放在动词或形容词谓语之后,可以由形容词、动词、数量词和各种词组来充当,后者一般则用"以"为首的介词结构来充当。下句我们可以参阅《楚辞章句补注》有关的一段注释:"言所处既深,其路险阻又难,故来晚暮,后诸神也。"文意与上吻合。

深固难徙,更壹志兮。 (战国·屈原:《九章·橘颂》)

圜凿而方枘兮,吾固知其鉏铻而难入。 (战国·宋玉:《九辩》)

苦众人之难信兮,愿离群而远举。 (汉·东方朔:《七谏·自悲》)

愿假簧以舒忧兮,志纡郁其难释。 (汉·刘向:《九叹·忧苦》)

顾念兮旧都,怀恨兮艰难。 (汉·王褒:《九怀·尊嘉》)

今日良宴会,欢乐难具陈。 (《古诗十九首·今日良宴会》)

勿言一樽酒,明日难重持。 (南朝·沈约:《别范安成》)

芳樽徒自满,别恨转难胜。 (唐·骆宾王:《别李峤》)

相见时难别亦难,东风无力百花残。 (唐·李商隐:《无题》)

君作贫官我为客,此中离恨共难收。

(宋·魏野:《登原州城呈张贲从事》)

存亡惯见浑无泪,乡井难忘尚有心。

(宋·苏轼:《过永乐文长老已卒》)

胡运占难久,边情听易讹。 (宋·刘克庄:《北来人》)

有时思到难思处,拍碎阑干人不知。

(宋·辛弃疾:《鹤鸣亭绝句四首》)

北雁来时岁欲昏,私书旧梦杳难分。 (宋·欧阳修:《宿云梦馆》)

开时费尽阳和力,落处难禁一阵风。 (宋·赞宁:《落花》)

艰难唯有君亲重，血泪斑斑染客衣。（宋·李若水：《衣襟中诗》）
雪里烟村雨里滩，看之容易作之难。（宋·李唐：《题画》）
泪眼倚南斗，难忘故国情。（金·高士谈：《不眠》）
机会难逢形胜在，狂歌吊古漫悠悠。（元·吴师道：《赤壁图》）
杞人唯恐青天坠，精卫难期碧海干。（明·张昱：《感事》）
已知泉路近，欲别故乡难。（明·夏完淳：《别云间》）
此中何处无人世，只恐难酬壮士心。（清·顾炎武：《海上》）
富厚易传苏季子，是非难管蔡中郎。（清·钱载：《小店》）
旅夜难成寐，起坐独彷徨。（清·宋教仁：《秋晓》）
漆室空怀忧国恨，难将巾帼易兜鍪。（清·秋瑾：《杞人忧》）

(二)难(nàn)读仄声。

表示“灾难”、“祸患”，作名词用。举例：

脊令在原，兄弟急难。（《诗经·小雅·常棣》）
天之方难，无然宪宪。（《诗经·大雅·板》）
维予小子，未堪家多难。（《诗经·周颂·访落》）
不顾难以图后兮，五子用失乎家巷。（战国·屈原：《离骚》）
无倾危之患难兮，焉知贤士之所死？
（汉·东方朔：《七谏·谬谏》）
身在祸难中，何为稽留他家子？（汉魏·陈琳：《饮马长城窟行》）
临难不顾生，身死魂飞扬。
（三国魏·阮籍：《咏怀·壮士何慷慨》）
当世贵不羁，遭难能解纷。（晋·左思：《咏史》）
花近高楼伤客心，万方多难此登临。（唐·杜甫：《登楼》）
年逾六十复奚求？多难频经浑不愁。（明·瞿式耜：《狱中》）

十九、能

(一)能(néng)读平声。

表示“能够”、“善于”，作动词用。举例：

维子之故，使我不能餐兮！（《诗经·郑风·狡童》）
握粟出卜，自何能谷？（《诗经·小雅·小宛》）
哀哉不能言，匪舌是出，维躬是瘁。（《诗经·小雅·雨无正》）
岂敢惮行，畏不能趋。（《诗经·小雅·绵蛮》）

谁能执热，逝不以濯？（《诗经·大雅·桑柔》）

注：这句诗的大意是："谁能手中拿着热的东西，不用水来洗洗解热？"这个反诘句由于句中有表示否定的"不"，所以话的意思就表示肯定，但这种明知故问的语句，并不要求别人给予回答，这就与疑问句截然不同。"执热"表示"手持热物"；"逝"是动词，作"消逝"解。介词结构"以濯"，意思是"用水来洗濯"，放在所修饰中心词"逝"的后面，作后置状语。

余固知謇謇之为患兮，忍而不能舍也。（战国·屈原：《离骚》）

冥昭瞢暗，谁能及之？（战国·屈原：《天问》）

当世岂无骐骥兮，诚莫之能善御。（战国·宋玉：《九辩》）

以直针而为钓兮，又何鱼之能得？（汉·东方朔：《七谏·谬谏》）

莫能行于杳冥兮，孰能施于无报？（汉·东方朔：《七谏·自悲》）

谁能为此曲？无乃杞梁妻。（《古诗十九首·西北有高楼》）

万岁更相送，贤圣莫能度。（《古诗十九首·驱车上东门》）

变故在斯须，百年谁能持？（汉魏·曹植：《赠白马王彪》）

抚枕不能寐，振衣独长想。（晋·陆机：《赴洛道中作》）

念此怀悲凄，终晓不能静。（晋·陶潜：《杂诗》）

有情知望乡，谁能鬒不变！（南朝·谢朓：《晚登三山还望京邑》）

滔滔不可测，一苇讵能航。（南朝·阴铿：《渡青草湖》）

乐天乃知命，何时能不忧？（北朝·庾信：《拟咏怀》）

关山万里不可越，谁能坐对芳菲月。（隋·卢思道：《从军行》）

关门令尹谁能识？河上仙翁去不回。

（唐·崔曙：《九日登望仙台呈刘明府容》）

余亦能高咏，斯人不可闻。（唐·李白：《夜泊牛渚怀古》）

总为浮云能蔽日，长安不见使人愁。

（唐·李白：《登金陵凤凰台》）

遨游自取足，谁能奈我何？（唐·王梵志：《吾有十亩田》）

能与贫人共年谷，必有明月生蚌胎。

（宋·黄庭坚：《题胡逸老致虚庵》）

酒边父老犹能说，五十年前好四川。（宋·汪元量：《利州》）

男解牵牛女能织，不须徼福渡河星。

（宋·范成大：《四时田园杂兴》）

前朝无限贵公卿，后世徒能记姓名。（宋·邵雍：《天津感事》）

枣花至小能结实，桑叶虽柔解吐丝。（宋·王溥：《咏牡丹》）

威风万里压南邦，东去能翻鸭绿江。

（辽·萧观音：《伏虎林应制》）

题诗洒墨江东驿，笔力犹能挽怒涛。　（元·萨都剌：《大同驿》）

天上麒麟原有种，穴中蝼蚁岂能逃。　（明·朱厚熜：《送毛伯温》）

旧业未能归后主，大星先已落前军。　（明·杨慎：《武侯庙》）

主人终不杀，矜惜尚能鸣。　（清·张佩纶：《雁》）

能使群花皆缩首，助他秋菊傲秋霜。　（秋瑾：《秋风曲》）

表示“能力”、“才能”、“能者”，作名词用。举例：

举贤才而授能兮，循绳墨而不颇。　（战国·屈原：《离骚》）

昔皇考之嘉志兮，喜登能而亮贤。　（汉·刘向：《九叹·愍命》）

战守无能地能让，百万冤魂海中葬。

（清·丘逢甲：《海军衙门歌，同温慕柳同年作》）

注：“战守无能地能让”句中，前一个“能”作“能力”、“才能”解，属名词；后一个“能”作“能够”解，属助动词。此句中同一个汉字，同声异义，两个虽都是实词，但却属不同词类，又因这是一首七言古诗，平仄不拘，故无须分析字序。

表示“如此”、“这样”，作代词用，其前缀多为“安”、“何”、“忍”等。举例：

安能以身之察察，受物之汶汶者乎？　（战国·屈原：《渔父》）

宁为江海之泥涂兮，安能久见此浊世？

（汉·东方朔：《七谏·怨世》）

览旧邦兮滃郁，余安能兮久居！　（汉·王褒：《九怀·昭世》）

未知身死处，何能两相完？　（汉魏·王粲：《七哀诗》）

安能苦一身，与世同举厝？　（汉魏·孔融：《杂诗》）

人生亦有命，安能行叹复坐愁？　（南朝·鲍照：《拟行路难》）

日中安能止？钟鸣犹未归。　（南朝·鲍照：《代放歌行》）

南村群童欺我老无力，忍能对面为盗贼。

（唐·杜甫：《茅屋为秋风所破歌》）

如公少缓须臾死，此寇安能八十年！　（宋·叶绍翁：《题岳王墓》）

（二）能(nài)读仄声。

同“耐”，《汉书·晁错传》：“夫胡貉之地，积阴之处也，木皮三寸，冰厚六尺，食肉而饮酪，其人密理，鸟兽毳毛，其性能寒。杨粤之地少阴多阳，其人疏理，鸟兽希毛，其性能暑。”表示“禁得起”或“经得起”，作动词、形容词用。举例：

不我能慉，反以我为仇。（《诗经·邶风·谷风》）

相见亦无语，能饥恐得仙。（清·朱铭盘：《赠邱履平》）

二十、宁

(一)宁(nìng)读仄声。

(甲)表示意愿，“宁可”、“宁愿”、“宁为”、“宁当”等，作副词用。在古汉语中，“宁……将……”表示“宁愿……还是……”，后接两个疑问句，是一种常见的选择连词。在屈原《卜居》中有这样的例子，比如：“吾宁悃悃款款？朴以忠乎？将送往劳来斯无穷乎？宁诛锄草茅以力耕乎？将游大人以成名乎？宁正言不讳以危身乎？将从俗富贵以偷生乎？”等等。“宁”与“宁……将……”在含义上有相同之处，但在语法结构和用法上却显然不同。举例：

宁溘死以流亡兮，余不忍为此态也。（战国·屈原：《离骚》）

宁隐闵而寿考兮，何变易之可为！

（战国·屈原：《九章·思美人》）

与其无义而有名兮，宁穷处而守高。（战国·宋玉：《九辩》）

男儿宁当格斗死，何能怫郁筑长城？

（汉魏·陈琳：《饮马长城窟行》）

临组不肯绁，对珪宁肯分。（晋·左思：《咏史》）

宁为百夫长，胜作一书生。（唐·杨炯：《从军行》）

宁可枝头抱香死，何曾吹落北风中。（宋·郑思肖：《寒菊》）

念枯每微喟，意拙宁多删。（清·黄节：《报宾虹寄画》）

表示“难道”、“岂能”，作反诘语气的副词用，修饰动词、形容词，作状语。举例：

纵我不往，子宁不来？（《诗经·郑风·子衿》）

心之忧矣，宁莫之知？（《诗经·小雅·小弁》）

倬彼昊天，宁不我矜！（《诗经·大雅·桑柔》）

宁不知倾城与倾国，佳人难再得？（汉·李延年：《歌一首》）

不见柏梁铜雀上，宁闻古时清吹音？（南朝·鲍照：《拟行路难》）

艳色天下重，西施宁久微。（唐·王维：《西施咏》）

不为困穷宁有此？只缘恐惧转须亲。（唐·杜甫：《又呈吴郎》）

我鬓已多白，此身宁久全？（宋·梅尧臣：《悼亡》）

归老宁无五亩园？读书本意在元元。（宋·陆游：《读书》）

子房本为韩仇出，诸葛宁知汉祚移？　（元・虞集：《挽文山丞相》）

(二)宁(níng)读平声。

表示"安宁"、"安定"，多作形容词、动词用。举例：

丧乱既平，既安且宁。　（《诗经・小雅・常棣》）

式月斯生，俾民不宁。　（《诗经・小雅・节南山》）

烨烨震电，不宁不令。　（《诗经・小雅・十月之交》）

召伯有成，王心则宁。　（《诗经・小雅・黍苗》）

遹求厥宁，遹观厥成。　（《诗经・大雅・文王有声》）

瞻卬昊天，曷惠其宁！　（《诗经・大雅・云汉》）

寿考且宁，以保我后生。　（《诗经・商颂・殷武》）

昏微遵迹，有狄不宁。　（战国・屈原：《天问》）

子其宁尔心，亲交义不薄。　（汉魏・曹植：《赠丁仪》）

天意宁群盗，时艰更老亲。

（明・王世贞：《乱后初入吴，与舍弟小酌》）

表示"省亲"，指已嫁女子回娘家探望父母等，作动词用。举例：

害浣害否？归宁父母。　（《诗经・周南・葛覃》）

注：据朱熹《诗集传》注："'浣'，则濯之而已，'害'，何也。'宁'，安也，谓问安也。"其中"害"表示"哪些"、"什么"，两句诗意是："还有哪些衣服尚未洗？我要回家看望父母。"这里"归宁"作并列动词用。"省亲"与"宁亲"可作支配动词用。

二十一、奇

(一)奇(qí)读平声。

表示"稀奇"、"奇特"、"罕见"，多作形容词用。举例：

余幼好此奇服兮，年既老而不衰。　（战国・屈原：《九章・涉江》）

被文服纤，丽而不奇些。　（战国・宋玉：《招魂》）

英风截云霓，超世发奇声。

（三国魏・阮籍：《咏怀诗・少年学击剑》）

奇踪隐五百，一朝敞神界。　（晋・陶潜：《桃花源诗》）

奇文共欣赏，疑义相与析。　（晋・陶潜：《移居》）

京华结交尽奇士，意气相期共生死。　（宋・陆游：《金错刀行》）

儒生好奇石，出口读唐虞。　（明・林鸿：《饮酒》）

赖兹历奇奥，得悟垂堂理。 （明·钟惺：《西陵峡》）

行尽松楸中国大，不教奇骨任荒寒冷。

（明·谭元春：《过利西泰墓而吊之》）

穷荒行欲币，垂老策无奇。 （清·章炳麟：《黑龙潭》）

塞上似腾奇女气，江东久殒少微星。 （清·龚自珍：《夜坐》）

市有醉人称异瑞，巢无完卵亦奇殃。

（清·樊增祥：《闻都门消息》）

似兹结构奇，知巧难凿穿。 （清·姚燮：《法华洞》）

造物贶我良不悭，所至江山纵奇特。

（清·魏源：《天台石梁雨后观瀑歌》）

表示"美"、"妙"、"佳"、"宜"，多作形容词用。举例：

闵奇思之不通兮，将去君而高翔。 （战国·宋玉：《九辩》）

今日违情义，恐此事非奇。 （《孔雀东南飞》）

庭中有奇树，绿叶发华滋。 （《古诗十九首·庭中有奇树》）

春水满四泽，夏云多奇峰。 （晋·顾恺之：《神情诗》）

摧藏多好貌，清唳有奇音。 （南朝·吴均：《主人池前鹤》）

吏部信才杰，文锋振奇响。 （南朝·沈约：《伤谢朓》）

庭中奇树已堪攀，塞外征人殊未还。 （隋·卢思首：《从军行》）

奇峰出奇云，秀木含秀气。 （唐·李白：《江上望皖公山》）

水光潋滟晴方好，山色空濛雨亦奇。

（宋·苏轼：《饮湖上初晴后雨》）

注：上句"水光"与下句"山色"，都是名词性词组，在上下句中各充当主语，并形成"名词性词组对名词性词组"；上句中的"潋滟(liàn yàn)"与下句中的"空濛"(kōng méng)，各表示"水波荡漾"与"雾气迷茫"，古汉语中，由双音节合成的形容词较少，这种由两个音节连缀成义的连绵形容词，分别在上下句中充当谓语，并形成"连绵形容词对连绵形容词"，这很不容易；上句的"晴方好"与下句中的"雨亦奇"，形成"动词性词组与动词性词组"相对；而"晴"表示"放晴"，"雨"表示"降雨"，"晴"对"雨"是"动词对动词"；"方"作"才"解，是副词，"亦"作"也"、"同样"解，也是副词，这样，又"副词对副词"；"好"对"奇"是"形容词对形容词"。此联对仗十分工整，技巧娴熟，再加下面两句"欲把西湖比西子，淡妆浓抹总相宜"。想象丰富，比喻奇特，这首诗能流传千古，久享盛誉，当在情理之中了。

不因兴尽回船去，哪得山阴一段奇？ （宋·曾几：《题访戴诗》）

莫问早行奇绝处，四方八面野香来。

（宋·杨万里：《过百家渡四绝句》）

看似寻常最奇崛，成如容易却艰辛。

（宋·王安石：《题张司业诗》）

后来读《水浒》，文字益奇变。

（明·袁宏道：《听朱生说〈水浒传〉》）

闲花眼底千千种，此种人间最擅奇。　（明·俞大猷：《咏牡丹》）

生虽断指书益奇，墨花带血光陆离。　（清·金和：《断指生歌》）

海茂杨挹极齿颊，渐令举世惊瑰奇。

（清·周达：《题陈叔通所藏江弢叔手书诗卷》）

表示出人意料的“奇计”、“奇招”、“奇谋”，多作名词用。举例：

非但慷慨献奇谋，意气兼将生命酬。　（唐·王维：《夷门歌》）

谁能排大难，不屑计奇功。　（明·屈大均：《鲁连台》）

夕阳景里归篷近，背水阵奇战士功。　（明·俞大猷：《舟师》）

(二)奇(jī)读平声。

表示“单数”，与“偶”、“双”相反，作形容词、名词用。古典诗歌中所见“数奇”、“数”指“天数”、“命运”；“奇”指“不偶”、“不吉利”，“数奇”即“命运乖舛”。同时，“数”也有可变性，对此可在《楚辞·卜居》中找出这样的例证：“夫尺有所短，寸有所长，物有所不足，智有所不明，数有所不逮，神有所不通。”其中“数有所不逮”即指“天不可计量也”。举例：

卫青不败由天幸，李广无功缘数奇。　（唐·王维：《老将行》）

数奇古所叹，哙伍亦堪伤。　（清·陈诗：《哭五弟子修诗》）

二十三、调

(一) 调(tiáo)读平声。

表示“调和”、“协调”，作动词用。举例：

汤禹严而求合兮，挚咎繇而能调。　（战国·屈原：《离骚》）

丰肉微骨，调以娱只。　（战国·屈原：《大招》）

不论世世高举兮，恐操行之不调。　（汉·东方朔：《七谏·谬谏》）

表示“调笑”、“挑逗”、“戏弄”，作动词用。举例：

依倚将军势，调笑酒家胡。　（汉·辛延年：《羽林郎》）

不知谁家子，调笑来相谑。　（唐·李白：《陌上桑》）

眉如松雪齐四皓，调笑可以安储皇。

（唐·李白：《赠潘侍御论钱少阳》）

表示“烹调”，作动词用。举例：

冶坊滨里移兰棹，船娘纤手调羹妙。（清·王甲荣：《彩云曲》）

表示“调弄”，调整乐器，作动词用。举例：

几年调弄七条丝，元化分功十指知。

（唐·方干：《听段处士弹琴》）

(二)调(diào)读仄声。

表示“音调”、“声调”、“腔调”、“曲调”，引申义为“旨趣”、“旨意”，作名词用。举例：

忽闻歌古调，归思欲沾巾。

（唐·杜审言：《和晋陵陆丞早春游望》）

变调如闻杨柳春，上林繁花照眼新。

（唐·李颀：《听安万善吹觱篥歌》）

儒道虽异门，云林颇同调。

（唐·孟浩然：《题终南翠微寺空上人房》）

吾亦澹荡人，拂衣可同调。（唐·李白：《古风五十九首》）

欲叹离声发绛唇，更嗟别调流纤指。（唐·李白：《凤吹笙篇》）

转轴拨弦三两声，未成曲调先有情。（唐·白居易：《琵琶行》）

古调色自爱，今人多不弹。（唐·刘长卿：《听弹琴》）

何处商船歌水调，令人归思益凄迷。（明·周致尧：《西津夜泊》）

纵然疏拙非时调，便是悠悠亦所长。（明·李攀龙：《岁杪放歌》）

料得弹琴不成调，度他拥髻可怜宵。（清·王甲荣：《彩云曲》）

表示“风格”、“品格”、“品味”、“风度”，亦指作家作品之艺术的综合体现，作名词用。举例：

调与金石谐，思逐风云上。（南朝·沈约：《伤谢朓》）

谁爱风流高格调？共怜时世俭梳妆。（唐·秦韬玉：《贫女》）

表示“调动”、“调配”，作动词用。举例：

决拾既佽，弓矢既调。（《诗经·小雅·车攻》）

注：据朱熹《诗集传》注：“‘决’，以象骨为之，著于右手大指，所以钩弦开体。

'拾',以皮为之,著于左臂以遂弦,故亦名遂。'佽',比也。'调',谓弓强弱与矢轻重相得也。"上面所说的"比",本义是亲近、亲密;而"佽"通"次",表示相次、顺次;"调"即指"弓强弱与矢轻重"的两者调配。这两句诗的大意是:"扳指与臂遂顺次佩戴毕,强弓利矢也调配好。""调"作动词用。

偏坐金鞍调白羽,纷纷射杀五单于。　(唐·王维:《少年行》)

二十三、唯

(一)唯(wéi)读平声。

表示"只"、"仅",作副词用。举例:

指九天以为正兮,夫唯灵修之故也。　(战国·屈原:《离骚》)

注:这两句诗,据《楚辞章句补注》注:"灵,神也。修,远也,能神明远见者,君德也,故以谕君。言己将陈忠策,内虑之心,上指九天,告语神明,使平正之,唯用怀王之故,欲自尽也。"这里的"唯"作范围副词用。

何以解忧,唯有杜康。　(汉魏·曹操:《短歌行》)

我志谁与亮?赏心唯良知。　(南朝·谢灵运:《游南亭》)

唯余故楼月,远近必随人。　(南朝·朱超:《舟中望月》)

远戍唯闻鼓,寒山但见松。　(南朝·阴铿:《晚出新亭》)

唯有河边雁,秋来南向飞。　(北朝·庾信:《重别周尚书》)

不闻机杼声,唯闻女叹息。　(《木兰诗》)

匆使燕然上,唯留汉将功。　(唐·陈子昂:《送魏大从军》)

树树皆秋色,山山唯落晖。　(唐·王绩:《野望》)

运命唯所遇,循环不可寻。　(唐·张九龄:《感遇》)

晚年唯好静,万事不关心。　(唐·王维:《酬张少府》)

万籁此皆寂,唯闻钟磬音。　(唐·常建:《题破山寺后禅院》)

岩扉松径长寂寥,唯有幽人夜来去。

(唐·孟浩然:《夜归鹿门山歌》)

凤饥不啄粟,所食唯琅玕。　(唐·李白:《古风五十九首》)

孤帆远影碧空尽,唯见长江天际流。

(唐·李白:《黄鹤楼送孟浩然之广陵》)

唯见林花落,莺啼送客闻。　(唐·杜甫:《别房太尉墓》)

河北河南处处灾,唯闻金蜀少尘埃。

(唐·贯休:《陈情献蜀皇帝》)

唯有门前镜湖水,春风不改旧时波。　(唐·贺知章:《回乡偶书》)

杨花榆荚无才思，唯解漫天作雪飞。　　（唐·韩愈：《晚春》）

三年谪宦此栖迟，万古唯留楚客悲。

（唐·刘长卿：《长沙过贾谊宅》）

东船西舫悄无言，唯见江心秋月白。　　（唐·白居易：《琵琶行》）

唯将终夜长开眼，报答平生未展眉。（唐·元稹：《遣悲怀》）

唯怜一灯影，万里眼中明。　　（唐·钱起：《送僧归日本》）

一番桃李花开尽，唯有青青草色齐。　　（宋·曾巩：《城南》）

日暮北来唯有雁，地寒西去更无州。

（宋·魏野：《登原州城呈张贲从事》）

重来已见花飘尽，唯有黄莺啭树飞。　　（宋·徐铉：《柳枝词》）

时时携酒只独往，醉倒唯有春风知。

（宋·苏舜钦：《独步沧浪亭》）

白刃临头唯一笑，青天在上任人狂。

（明·张同敞：《和〈浩气吟〉》）

唯在古汉语中，用于句首作语气助词，也叫“发语词”或“语首助词”，主要用来加强句子的气势，无义。但唯用于句首并非都是语气助词，例如：“不闻机杼声，唯闻女叹息。”（《木兰诗》）“唯有门前镜湖水，春风不改旧时波。”（唐·贺知章：《回乡偶书》），这里的“唯”均作范围副词用，表示“只”、“仅”。举例：

摄提贞于孟陬兮，唯庚寅吾以降。　　（战国·屈原：《离骚》）

注：下句的“唯”，作语气助词，含有郑重申明的语气，在现代汉语里没有适当的词可译。这两句诗可译为“太岁运行在寅年寅月，庚寅日那天我便降生了”。

唯夫党人之偷乐兮，路幽昧以险隘。　　（战国·屈原：《离骚》）

注：上句的“唯夫”是两个语气词的连用，表示肯定，但在《离骚》中，用于句首同样也有不作语气助词而作范围副词的，例如：“芳与泽其杂糅兮，唯昭质其犹未亏。”下句可译为：“只有纯洁的品质才不会亏损。”

表示“思”、“想”，作动词用。举例：

唯草木之零落兮，恐美人之迟暮。　　（战国·屈原：《离骚》）

注：上句的“唯”，作动词用。下句的“美人”指楚怀王，“迟暮”指楚怀王不建立道德和举贤用能，则晚年功不成事不遂了。两句诗意是：“我想到草木会由茂盛到衰落，恐怕怀王的不成功事业也要走到尽头了。”

（二）唯（wěi）读仄声。

表示“唯唯诺诺”，作应诺的叹词用，意同“一味顺从”。举例：

敝笱在梁，其鱼唯唯。　（《诗经·齐风·敝笱》）

注：上句的“敝”，破败；笱（gǒu），用竹篾编织的捕鱼笼，大口小颈，颈部有倒须，鱼游入则不能出；“梁”，鱼堰、堤堰。下句的“唯唯”，指鱼游出入貌。这两句诗应从形象上理解，鱼儿的游进游出，一味顺从，只是因为在堰口上设置了“敝笱”，如果不是“敝”笱，那么鱼儿便只进不出了。

纵有千人唯诺诺，本无百岁更匆匆。　（宋·丁开：《建业》）

二十四、为

（一）为（wèi）读仄声。

表示“为了”，多作原因介词用。举例：

岂无膏沐？谁适为容！　（《诗经·卫风·伯兮》）

注：据朱熹《诗集传》注：“‘膏’，所以泽发者。‘沐’，涤首去垢也。‘适’，主也。言我发乱如此，非无膏沐可以为容，所以不为者，君子行役，无所主而为之故也。”这两句诗的大意是：“岂是我没有梳洗化妆头面用的膏沐？但为了取悦于谁而打扮呢！”这里以反诘语气词出发，句中并没有表示否定的词（非无膏沐可以为容），那么这句话的意思就表示否定（主不在，不打扮），这与后来“女为悦己者容”之说完全相符。疑问代词“谁”在句中作主语，名词“适”用在介宾词组“为容”的前面，别无动词，又受介宾词组的补充，“适”活用作动词，而“为容”则作“适”的补语。

愿为市鞍马，从此替爷征。　（《木兰诗》）

欲为圣朝除弊事，肯将衰朽惜残年。

（唐·韩愈：《左迁至蓝关示侄孙湘》）

蓬山此去无多路，青鸟殷勤为探看。　（唐·李商隐：《无题》）

尽道隋亡为此河，至今千里赖通波。　（唐·皮日休：《汴河怀古》）

青冢埋魂知不返，翠崖遗迹为谁留？

（宋·欧阳修：《唐崇徽公主手痕》）

僵卧孤村不自哀，尚思为国戍轮台。

（宋·陆游：《十一月四日风雨大作》）

红粉哭随回鹘马，为谁一步一回头。

（金·元好问：《癸巳五月三日北渡三首》）

只恐江南春意减，此心原不为梅花。　（元·刘因：《观梅有感》）

幽竹如人静，寒花为我芳。　（清·黎简：《小园》）

避席畏闻文字狱，著书都为稻粱谋。　（清·龚自珍：《咏史》）

表示“因为”、“由于”，作因果连词用。举例：

但为君故，沉吟至今。（汉魏·曹操：《短歌行》）
总为浮云能蔽日，长安不见使人愁。
（唐·李白：《登金陵凤凰台》）
问客何为来？采山因买斧。（唐·韦应物：《长安遇冯著》）
遥知不是雪，为有暗香来。（宋·王安石：《梅花》）
问渠哪得清如许？为有源头活水来。（宋·朱熹：《观书有感》）

表示“替”、“给”，引出行为的对象或相关事物，多作介词用。举例：

入门各自媚，谁肯相为言！（《乐府诗集·饮马长城窟行》）
但用东山谢安石，为君谈笑静胡沙。（唐·李白：《永王东巡歌》）
苦恨年年压金线，为他人作嫁衣裳。（唐·秦韬玉：《贫女》）

表示“被”，表被动，引出行为的相关主动者，作介词用。举例：

咄！行！吾去为迟，白发时下难久居。（《乐府诗集·东门行》）
松生数寸时，遂为草所没。（南朝·吴均：《赠王桂阳》）
山光物态弄春晖，莫为轻阴便拟归。（唐·张旭：《山行留客》）
志士幽人莫怨嗟，古来材大难为用。（唐·杜甫：《古柏行》）
玉颜自古为身累，肉食何人与国谋？
（宋·欧阳修：《唐崇徽公主手痕》）
青绫莫为鸳鸯妒，欸乃声中别有春。（元·贯云石：《芦花被》）

(二)为(wéi)读平声。

表示“成为”、“变为”，作动词用。举例：

蒹葭苍苍，白露为霜。（《诗经·秦风·蒹葭》）
变白以为黑兮，倒上以为下。（战国·屈原：《九章·怀沙》）
高秋八九月，白露变为霜。（汉·宋子侯：《董娇娆》）
螣蛇乘雾，终为土灰。（汉魏·曹操：《龟虽寿》）
膏火自煎熬，多财为患害。
（三国魏·阮籍：《咏怀·昔闻东陵瓜》）
庄周梦胡蝶，胡蝶为庄周。（唐·李白：《古诗五十九首》）
将军魏武之子孙，于今为庶为清门。
（唐·杜甫：《丹青引，赠曹将军霸》）
侯王将相望久绝，神纵欲福难为功。
（唐·韩愈：《谒衡岳庙遂宿岳寺题门楼》）

事去千年犹恨速，愁来一日即为长。

（唐·李益：《同崔邠登鹤雀楼》）

在天愿作比翼鸟，在地愿为连理枝。（唐·白居易：《长恨歌》）

人生七十鬼为邻，已觉风光属别人。（宋·孙冕：《书苏州厅壁》）

秋风兰蕙化为茅，南国凄凉气已消。（元·倪瓒：《题郑所南兰》）

表示“做”、“作”、“当”，引申为“施”，作动词用。举例：

忧心惨惨，念国之为虐。（《诗经·小雅·正月》）

固人命兮有当，孰离合兮可为。（战国·屈原：《九歌·大司命》）

注：下句的“为”，应作“非人所能为”解释，不要误作反诘语气词用，《楚辞章句补注》中曾有这样一段注：“屈子于同姓事君之义尽矣。其不见用，则有命焉。或离或合，神实司之，非人所能为也。”

非为织作迟，君家妇难为。（《孔雀东南飞》）

十七为君妇，心中常苦悲。（《孔雀东南飞》）

无为在歧路，儿女共沾巾。（唐·王勃：《送杜少府之任蜀州》）

宁为百夫长，胜作一书生。（唐·杨炯：《从军行》）

独在异乡为异客，每逢佳节倍思亲。

（唐·王维：《九月九日忆山东兄弟》）

江汉曾为客，相逢每醉还。（唐·韦应物：《淮上喜会梁州故人》）

今逢四海为家日，故垒萧萧芦荻秋。

（唐·刘禹锡：《西塞山怀古》）

我以著书为职业，为君偷暇上高楼。

（宋·司马光：《和邵尧夫安乐窝中职事吟》）

淮阔洲多忽有村，棘篱疏败漫为门。（宋·梅尧臣：《小村》）

注：下句的名词性词组“棘篱”是主语，“疏败”放在它的后面作定语后置，这是为了强调定语，“为”作“当”解，谓语动词；“门”作谓语动词“当”的宾语，“漫”表示“随便”，形容词，放在动词“为”之前作状语。这句诗的大意是：“把荆条随便地编结成篱笆当门来用。”

杀气满天地，日月难为光。（明·屈大均：《大同感叹》）

隔断尘寰云似海，划开天路岭为门。（清·谭嗣同：《崆峒》）

在古汉语中，“为”作反诘语气词用，多用于句末，这种不直接说出自己的意思而采用反诘，是为了加强语气，使表达更加有力。举例：

何故深思高举，自令放为。（战国·屈原：《渔父》）

男儿重意气，何用钱刀为？ （汉·卓文君：《白头吟》）

二十五、纤

（一）纤（xiān）读平声。

表示“细巧”、“小巧”、“纤纤”，引申义为“柔美”，多作形容词用。举例：

被文服纤，丽而不奇些。 （战国·宋玉：《招魂》）
娥娥红粉妆，纤纤出素手。 （《古诗十九首·青青河畔草》）
纤纤擢素手，札札弄机杼。 （《古诗十九首·迢迢牵牛星》）
纤纤作细步，精妙世无双。 （《孔雀东南飞》）
纤手折其枝，花落何飘扬。 （汉·宋子侯：《董娇娆》）
弱干可摧残，纤茎易凌忽。 （南朝·吴均：《赠王桂阳》）
纤腰减束素，别泪损横波。 （北朝·庾信：《拟咏怀》）
纤手怨玉琴，清晨起长叹。 （唐·李白：《古诗五十九首》）
纤云四卷天无河，清风吹空月舒波。
（唐·韩愈：《八月十五夜赠张功曹》）
筼筜竞长纤纤笋，踯躅闲开艳艳花。 （唐·韩愈：《答张十一》）
落魄江湖载酒行，楚腰纤细掌中轻。 （唐·杜牧：《遣怀》）
纤钩时得小溪鱼，饱卧花阴兴有余。 （宋·林逋：《猫儿》）
谁谓秋月明，蔽之往往由纤翳。 （明·刘基：《梁甫吟》）

（二）纤（qiàn）读仄声。

表示“纤夫”、“纤绳”，作名词用。纤亦作“牵”。举例：

湿逢折叠纤掠水，黄泥曲岸相夤缘。
（清·王世祯：《六月十二日喜雨》）
老姑起把舵，新妇为纤夫。 （明·吴嘉纪：《挽船行》）
路长纤绳短，挽船不敢缓。 （明·吴嘉纪：《挽船行》）
夕阳红牵路，春水绿柴门。 （清·庞树柏：《舟行西郭即景》）

二十六、相

（一）相（xiāng）读平声。

表示“相互”，双方或多方对等地进行相应的活动，具有对等的关系，作并列副词用。举例：

邂逅相遇，与子偕臧。　　（《诗经·郑风·野有蔓草》）

注：上句的"相遇"，动词，作谓语；"邂逅"（xiè hòu）表示"不期而遇"，连绵动词，这里放在"相遇"之前，起修饰作用，作状语。上一节有"适我愿兮"句，故本句的主语"我"可以省略。下句中的"子"是古汉语尊称，第二人称代词，相当于"您"。据朱熹《诗集传》注："'臧'，美也。'与子偕臧'，言各得其所欲也。"同样，连词"与"之前省略了"我"，"偕臧"表示"偕乎美好"，动词，在句中充当谓语。这两句诗可译为："我和你不期而遇，但愿一起过上美好的日子。"《野有蔓草》是用赋、兴写作手法反映一个男子向女子表白的爱情之诗。

冰炭不可以相并兮，吾固知乎命之不长。

（汉·东方朔：《七谏·自悲》）

愿得一心人，白头不相离。　　（汉·卓文君：《白头吟》）

枝枝相覆盖，叶叶相交通。　　（《孔雀东南飞》）

来归相怨怒，但坐观罗敷。　　（《乐府诗集·陌上桑》）

爷娘闻女来，出郭相扶将。　　（《木兰诗》）

奇文共欣赏，疑义相与析。　　（晋·陶潜：《移居》）

儿童相见不相识，笑问客从何处来？　　（唐·贺知章：《回乡偶书》）

相看两不厌，只有敬亭山。　　（唐·李白：《独坐敬亭山》）

名花倾国两相欢，常得君王带笑看。　　（唐·李白：《清平调》）

回看天际下中流，岩上无心云相逐。　　（唐·柳宗元：《渔翁》）

渔人相见不相问，长笛一声归岛门。

（唐·谭用之：《秋宿湘江遇雨》）

羁旅长堪醉，相留畏晓钟。（唐·戴叔伦：《江乡故人偶集客舍》）

相呼相应湘江阔，苦竹丛深春日西。　　（唐·郑谷：《鹧鸪》）

少年离别意非轻，老去相逢亦怆情。（宋·王安石：《示长安君》）

白头翁媪相扶拜，垂老从今几度看。　　（宋·范成大：《翠楼》）

邂逅辄相射，杀伤两常俱。　　（宋·欧阳修：《边户》）

半山落日樵相语，一径寒松僧独归。　　（宋·于石：《半山亭》）

老翁老妇相对哭，布被多年不成幅。　　（元·王冕：《猛虎行》）

碧血未消今战垒，白头相见旧征衣。

（明·顾炎武：《赠朱监纪四辅》）

相逢尽道今年好，四月平阳米价低。　　（明·于谦：《平阳道中》）

"相"除了上述外，还有指示动作行为对象的作用，即起到偏指一方的指代作用，其指代动作行为的对象（宾语）可以是第一人称，也可以是第二人称或第三人称，故“相”已由“相互”之意转为偏指一方。在古汉语中，这种表示偏指的副词，都用在动词前面起修饰动词的作用，属范围副词。举例：

便可白公姥，及时相遣归。（《孔雀东南飞》）
吾已失恩义，会不相从许。（《孔雀东南飞》）
不久当还归，还必相迎取。（《孔雀东南飞》）
初七及下九，嬉戏莫相忘。（《孔雀东南飞》）
独坐空房中，谁与相劝勉。（汉·秦嘉：《赠妇诗》）
本是同根生，相煎何太急！（汉魏·曹植：《七步诗》）
衔戢知何谢，冥报以相贻。（晋·陶潜：《乞食》）
愿君多采撷，此物最相思。（唐·王维：《相思》）
深林人不知，明月来相照。（唐·王维：《竹里馆》）
山中相送罢，日暮掩柴扉。（唐·王维：《送别》）
洛阳亲友如相问，一片冰心在玉壶。（唐·王昌龄：《芙蓉楼送辛渐》）
春风不相识，何事入罗帏？（唐·李白：《春思》）
年年今日谁相问，独卧长安泣岁华。（唐·李山甫：《寒食》）
勤勤嘱四邻，幸愿相依傍。（宋·梅尧臣：《汝坟贫女》）
相送巴陵口，含泪上行舟。（明·陈子龙：《三洲歌》）

表示“细看”、“审察”，引申义为“监视”，作动词用。举例：

笃公刘，既溥既长；既景乃冈，相其阴阳，观其流泉。（《诗经·大雅·公刘》）
相在尔室，尚不愧于屋漏。（《诗经·大雅·抑》）
我相此邦，无不溃止。（《诗经·大雅·召旻》）

（二）相（xiàng）读仄声。

表示“相貌”、“容貌”、“体貌”，引申义为“命运”，作名词用。举例：

儿已薄禄相，幸复得此妇。（《孔雀东南飞》）
苦相身为女，卑陋难再陈。（晋·傅玄：《豫章行苦相篇》）
弟子韩干早入室，亦能画马穷殊相。（唐·杜甫：《赠曹将军霸》）

表示辅佐皇帝的最高官位“宰相”，作名词用。举例：

谁能为此谋，相国齐晏子。（《乐府诗集·梁甫吟》）

亚相勤王甘苦辛，誓将报主静边尘。

（唐·岑参：《轮台歌，奉送封大夫出师西征》）

得相能开国，生儿不像贤。　（唐·刘禹锡：《蜀先主庙》）

帝得圣相相曰度，贼斫不死神扶持。　（唐·李商隐：《韩碑》）

惊回一觉游仙梦，村巷传呼宰相来。

（宋·魏野：《谢寇莱公见访》）

丞相来朝剑佩鸣，千官侧目寂无声。　（辽·萧瑟瑟：《咏史诗》）

二十七、降

(一)降(xiáng)读平声。

表示“降服”、“降顺”、“投降”、“受降”、“出降”，作动词用；表示“降幡”、“降将”、“降臣”、“降虏”，作名词用。举例：

降虏兼千帐，居人有万家。　（唐·杜甫：《秦州杂诗二十首》）

回乐峰前沙似雪，受降城下月如霜。

（唐·李益：《夜上受降城闻笛》）

千寻铁锁沉江底，一片降幡出石头。

（唐·刘禹锡：《西塞山怀古》）

昼飞羽檄下列城，夜脱貂裘抚降将。

（宋·陆游：《九月十六日夜梦驻军河外，遣使招降诸城觉而有作》）

薛王出降民不降，屋瓦乱飞如箭镞。

（金·元好问：《过晋阳故城书事》）

亡国降臣固位难，痴顽老子几朝官。　（元·刘因：《冯道》）

公卿相率作降虏，草间拜泣如群羊。　（明·高启：《张中丞庙》）

却恨不逢张少保，碛南犹筑受降城。　（明·顾炎武：《古北口》）

故将逃降出新将，得相从者皆风云。

（清·丘逢甲：《海军衙门歌，同温慕柳同年作》）

表示“服输”，作动词用。举例：

梅雪争春未肯降，骚人搁笔费评章。　（宋·卢梅坡：《雪梅》）

表示“放下”，作动词用。举例：

亦既见止，亦既觏止，我心则降。　（《诗经·召南·草虫》）

注：句中的“止”是表示感叹的语气助词，并无实在的意义，可不译出，“亦”表

示"也"、"同样",副词;"见"表示"遇见",动词;"降"表示"放下",动词。这三句的大意是:"我能见到丈夫,遇到丈夫,我的心便放下了。"

(二)降(jiàng)读仄声。

表示"降下"、"降生",作动词用。举例:

天降丧乱,饥馑荐臻。 (《诗经·大雅·云汉》)
维岳降神,生甫及申。 (《诗经·大雅·崧高》)
孔填不宁,降此大厉。 (《诗经·大雅·瞻卬》)
乱匪降自天,生自妇人。 (《诗经·大雅·瞻卬》)
天之降罔,维其优矣。 (《诗经·大雅·瞻卬》)
旻天疾威,天笃降丧。 (《诗经·大雅·召旻》)
弥月不迟,是生后稷。降之百福,黍稷重穋。
(《诗经·鲁颂·閟宫》)
天命玄鸟,降而生商,宅殷土芒芒。 (《诗经·商颂·玄鸟》)
汤降不迟,圣敬日跻。 (《诗经·商颂·长发》)
天命降监,下民有严。 (《诗经·商颂·殷武》)
摄提贞于孟陬兮,惟庚寅吾以降。 (战国·屈原:《离骚》)
一从云雾降天关,空尽先朝十二闲。 (宋·龚开:《瘦马图》)
鼓角岂真天上降,琛珠合向海王倾。 (清·魏源:《寰海十章》)
我劝天公重抖擞,不拘一格降人才。 (清·龚自珍:《己亥杂诗》)

表示"从高处走下来",与"陟"相对,作动词用。举例:

帝子降兮北渚,目眇眇兮愁予。 (战国·屈原:《九歌·湘夫人》)
去日千官遮马饯,归来天子降阶迎。 (明·李梦阳:《汉京篇》)

表示"赐予",作动词用。举例:

降尔遐福,维日不足。 (《诗经·小雅·天保》)

二十八、行

(一)行(xíng)读平声。

表示"行走",作动词用。举例:

惠而好我,携手同行。 (《诗经·邶风·北风》)
高山仰止,景行行止。 (《诗经·小雅·车辖》)

注:"景行",指大道,偏正名词。

行行至斯里，叩门拙言辞。　　（晋·陶潜：《乞食》）

注："行行"，不停地走，并列动词。

行行向不惑，淹留遂无成。　　（晋·陶潜：《饮酒》）

注："行行"，比喻"时光不停地逝去"，并列动词。

少年十五二十时，步行夺得胡马骑。　　（唐·王维：《老将行》）

枕上片时春梦中，行尽江南数千里。　　（唐·岑参：《春梦》）

别君去兮何时还，且放白鹿青崖间，须行即骑访名山。

（唐·李白：《梦游天姥吟留别》）

行到中庭数花朵，蜻蜓飞上玉搔头。　　（唐·刘禹锡：《春词》）

最爱湖东行不足，绿杨阴里白沙堤。

（唐·白居易：《钱塘湖春行》）

八骏日行三万里，穆王何事不重来？　　（唐·李商隐：《瑶池》）

好峰随处改，幽径独行迷。　　（宋·梅尧臣：《鲁山山行》）

梅子黄时日日晴，小溪泛尽却山行。　　（宋·曾几：《三衢道中》）

驴肩每带药囊行，村巷欢欣夹道迎。

（宋·陆游：《山村经行因施药》）

徐行不记山深浅，一路莺啼送到家。　　（明·杨基：《天平山中》）

表示流动性的人和事物，如"行客"、"行人"、"行役"、"行宫"等，多作名词用。举例：

父曰："嗟，予子行役，夙夜无已。上慎旃哉，犹来无止。"

（《诗经·魏风·陟岵》）

他乡复行役，驻马别孤坟。　　（唐·杜甫：《别房太尉墓》）

行客欲投宿，主人犹未归。　　（唐·张籍：《夜到渔家》）

行宫见月伤心色，夜雨闻铃肠断声。　　（唐·白居易：《长恨歌》）

清明时节雨纷纷，路上行人欲断魂。　　（唐·杜牧：《清明》）

一枝红艳出墙头，墙外行人正独愁。　　（唐·吴融：《途中见杏花》）

卷地朔风沙似雪，家家行帐下毡帘。　　（元·萨都剌：《上京即事》）

广陵城里昔繁华，炀帝行宫接紫霞。　　（明·曾棨：《维扬怀古》）

鸡鸣自起束行装，同伴征人笑我忙。　　（明·李渔：《早行》）

灯前每嘱儿休哭，明日行人要早炊。　　（明·高启：《田家夜春》）

行营历历草萋萋，铜柱摩崖手自题。

（清·邵为章：《题壁吴三桂》）

表示“行为”、“行动”，多作名词用。举例：

有觉德行，四国顺之。（《诗经·大雅·抑》）

佛时仔肩，示我显德行。（《诗经·周颂·敬之》）

女行无偏斜，何意致不厚？（《孔雀东南飞》）

我有亲父兄，性行暴如雷。（《孔雀东南飞》）

衣中甲厚行何惧，坞里金多退足凭。（宋·苏轼：《郿坞》）

嗟险阻，叹飘零，关山万里作雄行。（清·秋瑾：《鹧鸪天》）

表示“实行”、“实施”、“实践”，作偏正动词用；表示“推行”、“施行”，作动词用。举例：

用君之心，行君之意，龟策诚不能知此事。（战国·屈原：《卜居》）

为乘阳气行时令，不是宸游玩物华。

（唐·王维：《奉和圣制从蓬莱向兴庆阁道中留春雨中春望之作应制》）

一时谋议略施行，谁道君王薄贾生？（宋·王安石：《贾生》）

今年次女已行媒，亦复驱将换升斗。（宋·范成大：《后催租行》）

官司行赈恤，不过是文移。（宋·戴复古：《庚子荐饥》）

苍龙日暮还行雨，老树春深更着花。

（清·顾炎武：《又酬傅处士次韵》）

表示“行乐”、“行道”、“行狩”、“修行”，作动词用。举例：

东有甫草，驾言行狩。（《诗经·小雅·车攻》）

莫见长安行乐处，空令岁月易蹉跎。（唐·李颀：《送魏万之京》）

世间行乐亦如此，古来万事东流水。

（唐·李白：《梦游天姥吟留别》）

遥想吾师行道处，天香桂子落纷纷。（唐·白居易：《书天竺寺》）

山中道士服朝霞，二十修行别故家。（宋·谢翱：《山中道士》）

官府只知行乐事，谁知点点是民膏。（宋·王迈：《元宵观灯》）

表示“主张”、“道理”，作名词用。举例：

女子善怀，亦各有行。（《诗经·鄘风·载驰》）

表示“行将”、“将要”，作副词用。举例：

十亩之闲兮，桑者闲闲兮，行与子还兮。

（《诗经·魏风·十亩之闲》）

鄙夫行衰谢，抱病昏妄集。　　（唐·杜甫：《送率府程录事还乡》）

衣裳已施行看尽，针线犹存未忍开。　　（唐·元稹：《遣悲怀》）

此身行作稽山土，犹吊遗踪一泫然。　　（宋·陆游：《沈园二首》）

表示“行藏”，指出仕和退隐的处世态度，作名词用。举例：

杀马毁车从此逝，子来何处问行藏。

（宋·苏轼：《捕蝗至浮云岭山行疲苶有怀子由弟》）

老眼昏花忘远近，壮心轩豁任行藏。

（宋·韩淲：《风雨中吟潘邠老诗》）

表示“从事”，作动词用。举例：

纸上得来终觉浅，绝知此事要躬行。

（宋·陆游：《冬夜读书示子建》）

表示“就”、“即”，作副词用。举例：

上高堂，行取殿下堂，孤儿泪下如雨。　　（《乐府诗集·孤儿行》）

表示“去”，作动词用。举例：

女子有行，远父母兄弟。　　（《诗经·邶风·泉水》）

临行密密缝，意恐迟迟归。　　（唐·孟郊：《游子吟》）

花光浓烂柳轻明，酌酒花前送我行。　　（宋·欧阳修：《别滁》）

表示“出征”，作动词用。举例：

王于兴师，修我甲兵，与子偕行。　　（《诗经·秦风·无衣》）

注：第三句“与子偕行”中的“与”，连词，“子”，敬称对方的用语，第二人称代词，相当于“您”；“偕”表示“一起”，副词，在句中作状语；“行”表示“出征”，支配动词 。“偕”和“行”放在一起“偕行”，也可构成偏正动词。据朱熹《诗集传》注：“行，往也。”并注：“秦人之俗，大抵尚气概，先勇力，忘生轻死，故其见于诗如此。”这里的“行”作“出征”解释为宜，因为“往”与“出征”的语气相差甚大。这三句诗可译成：“国王此时要兴兵打仗，赶快修好盔甲与兵器，跟随国王出征。”

（二）行（háng）读平声。

表示“行伍”、“行阵”，作名词用。古代军制五人为“伍”，二十五人为“行”，“行伍”泛指军队。举例：

凌余阵兮躐余行，左骖殪兮右刃伤。

（战国·屈原：《九歌·国殇》）

道旁过者问行人，行人但云点行频。（唐·杜甫：《兵车行》）

注：下句“行人”的“行”，读 xíng；“点行”的“行”，读 háng；“频”是副词，修饰支配动词“点行”，作状语。

男儿志国殇，结发事戎行。（清·陈诗：《哭五弟子修诗》）

表示“行列”，多指人或飞禽排列的队列，作名词用。举例：

叔于田，乘乘黄。两服上襄，两骖雁行。

（《诗经·郑风·大叔于田》）

众鸟皆有行列兮，凤独翔翔而无所薄。

（汉·东方朔：《七谏·谬谏》）

军合力不齐，踌躇而雁行。（汉魏·曹操：《蒿里行》）

可怜数行雁，点点远空排。（北朝·庾信：《晚秋》）

昔别君未婚，儿女忽成行。（唐·杜甫：《赠卫八处士》）

两个黄鹂鸣翠柳，一行白鹭上青天。（唐·杜甫：《绝句四首》）

灞原风雨定，晚见雁行频。（唐·马戴：《灞上秋居》）

几行归塞尽，念尔独何之。（唐·崔涂：《孤雁》）

表示成行的东西，作量词用。举例：

出门登车去，涕落百余行。（《孔雀东南飞》）

头上金钗十二行，足下丝履五文章。

（南朝·萧衍：《河中之水歌》）

巫峡啼猿数行泪，衡阳归雁几封书。

（唐·高适：《送李少府贬峡中，王少府贬长沙》）

还将两行泪，遥寄海西头。

（唐·孟浩然：《宿桐庐江寄广陵旧游》）

一行复一行，满纸情何极？（唐·李白：《寄远十一首》）

一行书信千行泪，寒到君边衣到无？（唐·陈玉兰：《寄夫》）

尚有燕人数行泪，回身却望塞南流。（宋·王安石：《入塞》）

江水三千里，家书十五行。（明·袁凯：《京师得家书》）

一杯椒叶酒，未敌泪千行。（明·袁凯：《客中除夕》）

千秋成败凭谁论，回首台山泪万行。

（清·丘逢甲：《寄怀维卿师桂林》）

表示“道路”，作名词用。举例：

嗟我怀人,置彼周行。 (《诗经·周南·卷耳》)
行道迟迟,心中有违。 (《诗经·邶风·谷风》)

注:"行道迟迟",表示"在道路上慢慢行走";"心中有违",表示"心中不愿"。

女执懿筐,遵彼微行,爰求柔桑。 (《诗经·豳风·七月》)

表示"轨道"、"规律",作名词用。举例:

日月告凶,不用其行。 (《诗经·小雅·十月之交》)

表示"同行",作名词用。举例:

同行十二年,不知木兰是女郎。 (《木兰诗》)

二十九、咽

(一)咽(yè)读仄声。

表示"呜咽"、"哽咽"、"幽咽",多用于人的低声哭泣或形容凄切的水声与丝竹乐器声等,作动词、形容词用。举例:

举言谓新妇,哽咽不能语。 (《孔雀东南飞》)
观者皆歔欷,行路亦呜咽。 (汉魏·蔡琰:《悲愤诗》)
挥手长相谢,哽咽不能言。 (晋·刘琨:《扶风歌》)
登山一回顾,幽咽动边情。 (南朝·陈后主:《陇头水》)
从来共呜咽,皆是为勤王。 (唐·卢照邻:《陇头水》)
泉声咽危石,日色冷青松。 (唐·王维:《过香积寺》)
夜久语声绝,如闻泣幽咽。 (唐·杜甫:《石壕吏》)
间关莺语花底滑,幽咽泉流水下滩。 (唐·白居易:《琵琶行》)
草虫咿咿鸣复咽,一秋雨多水满辙。
(宋·张耒:《海州道中二首》)
山都号风寡鹄泣,杜鹃呜咽愁幽冥。 (明·刘基:《蜀国弦》)
玉泉悲咽昆明塞,唯有铜犀守荆棘。 (清·王闿运:《圆明园词》)
青溪绕我足,犹作呜咽声。
(清·陈三立:《由沪还金陵散原别墅杂诗》)
千载秦淮呜咽水,不应仍恨孔都官。 (清·王士祯:《秦淮杂诗》)
病榻繁砧杵,严城咽鼓笳。 (清·张佩纶:《雁》)

(二)咽(yān)读平声。

表示"咽喉",作名词用,比喻义为"要道"。举例:

观经鸿都尚填咽，坐见举国来奔波。（唐·韩愈：《石鼓歌》）

持螯倏念及，恍在阿母旁。怆恻难下咽，风烛摇秋堂。

（清·沈汝瑾：《食蟹》）

三十、应

（一）应（yīng）读平声。

表示"应当"、"应该"，作动词用。举例：

文王既勤止，我应受之。（《诗经·周颂·赉》）

明朝望乡处，应见陇头梅。（唐·宋之问：《题大庾岭北驿》）

应须驻白日，为待战方酣。（唐·卢照邻：《战城南》）

君自故乡来，应知故乡事。（唐·王维：《杂诗》）

应共冤魂语，投诗赠汨罗。（唐·杜甫：《天末怀李白》）

名岂文章著，官应老病休。（唐·杜甫：《旅夜书怀》）

此曲只应天上有，人间能得几回闻。（唐·杜甫：《赠花卿》）

铁衣远戍辛勤久，玉箸应啼别离后。（唐·高适：《燕歌行》）

远路应悲春晼晚，残宵犹如梦依稀。（唐·李商隐：《春雨》）

晓镜但愁云鬓改，夜吟应觉月光寒。（唐·李商隐：《无题》）

词客有灵应识我，霸才无主始怜君。（唐·温庭筠：《过陈琳墓》）

春水别来应到海，山松生命合禁霜。（宋·李觏：《秋晚悲怀》）

欲问后期何日是，寄书应见雁南征。（宋·王安石：《示长安君》）

人生到处知何似，应似飞鸿踏雪泥。

（宋·苏轼：《和子由渑池怀旧》）

林梢一抹青如画，应是淮流转处山。

（宋·秦观：《泗州东城晚望》）

若说和亲能活国，婵娟应是嫁呼韩。

（宋·汪元量：《元兵平杭日诗》）

应会逐臣西望意，故教溪水只西流。

（宋·晁补之：《贵溪在信州城南，其水西流七百里入江》）

肝脑总应涂旧阙，须眉谁复叹新亭。（明·张煌言：《追往》）

妻子岂应关大计？英雄无奈是多情。（清·吴伟业：《圆圆曲》）

乘桴岂是先生志，衔石应怜后死心。

（清·梁启超：《澳亚归舟杂兴》）

四望桃花红满谷，不应仍问武陵源。　（清·谭嗣同：《崆峒》）
登封如可作，应待翠华游。　（清·吴兆骞：《长白山》）
竟有危巢燕，应怜故国驼。　（清·秋瑾：《感事》）

表示“大概”，含“料想”、“恐怕”之意，作副词、形容词用。举例：

秋来应瘦尽，偏自著腰身。　（南朝·徐陵：《走笔戏书应令诗》）
若非巾柴车，应是钓秋水。　（唐·丘为：《寻西山隐者不遇》）
想得家中夜深坐，还应说著远行人。
（唐·白居易：《邯郸冬至夜思家》）
玉玺不缘归日角，锦帆应是到天涯。　（唐·李商隐：《隋宫》）
嫦娥应悔偷灵药，碧海青天夜夜心。　（唐·李商隐：《嫦娥》）
应怜屐齿印苍苔，小扣柴扉久不开。　（宋·叶绍翁：《游园不值》）
九龄已老韩休死，明日应无谏疏来。
（宋·晁补之：《明皇打球图》）

表示“许配”，作动词用。举例：

以我应他人，君还何所望！　（《孔雀东南飞》）

(二)应(yìng)读仄声。

表示“适应”、“顺应”、“响应”，作动词用。举例：

视历复开书，便利此月内，六合正相应。　（《孔雀东南飞》）
百草应节生，含气有深浅。　（晋·司马彪：《杂诗》）
清商应秋至，溽暑随节阑。　（晋·潘岳：《悼亡诗》）
同声好相应，同气自相求。　（晋·杨方：《合欢诗》）
言迟更速皆应手，将往复旋如有情。
（唐·李颀：《听董大弹胡笳声兼寄语弄房给事》）
明年如应律，先发望春台。　（唐·齐己：《早梅》）
千里稻花应秀色，五更桐叶最佳音。（宋·曾几：《苏秀道中，自七月二十五夜，大雨三日，秋苗以苏，喜而有作》）

表示“应召”、“应差”，作动词用。举例：

急应河阳役，犹得备晨炊。　（唐·杜甫：《石壕吏》）
嗟余听鼓应官去，走马兰台类转蓬。　（唐·李商隐：《无题》）

表示“应声”，作动词用。举例：

阿母得闻之，零泪应声落。（《孔雀东南飞》）

表示“感应”，作动词、名词用。举例：

暮春和气应，白日照园林。（晋·张翰：《杂诗》）

潜心默祷若有应，岂非正直能感通。

（唐·韩愈：《谒衡岳庙遂宿岳寺题门楼》）

表示“应先”，作动词用。举例：

阿母谓阿女：“汝可去应之。”（《孔雀东南飞》）

三十一、与

（一）与（yǔ）读仄声。

表示“和”，连词。举例：

望楚与堂，景山与京。（《诗经·鄘风·定之方中》）

芳与泽其杂糅兮，唯昭质其犹未亏。（战国·屈原：《离骚》）

注：这两句诗的意思是：“我外有芬芳之德，内有玉泽之质，二者兼有，由于未被君王所用，只能独保其身，无有损伤。”这里“与”连接“芳”、“泽”两个名词，组成联合词组，表示并列关系，“与”只起连接作用，不能单独充当句子的成分。

昔为鸳与鸯，今为参与辰。（汉·苏武：《诗四首》）

苟能隆二伯，安问党与仇。（晋·刘琨：《重赠卢谌》）

路边两高坟，伯牙与庄周。（晋·陶潜：《拟古》）

尔曹身与名俱灭，不废江河万古流。（唐·杜甫：《戏为六绝句》）

岂无山歌与村笛，呕哑嘲哳难为听。（唐·白居易：《琵琶行》）

愁颜与衰鬓，明日又逢春。（唐·戴叔伦：《除夜宿石头驿》）

一轮顷刻上天衢，逐退群星与残月。（宋·赵匡胤：《咏初日》）

奸凶与佞媚，胆破骨亦惊。（宋·欧阳修：《宝剑》）

满衣血泪与尘埃，乱后还乡亦可哀。

（明·高启：《送陈秀才还沙上省墓》）

表示“跟”、“同”，作介词，起到把表示人和事的词介绍给中心词的作用，介词结构作状语、补语。举例：

予美亡此，谁与独处。（《诗经·唐风·葛生》）

注：此诗有两说：一说是寡妇哀悼亡夫，以致“国人多丧”；另一说则认为是妻子因丈夫远征未归而引起忧思，现姑从后者。这两句诗的大意是：“我心爱的丈夫

不在这里，谁跟我作伴呢？”下句的疑问代词“谁”在句中作主语，介词“与”，表示“跟”，介绍形容词“独”给动词“处”，介词结构“与独”作“处”的状语。

与天地兮同寿，与日月兮同光。　（战国·屈原：《九章·涉江》）

注：前一个介词“与”，介绍名词“天地”给动词“寿”；后一个介词“与”，介绍名词“日月”给动词“光”，都是介词结构作状语。从全诗来看，省略了主语“余”。

山无陵，江水为竭，冬雷震震，夏雨雪，天地合，乃敢与君绝。

（《乐府诗集·上邪》）

却与小姑别，泪落连珠子。　（《孔雀东南飞》）

虽与府吏要，渠会永无缘！　（《孔雀东南飞》）

今看两楹奠，当与梦时同。

（唐·李隆基：《经邹鲁祭孔子而叹之》）

肯与邻翁相对饮，隔篱呼取尽余杯。　（唐·杜甫：《客至》）

曾与美人桥上别，恨无消息到今朝。　（唐·刘禹锡：《柳枝词》）

此去与师谁共到？一船明月一帆风。

（唐·韦庄：《送日本国僧敬龙归》）

注：上句的代词“此”，在句中作主语，介词“与”介绍第二人称代词“师”（尊称）给动词“去”，介词结构“与师”作“去”的补语。

十年多难与君同，几处移家逐转蓬。

（唐·刘长卿：《送李录事兄归襄邓》）

万里归船弄长笛，此心吾与白鸥盟。　（宋·黄庭坚：《登快阁》）

毕竟西湖六月中，风光不与四时同。

（宋·杨万里：《晓出净慈寺送林子方》）

日暮诗成天又雪，与梅并作十分春。　（宋·卢梅坡：《雪梅》）

卧看满天云不动，不知云与我俱东。　（宋·陈与义：《襄邑道中》）

表示“给予”，作动词用。举例：

我志谁与亮？赏心唯良知。　（南朝·谢灵运：《游南亭》）

折梅逢驿使，寄与陇头人。　（南朝·陆凯：《赠范晔诗》）

我寄愁心与明月，随君直到夜郎西。

（唐·李白：《闻王昌龄左迁龙标，遥有此寄》）

去时里正与裹头，归来头白还戍边。　（唐·杜甫：《兵车行》）

石田无力及，贱赁与人耕。　（唐·王建：《原上新居》）

早知潮有信，嫁与弄潮儿。　（唐·李益：《江南曲》）

今日俸钱过十万，与君营奠复营斋。（唐·元稹：《遣悲怀》）
东风不与周郎便，铜雀春深锁二乔。（唐·杜牧：《赤壁》）
昨日邻家乞新火，晓窗分与读书灯。（宋·王禹偁：《清明》）
正直相扶无依傍，撑扶天地与人看。
（宋·辛弃疾：《江郎山和韵》）
幔亭一夜风吹雨，似与游人洗俗尘。（宋·陆游：《初入武夷山》）
梅子留酸软齿牙，芭蕉分绿与窗纱。
（宋·杨万里：《闲居初夏午睡起二绝句》）
千古风流八咏楼，江山留与后人愁。（宋·李清照：《题八咏楼》）
唯余笔砚情犹在，留与人间作笑谈。（元·赵孟頫：《自警》）
江南多少前朝事，说与人间不忍听。（清·毛奇龄：《赠柳生》）

表示“偕同”，作副词用。举例：

日入相与归，壶浆劳近邻。（晋·陶潜：《癸卯岁始春怀古田舍》）
山气日夕佳，飞鸟相与还。（晋·陶潜：《饮酒》）
微雨从东来，好风与之俱。（晋·陶潜：《读山海经》）

表示“待”、“等待”，作动词用。举例：

汩余若将不及兮，恐年岁之不吾与。（战国·屈原：《离骚》）

通“举”，表示“皆”、“全”、“都”，作副词用。举例：

与前世而皆然兮，吾又何怨乎今之人！
（战国·屈原：《九章·涉江》）

表示“容与”，意即“随着……”、“由着……”，引申义为“舒闲”，作动词用。举例：

船容与而不进兮，淹回水而凝滞。（战国·屈原：《九章·涉江》）
千里既相许，桂舟复容与。（南朝·谢朓：《江上曲》）

“与其……宁可……”，连词，表示在经过比较以后选择某事还不如选择另一事。“与其”跟“宁可”搭配则显示选择后者，排斥前者。举例：

与其溺于人也，宁溺于渊。溺于渊犹可游也，溺于人不可救也。
（《古诗源·古逸·盥盘铭》）

“宁与……不……”，连词，“宁与”跟“不”搭配则显示选择前者，排斥后者。

举例：

宁与燕雀翔，不随黄鹄飞。　　（三国魏·阮籍：《咏怀》）

(二)与(yù)读仄声。

表示"参与"，作动词用。举例：

鸳鸯瓦冷霜华重，翡翠衾寒谁与共。　　（唐·白居易：《长恨歌》）

玉颜自古为身累，肉食何人与国谋？

（宋·欧阳修：《唐崇薇公主手痕》）

小妇春风楼上眠，与论家计最堪怜。

（清·朱彝尊：《鸳鸯湖棹歌一百首》）

(三)与(yú)读平声。

表示疑问或感叹，相当于"吗"、"呢"，"与"同"欤"，古汉语语气词。举例：

猗与那与，置我鞉鼓。　　（《诗经·商颂·那》）

注：《那》是祭祀成汤的乐诗。这两句诗的大意是："盛大的乐队真美呢！我们的摇鼓也架起来啦。"句首的"猗"是赞美语气词，跟后面的"与"两个语气词连用，在古汉语中，亦不乏三个语气词连用的情况，比如："方今之务，莫若使民务农而已矣。"（晁错：《论贵粟疏》）"而已矣"就是三个语气词连用。语气词的连用，目的在于加强语气。

子非三闾大夫与？何故至于斯？　　（战国·屈原：《渔父》）

三十二、朝

(一)朝(zhāo)读平声。

表示"太阳东升之晨"，引申义为"天"、"日"，多作名词用。举例：

朝隮齐于西，崇朝其雨。　　（《诗经·鄘风·蝃蝀》）

注：上句的"朝"，表示"晨"，在句中作主语，"隮"表示"虹"，含有"开"、"自下而升"的意思，在这里名词活用作一般动词，特别是"隮"的后面有介宾词组"于西"，介宾词组有作名词的补语，也能作动词的补语，"隮"是本句中的谓语动词。这句诗可译为："晨虹升于西方。"下句的"崇"是"终"的假借字，"崇朝"表示"整个早晨"、"上半天的辰时到午时"；"其"是代词，表示"这"，本句中"其雨"是以代词为中心的词组充当谓语。这句诗可译为："整个上午都下着雨。"

絷之维之，以永今朝。　　（《诗经·小雅·白驹》）

终朝采绿，不盈一掬。　　（《诗经·小雅·采绿》）

温恭朝夕，执事有恪。　　（《诗经·商颂·那》）

朝搴阰之木兰兮，夕揽洲之宿莽。　（战国·屈原：《离骚》）

朝发枉渚兮，夕宿辰阳。　（战国·屈原：《九章·涉江》）

朝行出攻，暮不夜归。　（《乐府诗集·战城南》）

地势使之然，由来非一朝。　（晋·左思：《咏史八首》）

诗书复何罪，一朝成灰尘。　（晋·陶潜：《饮酒》）

朝洒长门泣，夕驻临邛杯。　（南朝·何逊：《咏早梅》）

青山朝别暮还见，嘶马出门思归乡。　（唐·李颀：《送陈章甫》）

朝为越溪女，暮作吴宫妃。　（唐·王维：《西施咏》）

朝辞白帝彩云间，千里江陵一日还。　（唐·李白：《早发白帝城》）

君不见高堂明镜悲白发，朝如青丝暮成雪。
（唐·李白：《将进酒》）

昔日戏言身后意，今朝皆到眼前来。　（唐·元稹：《遣悲怀》）

弟走从军阿姨死，暮去朝来颜色故。　（唐·白居易：《琵琶行》）

今朝有酒今朝醉，明日愁来明日愁。　（唐·罗隐：《自遣》）

自古逢秋悲寂寥，我言秋日胜春朝。　（唐·刘禹锡：《秋词》）

岁岁金河复玉关，朝朝马策与刀环。　（唐·柳中庸：《征怨》）

今朝知县印，梦里百忧生。　（唐·姚合：《武功县中作》）

唤渠朝餐歇半霎，低头折腰只不答。　（宋·杨万里：《插秧歌》）

小楼一夜听春雨，深巷明朝卖杏花。
（宋·陆游：《临安春雨初霁》）

朝梁暮晋浑闲事，更舍残骸与契丹。　（元·刘因：《冯道》）

可怜憔悴百年身，暮暮朝朝一盂粥。　（明·于谦：《田舍翁》）

恋郎思郎非一朝，好似并州花剪刀。　（明·宋濂：《越歌》）

朝作轻寒暮作阴，愁中不觉已春深。
（清·屈大均：《壬戌清明作》）

一朝沦地狱，何日扫妖氛？　（清·邹容：《狱中答西狩》）

表示“朝霞”，作名词用。举例：

朝霞迎白日，丹气临旸谷。　（晋·张协：《杂诗》）

朝霞开宿雾，众鸟相与飞。　（晋·陶潜：《咏贫士》）

表示“朝阳”，比喻“面向东方”，作名词用。举例：

梧桐生矣，于彼朝阳。　（《诗经·大雅·卷阿》）

五色曜朝日，嘉宾四面会。（三国魏·阮籍：《咏怀》）

表示“朝晖”，作名词用。举例：

千家山郭静朝晖，一日江楼坐翠微。（唐·杜甫：《秋兴》）

表示“朝露”，作名词用。举例：

譬如朝露，去日苦多。（汉魏·曹操：《短歌行》）

注：“朝露”，指晨露日出即干，比喻人和事物存在时间的短促。

(二)朝(cháo)读平声。

表示“朝拜”、“觐见”，多作动词用。举例：

翟茀以朝，大夫夙退，无使君劳。（《诗经·卫风·硕人》）
君子来朝，言观其旗。（《诗经·小雅·采菽》）
汉家方尚少，顾影惭朝谒。（唐·王维：《冬夜书怀》）
大开明堂受朝贺，诸侯剑佩鸣相磨。（唐·韩愈：《石鼓歌》）
却嫌脂粉污颜色，淡扫蛾眉朝至尊。（唐·张祜：《集灵台》）
无端嫁得金龟婿，辜负香衾事早朝。（唐·李商隐：《为有》）

表示“朝代”，作名词用。举例：

汉朝陵墓对南山，胡虏千秋尚入关。（唐·杜甫：《诸将》）
折戟沉沙铁未销，自将磨洗认前朝。（唐·杜牧：《赤壁》）
六朝文物草连空，天淡云闲今古同。
（唐·杜牧：《题宣州开元寺水阁，阁下宛溪，夹溪居人》）
南朝四百八十寺，多少楼台烟雨中。（唐·杜牧：《江南春》）
江雨霏霏江草齐，六朝如梦鸟空啼。（唐·韦庄：《台城》）
回首两朝俱草莽，驰心万里绝农桑。（金·宇文虚中：《在金日作》）
淮海名都极望遥，江南隐见隔南朝。（明·陈子龙：《扬州》）
六朝春草里，万井落花中。（明·屈大均：《秣陵》）
百万雄师睥睨间，先朝一脉绝南蛮。（清·邵为章：《题壁吴三桂》）

表示“朝廷”，作名词用。有“会朝”之意。举例：

鸡既鸣矣，朝既盈矣。（《诗经·齐风·鸡鸣》）
丁生怨在朝，王子欢自营。（汉魏·曹植：《又赠丁仪王粲一首》）
遇蒙时来会，聊齐朝彦迹。（晋·卢谌：《答魏子悌》）
圣朝无阙事，自觉谏书稀。（唐·岑参：《寄左省杜拾遗》）

第十二章　诗歌对骈文的影响

考察我国早期的甲骨卜辞和青铜器铭文，文字简明质朴，说明上古时代的原始人已从结绳记事过渡到运用便于记诵的用韵与字简意丰的方法来耳听口授，然后再逐步演变进化。

引用《吕氏春秋·审应览第十八·淫辞》中的话为例证："今举大木者，前呼舆謣，后亦应之，此其于举大木者善矣。"鲁迅发表了一番著名而具体的见解："人类是在未有文学之前，就有了创作的，可惜没有人记下，也没有法子记下。我们的祖先的原始人，原是连话也不会说的，为了共同劳作，必须发表意见，才渐渐地练出复杂的声音来。假如那时大家抬木头，都觉得吃力了，却想不到发表，其中有一个叫道'杭唷杭唷'，那么，这就是创作；大家也要佩服，应用的，这就等于出版；倘若用什么记号留存了下来，这就是文学。"(《门外文谈》)抬木头的"杭唷杭唷"就是不见诸文字的创作，也是非文字非音像的出版，非文字非音像的文学。其实，就是最简单的重复的有规则的韵文雏形，可视为最早的原始口头文学。

《吴越春秋》载有一首黄帝时代的歌谣："断竹，续竹，飞土，逐宍(肉)。"两字一句，第一、二、四句押韵，节奏分明。

东汉王充在《论衡》中记载了一首帝尧时代的劳动短歌："吾日出而作，日入而息。凿井而饮，耕田而食。尧何等力。"(一说："日出而作，日入而息。凿井而饮，耕田而食，帝力于我何有哉！")

基本上四字一句，歌中的"作"、"息"、"食"、"力"，四个尾韵如用后来的平水韵作比对，全是"入声"，其中"作"是入声十药韵；"息"、"食"、"力"则是入声十三职韵。第一字"作"可当邻韵看待，声韵向后代的发展脉络，非常清晰，且有排比句的初始痕迹。

上述两首歌谣晚于"抬木头"的作品，应该是中国最早的韵文(诗歌)之一了。由此可见，韵文早于骈文和散文出现，必然无疑。

骈文和散文经常夹杂并用，却是两种不同的文体，而汉赋则是一种文学的表现方法，却非一种文学体裁。散文虽然也注重文字的藻饰与声调的抑扬，但远没有骈文的讲究。为此，我们把上古时代的韵文看做是后来骈文发展的滥觞,韵文是美文,散文是应用文,这样的理解也许并不为过。

究竟什么是韵文?韵文应是泛指所有用韵的文体,它涵盖如歌谣、辞赋、诗、词、曲,甚至有韵的颂、赞、铭、箴等等,它是与散文相对而言的。依照刘勰的说法,《诗经》押韵,是"文";《尚书》不押韵,是"笔"。"文"和"笔"是晋代以后有的。他的话出自《文心雕龙·总术》:"今之常言,有'文'有'笔',以为无韵者'笔'也,有韵者'文'也。夫文以足言,理兼《诗》、《书》,别目两名,自近代耳。"

口头诗歌最早出现,《吕氏春秋·仲夏纪·古乐》所载:"昔葛天氏之乐,三人操牛尾,投足以歌八阙……"诗与音乐、舞蹈三位一体,不仅远在骈散文之前,还远在有文字之前。《诗经》用叙事、说理、写景、抒情以现实主义的艺术手法对后世的诗歌文学产生了极其深远的影响。它运用的句法近乎上述帝尧时代的劳动短歌,大多为四字句,多押韵。

刘勰《文心雕龙·诠赋》认为:"然赋也者,受命于诗人,拓宇于《楚辞》也。"又说"赋自《诗》出",这说明赋起源于《诗经》,发展于《楚辞》。而骈文是直接受赋的影响演变而来,间接受益于《诗经》和《楚辞》,当无悬念。

这里先后列举两篇著名骈文进行论述。

先举李斯写于秦统一天下之前的《谏逐客书》来剖析,这篇议论文不算长,但运用排比与对偶的比重却占了大部分,比如五字排比句"……致昆山之玉,有随和之宝,垂明月之珠,服太阿之剑,乘纤离之马,建翠凤之旗,树灵鼍之鼓",接下来再用八字排比句"夜光之璧不饰朝廷,犀象之器不为玩好,郑卫之女不充后宫,(而)骏良駃騠不实外厩",跟着又用七字排比句"江南金锡不为用,西蜀丹青不为采"。李斯援引史实指出"非秦者去,为客者逐"的错误,谆谆劝导"所重者在乎色乐珠玉,而所轻者在乎人民也。此非所以跨海内、制诸侯之术也"。这种铺陈排比显得文采典雅,音节铿锵,在视听感觉上的美感,确是动人。再如前六后五的"泰山不让土壤,故能成其大;河海不择细流,故能就其深;王者不却众庶,故能明其德"。随后又有前七后七的对偶"弃黔首以资敌国,却宾客以业诸侯"。其对称之美,当时实属上乘。

《谏逐客书》不仅直截了当,"臣闻吏议逐客,窃以为过矣"。并且搬出大量的事实,反复透彻地据理论证,文挟气势,纵横驰骋,终于粉碎了秦国贵族为保自身权势而反对秦王重用客卿的阴谋。公正地说,李斯此文为秦王纠正错误及后来的一统天下作出了极大的贡献。

这篇文章被誉为"骈体之祖",绝非偶然。因为秦代文学除了统一前吕不韦的《吕氏春秋》外,秦始皇在位时实施焚书坑儒的高压政策,其文化建设简直乏善可陈,仅李斯《谏逐客书》一文而已。鲁迅在《汉文学史纲要》中指出:"秦之文章,李斯一人而已。"是符合事实的。

再援引作于梁天监四年(505)丘迟《与陈伯之书》的骈文,“将军勇冠三军,才为世出。弃燕雀之小志,慕鸿鹄以高翔。昔因机变化,遭遇明主,立功立事,开国称孤,朱轮华毂,拥旄万里,何其壮也!如何一旦为奔亡之虏,闻鸣镝而股战,对穹庐以屈膝,又何劣邪!”篇首第一段就以排比与对偶并用的手法铺开,语言华丽,声调和谐,用典贴切。内容上则重点刻画昔日陈伯之弃齐归梁的“因机变化,遭遇明主”之大幸,继而能“立功之事,开国称孤,朱轮华毂,拥旄万里”的尊显,惜又变节反梁,投靠北魏。然而这种背叛行为“一旦为奔亡之虏”,则“闻鸣镝而股战,对穹庐以屈膝”,其下场“又何劣邪”。作者措辞审慎,委婉规劝,不过分谴责,而晓之以理,动之以情,力争其重新归梁的生动语言,在以下各段文字中,俯拾皆是。诸如:“圣朝赦罪责功,弃瑕录用,推赤心于天下,安反侧于万物。”“将军松柏不剪,亲戚安居,高台未倾,爱妾尚在。”“而将军鱼游于沸鼎之中,燕巢于飞幕之上,不亦惑乎!”等等,文章以梁朝宽宏的器量和实行保护政策来感化对方,明示利害,以唤起陈伯之良知的回归。

作者接着笔锋一转,“暮春三月,江南草长,杂花生树,群莺乱飞。见故国之旗鼓,感平生于畴日,抚弦登陴,岂不怆悢!”一封劝降信借用江南故国暮春景色的浓厚乡情来拨动对方心弦,真可谓匠心独具,大大出人意料,陈伯之能不一念往日“江南佳丽地,金陵帝王州”的感同身受甚至勾魂摄魄吗?“暮春三月,江南草长,杂花生树,群莺乱飞”短短十六个字岂止让陈伯之动容,可以毫不夸张地说,直至今日,也已成为人们日常外出春游挂在嘴边的文学语言。好的古典作品,实在感人至深!

末段,“当今皇帝盛明,天下安乐,白环西献,楛矢东来,夜郎滇池,解辫请职。……唯北狄野心,掘强沙塞之间,欲延岁月之命耳!中军临川殿下,明德茂亲,揔兹戎重,吊民洛汭,伐罪秦中。若遂不改,方思仆言。聊布往怀,君其详之。”文章以掌控全局高屋建瓴的气势,炫耀梁朝国势强盛,各地异族纷纷进贡与请职;唯有北魏负隅顽抗,企图苟延残喘。又顺势夸耀临川王萧宏率军吊民伐罪的正义行为。尤其是“若遂不改,方思仆言”,分明是绵里藏针的狠话,“聊布往怀,君其详之”姑且把我们过去旧交的心里话说一下,请详加细察吧!行文至此戛然而止。

全文说得有情有理,极具逻辑性,对方的心潮从翻江倒海至不得不择,已箭在弦上了,最终陈伯之拥兵八千降归。两军阵前的一封敦促投降书,居然能“不战而屈人之兵”,岂非神力乎?其实,“当今皇帝盛明,天下安乐”等等纯是溢美之词,由于梁武帝朝政腐败,连他本人也被后来的东魏降将侯景发动叛乱而囚,以致老病饿死。丘迟时任梁武帝之弟临川王萧宏的谘议参军、领记室,这篇文章是奉命而撰,一字寓褒贬的春秋笔法,显而易见,一些措辞读者当可理解。

《谏逐客书》和《与陈伯之书》是中国古代两篇杰出骈文，前者说服秦王嬴政改弦易辙；后者兵不血刃说服陈伯之率军归降。这种事理古今中外皆有共识，英国有谚语：The pen is mightier than the sword(笔比箭更有力)。同样证明了笔杆子的魅力。当然，运筹帷幄的决策者往往会采用文武并重，“笔”、“枪”兼施的方法，“攻心为上”何尝不是他们的头等策略呢？

以上两篇骈文，除了内容上的据事类义，援古证今，极有说服力外，在文体上讲究俪字偶句，语言委婉，辞藻典雅，适当援引典故，兼用含蓄手法，以达到让对方心悦诚服地接受规劝的目的。散文文体的主要特征则不同于骈文，不需要俪字偶句，不必强求“落霞与孤鹜齐飞，秋水共长天一色”那样的对偶，即便《易》、《书》、《春秋》等书中有一些韵文，也并非作者故意为之，实为情感所溢的偶尔流露。所以，散文只要辞能达意，言之成文即可，其他对偶、音韵均可以轻度关注甚至不顾，而骈文则不然。由此也可看出，诗歌对骈文的影响之大。

第十三章　浅析诗歌与散文衍生的汉语成语

作为“第一文学”的诗歌，从现存的材料来看，其最早的文字载体，应是殷商时期的甲骨刻辞和铜器铭文。《诗经》是以民歌为主的视角全面反映了从西周初年至东周(春秋时期)间五百多年的社会生活，它是中国第一部诗歌总集，其次才是战国时期的《楚辞》和两汉南北朝时期的《乐府》。

再看我国散文的产生，最早的也是见之于殷商时期的甲骨刻辞和铜器铭文。《尚书》则是中国古代第一部散文集，它的主要内容是“宣王道之正义，发话言于臣下”。已具有记叙、议论、描写、抒情等表达手段，然而佶屈聱牙是散文的早期风貌。迄及春秋时期，礼崩乐坏，私学兴起，散文获得了大发展，其代表作品有《春秋》、《论语》、《国语》、《左传》等。到了战国时期，诸子争鸣，自由论辩，著书立说，古代散文的发展达到了一个高峰阶段。

由诗歌与散文衍生的汉语成语具有一定的历史传承性，并形成了稳定性与凝固性，成为社会语言交流现象中常用且又定型的词组或短句。在工作和生活中恰当地运用成语，往往能起到言简意赅、画龙点睛的作用。当然，随着人类社会的不断发展及民众生活的相应变化，有些成语在使用过程中又有了新的含义，显得更加丰富多彩。有些成语可以从字面来理解，有的则具有典故性。

我们基本上可以从以下六个方面来分别举例简述。

一、由诗歌衍生，只字不变或作变动保持原意的成语

夙兴夜寐　《诗经・卫风・氓》：“三岁为妇，靡室劳矣。夙兴夜寐，靡有朝矣。”

如临深渊，如履薄冰　《诗经・小雅・小旻》：“不敢暴虎，不敢冯河。人知其一，莫知其他。战战兢兢，如临深渊，如履薄冰。”

不可救药　《诗经・大雅・板》：“匪我言耄，尔用忧谑。多将熇熇，不可救药。”

九死不悔　《楚辞・离骚》：“既替余以蕙纕兮，又申之以揽茝。亦余心之所善兮，虽九死其犹未悔！”

吉日良辰　《楚辞・九歌・东皇太一》：“吉日兮辰良，穆将愉兮上皇。”

颠倒黑白　《楚辞·九章·怀沙》:“变白以为黑兮,倒上以为下。”

两小无猜　唐李白《长干行》:“同居长干里,两小无嫌猜。”

下笔如神　唐杜甫《奉赠韦左丞丈二十二韵》:“读书破万卷,下笔如有神。”

身败名裂　唐杜甫《戏为六绝句》:“尔曹身与名俱灭,不废江河万古流。”

心有灵犀一点通　唐李商隐《无题》:“身无彩凤双飞翼,心有灵犀一点通。”

二、由散文衍生,只字不变或作变动保持原意的成语

有条不紊　《尚书·盘庚上》:“若网在纲,有条而不紊。若农服田力穑,乃亦有秋。”

见义勇为　《论语·为政》:“非其鬼而祭之,谄也。见义不为,无勇也。”

一毛不拔　《孟子·尽心上》:“孟子曰:‘杨子取为我,拔一毛而利天下,不为也。’”

不近人情　《庄子·逍遥游》:“吾惊怖其言,犹河汉而无极也;大有迳庭,不近人情焉。”

兵不血刃　《荀子·议兵》:“故近者亲其善,远方慕其德,兵不血刃,远迩来服。”

心不在焉　《礼记·大学》:“心不在焉,视而不见,听而不闻,食而不知其味。”

刚愎自用　《左传·宣公十二年》:“其佐先縠,刚愎不仁,未肯用命。”

风声鹤唳　《晋书·谢玄传》:“闻风声鹤唳,皆以为王师已至。”

汗牛充栋　唐柳宗元《陆文通先生墓表》:“其为书,处则充栋宇,出则汗牛马,或合而隐,或乖而显。”

继往开来　宋朱熹《朱子全书·周子书》:“所以继往圣,开来学,而有大功于斯世也。”

三、由诗歌与散文衍生,只字不变或作变动保持原意的成语

人才济济　《诗经·大雅·文王》:“济济多士,文王以宁。”

《尚书·大禹谟》:“济济有众。”

同仇敌忾　《诗经·秦风·无衣》:“王于兴师,修我戈矛,与子同仇!”

《左传·文公四年》:“诸侯敌王所忾而献其功。”

清魏源《寰海十章》:“同仇敌忾士心齐,呼市俄闻十万师。”

耿耿于怀　《诗经·邶风·柏舟》:“耿耿不寐,如有隐忧。”

清陈天华《狮子吼》:“所惜者,幼为奴隶学问所误,于国民责任,未有分毫之尽,以是耿耿于心,不能自解。”

毕恭毕敬 《诗经·小雅·小弁》:"维桑与梓,必恭敬止。靡瞻匪父,靡依匪母。"

清钱泳《履园丛话》:"朱文正公相业巍巍,莫不称为正人君子,待人接物,必恭必敬,晚年益自刻厉。"

鞠躬尽瘁 《诗经·小雅·四月》:"尽瘁以仕,宁莫我有?"

三国蜀诸葛亮《后出师表》:"臣鞠躬尽瘁,死而后已。"

高枕无忧 《楚辞·九辩》:"尧舜皆有所举任兮,故高枕而自适。"

《战国策·魏策》:"事秦,则楚韩必不敢动,无楚韩之患,则大王高枕而卧,国必无忧矣。"

以胶投漆 《古诗十九首·客从远方来》:"著以长相思,缘以结不解。以胶投漆中,谁能别离此。"

唐白居易《祭李侍郎文》:"以胶投漆,如弧有矢;所以绸缪,见于生死。"

孤苦伶仃 汉李陵《赠苏武诗》:"远望正萧条,百里无人声。远处天一隅,苦困独伶仃。"

晋李密《陈情表》:"臣少多疾病,九岁不行,零丁孤苦,至于成立。"

老骥伏枥 三国魏·曹操《步出夏门行·龟虽寿》:"老骥伏枥,志在千里。"

宋陆游《与何蜀州启》:"老骥伏枥,虽未歇于壮心。"

雪泥鸿爪 宋苏轼《和子由渑池怀旧》:"人生到处知何似?应似飞鸿踏雪泥。"

清杨潮观《韩文公雪拥蓝关》:"千乡万里,却早定数安排矣。留雪爪,似鸿泥。"

四、由散文与诗歌衍生,只字不变或作变动保持原意的成语

响遏行云 《列子·汤问》:"秦青弗止,饯于郊衢,抚节悲歌,声振林木,响遏行云。"

唐赵嘏《闻笛》:"响遏行云横碧落,清和冷月到帘栊。"

相濡以沫 《庄子·大宗师》:"泉涸,鱼相与处于陆,相呴以湿,相濡以沫,不如相忘于江湖。"

唐柳宗元《酬娄秀才将之淮南见赠之什》:"好音怜铩羽,濡沫慰穷鳞。"

惊弓之鸟 《战国策·楚策四》:"飞徐者,故疮痛也;鸣悲者,久失群也。故疮未息,而惊心未去也。闻弦音,引而高飞,故疮陨也。"

南朝陈江总《秋日登广州城南楼》:"远气疑埋剑,惊禽似避弓。"

如影随形 《管子·任法》:"臣之事主也,如影之从形也。"

唐张说《同赵侍御望归舟》:"形影相追高翥鸟,心肠并断北风船。"

固若金汤　《汉书·蒯通传》:“皆为金城汤池,不可攻也。”

唐李山甫《上元怀古》:“尧行道德终无敌,秦把金汤可自由?”

沧海桑田　晋葛洪《神仙传·麻姑》:“麻姑自说云:‘接侍以来,已见东海三为桑田。’”

唐韦应物《汉武帝杂歌》:“海水桑田几翻覆,中间此桃四五熟。”

疾风知劲草　《后汉书·王霸传》:“光武谓霸曰:‘颍川从我者皆逝,而子独留。努力,疾风知劲草。’”

唐李世民《赐萧瑀》:“疾风知劲草,板荡识诚臣。”

逐鹿中原　《史记·淮阴侯列传》:“秦失其鹿,天下共逐之,于是高材疾足者先得焉。”

清康有为《出都留别诸公》:“眼中战国成争鹿,海内人才孰卧龙?”

日暮途穷　《史记·平津侯主父列传》:“吾日暮途远,故倒行暴施之。”

唐杜甫《投赠哥舒开府二十韵》:“壮节初题柱,生涯独转蓬。几年春草歇,今日暮途穷。”

天涯海角　唐韩愈《祭十二郎文》:“一在天之涯,一在地之角,生而影不与吾形相依,死而魂不与吾梦相接,吾实为之,其又何尤?”

唐白居易《春生》:“春生何处暗周游,海角天涯遍始休。”

五、由诗歌衍生,后又赋予新的含义的成语

他山之石,可以攻玉　《诗经·小雅·鹤鸣》:“它山之石,可以为错。……它山之石,可以攻玉。”

原意是取别的山上之石,可以用来琢磨玉器。后泛指利用外力来提高自身的水平与实力,应用范围很广,多指国防、科技、财贸、教育,等等。

天高地厚　《诗经·小雅·正月》:“谓天盖高,不敢不局。谓地盖厚,不敢不蹐。”

原意是说西周的统治已发生严重危机,若不改变,必将灭亡,以致说天如何如何高,走路却要弯着身子,说地如何如何厚,却要小步轻走。后多用于呵斥不明事者做出有负面影响的事情,也用于比喻感恩戴德的话语。

天南海北　汉蔡琰《胡笳十八拍·第八拍》:“为天有眼兮何不见我独漂流?为神有灵兮何事处我天南海北头?”

原意指空间相距甚大。后即形容距离之远,也比喻文章或谈话的内容离中心思想甚远,令人有漫无边际的感觉。

扑朔迷离　《乐府诗集·横吹曲辞·木兰诗》:“雄兔脚扑朔,雌兔眼迷离。双兔傍地走,安能辨我是雄雌?”

原指“同行十二年,不知木兰是女郎”,难辨男性与女性。后来延伸到对各种错综复杂的事物不易究其底细。

狭路相逢 《乐府诗集·相和歌辞·相逢行》:“相逢狭路间,道隘不容车。”

据《乐府解题》:“古词文意与《鸡鸣曲》同。晋陆机《长安狭斜行》云:‘伊、洛有歧路,歧路交朱轮。’则言世路险狭邪僻,正直之士无所措手足矣。”原比喻世路险狭,正直之士手足无措。后泛指仇人冤家相遇,互不忍让。

阳关大道 唐王维《送刘司直赴安西》:“绝域阳关道,湖沙与塞尘。”

原指经过古代的“阳关”(甘肃敦煌西南的古关)通往西域的大道。王维在另一首《送元二使安西》诗中,也有“劝君更尽一杯酒,西出阳关无故人”句,被编入乐府后因每次反复演唱三次,有“阳关三叠”之称。这条成语后泛指交通便利的大道,常与难行的“独木桥”对照,也比喻光明之路。

擒贼先擒王 唐杜甫《前出塞九首·其六》:“挽弓当挽强,用箭当用长。射人先射马,擒贼先擒王。”

原指擒贼时先要拿下贼首。后比喻办事情要紧盯关键,抓住要害,才能顺利解决。也指原意。

蜻蜓点水 唐杜甫《曲江二首》:“穿花蛱蝶深深见,点水蜻蜓款款飞。”

原描写蜻蜓在水上缓飞轻触。后比喻做事、调研等浮浅草率,不精细,不深入。

虚无缥缈 唐白居易《长恨歌》:“忽闻海上有仙山,山在虚无缥缈间。”

原形容隐隐约约、若有若无的海上仙山,作为后两句“楼阁玲珑五云起,其中绰约多仙子”的铺垫。后多指不切实际难以实现的虚幻想法。

石破天惊 唐李贺《李凭箜篌引》:“女娲炼石补天处,石破天惊逗秋雨。”

原指对当时宫廷乐器箜篌的精湛弹拨技艺,使抽象的箜篌乐声转化为具体的“昆山玉碎凤凰叫,芙蓉泣露香兰笑”。把听众完全引入梦幻般的艺术境界,以致惊裂了女娲的补天石,逗秋雨骤降。后多用来形容对事件的议论或诗文的评点表示极大的惊异。

六、由散文衍生,后又赋予新的含义的成语

众口铄金 《国语·周语下》:“故谚曰:‘众心成城,众口铄金。’”

原指众口的诋毁、诽谤,使得坚硬的金子也能熔化。宋陆游《次韵范参政书怀》诗中,有“百年过隙古所叹,众口铄金胡不归”句。后多用来比喻错误议论或谣言互传可以积非成是,影响极大。

杀身成仁 《论语·卫灵公》:“子曰:‘志士仁人,无求生以害仁,有杀身以成仁。’”

原指没有为了偷生而损坏仁德的，只有牺牲自己的生命而保全仁德的。后泛指不惜牺牲自己的生命以维护正义事业。

守株待兔　《韩非子·五蠹》："宋人有耕田者，田中有株，兔走触株，折颈而死，因释其耒而守株，冀复得兔，兔不可复得，而身为宋国笑。"

此典原意妄想不通过主观努力而意外地坐享其成。后指死守狭隘经验，不图变通，含有"抱残守缺"不肯革新的意思。也指原意。

罄竹难书　《吕氏春秋·季夏纪·明理》："……马有生角，雄鸡五足，有豕生而弥，鸡卵多毈，有社迁处，有豕生狗。……此皆乱国之所生也，不能胜数，尽荆、越之竹，犹不能书。"

原指社会生态的乱象丛生，以致"民多疾疠"，即使把楚、越两地的竹简用尽了也书写不完。后多用于对各种累累罪行的揭露、控诉，如："罄南山之竹，书罪无穷；决东海之波，流恶难尽。"

气贯长虹　《礼记·聘义》："气如白虹，天也。"

原指雨后天空出现的弧形彩色光带，形容气势旺盛。后多形容人物言行表现的英雄气概，也用于对写得很有气势的诗文的肯定与赞美。

鸡犬升天　汉王充《论衡·道虚》："淮南王学道，招会天下有道之人……王遂得道，举家升天。畜产皆仙，犬吠于天上，鸡鸣于云中。此言仙药有余，犬鸡食之，并随王而升天也。"

此典原指汉淮南王刘安好道术，全家得仙药而升天，就连鸡犬吃了余药也一齐飞升。唐罗隐《东归别所知》有两句诗："却羡淮南好鸡犬，也能终始逐刘安。"后多用于指攀附权贵而得升迁。

噤若寒蝉　《后汉书·杜密传》："刘胜位为大夫，见礼上宾，而知善不荐，闻恶无言，隐情惜己，自同寒蝉。"

此典原比喻一声不响，不敢说话。后用来形容受威胁或怕受迫害，心存严重戒惧欲保全自身而不敢讲话，像寒蝉那样缄默。

后来居上　《史记·汲郑列传》："黯褊心，不能无少望，见上，前言曰：'陛下用群臣如积薪耳，后来者居上。'上默然。"

此典原指官职久久不能升迁，反被他人超越。后泛指后辈胜前辈，新人超旧人，既用于人，也用于国家、地区、部门、基层单位等，内容则可指政治、军事、经济、教育、文化、艺术等等各方面的实力或业绩的提升，作出肯定、赞扬、勉励。

入木三分　唐张怀瓘《书断·王羲之》："更祝版，工人削之，笔入木三分。"

原指大书法家王羲之写字于木板，墨汁渗入木板三分，形容笔力之遒劲。后泛指各种议论、分析、理解、刻画，非常深透。

如出一辙　宋洪迈《容斋续笔·名将晚谬》："自古威名之将，立盖世之勋而晚谬不克终者，多失于恃功矜能而轻敌也。……此四人之过，如出一辙。”

原指古代四位名将晚期因轻敌而犯大错误，就像出自同一个车辙，毫无两样。后泛指人的理念、言行相同，也指各类作品的思想内容相同。

从以上诗歌部分的举例看，已囊括了古体诗、骚体诗、乐府诗、格律诗等四种诗体。

第十四章　李杜诗篇中常见的与不常见的四种双音节联绵词

浪漫主义诗人李白和现实主义诗人杜甫，用大量杰出的诗篇先后营建了中国文学史上的两座丰碑。他们作品的深刻思想内容与辉煌艺术成就，影响深远，备受后人的肯定与推崇。

李白的作品有多少？除了古赋、表、书、序、赞、颂、铭、记、碑、文等外，诗约有千篇，当然，间有逸作真伪，各家说法不一。并无定论。杜甫的诗作有多少？据北宋王洙编纂《杜工部集》，称："搜裒中外书，凡九十九卷。除其重复，定取千四百有五篇。凡古诗三百九十有九，近体千有六，起太平时，终湖南所作……意兹未可谓尽，他日有得，尚副益诸。"李白的古体诗多于格律诗，而杜甫的格律诗则多于古体诗。

所谓双音节联绵词，是指由两个音节联缀成义且不能分割的词。"联绵"同"连绵"，意即接连不断，南朝陈江总《大庄严寺碑》曾有"木密联绵，香泥缭绕"句。因双音节联绵词的声母韵母结构不同而显现出双声联绵词、叠韵联绵词、双声叠韵联绵词、非双声叠韵联绵词四种类型。笔者从李、杜全部诗篇中选出三十九个常见联绵词，其中：双声联绵词九个，计有"惆怅"、"参差"、"慷慨"、"踟蹰"、"倜傥"、"踌躇"、"恍忽"、"仿佛"、"崎岖"；叠韵联绵词十个，计有"徘徊"、"蹉跎"、"沧浪"、"蹭蹬"、"潺湲"、"窈窕"、"缥缈"、"嫖姚"、"婵娟"、"酩酊"；双声叠韵联绵词八个，计有"悠悠"、"萧萧"、"纷纷"、"迢迢"、"飘飘"、"沉沉"、"盈盈"、"森森"；非双声叠韵联绵词十二个，计有"芙蓉"、"峥嵘"、"憔悴"、"潇洒"、"扶桑"、"萧飒"、"逶迤"、"嵯峨"、"崔嵬"、"翱翔"、"呜咽"、"滂沱"。

以下所举的带有联绵词的李、杜诗的多寡也反映了作者使用联绵词频率的高低。为便于分辨，每个联绵词条目后均用现代汉语拼音字母标注。

一、双声联绵词(声母相同，韵母不同)

(一)惆怅 chóu chàng

有时忽惆怅，匡坐至夜分。　　（李白：《赠何七判官昌浩》）

怀君未忍去，惆怅意无穷。　　（李白：《赠崔秋浦三首·其一》）

苦战竟不侯，当年颇惆怅。（李白：《赠张相镐二首·其二》）

明日斗酒别，惆怅清路尘。

（李白：《单父东楼秋夜送族弟沈之秦，时凝弟在席》）

艰难此为别，惆怅一何深！（李白：《送麴十少府》）

每忆邯郸城，深宫梦秋月。君王不可见，惆怅至明发。

（李白：《邯郸才人嫁为厮养卒妇》）

江上送行无白璧，临岐惆怅若为分。

（李白：《与诸公送陈郎将归衡阳》）

哀哀歌苦寒，郁郁独惆怅。（李白：《冬夜醉宿龙门觉起言志》）

浮云深兮不得语，却惆怅而怀忧。（李白：《代寄情楚词体》）

苍茫愁边色，惆怅落日曛。（李白：《学古思边》）

至尊含笑催赐金，圉人太仆皆惆怅。（杜甫：《丹青引赠曹将军霸》）

罢琴惆怅月照席，几岁寄我空中书。

（杜甫：《送礼巢父谢病归游江东兼呈李白》）

朱门酒肉臭，路有冻死骨。荣枯咫尺异，惆怅难再述。

（杜甫：《自京赴奉先县咏怀五百字》）

士卒多骑内厩马，惆怅恐是病乘黄。（杜甫：《瘦马行》）

平生独往愿，惆怅年半百。（杜甫：《立秋后题》）

惆怅老大藤，沉吟屈蟠树。

（杜甫：《西枝村寻置草堂地夜宿赞公土室二首·其一》）

于公负明义，惆怅头更白。（杜甫：《两当县吴十侍御江上宅》）

呜呼二歌兮歌始放，邻里为我色惆怅。

（杜甫：《乾元中寓居同谷县作歌七首·其二》）

吾将罪真宰，意欲铲叠嶂。恐此复偶然，临风默惆怅。（杜甫：《剑门》）

粉墨形似间，识者一惆怅。（杜甫：《杨监又出画鹰十二首》）

碧色忽惆怅，风雷搜百灵。（杜甫：《奉酬薛十二丈判官见赠》）

惆怅白头吟，萧条游侠窟。（杜甫：《七月三日亭午已后较热退晚加小凉稳睡有诗因论壮年乐事戏呈元二十一曹长》）

羁离暂愉悦，羸老反惆怅。（杜甫：《次晚洲》）

客间头最白，惆怅此离筵。（杜甫：《奉送苏州李二十五长史丈之任》）

(二)参差 cēn cī

天籁何参差，噫然大块吹。（李白：《感时留别从兄徐王延军从弟延陵》）

窈窕晴江转，参差远岫连。（李白：《送王孝廉觐省》）

莫学东山卧，参差老谢安。（李白：《送梁四归东平》）

齐歌送清觞，起舞乱参差。（李白：《九日登山》）
参差远天际，缥缈晴霞外。（李白：《姑熟十咏·天门山》）
参差谷鸟吟，不见游子还。（杜甫：《彭衙行》）
相近竹参差，相过人不知。（杜甫：《过南邻朱山人水亭》）
牢落西江外，参差北户间。
（杜甫：《自瀼西荆扉且移居东屯茅屋四首·其四》）
愁寂鸳行断，参差虎穴邻。（杜甫：《太岁日》）

（三）慷慨 kāng kǎi

慷慨动颜魄，使人成荒淫。（李白：《古风五十九首》）
丹徒布衣者，慷慨未可量。
（李白：《玉真公主别馆苦雨赠卫尉张卿二首·其二》）
凄清横吹曲，慷慨扶风词。（李白：《宣城送刘副使入秦》）
临当欲去时，慷慨泪沾缨。
（李白：《经乱离后天恩流夜郎忆旧游书怀赠江夏韦太守良宰》）
王公何慷慨，千载仰雄名。（李白：《金陵新亭》）
临川视万里，何必栏槛为？人生感故物，慷慨有余悲。（杜甫：《水槛》）
慷慨嗣真作，咨嗟玉山桂。（杜甫：《赠秘书监江夏李公邕》）
呜呼壮士多慷慨，合沓高名动寥廓。
（杜甫：《追酬故高蜀州人日见寄并序》）

（四）踟蹰 chí chú

紫骝嘶入落花去，见此踟蹰空断肠。（李白：《采莲曲》）
久为京洛客，此味常不足。且食莫踟蹰，南风吹作竹。（李白：《食笋》）
徒令白日暮，高驾空踟蹰。（李白：《陌上桑》）
终当过江去，爱此暂踟蹰。（李白：《登单父陶少府半月台》）
岁寒仍顾遇，日暮且踟蹰。（杜甫：《赠韦左丞丈济》）
漂泊犹杯酒，踟蹰此驿亭。（杜甫：《又呈窦使君》）

（五）倜傥（又作俶傥） tì tǎng

齐有倜傥生，鲁连特高妙。（李白：《古风五十九首》）
叹君倜傥才，标举冠群英。
（李白：《经乱离后天恩流夜郎忆旧游书怀赠江夏韦太守良宰》）
岧峣广成子，倜傥鲁仲连。（李白：《赠宣城宇文太守兼呈崔侍御》）
溟海不振荡，何由纵鹏鹍。所期要津日，倜傥假腾骞。
（李白：《赠宣城赵太守悦》）

注：骞，读 xiān，高飞貌。韩愈《送惠师》：“鹏骞堕长翮，鲸戏侧修鳞。”

夫子还倜傥，攻文继前烈。（李白：《别鲁颂》）

韩公吹玉笛，倜傥流英音。（李白：《金陵听韩侍御吹笛》）

逸群绝足信殊杰，倜傥权奇难具论。（杜甫：《沙苑行》）

尔惟外曾孙，倜傥汗血驹。（杜甫：《别张十三建封》）

（六）踌躇 chóu chú

踌躇未忍去，恋此四座人。（李白：《对雪奉饯任城六父秩满归京》）

去影忽不见，踌躇日将曛。

（李白：《送崔度还吴，度故人礼部员外辅国之子》）

踌躇未得往，泪向南云满。（李白：《寄远十一首·其五》）

踌躇忽不见，浩荡难追攀。（李白：《游泰山六首·其三》）

窥庭但萧瑟，倚杖空踌躇。（李白：《题许宣平庵壁》）

驻马问渔舟，踌躇慰羁束。（杜甫：《南池》）

刘裴建首义，龙见尚踌躇。（杜甫：《别张十三建封》）

（七）恍惚（同恍忽）huǎng hū

扪天摘匏瓜，恍惚不忆归。（李白：《游泰山六首·其六》）

鸡鸣刷燕晡秣越，神行电迈蹑恍惚。（李白：《天马歌》）

凌兢石桥去，恍惚入青冥。（李白：《赠僧崖公》）

恍惚寒山暮，逶迤白雾昏。（杜甫：《西阁夜》）

雨多往往得瑟瑟，此事恍惚难明论。（杜甫：《石笋行》）

挥涕恋行在，道途犹恍惚。（杜甫：《北征》）

（八）仿佛（又作彷佛、有髣髴）fǎng fú

仿佛古容仪，含愁带曙辉。（李白：《望夫石》）

相煎成苦老，消铄凝津液。仿佛明窗尘，死灰同至寂。

（李白：《草创大还赠柳官迪》）

登高望浮云，仿佛如旧丘。（李白：《赠崔郎中宗之金陵》）

东西南北百里间，仿佛蹴蹋寒山空。（杜甫：《冬狩行》）

诛茅卜居总为此，五月仿佛闻寒蝉。（杜甫：《枏树为风雨所拔叹》）

清霜九月天，仿佛见滞穗。（杜甫：《雨》）

耳闻读书声，杀伐灾仿佛。（杜甫：《题衡山县文宣王庙新学堂呈陆宰》）

高唐寒浪减，仿佛识昭丘。（杜甫：《秋日寄题郑监湖上亭三首·其一》）

（九）崎岖（又作岐岖）qí qū

崎岖行石道，外折入青云。（李白：《在浔阳非所寄内》）

讵要方士符，何假将军盖。行诸直如笔，用意崎岖外。

（杜甫：《信行远修水筒》）

眼中万少年，用意尽崎岖。（杜甫：《别张十三建封》）

直词宁戮辱，贤路不崎岖。　（杜甫：《行次昭陵》）
山林托疲苶，未必免崎岖。
（杜甫：《大历三年春白帝城放船出瞿塘峡久居夔府将适江陵漂泊有诗凡四十韵》）
注：苶，读 nié，疲倦貌。《庄子·齐物论》："苶然，疲役而不知其所归。"

二、叠韵联绵词（声母不同，韵母相同）

（一）徘徊 pái huái

方知黄鹤举，千里独徘徊。　（李白：《古风五十九首》）
其始与终古不息，人非元气安得与之久徘徊！　（李白：《日出入行》）
徘徊六合无相知，飘若浮云且西去。　（李白：《赠裴十四》）
恋子四五人，徘徊未翱翔。　（李白：《留别曹南群官之江南》）
徘徊苍梧野，十见罗浮秋。　（李白：《留别贾舍人至二首·其一》）
稍稍来吴都，徘徊上姑苏。　（李白：《送王屋山人魏万还王屋》）
惜别且为欢，徘徊桃李间。　（李白：《饯校书叔云》）
徘徊相顾影，泪下汉江流。　（李白：《江夏送友人》）
当暑阴广殿，太阳为徘徊。　（李白：《陪族叔当涂宰游化城寺升公清风亭》）
使我空叹息，欲去仍徘徊。　（李白：《寻山僧不遇作》）
日出远海明，轩车且徘徊。　（李白：《过汪氏别业二首·其二》）
叹息两客鸟，徘徊吴越间。　（李白：《金陵江上遇蓬池隐者》）
徘徊悲生离，局促老一世。　（杜甫：《送樊二十三侍御赴汉中判官》）
徘徊虎穴上，面势龙泓头。　（杜甫：《寄赞上人》）
耿贾亦宗臣，羽翼共徘徊。　（杜甫：《述古三首·其三》）
树羽静千里，临江久徘徊。　（杜甫：《山寺》）
且脱佩剑休徘徊。　（杜甫：《短歌行，赠王郎司直》）
桑柘叶如雨，飞藿共徘徊。　（杜甫：《昔游》）
峡云行清晓，烟雾相徘徊。　（杜甫：《雨》）
六龙寒急光徘徊，照我衰颜忽落地，口虽吟咏心中哀。　（杜甫：《晚晴》）
留连春夜舞，泪落强徘徊。　（杜甫：《郑驸马池台喜遇郑广文同饮》）
江山城宛转，栋宇客徘徊。　（杜甫：《上白帝城二首·其二》）
天涯稍曛黑，倚杖更徘徊。
（杜甫：《课小竖鉏斫舍北果林，枝蔓荒秽，净讫移床三首·其三》）
群公纷戮力，圣虑窅徘徊。　（杜甫：《秋日荆南述怀三十韵》）

（二）蹉跎 cuō tuó

青轩桃李能几何？流光欺人忽蹉跎。（李白：《前有一樽酒行二首·其一》）
富贵与神仙，蹉跎成两失。　（李白：《长歌行》）

蹉跎人间世，寥落壶中天。 （李白：《赠饶阳张司户燧》）
一别蹉跎朝市间，青云之交不可攀。 （李白：《走笔赠独孤驸马》）
壮志恐蹉跎，功名若云浮。 （李白：《忆襄阳旧游赠马少府巨》）
蹉跎君自惜，窜逐我因谁？ （李白：《赠易秀才》）
蹉跎不得意，驱马过贵乡。
（李白：《经乱离后天恩流夜郎忆旧游书怀赠江夏韦太守良宰》）
据鞍空矍铄，壮志竟谁宣？蹉跎复来归，忧恨坐相煎。
（李白：《赠宣城宇文太守兼呈崔侍御》）
昔别黄鹤楼，蹉跎淮海秋。 （李白：《赠王判官时余归隐居庐山屏风叠》）
抚酒惜此月，流光畏蹉跎。 （李白：《五松山送殷淑》）
笑我晚学仙，蹉跎凋朱颜。 （李白：《游泰山六首・其三》）
以此不安席，蹉跎身世违。 （李白：《书怀赠南陵常赞府》）
歌罢两悽恻，六龙忽蹉跎。 （杜甫：《别唐十五诫因寄礼部贾侍郎》）
植物半蹉跎，嘉生将已矣。 （杜甫：《种莴苣》）
岁月不我与，蹉跎病于斯。 （杜甫：《咏怀二首・其一》）
蹉跎陶唐人，鞭挞日月久。 （杜甫：《上水遣怀》）
闻君已朱绂，且得慰蹉跎。 （杜甫：《寄高三十五书记》）
蹉跎暮容色，怅望好林泉。 （杜甫：《重过何氏五首・其五》）
江湖后摇落，亦恐岁蹉跎。 （杜甫：《蒹葭》）
束缚酬知己，蹉跎效小忠。 （杜甫：《遣闷奉呈严郑公二十韵》）
迢递来三蜀，蹉跎有六年。 （杜甫：《春日江村五首・其二》）
蹉跎病江汉，不复谒承明。 （杜甫：《送覃二判官》）
蹉跎长泛鹢，展转屡鸣鸡。 （杜甫：《水宿遣兴奉呈群公》）
骞腾访知己，淮海莫蹉跎。 （杜甫：《湖中送敬十使君适广陵》）
蹉跎翻学步，感激在知音。
（杜甫：《风疾舟中伏枕书怀三十六韵奉呈湖南亲友》）

(三)沧浪 cāng làng

沧浪有钓叟，吾与尔同归。 （李白：《沐浴子》）
君不见，沧浪老人歌一曲，还道沧浪濯吾足。 （李白：《笑歌行》）
何处沧浪垂钓翁，鼓棹渔歌趣非一。 （李白：《和卢侍御通塘曲》）
主人若不顾，明发钓沧浪。 （李白：《赠刘都使》）
狂歌自此别，垂钓沧浪前。 （李白：《留别广陵诸公》）
沧浪吾有曲，寄入棹歌声。 （李白：《送储邕之武昌》）
孤月沧浪河汉清，北斗错落长庚明。 （李白：《答王十二寒夜独酌有怀》）

登舻望远水，忽见沧浪枻。　　（李白：《答高山人兼呈权顾二侯》）

注：枻，读 yì，船舷。《楚辞·九歌·湘君》："桂棹兮兰枻，斲冰兮积雪。"

何必沧浪去，兹焉可濯缨。　　（李白：《观鱼潭》）

今日任公子，沧浪罢钓竿。　　（李白：《金陵望汉江》）

终当游五湖，濯足沧浪泉。　　（李白：《郢门秋怀》）

之推避赏从，渔父濯沧浪。　　（杜甫：《壮游》）

沧浪水深青冥阔，欹岸侧岛秋毫末。　　（杜甫：《奉先刘少府新画水障歌》）

卿到朝廷说老翁，飘零已是沧浪客。

（杜甫：《惜别行送向卿进奉端午御衣之上都》）

万里桥西一草堂，百花潭水即沧浪。　　（杜甫：《狂夫》）

时应念衰疾，书疏及沧浪。　　（杜甫：《魏十四侍御就弊庐相别》）

万里沧浪外，龙蛇只自深。　　（杜甫：《忆郑南玭》）

独当省署开文苑，兼泛沧浪学钓翁。　　（杜甫：《解闷十二首·其四》）

滟预险相迫，沧浪深可逾。（杜甫：《大历三年春白帝城放船出瞿塘峡久居夔府将适江陵漂泊有诗凡四十韵》）

（四）蹭蹬 cèng dèng

晚途未云已，蹭蹬遭谗毁。　　（李白：《赠张相镐二首·其二》）

中年不相见，蹭蹬游吴越。　　（李白：《赠王判官时余归隐居庐山屏风叠》）

蹭蹬鬓毛斑，盛时难再还。　　（李白：《送赵判官赴黔府中丞叔幕》）

夫子虽蹭蹬，瑶台雪中鹤。　　（李白：《游敬亭寄崔侍御》）

高空得蹭蹬，短草辞蜿蜒。　　（杜甫：《义鹘行》）

青冥却垂翅，蹭蹬无纵鳞。　　（杜甫：《奉赠韦左丞丈二十二韵》）

苍茫风尘际，蹭蹬骐驎老。　　（杜甫：《奉赠射洪李四丈》）

鲁门鶢鶋亦蹭蹬，闻道如今犹避风。　　（杜甫：《白凫行》）

蹭蹬多拙为，安得不皓首。　　（杜甫：《上水遣怀》）

（五）潺湲 chán yuán

缉商缀羽，潺湲成音。　　（李白：《幽涧泉》）

西峰峥嵘喷流泉，横石蹙水波潺湲。　　（李白：《当涂赵炎少府粉图山水歌》）

北渚既荡漾，东流自潺湲。　　（李白：《秋登巴陵望洞庭》）

濯缨掬清泚，晞发弄潺湲。　　（李白：《安州应城玉女汤作》）

恻怆心自悲，潺湲泪难收。　　（李白：《江上秋怀》）

水石潺湲万壑分，烟光草色俱氲氛。　　（李白：《观元丹丘坐巫山屏风》）

不见旻公三十年，封书寄与泪潺湲。　　（杜甫：《因许八奉寄江宁旻上人》）

促觞激万虑，掩抑泪潺湲。　　（杜甫：《湘江宴饯裴二端公赴道州》）

衣冠心惨怆，故老泪潺湲。

（杜甫：《寄岳州贾司马六丈巴州严八使君两阁老五十韵》）

法歌声变转，满座涕潺湲。

（杜甫：《秋日夔府咏怀奉寄郑监李宾客一百韵》）

(六)窈窕 yǎo tiǎo

吴娃与越艳，窈窕夸铅红。

（李白：《经乱离后天恩流夜郎忆旧游书怀赠江夏韦太守良宰》）

黄河从西来，窈窕入远山。（李白：《游泰山六首・其二》）

鬼谷上窈窕，龙潭下奔潨。（李白：《送王屋山人魏万还王屋》）

注：潨，本字"潀"，读 cóng，小水汇入大水。《诗经・大雅・凫鹥》："凫鹥在潀，公尸来燕来宗。"

青荧陵陂麦，窈窕桃李花。（杜甫：《喜晴》）

窈窕入风磴，长芦纷卷舒。（杜甫：《谒文公上方》）

长影没窈窕，余光散谽谺。（杜甫：《柴门》）

注：谽谺，原作"唅呀"，读 hán xiā，谷中大空貌。《史记・司马相如列传第五十七》："谽谺豁閜，阜陵别岛。"

巫峡阴岑朔漠气，峰峦窈窕溪谷黑。（杜甫：《虎牙行》）

窈窕清禁闼，罢朝归不同。（杜甫：《奉答岑参补阙见赠》）

崔嵬枝干郊原古，窈窕丹青户牖空。（杜甫：《古柏行》）

(七)缥缈 piāo miǎo

青荧玉树色，缥缈羽人家。（李白：《改九子山为九华山联句》）

山风吹游子，缥缈乘险绝。（杜甫：《铁堂峡》）

不应空陂上，缥缈亲酒食。（杜甫：《南池》）

临轩望山阁，缥缈安可越。

（杜甫：《七月三日亭午已后较热退晚加小凉稳睡有诗因论壮年乐事戏呈元二十一曹长》）

缥缈苍梧帝，推迁孟母邻。（杜甫：《奉送十七舅下邵桂》）

城尖径仄旌旆愁，独立缥缈之飞楼。（杜甫：《白帝城最高楼》）

(八)嫖姚 piāo yáo

注：嫖姚，汉代武官名。《汉书・霍去病传》："大将军受诏予壮士，为嫖姚校尉。"

阵解星芒尽，营空海雾消。功成画麟阁，独有霍嫖姚！

（李白：《塞下曲六首・其三》）

汉家战士三十万，将军兼领霍嫖姚。（李白：《胡无人行》）

借问大将谁？恐是霍嫖姚。（杜甫：《后出塞五首・其三》）

居然双捕虏，自是一嫖姚。（杜甫：《寄董卿嘉荣十韵》）

汉朝频选将，应拜霍嫖姚。（杜甫：《陪柏中丞观宴将士二首·其二》）

宛马总肥春苜蓿，将军只数汉嫖姚。（杜甫：《赠田九判官梁丘》）

(九)婵娟 chán juān

翠娥婵娟初月辉，美人更唱舞罗衣。（李白：《忆旧游寄谯郡元参军》）

婵娟罗浮月，摇艳桂水云。（李白：《禅房怀友人岑伦》）

园花笑芳年，池草艳春色。犹不如槿花，婵娟玉阶侧。（李白：《咏槿》）

后宫婵娟多花颜，乘鸾飞烟亦不还，骑龙攀天造天关。

（李白：《飞龙引二首·其二》）

婵娟碧鲜净，萧摵寒箨聚。（杜甫：《法镜寺》）

注：摵，读 shè，凋谢陨落。箨，读 tuò，草木脱落的皮或叶。

(十)酩酊 mǐng dǐng

山公醉酒时，酩酊高阳下。（李白：《襄阳曲四首·其二》）

高阳小饮真琐琐，山公酩酊何如我？

（李白：《鲁郡尧祠送窦明府薄华还西京》）

扬袂挥四座，酩酊安所知？（李白：《九日登山》）

江湖堕清月，酩酊任扶还。（杜甫：《宴王使君宅题》）

不但习池归酩酊，君看郑谷去夤缘。

（杜甫：《宇文晁尚书之甥崔彧司业之孙尚书之子重泛郑监前湖》）

三、双声叠韵联绵词(声母相同，韵母相同)

(一)悠悠 yōu yōu

庄周梦蝴蝶，蝴蝶为庄周。一体更变易，万事良悠悠。

（李白：《古风五十九首》）

倚剑登高台，悠悠送春目。（李白：《古风五十九首》）

看取富贵眼前者，何用悠悠身后名？（李白：《少年行》）

况尔悠悠人，安得久世间。（李白：《杂诗》）

使妾肠欲断，恨君情悠悠。（李白：《江夏行》）

长啸倚孤剑，目极心悠悠。（李白：《赠崔郎中宗之》）

归路方浩浩，徂川去悠悠。（李白：《月夜江行寄崔员外宗之》）

目极何悠悠，梅花南岭头。（李白：《禅房怀友人岑伦》）

悠悠市朝间，玉颜日缁磷。（李白：《颍阳别元丹丘之淮阳》）

别尔东南去，悠悠多悲辛。（李白：《颍阳别元丹丘之淮阳》）

月色何悠悠，清猿响啾啾。

（李白：《自巴东舟行经瞿塘峡，登巫山最高峰，晚还题壁》）

过此一壶外，悠悠非我心。（李白：《独酌》）

思归若汾水，无日不悠悠。（李白：《太原早秋》）

渺渺天海途，悠悠汉江岛。（李白：《会别离》）

注：此首《会别离》，据清人王琦《李太白集注》，有原注："《文苑英华》、郭茂倩《乐府》俱作孟云卿诗。"

况乃胡未灭，控带莽悠悠。（杜甫：《送韦十六评事充同谷郡防御官》）

戚戚去故里，悠悠赴交河。（杜甫：《前出塞九首·其一》）

大哉乾坤内，吾道长悠悠。（杜甫：《发秦州》）

西伯今寂寞，凤声亦悠悠。（杜甫：《凤凰台》）

寄谢悠悠世上儿，不争好恶莫相疑。（杜甫：《莫相疑行》）

高视乾坤又可愁，一躯交态同悠悠。（杜甫：《相从歌赠严二别驾》）

悠悠日动江，漠漠春辞木。（杜甫：《客堂》）

悠悠边月破，郁郁流年度。（杜甫：《雨》）

故国三年一消息，终南渭水寒悠悠。（杜甫：《锦树行》）

悠悠委薄俗，郁郁回刚肠。（杜甫：《入衡州》）

不愿论簪笏，悠悠沧海情。（杜甫：《与李十二白同寻范十隐居》）

未暇泛沧海，悠悠兵马间。（杜甫：《秦州杂诗二十首》）

戏问垂纶客，悠悠见汝曹。（杜甫：《渡江》）

汩汩避群盗，悠悠经十年。

（杜甫：《自阆州领妻子却赴蜀山行三首·其一》）

小院回廊春寂寂，浴凫飞鹭晚悠悠。（杜甫：《涪城县香积寺官阁》）

世乱郁郁久为客，路难悠悠常傍人。（杜甫：《九日》）

悠悠照边塞，悄悄忆京华。

（杜甫：《季秋苏五弟缨江楼夜宴崔十三评事韦少府侄三首·其二》）

历历竟谁种，悠悠何处圆。（杜甫：《江边星月二首·其二》）

悠悠回赤壁，浩浩略苍梧。（杜甫：《过南岳入洞庭湖》）

寂寂系舟双下泪，悠悠伏枕左书空。（杜甫：《清明二首·其二》）

(二)萧萧 xiāo xiāo

萧萧长门宫，昔是今已非。（李白：《古风五十九首·其二》）

凉风何萧萧，流水鸣活活。（李白：《江上寄元六林宗》）

挥手自兹去，萧萧班马鸣。（李白：《送友人》）

磊磊石子岗，萧萧白杨声。

（李白：《自广平乘醉走马六十里至邯郸登城楼览古书怀》）

凉风萧萧吹汝急，恐汝后时难独立。（杜甫：《秋雨叹三首·其一》）

萧萧北风劲，抚事煎百虑。（杜甫：《羌村三首·其二》）

长林何萧萧，秋草萋更碧。（杜甫：《遣兴五首·其一》）

落日照大旗，马鸣风萧萧。（杜甫：《后出塞五首·其二》）
竿湿烟漠漠，江水风萧萧。（杜甫：《桔柏渡》）
注：下句"江水"，有的本子作"江永"。
萧萧半死叶，未忍别故枝。（杜甫：《病橘》）
江风萧萧云拂地，山木惨惨天欲雨。（杜甫：《发阆中》）
天雨萧萧滞茅屋，空山无以慰幽独。（杜甫：《久雨期王将军不至》）
无由睹雄略，大树日萧萧。（杜甫：《故武卫将军挽歌三首·其三》）
萧萧古塞冷，漠漠秋云低。（杜甫：《秦州杂诗二十首》）
陇草萧萧白，洮云片片黄。
（杜甫：《寄彭州高三十五使君适虢州岑二十七长史参三十韵》）
凉气晚萧萧，江云乱眼飘。（杜甫：《朝雨》）
萧萧见白日，汹汹开奔湍。（杜甫：《营屋》）
况乃山高水有波，秋风萧萧露泥泥。（杜甫：《狄明府》）
萧萧理体净，蜂虿不敢毒。（杜甫：《课伐木》）
萧萧紫塞雁，南向欲行列。
（杜甫：《七月三日亭午已后较热退晚加小凉稳睡有诗因论壮年乐事戏呈元二十一曹长》）
片片水上云，萧萧沙中雨。（杜甫：《雨二首·其一》）
萧萧白杨路，洞彻宝珠惠。（杜甫：《赠秘书监江夏李公邕》）
飞雨动华屋，萧萧梁栋秋。（杜甫：《立秋日雨院中有作》）
无边落木萧萧下，不尽长江滚滚来。（杜甫：《登高》）
渺渺春风见，萧萧夜色凄。（杜甫：《子规》）
莫话青溪发，萧萧白映梳。（杜甫：《赠李八秘书别三十韵》）
冯唐毛发白，归兴日萧萧。（杜甫：《哭王彭州抡》）
江上日多雨，萧萧荆楚秋。（杜甫：《江上》）
几群沧海上，清影日萧萧。（杜甫：《鸥》）
袅袅啼虚壁，萧萧挂冷枝。（杜甫：《猿》）
萧萧千里马，个个五花文。（杜甫：《题柏大兄弟山居屋壁二首·其二》）

(三)纷纷 fēn fēn

战国何纷纷，兵戈乱浮云。（李白：《古风五十九首》）
落花纷纷稍觉多，美人欲醉朱颜酡。（李白：《前有一樽酒行二首·其一》）
望不见兮心氛氲，萝冥冥兮霰纷纷。（李白：《鸣皋歌送岑征君》）
当时结交何纷纷，片言道合唯有君。（李白：《驾去温泉后赠杨山人》）
问余别恨知多少？落花春暮争纷纷。（李白：《忆旧游寄谯郡元参军》）
纷纷江上雪，草草客中悲。（李白：《新林浦阻风寄友人》）

树树花如雪，纷纷乱若丝。（李白：《望汉阳柳色寄王宰》）

霓为衣兮风为马，云之君兮纷纷而来下。（李白：《梦游天姥吟留别》）

注：上句中的“风”，有的本子作“凤”，据清人王琦《李太白全集》（简称王本）作“风”，今从王本。

明朝挂帆席，枫叶落纷纷。（李白：《夜泊牛渚怀古》）

风落吴江雪，纷纷入酒杯。（李白：《对酒醉题屈突明府厅》）

碧窗纷纷下落花，青楼寂寂空明月。（李白：《寄远十一首》）

翻手作云覆手雨，纷纷轻薄何须数。（杜甫：《贫交行》）

阑风伏雨秋纷纷，四海八荒同一云。（杜甫：《秋雨叹三首·其二》）

甲第纷纷厌粱肉，广文先生饭不足。

（杜甫：《醉时歌（赠广文馆博士郑虔）》）

总角草书又神速，世上儿子徒纷纷。（杜甫：《醉歌行（别从侄勤落第归）》）

自是众木乱纷纷，海棕焉知身出群。（杜甫：《海棕行》）

絺衣挂萝薜，凉月白纷纷。（杜甫：《陪郑广文游何将军山林十首·其九》）

锦城丝管日纷纷，半入江风半入云。（杜甫：《赠花卿》）

繁枝容易纷纷落，嫩叶商量细细开。

（杜甫：《江畔独步寻花七绝句·其七》）

纷纷桃李枝，处处总能移。（杜甫：《丽春》）

入空才漠漠，洒迥已纷纷。（杜甫：《喜雨》）

向来江上手纷纷，三日成功事出群。

（杜甫：《李司马桥了承高使君自成都回》）

野花乾更落，风处急纷纷。（杜甫：《晴二首·其一》）

野鸦无意绪，鸣噪自纷纷。（杜甫：《孤雁》）

采花香泛泛，坐客醉纷纷。（杜甫：《九日五首》）

朔风吹桂水，大雪夜纷纷。（杜甫：《舟中夜雪有怀卢十四侍御弟》）

纷纷乘白马，攘攘着黄巾。（杜甫：《遣忧》）

（四）迢迢 tiáo tiáo

西上莲花山，迢迢见明星。（李白：《古风五十九首》）

玉京迢迢几千里，凤笙去去无穷已。（李白：《凤吹笙曲》）

迢迢五原关，朔雪乱边花。（李白：《千里思》）

此曲有意无人传，愿随春风寄燕然，忆君迢迢隔青天。（李白：《长相思》）

相随迢迢访仙城，三十六曲水回萦。（李白：《忆旧游寄谯郡元参军》）

天上何所有？迢迢白玉绳。（李白：《秋夜板桥浦泛月独酌怀谢朓》）

悄悄素浐路，迢迢天汉东。（杜甫：《苦雨奉寄陇西公兼呈王征士》）

五城何迢迢，迢迢隔河水。（杜甫：《塞芦子》）

迢迢百余尺，豁达开四门。

（杜甫：《阆州东楼筵奉送十一舅往青城县得昏字》）

处处逢正月，迢迢滞远方。（杜甫：《元日示宗武》）

使者随秋色，迢迢独上天。（杜甫：《覆舟二首・其二》）

(五)飘飘 piāo piāo

飘飘入无倪，稽首祈上皇。（李白：《古风五十九首》）

皎皎鸾凤姿，飘飘神仙气。（李白：《赠瑕丘王少府》）

飘飘不得意，昨发南都城。（李白：《郢中王大劝入高凤石门山幽居》）

霓裳何飘飘，凤吹转绵邈。（李白：《赠嵩山焦炼师》）

飘飘限江裔，想象空留滞。（李白：《禅房怀友人岑伦》）

往往虽相见，飘飘愧此身。（杜甫：《赠王二十四侍御契四十韵》）

何日兵戈尽，飘飘愧老妻。

（杜甫：《自阆州领妻子却赴蜀山行三首・其二》）

垂老孤帆色，飘飘犯百蛮。（杜甫：《将晓二首・其一》）

处处邻家笛，飘飘客子蓬。（杜甫：《奉汉中王手札报韦侍御萧尊师亡》）

飘飘苏季子，六印佩何迟。（杜甫：《暮冬送苏四郎徯兵曹适桂州》）

可怜处处巢居室，何异飘飘托此身。（杜甫：《燕子来舟中作》）

(六)沉沉 chén chén

馆娃日落歌吹濛，月寒江清夜沉沉。（李白：《白纻辞三首・其二》）

翳翳昏垫苦，沉沉忧恨催。

（李白：《玉真公主别馆苦雨赠卫尉张卿二首・其一》）

云阳一去已远隔，巫山绿水之沉沉。（李白：《代寄情楚词体》）

清夜沉沉动春酌，灯前细雨檐花落。（杜甫：《醉时歌》）

炯炯一心在，沉沉二竖婴。颜回竟短折，贾谊徒忠贞。

（杜甫：《赠左仆射郑国公严公武》）

沉沉春色静，惨惨暮寒多。（杜甫：《暮寒》）

执热沉沉在，凌寒往往须。（杜甫：《北风》）

(七)盈盈(又作荧荧) yíng yíng

琼筵宝幄连枝锦，灯烛荧荧照孤寝。（李白：《捣衣篇》）

流恨寄伊水，盈盈焉可穷。

（李白：《秋夜宿龙门香山寺，奉寄王方城十七丈奉国莹上人从弟幼成令问》）

锦衾瑶席何寂寂，楚王神女徒盈盈。（李白：《观元丹丘坐巫山屏风》）

盈盈汉水若可越，可惜凌波步罗袜。（李白：《寄远十一首・十一》）

小小生金屋，盈盈在紫微。（李白：《宫中行乐词八首・其一》）

荧荧金错刀，擢擢朱丝绳。（杜甫：《棕拂子》）

(八)森森 sēn sēn

芳洲却已转，碧树森森迎。（李白：《荆门浮舟望蜀江》）

白雨映寒山，森森似银竹。（李白：《宿鰕湖》）

朱门拥虎士，列戟何森森！

（李白：《经乱离后天恩流夜郎忆旧游书怀赠江夏韦太守良宰》）

楚公画鹰鹰戴角，杀气森森到幽朔。（杜甫：《姜楚公画角鹰歌》）

丞相祠堂何处寻？锦官城外柏森森。（杜甫：《蜀相》）

四、非双声叠韵联绵词（声母不同，韵母不同）

(一)芙蓉 fú róng

素手把芙蓉，虚步蹑太清。（李白：《古风五十九首》）

兹山何峻秀，绿翠如芙蓉。（李白：《古风五十九首》）

美人出南国，灼灼芙蓉姿。（李白：《古风五十九首》）

芙蓉老秋霜，团扇羞网尘。（李白：《中山孺子妾歌》）

昔日芙蓉花，今成断根草。以色事他人，能得几时好？（李白：《妾薄命》）

寒沼落芙蓉，秋风散杨柳。（李白：《去妇词》）

天河挂绿水，秀出九芙蓉。（李白：《望九华赠青阳韦仲堪》）

清水出芙蓉，天然去雕饰。

（李白：《经乱离后天恩流夜郎忆旧游书怀赠江夏韦太守良宰》）

遥见仙人彩云里，手把芙蓉朝玉京。（李白：《庐山谣寄卢侍御虚舟》）

魏都接燕赵，美女夸芙蓉。（李白：《魏郡别苏明府因北游》）

丹崖夹石柱，菡萏金芙蓉。（李白：《送温处士归黄山白鹅峰旧居》）

太华三芙蓉，明星玉女峰。（李白：《江上答崔宣城》）

宝剑双蛟龙，雪花照芙蓉。（李白：《古风五十九首》）

芙蓉娇绿波，桃李夸白日。（李白：《感兴八首·其四》）

爱君芙蓉婵娟之艳色，色可餐兮难再得。（李白：《寄远十一首·十一》）

玳瑁筵中怀里醉，芙蓉帐底奈君何！（李白：《对酒》）

大嫂采芙蓉，溪湖千万重。（李白：《湖边采莲妇》）

芙蓉旌旗烟雾乐，影动倒景摇潇湘。（杜甫：《寄韩谏议》）

青荧芙蓉剑，犀兕岂独剸。（杜甫：《故秘书少监武功苏公源明》）

龙武新军深驻辇，芙蓉别殿谩焚香。（杜甫：《曲江对雨》）

俱飞蛱蝶元相逐，并蒂芙蓉本自双。（杜甫：《进艇》）

花萼夹城通御气，芙蓉小苑入边愁。（杜甫：《秋兴八首·其六》）

(二)峥嵘 zhēng róng

剑阁峥嵘而崔嵬，一夫当关，万夫莫开。（李白：《蜀道难》）

行至上留田，孤坟何峥嵘。积此万古恨，春草不复生。（李白：《上留田》）

西岳峥嵘何壮哉！黄河如丝天际来。（李白：《西岳云台歌送丹丘子》）

洪波汹涌山峥嵘，皎若丹丘隔海望赤城。

（李白：《同族弟金城尉叔卿烛照山水壁画歌》）

峰峥嵘以路绝，挂星辰于岩嶅。（李白：《鸣皋歌送岑徽君》）

翰林秉笔回英眄，麟阁峥嵘谁可见？

（李白：《赠从弟南平太守之遥二首·其一》）

万壑与千岩，峥嵘镜湖里。（李白：《送王屋山人魏万还王屋》）

怀余对酒夜霜白，玉床金井冰峥嵘。（李白：《答王十二寒夜独酌有怀》）

西峰峥嵘喷流泉，横石蹙水波潺湲。（李白：《当涂赵炎少府粉图山水歌》）

岁宴天峥嵘，时危人枯槁。（李白：《荆州贼平临洞庭言怀作》）

峥嵘若可陟，想象徒盈叹。（李白：《莹禅师房观山海图》）

峥嵘丞相府，清切凤凰池。（李白：《送史司马赴崔相公幕》）

天衢阴峥嵘，客子中夜发。（杜甫：《自京赴奉先县咏怀五百字》）

峥嵘赤云西，日脚下平地。（杜甫：《羌村三首·其一》）

乾坤空峥嵘，粉墨且萧瑟。（杜甫：《画鹘行》）

峥嵘群山云，交会未断绝。（杜甫：《喜雨》）

楩楠枯峥嵘，乡党皆莫记。（杜甫：《枯柟》）

注：楩，读 pián，南方大木。

峥嵘巴阆间，所向尽山谷。（杜甫：《南池》）

月峡瞿塘云作顶，乱石峥嵘俗无井。（杜甫：《引水》）

碣石岁峥嵘，天地日蛙黾。（杜甫：《故右仆射相国张公九龄》）

注：蛙黾，读 wā mǐn，蛙黾之行，勉强自力。力所不堪，心所不欲，而勉强为之称“黾”。单独的“黾”，一般读 měng，指蟾，属两栖动物。

(三)憔悴(又作憔瘁)qiáo cuì

交柯之木本同形，东枝憔悴西枝荣。（李白：《上留田》）

憔悴一身在，孀雌忆故雄。（李白：《双燕离》）

燕支长寒雪作花，蛾眉憔悴没胡沙。（李白：《王昭君二首·其一》）

以此憔悴颜，空持旧物还。（李白：《去妇词》）

憔悴成丑士，风云何足论？（李白：《赠宣城赵太守悦》）

三年吟泽畔，憔悴几时回？（李白：《赠别郑判官》）

屈原憔悴滞江潭，亭伯流离放辽海。

（李白：《单父东楼秋夜送族弟沈之秦，时凝弟在席》）

窥镜不自识，别多憔悴深。（李白：《自代内赠》）
冠盖满京华，斯人独憔悴。（杜甫：《梦李白二首·其二》）
还为世尘婴，颇带憔悴色。（杜甫：《别赞上人》）
平原独憔悴，农力废耕桑。（杜甫：《又上后园山脚》）
何恨憔悴在山中，深山穷谷不可处，霹雳魍魉兼狂风。（杜甫：《君不见简苏奚》）
中郎石经后，八分盖憔悴。（杜甫：《送顾八分文学适洪吉州》）

(四)潇洒 xiāo sǎ

凉风日潇洒，幽客时憩泊。（李白：《游水西简郑明府》）
右军本清真，潇洒在风尘。（李白：《王右军》）
一起振横流，功成复潇洒。（李白：《赠常侍御》）
一身自潇洒，万物何嚣喧！（李白：《答从弟幼成过西园见赠》）
孤高绣衣人，潇洒青霞赏。（李白：《酬裴侍御对酒感时见赠》）
清风无闲时，潇洒终日夕。（李白：《南轩松》）
宗之潇洒美少年，举觞白眼望青天，皎如玉树临风前。（杜甫：《饮中八仙歌》）
非无江海志，潇洒送日月。（杜甫：《自京赴奉先县咏怀五百字》）
万籁真笙竽，秋色正潇洒。（杜甫：《玉华宫》）
谁能解金印，潇洒共安禅。（杜甫：《陪李梓州王阆州苏遂州李果州四使君登惠义寺》）
子去何潇洒，余藏异隐沦。（杜甫：《赠王二十四侍御契四十韵》）
郑南伏毒守，潇洒到江心。（杜甫：《忆郑南玭》）

(五)扶桑(又作浮桑)fú sāng

将欲倚剑天外，挂弓扶桑。（李白：《代寿山答孟少府移文书》）
六鳌骨已霜，三山流安在？扶桑半摧折，白日沉光彩。（李白：《登高丘而望远》）
吾欲揽六龙，回车挂扶桑。（李白：《短歌行》）
馀风激兮万世，游扶桑兮挂石袂。（李白：《临路歌》）
香风送紫蕊，直到扶桑津。（李白：《拟古十二首·其四》）
月兔空捣药，扶桑已成薪。（李白：《拟古十二首·其九》）
西海栽若木，东溟植扶桑。（李白：《上云乐》）
崔嵬扶桑日，照耀珊瑚枝。（杜甫：《幽人》）
天用莫如龙，有时系扶桑。（杜甫：《遣兴五首·其一》）
回首扶桑铜柱标，冥冥氛祲未全销。（杜甫：《诸将五首·其四》）

(六)萧飒 xiāo sà

飘摇江风起,萧飒海树秋。（李白:《月夜江行寄崔员外宗之》）

宁知流寓变光辉,胡霜萧飒绕客衣。（李白:《豳歌行上新平长史兄粲》）

摧残梧桐叶,萧飒沙棠枝。（李白:《塞下曲六首·其四》）

南窗萧飒松声起,凭崖一听清心耳。（李白:《白毫子歌》）

空烟迷雨色,萧飒望中来。

（李白:《玉真公主别馆苦雨赠卫尉张卿二首·其一》）

萧飒古仙人,了知是赤松。（李白:《古风五十九首》）

萧飒鸣洞壑,终年风雨秋。（李白:《与南陵常赞府游五松山》）

后天而老凋三光,下视瑶池见王母,蛾嵋萧飒如秋霜。

（李白:《飞龙引二首·其二》）

归路翻萧飒,陂塘五月秋。（杜甫:《陪诸贵公子丈八沟携伎纳凉晚际遇雨》）

萧飒洒秋色,气昏霾日车。（杜甫:《柴门》）

悲台萧飒石巃嵸,哀壑杈桠浩呼汹。（杜甫:《王兵马使二角鹰》）

注:巃嵸,读 lóng zǒng,高峻貌。杈桠,读 chà yā,树枝分叉。

(七)逶迤 wēi yí

玄元包橐籥,紫气何逶迤。（李白:《感时留别从兄徐王延年从弟延陵》）

注:橐籥,读 tuó yuè,古代冶炼铜铁的器具,今称"风箱"。《老子·道德经》:"天地之间其犹橐籥乎?虚而不屈,动而愈出。"

逶迤巴山尽,摇曳楚云行。（李白:《荆门浮舟望蜀江》）

恍惚寒山暮,逶迤白雾昏。（杜甫:《西阁夜》）

笛声愤怒哀中流,妙舞逶迤夜未休。

（杜甫:《陪王侍御同登东山最高顶宴姚通泉晚携酒泛江》）

君子强逶迤,小人困驰骤。（杜甫:《九日寄岑参》）

逶迤罗水族,琐细不足名。（杜甫:《太子张舍人遗织成褥段》）

巴山春色静,北望转逶迤。（杜甫:《伤春五首·其二》）

渭水逶迤白日净,陇山萧瑟秋云高。（杜甫:《近闻》）

掌中琥珀钟,行酒双逶迤。（杜甫:《奉送魏六文佑少府之交广》）

昆吾御宿自逶迤,紫阁峰阴入渼陂。（杜甫:《秋兴八首·其八》）

忆过泸戎摘荔枝,青峰隐映石逶迤。（杜甫:《解闷十二首·其十》）

(八)嵯峨 cuó é

白骨横千霜,嵯峨蔽榛莽。（李白:《古风五十九首》）

倚剑登燕然,边烽列嵯峨。（李白:《发白马》）

明日别离去,连峰郁嵯峨。（李白:《五松山送殷淑》）

泰山嵯峨夏云在,疑是白波涨东海。（李白:《早秋单父南楼酬窦公衡》）

嵯峨三角髻，馀发散垂腰。（李白：《上元夫人》）
子负经济才，天门郁嵯峨。（杜甫：《别唐十五诫因寄礼部贾侍郎》）
嵯峨白帝城东西，南有龙湫北虎溪。（杜甫：《寄从孙崇简》）
故园不可见，巫岫郁嵯峨。（杜甫：《江梅》）

(九)崔嵬 cuī wéi

连弩射海鱼，长鲸正崔嵬。（李白：《古风五十九首》）
身居玉帐临河魁，紫髯若戟冠崔嵬。（李白：《司马将军歌》）
横溃豁中国，崔嵬飞迅湍。（李白：《金陵望汉江》）
苍鹰搏攫，丹棘崔嵬。（李白：《上崔相百忧章》）
白云在青天，丘陵远崔嵬。（李白：《天马歌》）
崔嵬枝干郊原古，窈窕丹青户牖空。（杜甫：《古柏行》）
涪右众山内，金华紫崔嵬。
（杜甫：《冬到金华山观因得故拾遗陈公学堂遗迹》）
野寺根石壁，诸龛遍崔嵬。（杜甫：《山寺》）
崔嵬晨云白，朝旭射芳甸。（杜甫：《水阁朝霁奉简严云安》）

(十)翱翔 áo xiáng

与君拂衣去，万里同翱翔。（李白：《游溧阳北湖亭望瓦屋山怀古赠同旅》）
吾将抚尔背，挥手遂翱翔。（李白：《赠别舍人弟台卿之江南》）
胡雁拂海翼，翱翔鸣素秋。（李白：《赠崔郎中宗之》）
玉绳回断绝，铁凤森翱翔。（杜甫：《大云寺赞公房》）
柴荆寄乐土，鹏路观翱翔。（杜甫：《入衡州》）
诸侯非弃掷，半刺已翱翔。
（杜甫：《寄彭州高三十五使君适虢州岑二十七长史参三十韵》）

(十一)呜咽 wū yè

空余陇头水，呜咽向人悲。（李白：《胡无人行》）
吾宁舍一哀，里巷亦呜咽。所愧为人父，无食致夭折。
（李白：《自京赴奉先县咏怀五百字》）
磨刀呜咽水，水赤刃伤手。（杜甫：《前出塞九首·其三》）
喜心翻倒极，呜咽泪沾巾。（杜甫：《喜达行在所三首·其二》）

(十二)滂沱 pāng tuó

耻作易水别，临岐泪滂沱。（李白：《留别于十一兄逖裴十三游塞垣》）
安得鞭雷公，滂沱洗吴越。（杜甫：《喜雨》）
不劳烈士泪滂沱，男谷女丝行复歌。（杜甫：《蚕谷行》）
滂沱朱槛湿，万虑傍檐楹。（杜甫：《西阁雨望》）

除上述外，笔者又从李杜全部诗篇中选编了十九个不常见的联绵词，其中：双声联绵词五个，有“荏苒”、“坎坷”、“迍邅”、“踯躅”、“玲珑”；叠韵联绵词五个，有“须臾”、“局促”、“伶俜”、“彷徨”、“蹀躞”；双声叠韵联绵词七个，有“缱绻”、“恢恢”、“依依”、“深深”、“汹汹”、“练练”、“澹澹”；非双声叠韵联绵词两个，有“邂逅”、“空濛”。

一、双声联绵词(声母相同，韵母不同)

(一)荏苒 rěn rǎn

风尘荏苒音书绝，关塞萧条行路难。　(杜甫：《宿府》)

(二)坎坷 kǎn kě

德尊一代常坎坷，名垂万古知何用。　(杜甫：《醉时歌》)

(三)迍邅 zhūn zhān

身为名公子，英才苦迍邅。　(李白：《赠宣城宇文太守兼呈崔侍御》)

他乡饶梦寐，失侣自迍邅。

(杜甫：《寄岳州贾司马六丈巴州严八使君两阁老五十韵》)

生涯已寥落，国步乃迍邅。(杜甫：《秋日夔府咏怀奉寄郑监李宾客一百韵》)

(四)踯躅 zhí zhú

行人皆踯躅，栖鸟起回翔。　(李白：《拟古十二首・其二》)

乃知贫贱别更苦，吞声踯躅涕泪零。　(杜甫：《醉歌行(别从侄勤落第归)》)

(五)玲珑 líng lóng

却下水晶帘，玲珑望秋月。　(李白：《玉阶怨》)

二、叠韵联绵词(声母不同，韵母相同)

(一)须臾 xū yú

光景不待人，须臾发成丝。　(李白：《相逢行》)

吾师醉后倚绳床，须臾扫尽数千张。　(李白：《草书歌行》)

请陈初乱时，反复乃须臾。　(杜甫：《草堂》)

(二)局促(同偈促) jú cù

告归常局促，苦道来不易。　(杜甫：《梦李白二首・其二》)

知名未足称，局促商山芝。　(杜甫：《幽人》)

平生江海兴，遭乱身局促。　(杜甫：《南池》)

(三)伶俜 líng pīng

恐惧行装数，伶俜卧疾频。　(杜甫：《赠王二十四侍御契四十韵》)

已忍伶俜十年事，强移栖息一枝安。　(杜甫：《宿府》)

(四)彷徨(同旁徨、傍皇、旁皇) páng huáng

彷徨庭阙下，叹息光阴逝。　　（李白：《答高山人兼呈权顾二侯》）

(五)蹀躞(又作躞蹀) dié xiè

胡马顾朔雪，蹀躞长嘶鸣。　　（李白：《古风五十九首》）

归时落日晚，躞蹀浮云骢。　　（李白：《效古二首・其一》）

三、双声叠韵联绵词(声母相同，韵母相同)

(一)缱绻 qiǎn quǎn

无论再缱绻，已是安苍黄。　　（杜甫：《入衡州》）

寸肠堪缱绻，一诺岂骄矜。　　（杜甫：《赠特进汝阳王二十韵》）

(二)恢恢 huī huī

孰云网恢恢，将老身反累。　　（杜甫：《梦李白二首・其二》）

垂旒资穆穆，祝网但恢恢。　　（杜甫：《秋日荆南述怀》）

(三)依依 yī yī

岛花开灼灼，汀柳细依依。　　（李白：《送客归吴》）

卧龙跃马终黄土，人事依依漫寂寥。　　（杜甫：《阁夜》）

(四)深深 shēn shēn

穿花蛱蝶深深见，点水蜻蜓款款飞。　　（杜甫《曲江》）

(五)汹汹 xiōng xiōng

萧萧见白日，汹汹开奔湍。　　（杜甫：《营屋》）

汹汹人寰犹不定，时时斗战欲何须。

（杜甫：《承闻河北诸道节度入朝欢喜口号绝句十二首・其一》）

(六)练练 liàn liàn

练练峰上雪，纤纤云表霓。　　（杜甫：《泛溪》）

(七)澹澹 dàn dàn

云青青兮欲雨，水澹澹兮生烟。　　（李白：《梦游天姥吟留别》）

四、非双声叠韵联绵词(声母不同，韵母不同)

(一)邂逅 xiè hòu

万里长江边，邂逅一相遇。　　（杜甫：《送高司直寻封阆州》）

英雄有时亦如此，邂逅岂即非良图。　　（杜甫：《今夕行》）

苍惶已就长途往，邂逅无端出饯迟。

（杜甫：《送郑十八虔贬台州司户伤其临老陷贼之故阙为面别情见于诗》）

(二)空濛 kōng méng

喷壁洒素雪，空濛生昼寒。　　（李白：《送王屋山人魏万还王屋》）

第十五章　《唐诗三百首》所含双音节联绵词对仗辑录

清康乾年间，文学方面除了小说外，具有学术价值的三部著作成书，对后世影响甚大。其一是《全唐诗》，成书于康熙四十五年(1706)，收唐诗四万八千九百余首，作者二千二百余人，完成了对大量唐诗的搜求辑录工作；其二是《康熙字典》，此书由总阅官张玉书、陈廷敬率纂修官凌绍雯等二十八人奉诏修编，“凡五阅岁，而其书始成”，康熙帝于康熙五十五年(1716)作序，有四十二卷，部首二百十四部，共收四万七千零四十三字，超越以往任何所有字典；其三是《唐诗三百首》，由清乾隆十六年(1751)进士孙洙(别号蘅塘退士)所编。孙洙在《序》中如是说：“因专就唐诗中脍炙人口之作，择其尤要者，每体得数十首，共三百余首，录成一编，为家塾课本，俾童而习之，白首亦莫能废，较《千家诗》不远胜耶？”该书风行海内外，童叟吟诵，至今不衰，又有“熟读唐诗三百首，不会作诗也会吟”之说，确是一部甚受欢迎的普及读物。

联绵词著作有朱起凤《辞通》、符定一《联绵字典》、高文达等编《新编联绵词典》，《新编联绵词典》共收录双音节联绵词五千一百条，约占汉字总数的九分之一。因此，在诗歌中相对较少出现联绵词，也符合情理。

其实，联绵词早在《诗经》中已经出现，比如：“窈窕淑女，君子好逑。”(《国风·周南·关雎》)“窈窕”是叠韵联绵词，作形容词。“悠哉悠哉，辗转反侧。”(《国风·周南·关雎》)“辗转”是双声叠韵联绵词，作动词。“陟彼崔嵬，我马虺隤。”(《国风·周南·卷耳》)“崔嵬”是非双声叠韵联绵词，作名词。“虺隤”是叠韵联绵词，作动词。“伊威在室，蠨蛸在户。”(《国风·豳风·东山》)“蠨蛸”是叠韵联绵词，作名词。以上数例联绵词分别作名词、动词、形容词等。

在诗歌中运用双音节联绵词，能产生抑扬音趣，和谐流畅，体现了诗歌语言的音乐性，从而更便于吟诵、记忆，广为传播，同时也是诗歌作者的表达力与读者的被感染情绪两者的良性互动。联绵词在中国古典诗歌中已构成了不可或缺的重要组成部分。

笔者依据《唐诗三百首》原著，辑录了含有双音节联绵词的对仗共三十四条，其中上下句均有联绵词对应的十四条，上下句中仅有一句含有联绵词的二十条，凡是联绵词皆以现代汉语拼音标注，以供参考。

一、五言古诗

张九龄《感遇十二首·其一》："兰叶春葳蕤（wēi ruí），桂华秋皎洁。"

上句"葳蕤"是非双声叠韵联绵词，下句以"皎洁"相对。

李白《月下独酌》："我歌月徘徊（pái huái），我舞影凌乱。"

上句"徘徊"是叠韵联绵词，下句以"凌乱"相对。

杜甫《梦李白·其二》："冠盖满京华，斯人独憔悴（qiáo cuì）。"

上句"京华"，下句以"憔悴"非双声叠韵联绵词相对。

王维《青溪》："漾漾（yàng yàng）泛菱荇，澄澄（chéng chéng）映葭苇。"

上句"漾漾"是双声叠韵联绵词，下句以"澄澄"双声叠韵联绵词相对。

岑参《与高适、薛据登慈恩寺浮图》："突兀压神州，峥嵘（zhēng róng）如鬼工。"

上句"突兀"，下句以"峥嵘"非双声叠韵联绵词相对。

韦应物《夕次盱眙县》："浩浩（hào hào）风起波，冥冥日沉夕。"

上句"浩浩"是双声叠韵联绵词，下句以"冥冥"相对。

韦应物《送杨氏女》："永日方戚戚（qī qī），出行复悠悠（yōu yōu）。"

上句"戚戚"是双声叠韵联绵词，下句以"悠悠"双声叠韵联绵词相对。

二、乐府

孟郊《列女操》："梧桐（wú tóng）相待老，鸳鸯（yuān yāng）会双死。"

上句"梧桐"是非双声叠韵联绵词，下句以"鸳鸯"双声联绵词相对。

孟郊《游子吟》："临行密密缝，意恐迟迟（chí chí）归。"

上句"密密"，下句以"迟迟"双声叠韵联绵词相对。

三、七言古诗

李颀《听董大弹胡笳兼寄语弄房给事》："迸泉飒飒（sà sà）飞木末，野鹿呦呦（yōu yōu）走堂下。"

上句"飒飒"是双声叠韵联绵词，下句以"呦呦"双声叠韵联绵词相对。

李白《梦游天姥吟留别》："云青青（qīng qīng）兮欲雨，水澹澹（dàn dàn）兮生烟。"

上句"青青"是双声叠韵联绵词，下句以"澹澹"双声叠韵联绵词相对。

杜甫《古柏行》："崔嵬（cuī wéi）枝干郊原古，窈窕（yǎo tiǎo）丹青户牖空。"

上句"崔嵬"是非双声叠韵联绵词，下句以"窈窕"叠韵联绵词相对。

白居易《长恨歌》:“春风桃李花开日,秋雨梧桐(wú tóng)叶落时。”

上句“桃李”,下句以“梧桐”非双声叠韵联绵词相对。

白居易《长恨歌》:“迟迟(chí chí)钟鼓初长夜,耿耿(gěng gěng)星河欲曙天。”

上句“迟迟”是双声叠韵联绵词,下句以“耿耿”双声叠韵联绵词相对。

四、七言乐府

李颀《古从军行》:“行人刁斗风沙暗,公主琵琶(pí pa)幽怨多。”

上句“刁斗”,下句以“琵琶”双声联绵词相对。

王维《洛阳女儿行》:“自怜碧玉亲教舞,不惜珊瑚(shān hú)持与人。”

上句“碧玉”,下句以“珊瑚”非双声叠韵联绵词相对。

王维《老将行》:“汉兵奋迅如霹雳(pī lì),虏骑奔腾畏蒺藜(jí lí)。”

上句“霹雳”是叠韵联绵词,下句以“蒺藜”叠韵联绵词相对。

李白《长相思·其二》:“赵瑟初停凤凰(fèng huáng)柱,蜀琴欲奏鸳鸯(yuān yāng)弦。”

上句“凤凰”是非双声叠韵联绵词,下句以“鸳鸯”双声联绵词相对。

五、五言律诗

杜甫《天末怀李白》:“文章憎命达,魑魅(chī mèi)喜人过。”

上句“文章”,下句以“魑魅”非双声叠韵联绵词相对。

王维《辋川闲居赠裴秀才迪》:“寒山转苍翠,秋水日潺湲(chán yuán)。”

上句“苍翠”,下句以“潺湲”叠韵联绵词相对。

孟浩然《留别王侍御维》:“寂寂(jì jì)竟何待?朝朝空自归。”

上句“寂寂”是双声叠韵联绵词,下句以“朝朝”相对。

韦应物《赋得暮雨送李胄》:“漠漠(mò mò)帆来重,冥冥鸟去迟。”

上句“漠漠”是双声叠韵联绵词,下句以“冥冥”相对。

李商隐《落花》:“参差(cēn cī)连曲陌,迢递送斜晖。”

上句“参差”是双声联绵词,下句以“迢递”相对。

六、七言律诗

崔颢《黄鹤楼》:“晴川历历(lì lì)汉阳树,芳草萋萋(qī qī)鹦鹉(yīng wǔ)洲。”

上句“历历”是双声叠韵联绵词,下句以“萋萋”双声叠韵联绵词相对;上句“汉阳树”,下句以“鹦鹉洲”相对,“鹦鹉”是非双声叠韵联绵词。

王维《和贾舍人早朝大明宫之作》:“九天阊阖(chāng hé)开宫殿,万国衣冠拜冕旒。”

上句“阊阖”是非双声叠韵联绵词,下句以“衣冠”相对。

王维《积雨辋川庄作》:“漠漠(mò mò)水田飞白鹭,阴阴(yīn yīn)夏木啭黄鹂。”

上句“漠漠”是双声叠韵联绵词,下句以“阴阴”双声叠韵联绵词相对。

杜甫《登高》:“无边落木萧萧(xiāo xiāo)下,不尽长江滚滚(gǔn gǔn)来。”

上句“萧萧”是双声叠韵联绵词,下句以“滚滚”双声叠韵联绵词相对。

杜甫《宿府》:“风尘荏苒(rěn rǎn)音书绝,关塞萧条行路难。已忍伶俜(líng pīng)十年事,强移栖息一枝安。”

前两句的上句“荏苒”是双声联绵词,下句以“萧条”相对。

后两句的上句“伶俜”是叠韵联绵词,下句以“栖息”相对。

韦应物《寄李儋元锡》:“世事茫茫难自料,春愁黯黯(àn àn)独成眠。”

上句“茫茫”,下句以“黯黯”叠韵联绵词相对。

柳宗元《登柳州城楼寄漳汀封连四州》:“惊风乱飐芙蓉(fú róng)水,密雨斜侵薜荔(bì lì)墙。”

上句“芙蓉”是非双声叠韵联绵词,下句以“薜荔”叠韵联绵词相对。

李商隐《无题四首·其一》:“蜡照半笼金翡翠(fěi cuì),麝熏微度绣芙蓉(fú róng)。”

上句“翡翠”是非双声叠韵联绵词,下句以“芙蓉”非双声叠韵联绵词相对。

七、五言绝句

刘长卿《送灵澈上人》:“苍苍(cāng cāng)竹林寺,杳杳(yǎo yǎo)钟声晚。”

上句“苍苍”是双声叠韵联绵词,下句以“杳杳”双声叠韵联绵词相对。

第十六章　论格律诗之内容与形式

首先，有必要回顾一下格律诗成熟定型前古代圣哲对内容与形式的相关论述。

早在春秋时期，孔子就曾说："质胜文则野，文胜质则史，文质彬彬，然后君子。"(《论语·雍也》)，原意是讲有质无文不免粗野，有文无质又会流于虚浮。只有二者兼具，才是君子完备的品格。"质"指人的道德修养，"文"指人的文化修养。学生子贡问道："孔文子何以谓之'文'也？"孔子说："敏而好学，不耻下问，是以谓之'文'也。"(《论语·公冶长》)(注：孔文子名圉，卫国上卿。)

孔子的文质之说后引申指作品的内容与形式，"质"即内容，"文"即形式。朴实的内容胜于外在的文采，就会显得粗野；外在的文采胜于朴实的内容，就显得虚浮。只有外在的文采与朴实的内容协调配合，完美结合，才能达到"文质彬彬，然后君子"。"文质彬彬"四字正是做到内容与形式完美结合的最集中概括，也就是文质兼备。孔子此说对后世文艺理论的影响极为深远。

曹丕的《典论·论文》提出了"诗赋欲丽"的文学主张和"文以气为主"的评论标准，他说："奏议宜雅，书论宜理，铭诔尚实，诗赋欲丽。"以及"文以气为主，气之清浊有体，不可力强而致。譬诸音乐，曲度虽均，节奏同检，至于引气不齐，巧拙有素。虽在父兄，不能以移子弟。"这些都是脱胎于孔子的内容与形式相互依附的文质之说。

陆机的《文赋》则提出了"理扶质以立干，文垂条而结繁"的文与质的创作理论。他认为"理"即内容，有了内容才能立文章之干；"文"即形式，有了外在形式才能枝繁叶茂结出丰硕的果实。同时对创作、构思、谋篇皆有独到的见解，所谓"笼天地于形内，挫万物于笔端"，对立意(内容)遣词(形式)必须意主词从，才能达到"游文章之林府，嘉丽藻之彬彬"。

刘勰在《文心雕龙·情采》一章中提出了"文附质"的文学理论。"文"指文采，即形式；"质"指情思，即内容。"文附质"指文采要依附于内容之上。笔者认为，"文附质"显现了"皮之不存，毛将焉附"的道理，形式应该为内容服务，内容也不能没有形式的依附。

刘勰进一步说："故立文之道，其理有三：一曰形文，五色是也；二曰声文，五音是也；三曰情文，五性是也。五色杂而成黼黻，五音比而成韶夏，五情发而为辞章，神理之数也。”在刘勰看来，只有青黄赤白黑五色构成花纹的礼服才是形文，由宫商角徵羽五音构成音律的韶夏乐曲才是声文，由仁义礼智信五种性情发出的才是情文，这些都是先天形成的“神理之数”。诚然，此说也是继承了孔子思想的伟大儒家文化之一。刘勰又说：“情者文之经，辞者理之纬，经正而后纬成，理定而后辞畅，此立文之本源。”这段文字再次阐述了写作的根本道理，不能设想情理滞塞而文辞畅达。说到底，“文心”就是为文要用心，“雕龙”是要对文章进行雕琢。内容与形式相互依存的《文心雕龙》之所以成为我国古代文学理论巨著，其源盖出于此。

钟嵘在《诗品序》中说过诗歌的表现手法有兴比赋三种，“文已尽而意有余，兴也；因物喻志，比也；直书其事，寓言写物，赋也”。并指出：“弘斯三义，酌而用之，干之以风力，润之以丹彩，使味之者无极，闻之者动心，是诗之至也。”钟嵘认为，要弘扬这三种手法，酌情用之，内容主干要有风力，外在形式要润色而有文采，读来才能回味无穷，听者才会心驰神往，这才达到诗歌的最高境界。不过，钟嵘并不认同沈约的八病说，他道：“昔曹、刘殆文章之圣，陆、谢为体二之才，锐精研思，千百年中，而不闻宫商之辨，四声之论，或谓前达偶然不见，岂其然乎？”笔者认为，钟嵘虽然反对用典和八病说，提倡自然之“真美”要“吟咏情性”，但也不是一味反对外在形式，比如他品评刘桢：“仗气爱奇，动多振绝。真骨凌霜高风跨俗。但气过其文，雕润恨少。然自陈思已下，桢称独步。”其中的“仗气爱奇”、“真骨凌霜”、“高风跨俗”均指刘桢的诗作“辞气锋烈，莫有折者”都是就内容质地而言。接下来，钟嵘却又说“气过其文，雕润恨少”。内容胜于文采，恨只恨雕琢润色太少了，一个“恨”字透露出他对形式的重视，内容与形式两者不可偏废，在钟嵘心中具有一定的分量。就拿刘桢《赠从弟三首·其二》来看：“亭亭山上松，瑟瑟谷中风。风声一何盛，松枝一何劲。冰霜正惨凄，终岁常端正。岂不罹凝寒，松柏有本性。”其不同凡响的气势与遣词，可见一斑。钟嵘十分重视曹植、王粲、刘桢、阮籍、苏武、嵇康等人的某些五言诗佳作，高度评价为“篇章之珠泽，文采之邓林”，由此也可见，他把内容与外在词采同时并重，至于反对八病说则有其本人思想的局限性，不能不说是瑕疵。

南朝齐的永明体可以被视为从古体诗转变为格律诗的桥梁，从自由化走向格律化正体现了中国古代诗歌的发展走上了飞跃性的崭新阶段，出现了具有一定格式的押韵回环美、平仄音乐美、对仗对称美等和谐流畅的美感，使之成为圆之有规、方之有矩，这种始有定规的新诗体在中国诗坛上独领风骚，有着旺盛的生命力，一千多年来绵延不绝。

笔者现选唐代格律诗八例，从内容与形式上进行评析。

例一：

同王征君湘中有怀

张　谓

八月洞庭秋，潇湘水北流。
还家万里梦，为客五更愁。
不用开书帙，偏宜上酒楼。
故人京洛满，何日复同游。

这首五律怀乡之作，直抒胸臆，不重雕饰，语言平易，自然亲切。自然景色触发了作者的创作动机，既符合“春秋代序，阴阳惨舒，物色之动，心亦摇焉”（刘勰：《文心雕龙・物色》）的文学论述，也认同了钟嵘“气之动物，物之感人”（《诗品序》）之说。全诗押韵、平仄、对粘、对仗皆准确，完全达到了格律诗的规范，其最大的特点在于一、三、五、七句的尾字“秋”（平）、“梦”（去）、“帙”（入）、“满”（上），囊括了四声，极尽变化，可窥见作者写诗技巧之娴熟，此诗内容与形式不失为佳作。

例二：

登　高

杜　甫

风急天高猿啸哀，渚清沙白鸟飞回。
无边落木萧萧下，不尽长江滚滚来。
万里悲秋常作客，百年多病独登台。
艰难苦恨繁霜鬓，潦倒新停浊酒杯。

这首七律是诗人晚年夔州（今重庆市奉节）登高之作。内容上，首联与颔联写景，气势奔放，澎湃激荡，以“无边落木”与“不尽长江”驾驭雄浑气象；颈联与尾联抒情，感情强烈，倾诉了作者“常作客”的长期漂泊生涯，时光易逝，壮志难酬，不觉两鬓繁霜老病苦恨，本来还可以用低价的浊酒浇愁，现今却贫病潦倒停杯辍饮了，其蕴含的内心沉郁悲痛，通过赋诗宣泄了无穷忧伤。刘勰曾说：“登山则情满于山，观海则意溢于海，我才之多少，将与风云而并驱矣。”（《文心雕龙・神思》），这首诗可用来验证。形式上，全诗首句用韵，四对仗，一气呵成，字工句炼，历代诗评家褒多贬少，明胡应麟《诗薮》评曰：“此诗自当古今七言律第一，不必为唐人七言律第一也。”

例三：

和晋陵陆丞早春游望

杜审言

独有宦游人，偏惊物候新。
入上去平平　平平入去平
云霞出海曙，梅柳渡江春。
平平入上去　平上去平平
淑气催黄鸟，晴光转绿蘋。
入去平平上　平平上平平
忽闻歌古调，归思欲沾巾。
入平平上去　平去入平平

注：第八句的“思”，古音可作平声也可作去声，这里读“四”，去声，作“悲”释义。《诗经·小雅·雨无正》：“鼠思泣血，无言不疾。”（译意：听此话悲伤至极，连血都哭出来了，有人默不作声，不怨恨。）第三句的“曙”，古音去声六御韵，今音读shǔ，上声。

晋陵（今江苏常州）县丞陆某曾赋《早春游望》，作者以此诗唱和。首联表述了江南早春时节宦游人“独有”的异乡宦游之愁绪，因“偏惊”时序气候变化而带来自然景物之变化，深有感触。“物候”是如何呈现“新”呢？作者在颔联与颈联具体描绘了江南的早春风光，先写江海曙光喷薄出一片似锦云霞，梅柳枝头的绽放渐从江南移向江北报春，再写黄莺欢歌与水中蘋草转绿，烘托出自然界的蓬勃生机。尤其是栩栩如生的颔联，看似寻常，实际是经过反复推敲，熔铸辞采千锤百炼而成，意境优美，文采斐然。尾联“忽闻歌古调，归思欲沾巾”，“古调”当然是指陆丞的原诗，这不禁引起感情至深的作者归思之痛，悲歌沾巾。全诗不仅音律严谨，所用八句四声悉异，没有一句相同；在一、三、五、七句中每句四声俱备。就内容与形式看，此诗可推尊为文质兼备的上乘之作了。

例四：

近试上张水部

朱庆馀

洞房昨夜停红烛，待晓堂前拜舅姑。
妆罢低声问夫婿，画眉深浅入时无？

这首七绝是唐代参加进士考试前的“行卷”之作。作者以“新娘”自喻，“舅姑”喻主考官，“夫婿”喻张籍水部郎中。后两句是关键所在，暗示自己诗文是否合乎时尚？能否博得主考官的青睐？语言自然优美，通俗清新。以闺房夫妻之乐，移作“行卷”之用，作者运用赋体起到比兴之妙，比喻贴切，诗尽意未尽，可谓匠心独具。后张籍肯定他的作品并回酬：“越女新妆出镜心，自知明艳更沉吟。齐纨未足时人贵，一曲菱歌敌万金。”此诗由此及彼，同样丝丝入扣，挥洒自如，两者相得益彰，均是以构思取胜的佳作。

例五：

行　宫

元　稹

寥落古行宫，宫花寂寞红。
白头宫女在，闲坐说玄宗。

这首五绝的首句是作者对骊山行宫的凄凉衰败发出慨叹，寓凭吊之意，接下来第二句，宫花正开，但为谁而开？花主早不在，用“寂寞”二字渲染了古行宫的愈加败落，倍觉凄凉，令人有从“开元盛世”到“安史之乱”后的历史盛衰两重天之感。此诗前两句主要是用“静”的笔法对情景的描述。后两句作者改用“动”的笔法进行陈述，宫女进宫时都是百里挑一的年轻美貌者，而今都变成白发老妇，无事皆闲坐聊聊玄宗了。不是吗？昔日骊山行宫“瑶池气郁律，羽林相摩戛。君臣留欢娱，乐动殷胶葛。赐浴皆长缨，与宴非短褐”。“中堂舞神仙，烟雾散玉质。暖客貂鼠裘，悲管逐清瑟。劝客驼蹄羹，霜橙压香橘”。排场是何等豪华！宫廷生活是何等奢侈！闲坐聊李隆基与杨玉环的事太多了。短短二十个字的五绝留下了许多联想：哀悼玄宗与贵妃的马嵬遗恨，叹息宫女们自身身世的空虚不幸，惋惜历史盛衰的剧变，严厉谴责了“朱门酒肉臭，路有冻死骨”的不同人生际遇与社会不公的深刻矛盾……

这首诗文约意广，以小见大，小诗大内容。形式上精要简练，形象鲜明生动，读后感慨万千。

例六：

西掖省即事

岑　参

西掖重云开曙晖，北山疏雨点朝衣。
千门柳色连青琐，三殿花香入紫微。
平明端笏陪鹓列，薄暮垂鞭信马归。
官拙自悲头白尽，不如岩下掩荆扉。

注：颔联上句中的“青琐”，古代门名，“琐”读上声。下句中的“紫微”，指中书省，因院内多植紫薇，又别称“紫薇省”。“青琐”与“紫微”巧妙成偶。

这首七律是作者写清晨去西掖省（中书省）上班前按例先朝拜帝王的抒怀诗。首联描述了上朝时遇阴雨初开曙光，稀疏雨点打湿自己的朝衣；颔联写中书省院内的环境幽雅；颈联直接诉说了自己在黎明端笏上早朝像鹓鸟有序的例行朝班程式，薄暮时分才归，一个“陪”字突出了作者官卑禄微的无聊生活和慵倦心态；尾联则直截了当不无牢骚地说自己官拙头白“不如岩下掩荆扉”。

作者是盛唐著名边塞诗人，与高适齐名，志在建功立业，但对当时的国事和个人前途，深表失望。此诗一反委婉曲折，直言不讳，痛苦无奈之心情溢于言表。全诗三对仗，对仗工整，因情立体直率，"譬激水不漪"。

例七：

和孙明府怀旧山

雍 陶

五柳先生本在山，偶然为客落人间。
秋来见月多归思，自起开笼放白鹇。

这首七绝是作者与一位官居县令的孙姓友人的和诗。前两句用"五柳先生"为别号的晋代陶渊明来比喻作者友人孙明府（明府是对县令的尊称），不愿为五斗米折腰的官场生活而欲弃官归隐。后两句则写其友人在秋夜抬头见皓月，令人有欲归会亲之悲痛，想起了被自己关在笼子里的鹇鸟也应当开笼让它回归大自然，隐含推己及人的兼爱，也有厌倦污浊官场以保全自身清高品格的意愿。作者是唐文宗李昂大和八年(834)进士，时与张籍、王建、贾岛、姚合等过从甚密。唐代文学发展已处于中期，诗歌作品不复有黄钟大吕般的盛世之音了。

例八：

寒 塘

赵 嘏

晓发梳临水，寒塘坐见秋。
乡心正无限，一雁度南楼。

这首五绝是见秋抒怀诗。首句写作者在异乡早晨于寒塘临水梳头，以水代镜。次句描写坐在塘畔，水清且寒，既感慨羁旅之愁，又惊见悲秋季节，岁月易逝，为后两句怀乡思归作铺垫。"乡心正无限"反映了作者对故乡情思至深，末句以孤雁南飞的实景引起作者感同身受的无限惆怅。这首诗与作者另一首七律《齐安早秋》中的"思家正叹江南景，听角仍含塞北情"相类似，看似平常，实寓深情。全诗内容题材虽不大，但形式上写得清丽，极尽参差。

自先秦西汉起，我国文学经过长期发展，至唐代全面繁荣，唐代诗歌踏上了光辉灿烂的时代，其中李杜诗篇更是登上了两座高峰，其辉煌成就是历史上任何一个朝代无法比拟的。因此笔者认定《全唐诗》中的诗篇无下品，只有上、中品。

从上述八例的内容与形式看，笔者推崇诗例二《登高》为七律上品，诗例六《西掖省即事》为七律中品；推崇诗例三《和晋陵陆丞早春游望》为五律上品，诗例一《同王征君湘中有怀》为五律中品；推崇诗例四《近试上张水部》为七绝上品，诗例七《和孙明府怀旧山》为七绝中品；推崇诗例五《行宫》为五绝上品，诗例八《寒塘》为五绝中品。

古代圣哲对内容与形式的合理论述，为发展中华优秀传统文化奠定了深厚根底，理当名垂后昆，受后人之景仰。

第十七章　格律诗自产生到成熟定型过程中作出贡献的重要人物

格律诗发源于“永明体”。

以齐武帝萧赜的次子竟陵王萧子良为首的西邸文人集团，于永明年间居鸡笼山西邸。据《南齐书·卷四》载：“招致名僧，讲语佛法，造经呗新声，道俗之盛，江左未有也。”又据《南齐书·陆厥传》载：“永明末，盛为文章。吴兴沈约、陈郡谢朓，琅邪王融以气类相推毂。汝南周颙善识声韵。约等文皆用宫商，以平上去入为四声，此制韵，不可增减，世呼为‘永明体’。”后来的《梁书·庾肩吾传》又载：“齐永明中文士王融、谢朓、沈约文章始用四声，以为新变。”从以上历史文献看，我们可以肯定沈约、谢朓、王融、周颙四人是永明声律论的主要倡导者。

萧子良，字云英，萧长懋之弟，建元四年(482)进为竟陵郡王。爱好佛学，礼贤下士，天下才俊皆归附。他领导的西邸文人集团囊括了“竟陵八友”(沈约、王融、谢朓、萧琛、范云、任昉、陆倕、萧衍)，当时影响最大。这个文学团体，在萧子良主持下“善立胜事，夏月客至，为设瓜饮及甘果，著之文教。士子文章及朝贵辞翰，皆发教撰录”(《南齐书·萧子良传》)。此外，他们致力于诗歌声律理论的研究，硕果累累，促使了中国诗歌创作上突破性的发展。萧子良以尊显的政治地位与组织者的身份，顺应时代潮流，成就了“永明体”的产生，功成不居，值得一提。

周颙，字彦伦，汝南安城人。他泛涉百家，长于佛理，善识声韵。在具体佛经审音考文工作中发现汉字本身就存在四声，后著《四声切韵》一书，这一突破性的贡献，功不可没。

沈约，字休文，吴兴武康人。博通群籍，精于文史，著述繁丰，历仕宋、齐、梁三代。在四声基础上提出了“四声八病”之说，著有《四声谱》。明胡震亨《唐音癸签》评：“律体虽成于唐，实权舆沈约声病之说。”其说比较公允。

王融，字元长，琅邪临沂人。神明警惠，文辞辩捷，精通音律。萧子良对他的文辞援笔尤为赏识。对声律论，钟嵘《诗品序》提及：“王元长创其首，谢朓、沈约扬其波。”周颙、沈约、王融三人在佛经审音考文工作中，着重探索新体诗的形式美，建树卓著。

谢朓，字玄晖，陈郡阳夏人，其母乃宋文帝刘义隆之女长城公主。本人文章清丽，少有美名，擅长草隶书法，诗歌成就杰出，时称“小谢”。当时及后来的知名诗人对他好评如潮，萧衍说：“不读谢诗三日，觉口臭。”沈约评：“二百年来无此诗也。”李白曰：“解道澄江净如练，令人长忆谢玄晖。”杜甫曰：“谢朓每篇堪讽诵，冯唐已老听吹嘘。”

谢朓作诗为配合沈约“四声八病”说，力求平仄协调，对仗工整，声韵抑扬，尤其讲究词采典雅，意境优美，内容丰满。例如他的《之宣城郡出新林浦向板桥》中的“天际识归舟，云中辨江树”就是脍炙人口的名句。当然，谢朓没有完全跳出“八病”圈子，如他的《同王主簿有所思》：“佳期期末归，望望下鸣机。徘徊东陌上，月出行人稀。”这首五言诗韵脚严谨，但第一句的第二字“期”与第五字“归”，同为平声，犯了蜂腰病；第二句与第三句失粘。沈约本人同样没有跳出自己规定的圈子。如《和刘中书仙诗二首·其二》：“殊庭不可及，风熛多异色。霞衣不待缝，云锦不须织。”此诗韵脚用仄声，但第二字“庭”与第七字“熛”，同为平声，犯了平头病。尽管八病说束缚过甚，然而时人择善而从。谢朓是新体诗的杰出人物，这是毋庸置疑的。

公元502年，梁取代齐。梁武帝萧衍原本是“竟陵八友”之一，称帝后仍热衷于诗歌创作，但偏爱乐府民歌，其代表作《西洲曲》：“……采莲南塘秋，莲花过人头。低头弄莲子，莲子青如水。……鸿飞满西洲，望郎上青楼。楼高望不见，尽日栏杆头。栏杆十二曲，垂手明如玉……”曾受沈德潜好评：“续续相生，连跗接萼，摇曳无穷，情味愈出。似绝句数首攒簇而成，乐府中又生一体。初唐张若虚、刘希夷七言古，发源于此。”(《古诗源》)萧衍似乎把永明体的五言绝句“数首攒簇”并以“顶针法”移用到乐府民歌中来，衍生出乐府又一体。也称得上是另一类修辞手法。后来也影响到唐代格律诗的修辞运用，比如元稹《行宫》：“寥落古行宫，宫花寂寞红。”李白《登金陵凤凰台》：“凤凰台上凤凰游，凤去台空江自流。”李商隐《锦瑟》：“锦瑟无端五十弦，一弦一柱思华年。”等等。

大宝元年(550)，梁武帝第三子萧纲即位，主张“立身之道与文章异，立身先须谨重，文章且须放荡”。他是宫体诗倡导者，当时诗风相近的还有徐离、徐陵父子，庾肩吾、庾信父子，时人也把宫体诗称之为“徐庾体”，其中徐陵是代表人物。

徐陵，字孝穆，东海郯人。早年任太子萧纲东宫学士，为萧纲文学集团中主要成员，擅长诗歌与骈文。简文帝令他编《玉台新咏》，他在《玉台新咏序》中说：“燃脂暝写，弄笔晨书，撰录艳歌，凡为十卷。”此书共收诗769篇，目的在于专门提倡一种言情绮靡之诗风，其体例亦属首创。近代著名文学家梁启超予以肯定，认为选诗比《文选》高明。永定元年(557)，陈武帝陈霸先取代梁后，徐陵入陈，历任高官，备受厚遇，更有“业高名辈”、“一代文宗”、“国家大手笔”之誉。徐陵作诗讲究对仗与格律的完善，追求辞藻华美，如《别毛永嘉》：“愿子厉风规，归来振羽仪。嗟余今老病，此别空长离。白马君来哭，黄泉我讵知。徒劳脱宝剑，空挂陇头枝。”此诗情真意切，凄怆哀痛。沈德潜《古诗源》评：“似达愈悲，《孝穆集》中，不易多得。”但第四句的“空长离”，犯了三平调。再如《关山月・其二》：“月出柳城东，微云掩复通。苍茫萦白晕，萧瑟带长风。羌兵烧上郡，胡骑猎云中。将军拥节起，战士夜鸣弓。”这首诗三对仗，颔联与颈联对得工整，末联也对仗，读来音韵铿锵，具有浓郁的回环之美，惜乎第四句与第五句失粘，第六句与第七句失粘，拗口不爽，然而以上二例皆接近格律诗的标准。就内容而言，夜景描写形象生动，由于胡兵的侵犯令人怒火中烧，通过尾联将士们的警觉备战，誓死卫国抗敌的潜在气势跃然纸上，让读者动容。宫体诗固然不足称道，应予摈弃，但徐陵追求格律完美，讲究辞藻典雅，为格律诗的逐步成熟而所作努力是无可非议的。

庾信，字子山，南阳新野人，早年随父出入萧纲之东宫，后为东宫学士，与徐陵齐名。梁元帝承圣三年(554)，出使西魏被羁留，遂仕西魏。后入北周，官至骠骑大将军、开府议同三司，洛州刺史，又称“庾开府”。前期在梁时作品多声色逸乐，内容空虚贫乏，“绮艳”诗风为其特征。后期在西魏、北周时作品多突出羁旅伤愁，亡国之哀，诗风变为凄凉深沉，其散文名作《哀江南赋序》自诉：“华阳奔命，有去无归。中兴道销，穷于甲戌。三日哭于都亭，三年囚于别馆。”这是庾信本人身世遭遇与屈节仕敌内心深创的真实抒写。因而，其诗作多乡关之思，郁抑感人，如羁留北周时作的二十七首《拟咏怀》即反映了庾信当时的内心情感。庾信后期诗作对语辞的锤炼，意境结构，可以说是为情而造文，造诣很深，有“绮艳”、“清新”、“老成”三者兼具之誉，直接影响唐诗的发展。杨慎《升庵诗话》评曰：“庾信之诗，为梁之冠绝，启唐之先鞭。”大诗人杜甫《戏为六绝句・其一》：“庾信文章老更成，凌云健笔意纵横。”当不为过。

何逊，字仲言，东海郯人。聪颖好文学，八岁能诗，二十岁州举秀才。梁天监中，任安成王萧秀参军，兼尚书水部郎。何逊刻意追求对仗工整，审音炼字尤见功力，对推动唐诗的发展具有直接影响力。他的《日夕望江山赠鱼司马》：“湓城带湓水，湓水萦如带。日夕望高城，耿耿青云外。……歌黛惨如愁，舞腰凝欲绝。……早雁出云归，故燕辞檐别，昼悲在异县，夜梦还洛汭。……的的帆向浦，团团月映洲。谁能一羽化，轻举逐飞浮。”这首诗对仗工整，而声韵之美与萧衍《西洲曲》相似，于此可见其不凡的审音炼字功底。另一首《入西塞示南府同僚》：“露清晚风冷，天曙江光爽。薄云岩际出，初月波中上。”更是让后来的大诗人杜甫汲取营养，得益良多。杜甫五律《宿江边阁》：“暝色延山径，高斋次水门。

薄云岩际宿，孤月浪中翻。鹳鹤追飞静，豺狼得食喧。不眠忧战伐，无力正乾坤。”其中的颔联就是受“薄云岩际出，初月波中上”的启发化用而来，难怪杜甫自己也坦言：“颇学阴何苦用心。”

阴铿，字子坚，武威姑臧人。博涉史传，擅长五言，时人所重。仕梁时，曾任湘东王萧绎法曹参军，入陈，任始兴王陈伯茂录事参军。诗工锤炼，时与何逊齐名，世称“阴何”。其佳作《和傅郎岁暮还湘州》：“苍茫岁欲晚，辛苦客方行。大江静犹浪，扁舟独且征。棠枯绛叶尽，芦冻白花轻。戍人寒不望，沙禽迥未惊。湘波各深浅，空轸念归情。”此诗颈联最堪玩味：岁暮将至，游子乘扁舟独行，只见受寒的干枯棠树深红色的叶子纷纷飘落殆尽，差不多要变成光秃秃的树了；芦苇经过寒冻的侵袭，芦花越发显露出洁白轻盈，在凛冽的西风中摇曳不止。“枯”与“冻”，“尽”与“轻”对偶何等精妙！意境又如此浑融，其细心雕琢，清新隽永，确是传诵后世的状景名联。阴铿对格律诗发展的影响，跟何逊相比，堪称伯仲。

江总，字总持，济阳考城人。士族出身，笃学有辞采。为人处世圆融，正如他的《修心赋》所言：“岂降志而辱身，不露才而扬己。”梁时任太子中舍人，陈后主时，任尚书令。据《陈书》本传：“后主之世，总当权宰，不持政务，但日与后主游宴后庭，共陈暄、孔范、王瑗等十余人，当时谓之狎客。由是国政日颓，纲纪不立，有言之者，辄以罪斥之，君臣昏乱，以至于灭。”江总岂止名声不佳，且难脱祸国之咎。就中国诗歌发展而言，他擅五言七言，尤其是七言诗创作，对仗精工，音韵流转，声情并茂，曾为初唐七言歌行做出一定的贡献。他的《闺怨篇》：“寂寂青楼大道边，纷纷白雪绮窗前。池上鸳鸯不独自，帐中苏合还空然。屏风有意障明月，灯火无情照独眠。辽西水冻春应少，蓟北鸿来路几千。愿君关山及早度，念妾桃李片时妍。”此诗五联十句，联联对偶，韵脚严谨，悦耳动听。内容属艳情哀感，形式却流丽，虽有失粘不合律处，但已开唐诗排律之体。另一首《于长安归还扬州九月九日行薇山亭赋韵》：“心逐南云逝，形随北雁来。故乡篱下菊，今日几花开。”这首诗从平仄、押韵、对粘、对仗来衡量已经成熟，完全合乎五言绝句的要求，而且意境之美颇有朝着“情必极貌以写物，辞必穷力而追新”的方向去做，体现了融情于景的艺术特色。

李世民，即唐太宗，陇西成纪人。高祖李渊之子，先为秦王，武德九年(626)继位，在位二十三年。他鉴往知来，文治武功，创造出一个国富兵强，经济发展，社会安定，文艺繁荣的贞观治世，确实做到了济“世”安“民”。

王绩，字无功，自号东皋子，绛州龙门人。贞观时，任太乐丞。嗜酒如命，有“斗酒学士”之称。因怀才不遇，自持清高，寄情田园山水。他的诗作清新淳朴，最早冲破齐梁余习，尽洗陈、隋绮丽颓靡之风，为盛唐之音初绽第一枝早梅，用

“前村深雪里，昨夜一枝开”来形容，是恰当的。其名作《野望》：“东皋薄暮望，徙倚欲何依？树树皆秋色，山山唯落晖。牧人驱犊返，猎马带禽归。相顾无相识，长歌怀采薇。”这首诗押韵、平仄、对粘、对仗已全部符合五律标准，语言自然，诗境雅淡，在初唐诗坛上率先领唱。清翁方纲《石洲诗话》评曰：“以真率疏浅之格，入初唐诗家中，如鸾凤群飞，忽逢野鹿，正是不可多得也。”王绩开了个好头，功德无量。格律诗在追求形式美的同时也重视与内容美相匹配，否则唐诗何能享誉古今中外呢？

上官仪，字游韶，陕州陕县人。博览经史，精工文词，贞观初进士。太宗、高宗时宫廷诗人。《旧唐书》本传载：“本以词采自达，工于五言诗，好以绮错婉媚为本。仪既显贵，故当时多有敩其体者，时人谓为上官体。”可见当时上官仪诗歌的影响力。他把汉魏六朝以来的诗歌对仗在刘勰所说的言对、事对、正对、反对四种对仗的基础上又拓展为“六对”与“八对”。“六对”指正名对、同类对、连珠对、双声对、叠韵对、双拟对；“八对”指地名对、异类对、双声对、叠韵对、联绵对、双拟对、回文对、隔句对。后来日僧遍照金刚《文镜秘府论》归纳各家提出的二十九种对，足见时人对诗歌对仗的重视与深入，但也暴露出过于繁琐，亟须删繁就简，使其适应发展，犹如“八病说”之难以做到，只能择善而从。上官仪的“六对”与“八对”标志着初唐格律诗对仗形式美的成熟与完善。

杜审言，字必简，襄州襄阳人，杜甫之祖父。高宗时进士，后任国子监主簿，修文馆直学士。恃才傲物，诗书兼长，与李峤、崔融、苏味道并称“文章四友”。当时，他对格律诗的开拓有四点贡献：擅写五言律诗，使这一诗体在初唐继续确立并影响全唐；所作七言绝句已相当成熟，这在当时亦属不易；所作七律虽少，但不能低估其影响力；为五言排律诗体作出努力，难能可贵。

杜审言《和晋陵陆丞早春游望》是一首格律严整的五律，写景抒情，意境优美，为人称道，胡应麟《诗薮》推尊为初唐五言律诗第一。再如七言绝句《渡湘江》：“迟日园林悲昔游，今春花鸟作边愁。独怜京国人南窜，不似湘江水北流。”属二对仗。在七绝中比较难做。胡应麟认为此种诗体在当时“初变梁、陈，音律未谐，韵度尚乏。唯杜审言《渡湘江》、《赠苏绾》二首，结皆作对，而工致天然，风味可掬。”(《诗薮》)作者确具敢为天下先的胆识。其七律《春日京中有怀》尾联：“寄语洛城风日道，明年春色倍还人。”可谓妙结，备受赞赏。他的五言排律《和李大夫嗣真奉使存抚河东》长达四十韵，这对仅有六韵十二句的初唐诗歌来说，是别开生面的。当然，后来杜甫排律承袭其祖多至百韵，元稹、白居易又再扩展到百韵以上。杜审言为格律诗的发展及其后续效应所做出的贡献，是十分显著的。

王勃，字子安，绛州龙门人，王绩侄孙。任沛王府侍读，因戏作《檄英王鸡》，触怒高宗被逐。早慧喜文，为初唐四杰之一。对当时绮错婉媚的“上官体”尤为不满，认为“骨气都尽，刚健不闻”，因而“思革其弊，用光志业”（杨炯：《王子安集序》）。他的代表作《送杜少府之任蜀川》：“城阙辅三秦，风烟望五津。与君离别意，同是宦游人。海内存知己，天涯若比邻。无为在歧路，儿女共沾巾。”这首五律意境开阔，文情跌宕，格调爽朗，既微露伤感又具劝慰，主旨却在互勉与振奋，一扫“黯然销魂者，唯别而已矣”的苦楚。胡应麟《诗薮》评曰：“唐初五言律，唯王勃‘送送多穷路’、‘城阙辅三秦’等作，终篇不著景物，而兴象婉然，气骨苍然，实首启盛、中妙境。”就艺术形式来看，首联以“地名对”对仗，十分工整，颔联未对仗，颈联再对仗，可视为“偷春格”。特别是“海内存知己，天涯若比邻”这一传世名句，迄今仍然被人们经常引用。

杨炯，华阴人。曾任校书郎、崇文馆学士、盈川县令。少有神童美誉，仕途不顺。擅长五律，为初唐四杰之一。他对宫体诗深恶痛绝，视为“争构纤微，竞为雕刻。糅之金玉龙凤，乱之朱紫青黄”。竭力支持王勃的诗歌革新主张，赞扬王勃所为“积年绮碎，一朝清廓，翰苑豁如，词林增峻”。杨炯名作《从军行》：“烽火照西京，心中自不平。牙璋辞凤阙，铁骑绕龙城。雪暗凋旗画，风多杂鼓声。宁为百夫长，胜作一书生。”这首五律写得慷慨激昂，酣畅淋漓，掷地有声，极具气势，展示了作者宁可投笔从戎的远大政治抱负，尽扫绮错婉媚之风。在当时初唐诗坛上，让人耳目一新。艺术上，除首联外，三联皆对仗，颔联、颈联对得工整，尾联不以个人进退为据尤其显得豪迈，反映了格律诗在初唐四杰手中的成熟程度。大诗人杜甫在《戏为六绝句·其二》中赞扬“王杨卢骆当时体，……不废江河万古流”，是循名责实之言。

陈子昂，字伯玉，梓州射洪人。出身殷富之家，十八岁始读书钻研，泛涉群籍。文明元年(684)中进士，诣阙上书，受武后赏识，后官右拾遗，敢于上谏。他兼擅古体诗与格律诗，坚决反对齐梁余习。在初唐四杰清廓浮靡的基础上，进一步革新诗文，针砭时弊，为唐诗走向完美的境界完成了铺垫。他的五律《度荆门望楚》：“遥遥去巫峡，望望下章台。巴国山川尽，荆门烟雾开。城分苍野外，树断白云隈。今日狂歌客，谁知入楚来。”此作叙述了诗人以“狂歌客”自喻，出巴蜀、渡荆门、望楚地的纪行，通过状景写情，抒发了热爱祖国大好河山的心怀。自有意境，格调深沉，兼有豪迈气概。全诗首联、颔联、颈联三对仗，反映了陈子昂对格律诗对仗的重视与精工。“早知粉黛非真色，晚觉雕镌损自然”，南宋刘克庄《后村诗话》针对他提倡汉魏风骨，有如下一番评述：“唐初王、杨、沈、宋擅名，然不脱齐梁之体，独陈拾遗，首倡高雅冲淡之音，一扫六代之纤弱，趋于黄初、建安矣。”沈德潜更是直截了当地说陈子昂的诗作开创了杜诗现实主义先河，沈德潜《唐诗别裁集》载：“前此风格初成，精华未备，子昂崛起，坚光奥响，遂开少陵之先。”

沈佺期，字云卿，相州内黄人。唐高宗上元二年(675)进士，后官至中书舍人，太子少詹事。著名宫廷诗人，诗多奉和应制，尤擅长七律，对格律诗之完善定型，居功尤伟，与宋之问齐名，并称“沈宋”。据《新唐书·宋之问传》载：“魏建安后迄江左，诗律屡变，至沈约、庾信以音韵相婉附，属对精密。及之问、沈佺期又加靡丽，回忌声病，约句准篇，如锦绣成文。学者宗之，号为沈、宋。”沈的七律《古意呈补阙乔知之》(又题《独不见》)：“卢家少妇郁金堂，海燕双栖玳瑁梁。九月寒砧催木叶，十年征戍忆辽阳。白狼河北间音书断，丹凤城南秋夜长。谁谓含愁独不见，更教明月照流黄。”此诗以思妇征人为题材，在格律上完全合律，无可挑剔，可以归结为“回忌声病，约句准篇，如锦绣成文”。为世人传诵。何景明等推此诗为唐七律之冠，王夫之更是将此诗四联推向极致：“从起入颔、羚羊挂角。从颔入腹，独茧抽丝。第七句狮吼雪山，龙含秋水，合成旖旎，韶采惊人。古今推为绝唱，当不诬。”(《唐诗评选》)

唐中宗神龙元年(705)，沈佺期因媚附武后宠臣张易之被流放驩州，诗风随之而转变，因此在后期写下了具有真实情感、失意离愁的作品，如《夜宿七盘岭》：“独游千里外，高卧七盘西。山月临床近，天河入户低。芳春平仲绿，清夜子规啼。浮客空留听，褒城闻曙鸡。”这首五律即是作者流放岭外时所作，“独游”也好，“高卧”也罢，以昔日宫廷宠臣沦为今日流放之徒，只不过是一种出于无奈的自慰与自欺，以便获得暂时的解脱而已。正因为“高卧”才可仔细领略山中明月清辉泻窗，天上银河繁星入户，如此美景也许是常人难以得见，只有当了犯官方能因情造景并因景抒情。孤寂独愁的滋味重现芬芳的春天，银杏树绿意盎然，清夜只闻杜鹃鸟的阵阵哀啼，“我”彻夜难入眠呀！又听到邻地褒城的晨鸡正在报晓了。作者失意离愁，无限惆怅，写得凄楚感人。这首诗节奏和谐，音韵悦耳，对仗工整，意境优美，足见作者构思之巧妙，诗艺之娴熟。从以上两个诗例看，格律诗在沈、宋二人手中定型已经是水到渠成了。

宋之问，字延清，汾州人，一说虢州弘农人。上元二年(675)进士，后官至考功员外郎。与沈佺期同为宫廷诗人，世称“沈宋”，一生中三次遭贬。多奉和应制之制，讲究对仗，为格律诗完善定型做出贡献。他的代表作《度大庾岭》：“度岭方辞国，停轺一望家。魏随南翥鸟，泪尽北枝花。山雨初含霁，江云欲变霞。但令归有日，不敢恨长沙。”这首三对仗的五律，音韵流畅，属对精密，格律严整，堪称定型之范例。内容上，首联表现了作者对“国”对“家”的眷恋。颔联流露出无限的悲怆凄凉，用词委婉而有力。颈联企盼天雨欲晴，彩霞展现，用景语抒写心语，以景结情。尾联用西汉贾谊遭贬长沙后被皇帝召回京师事，其用意与希望是十分明确的。另一首《途中寒食》：“马上逢寒食，愁中属暮春。可怜江浦望，不见洛阳人。北极怀明主，南溟作逐臣。故园肠断处，日夜柳条新。”这首五律的首联与颈联，对仗特别严整，难能可贵，也可视为“偷春格”。此诗是作者因媚附张易之遭贬谪在途中所作，其心境与《度大庾岭》是相似的，故在艺术上都是刻意精工而在内容上却不失真情。

格律诗自产生历经二百余年的发展才告成熟定型，其间经过几个朝代许多诗人、学者的努力，甚至帝王、大臣的亲身参与，用“集体创制”四字来叙述应是恰当的。遵循有严谨声律格式的格律诗，又称“律诗”、“近体诗”、“今体诗”，这种诗体成熟定型于初唐后期，极盛于全唐，上到帝王将相，下至平民百姓，写诗吟诗，蔚为朝野风尚。唐人将此诗体看做是本朝诗体，以区别于以往的古体诗，故又称“今体诗”，凝聚着一种亲昵感与自豪感。唐诗之所以能流传至今，驰誉中外，其重要原因乃格律诗当朝自成一体，并与其他诗体和谐融合。仅以清人汇编的《全唐诗》来说，收有作品四万八千九百余首，作者二千二百余人。宋诗上承唐诗，作者与作品的数量则远远超过唐诗，也可反映出唐诗辉煌成就的后续性。格律诗作为唐人的诗体，从宋以后又一直绵延到晚清不衰，于此也可窥见一千多年来其生命力之旺盛强大，颇能从一个重要侧面烘托出中华民族的悠久历史和灿烂文明。

第十八章　汉诗走向世界

第一节　汉语古诗英译存在着“诗无达诂”和“律诗对仗”两大难题

有影响力的汉语古诗英译作品问世始于19世纪末，最早的是一位英国传教士詹姆斯·理雅各(James Legge)的《中国经典》(*The Chinese Classics*)。此后直至20世纪后期，境外译家先后有英国人、美国人、日本人、新西兰人等。他们对李白、杜甫、孟郊、韩愈等诗人的诗歌都有选译作品面世。改革开放以来，国内译家们的译作则囊括了《诗经》、《楚辞》、《汉魏六朝诗》、唐诗、宋词，甚至扩大到了元、明、清诗的选译，翻译内容丰富，风格多元化，大有“百舸竞流”之势。

在中外学者的共同努力下，我国古典诗歌不但迈出国门走向世界，促进了中外文化交流，且也提升了本身的国际影响，这是一个非常可喜的现象。

把汉语古诗原汁原味地译传出国，是一大难题。在中国翻译界本来就存在着“译诗难，译中国诗更难”这一基本共识。说到这里，令人联想起清末民初的著名学者严复，他曾译过九种西洋哲学及学术思想的著作，以《天演伦》影响最大。他提出了翻译的三大标准：“信、达、雅”，要求译者忠于原著，融通原著的“神理”，能正确表达，做到“信”与“达”，并要求行文雅驯，具有一定文采，做到“雅”。另一位小说翻译家林纾(琴南)，他译过大量外国小说，如英国的莎士比亚、狄更斯、司各特；美国的欧文、斯托夫人；法国的大仲马、小仲马、巴尔扎克；挪威的易卜生；西班牙的塞万提斯；俄国的托尔斯泰；日本的德富健次郎等等。林纾翻译小说的最大缺陷，就是他本人不懂外文，全由合作者口译后再由他用文言文笔述，因此在相当大的程度上是取决于合作者的口译水平与对原著的理解领会，他至多只能局限于“雅”，至于“信、达”则必须倚仗别人了。故他在《洪罕女郎传》的译跋中不无遗憾地说：“予颇自恨不知西文，恃朋友口述，而于西人文章妙处，尤不能曲绘其状。故于讲舍中敦喻诸生，极力策勉其恣肆于西学；以彼新理，助我行文，则异日学界中定更有光明之一日。”而我国古诗英译的译家们就跟林纾情况迥然不同。横在他们面前的两大难题就是中国诗学原本就存在的“诗无达诂”与“律诗对仗”。

《孟子·万章上》:“说《诗》者,不以文害辞,不以辞害志,以意逆志,是为得之。”这是说,说《诗经》的人,不要拘于文字去误解诗句的含义,不要以诗句的表面意义去曲解作者作诗的原意。这与“信、达”并无矛盾,且是一致的,也是严复遵奉前贤所作的另一种表述。这段话不仅仅指《诗经》,可以引申到全部中国古典诗歌。

沈德潜《唐诗别裁集·凡例》有如下之说:“古人之言包含无尽,后人读之,随其性情浅深高下,各有会心。如好《晨风》而慈父感悟,讲《鹿鸣》而兄弟同食,斯为得之。董子云:‘诗无达诂’。”孟子以《诗经》为说例,沈德潜以《诗经》中的《晨风》和《鹿鸣》为说例,两人观点前后相同,同样反映了“诗无达诂”这一客观事实的存在。

“诗无达诂”是指诗的语词很难有同一个解读标准,因为诗歌是以形象思维为主的,具有模糊性,界定困难,允许见仁见智。笔者认为,“诗无达诂”能适用于某些诗,但未必能适用于所有诗,它的涵盖面具有局限性。这里举三个诗例来说明:

例一:少小离家老大回,乡音无改鬓毛衰。
儿童相见不相识,笑问客从何处来?
(贺知章:《回乡偶书·其一》)

作者于唐武则天证圣元年(695)中进士,唐玄宗天宝三年(744)告老归乡,写此诗时已八十五岁了。这首诗表达了作者的风趣与感慨,明白如话,诗意跃然纸上。

中国译家万昌盛等将此诗英译如下:

I left home when young, now returned, I become old,
My accent as before, yet thin and grey grows my hair.
The children recognize me not when they behold,
And inquire from where have I come, from where?

由于原诗明白如话,译文也自然流畅,十分口语化。英译文押 abab 韵。

例二:日暮苍山远,天寒白屋贫。
柴门闻犬吠,风雪夜归人。
(刘长卿:《逢雪宿芙蓉山主人》)

这首诗描写雪夜投宿,生动明确。第三句,柴门里面的狗迎着门外的陌生人吠叫，颇具意境；“风雪夜归人”是流传后世的名句。

中国译家文殊将此诗英译如下：

Dark hills distant in the setting sun,
Thatched hut stark under wintry skies.
A dog barks at the brushwood gate,
As someone heads home this windy, snowy night.

译文采用直译法，“日暮”、“苍山”、“天寒”、“柴门”、“犬吠”、“风雪夜”等历历在目。一个逢雪投宿者用 someone，用得贴切，既有所指，又表示了自己的普通身份。译文三、四行押韵。

例三：清晨入古寺，初日照高林。
曲径通幽处，禅房花木深。
山光悦鸟性，潭影空人心。
万籁此俱寂，唯闻钟磬音。

（常建：《题破山寺后院》）

这首诗叙事、写景、抒情，语言晓畅，表达清晰，尤其是颔联与颈联，备受后人赞赏。

中国译家陆佩弦将此诗英译如下：

I walk into the ancient shrine at dawn,
The rising sun gilding the green wood tall.
A winding path leads to a calm retreat,
And deep the greenery round the Buddha hall.
The birds are gladdened by the mountain light;
Shaded pools bring my heart to peaceful climes,
All fretful stirrings of the world now hushed,
I only hear deep bells and tingling chimes.

译文除了尾联“万籁此俱寂，唯闻钟磬音”用意译法外，其他各联均采用直译法。“磬”是我国古代用石或金属制成的打击乐器，由于中英两国的历史文化差异，“钟磬音”用 bells 与 chimes 来表达亦在情理之中。译文二、四行隔行押韵，六、八行隔行换韵。

除上述外，大诗人白居易特别重视诗歌语言的通俗性，其作品平易浅显，少用典故，并且具有沁人心脾、耐人咀嚼的风格特点。

然而，“诗无达诂”在中国古诗中确实存在。

例一：烽火连三月，家书抵万金。

（杜甫：《春望》）

这首诗作于唐肃宗李亨至德二年(757)三月。安史之乱后，杜甫在前往灵武途中被俘，羁居沦陷后的长安，时值暮春，伤时悯乱，创作了这首忧国思家、感人至深的五律。"烽火连三月"是指时令"一直连到阳春三月"还是指时间的"接连三月"？如果是前者，那么安史之乱爆发于天宝十四年(755)十一月，全面战乱烽火已长达约一年零四个月；如果是后者，则指长安周边的战乱烽火持续了三个月。孰是孰非？因此在未作出结论前，两种解读都可以存在。

此两句诗，中国译家吴钧陶英译如下：

For three months the beacon fires soar and burn the skies,
A family letter is worth ten thousand gold in price.

采用直译法，尾字 skies 和 price 押韵。

例二：醉卧沙场君莫笑，古来征战几人回！

（王翰：《凉州词》）

此诗是盛唐边塞诗中的名作之一，但有不同的解读。有人认为，用精美的酒器盛置葡萄美酒，刻意渲染了热闹场面并营造了浓烈的氛围，表现出边塞将士们醉卧沙场的豪情壮志与视死如归的英雄气概；另有人认为，战争是残酷的，疆土是用将士们累累白骨换来的，一句"古来征战几人回"反映了强烈的厌战情绪，反衬出"边庭流血成海水，武皇开边意未已"。这是对朝廷穷兵黩武政策的愤怒控诉，极尽戏谑、揶揄。

这两句，中美译家张廷琛、魏博思合作英译如下：

Don't scorn them,
They who drunken fall upon the battlefield;
In ancient days or now, how many return who go to war?

采用直译法，韵律上是不押韵的自由体。

例三：锦瑟无端五十弦，一弦一柱思华年。
庄生晓梦迷蝴蝶，望帝春心托杜鹃。
沧海月明珠有泪，蓝田日暖玉生烟。
此情可待成追忆，只是当时已惘然。

（李商隐：《锦瑟》）

这首诗仿效《诗经》截取诗篇首句开头二字命题，其实是一首无题诗。《锦瑟》是李商隐极具盛名的代表作，诗中用典颇多，感情丰富，婉曲尽致，幽凄朦胧，扑朔迷离。虽然后学者笺注阐释，探赜索隐，围绕着爱情？生活？艳遇？婚姻？感遇？理想？迄今众说纷纭，莫衷一是。“诗无达诂”在这里，可以说是表现得淋漓尽致。

此诗的颔联与颈联引用典故就有《庄子·齐物论》的“庄周梦蝴蝶”、左思《蜀都赋》的“蜀王杜宇”、左思《吴都赋》的“鲛人泣珠”、张衡《西京赋》的“蓝田美玉”等。李商隐自娶王茂元之女为妻后，由此卷入牛李党争的政治旋涡，一生坎坷，厄运缠身。尤其这首七律作于晚年，模糊性更大，朦胧性更浓，缠绵悱恻、惆怅伤感的情绪充斥于整首诗中。

国人解读这首诗尚且如此困难，其英译之难度更是可想而知了。一般来讲，此类诗宜先从古汉语译成现代汉语，再由现代汉语译成英语。

中国译家杨宪益、戴乃迭将此诗英译如下：

For no reason the gorgeous zither has fifty strings,
Each string, each fret, recalls a youthful year.
Master Zhuang * woke from a dream puzzled by a butterfly.
Emperor Wang * reposed his amorous heart to the cuckoo.
The moon shines on the sea, pearls look like tears,
The sun is warm at Lantian * the jade emits mist.
This feeling might have become a memory to recall,
But, even then, it was already suggestive of sorrows.

* According to a fabled story, Zhuang Zi(BC 369—BC 286), a famous philosopher of the Warring States Period, dreamt of being a butterfly and when he woke up, he was so confused that he could not tell whether it was him that had dreamt of being a butterfly or it was a butterfly that was then dreaming of being him.

* A legendary king who had an affair with his prime minister's wife and after his death his spirit changed into the cuckoo.

* A hill famous for its jade in present-day Lantian County, Shanxi Province.

能直译的就直译，难以直译的就意译，上述《锦瑟》已超越了直译与意译的范围，故又加了三条注。第一条简略地注明了“庄周梦蝴蝶”的故事；第二条简略地注明了“蜀王杜宇”的传奇；第三条简略地注明了“蓝田生玉”的现今地名。这首诗的难解难译，不言而喻。

虽然中国六朝时盛行排偶，但并无定规，至初唐格律诗才成熟定型。格律诗的对仗具有严格要求,不论五律、七律,颔联和颈联必须对仗,且有严对与宽对之分,出句和对句的词性要相同但忌词义重复及同字相对,还要求平对仄,仄对平,平仄相对。这些因汉字由单音节构成的一字一音的特点,会意尚巧,遣言贵妍,十分严整,极尽匀称华丽之美。

再看英诗,英诗讲究出自诗歌的格律(metre)与音步(foot)的节奏(rhythm),常见的有一个非重音节和一个重音节组成的"抑扬格"(iambus);一个重音节和一个非重音节组成的"扬抑格"(trochee);由两个非重音节和一个重音节组成的"抑抑扬格"(anapaest);由一个重音节和两个非重音节组成的"扬抑抑格"(dactyl)等四种。

英语 couplet,是指"对句"、"两行诗",如 a heroic couplet 译成"叙事诗对句"(指每行有五个音步和十个音节),也有把它译成"英雄偶句诗"或"英雄双体诗",但并非汉语古诗中的"对仗"。

而 antithesis,在英诗中译成"对照"、"对偶"、"对句",虽有形象美、音乐美的特点,也有部分类似"对仗",但毕竟不是汉诗的"对仗"。因此可以说,英诗中既没有五言律诗、七言律诗,甚至没有排律这样的诗体,也没有对仗这样的诗法。英诗不存在汉语古诗中平仄与对仗的对应词,这种中英文化差异又构成了继"诗无达诂"后的第二大难题。

基于上述,众多中国译家们对汉语古诗英译都力求做到三美,即"意美"、"音美"、"形美"。如果三美不能兼得,则要尽可能做到"意美"与"音美"(或"形美"),其中忠于原作的"意美"是最重要的,位居首位。力保"意美",争取"音美"、"形美"以达到神似、音似、形似。这样的事实在中国的译界普遍存在,且佳译迭出。现就张廷琛、魏博思合作选译《唐诗一百首》一书来看汉语古诗中的对仗部分英译。经笔者阅读与感兴趣的,便可采撷以下十例来介绍,顺便附上笔者的浅陋简评。

例一:明月松间照,清泉石上流。
竹喧归浣女,莲动下渔舟。

(王维:《山居秋暝》)

英译:

The bright moon is shining through the pines,
The clear stream flowing over the stones.
Bamboos rustle, as washing maids return,
Lotuses stir:a fishing boat descends.

这首五言律诗的颔联与颈联英译全部采用直译法,如"明月"、"清泉"、"竹喧”、“莲动”等译为 bright moon, clear stream, bamboos rustle, lotuses stir,尤其是把动词“喧”和“动”译为 rustle 及 stir,用字生动,传神传形;把“归”和“下”译为 return 及 descend,也精炼。使人想起“百川归海”译为 Rivers descend to the sea。以上译文简洁正确,形式整齐。两联中间的 shining, flowing, washing, fishing,散发出不是腰韵(internal rhyme)而似另类的韵味。

例二:三顾频烦天下计,两朝开济老臣心。

(杜甫:《蜀相》)

英译:

Requested three times to guide the nation,
He served two monarchs with utter devotion.

直译意译兼用,表达清晰,传递了原作意境,尾韵押韵。

例三:花径不曾缘客扫,蓬门今始为君开。
盘飧市远无兼味,樽酒家贫只旧醅。

(杜甫:《客至》)

英译:

Before today I never swept the path of fallen petals
But now my thatched door's opeded—just for you.
So far from town, the food is very plain.
And all we have to drink is this home brew.

两联直译意译兼用。前两句用直译法,如“花径”译为 the path of fallen petals,“蓬门”译为 my thatched door。后两句用意译法,如“盘飧……无兼味”译为 the food is very plain,“旧醅”译为 home brew。译文精简,通顺流畅。

例四:回乐峰前沙似雪,受降城下月如霜。

(李益:《夜上受降城闻笛》)

英译:

Outside the city, before the beacon towers,
Sands seem snow, and moonlight falling frost.

基本上采用意译法,遣词造句,读来有“交错对”之感觉。

例五:千寻铁锁沉江底,一片降幡出石头。

(刘禹锡:《西塞山怀古》)

英译：

Ten thousand links of iron chain sank to the river bottom;

A lone surrender flag appeared above the city.

译文简练，形式比较整齐。原书 note（注释）中的……Liu Yuxi here portrays the triumph of Wang Jun in 265。其中 in 265 有误，应改为 in 280。经笔者查阅相关资料，尤其是晋陈寿《三国志・吴书三・三嗣主传》记载："四年春，……三月丙寅……王濬顺流将至，……壬申王濬最先到，于是受皓之降，解缚焚榇，延请相见。"这里"四年春"即指吴末帝孙皓天纪四年春，也是晋武帝司马炎太康元年春，同属公元 280 年。

例六：沉舟侧畔千帆过，病树前头万木春。

（刘禹锡：《酬乐天扬州初逢席上见赠》）

英译：

One ship sinks, a thousand sails go by.

One tree is stricken, spring brings ten thousand more to bloom.

译文恰当而洗练。

野火烧不尽，春风吹又生。

（白居易：《赋得古原草送别》）

英译：

That's scorched by flames yet unsubdued,

Surging back when spring winds blow.

That 代指 green green the grass upon the plain。基本上采用意译法。译文传神传形。

例八：岭树重遮千里目，江流曲似九回肠。

（柳宗元：《登柳州城楼寄漳汀封连四州》）

英译：

Tiers of mountain trees block views of a thousand *li*.

The river winds its course, like the convolutions of this heart.

直译意译兼用，如"岭树重遮"译为 tiers of mountain trees block，"九回肠"译为 the convolutions of this heart。直译的如"千里目"译为 views of a thousand *li*。"江流曲"译为 the river winds its course。译文工整，能使读者有

想象空间，忠于原作的咏物状景。

例九：溪云初起日沉阁，山雨欲来风满楼。

（许浑：《咸阳城东楼》）

英译：

Mist riese from the river; the sun sets behind the Pavilion
Wind fills the tower, heralding mountain rain.

“溪云初起”意译为 mist riese from the river。“云”译为 mist，不译 cloud，这样译法既符合自然规律，也无损于原诗的形象思维，处理得好。“日沉阁”直译为 the sun sets behind the Pavilion。“山雨”直译为 mountain rain，“欲来”意译为 heralding，“风满楼”直译为 wind fills the tower。两种译法交叉使用。

例十：春蚕到死丝方尽，蜡炬成灰泪始干。

（李商隐：《无题》）

The silkworm labors until death its fine thread severs;
The candle's tears are dried when it itself consumes.

采用意译法。妥帖地展现了原作的风格与意境。

译海无涯，译无定本，无疑是译界的共识。同样一句诗，十位译者可能译出十种不同的版本。有时会对古汉语艰深奥妙字句的字义难以理解，或者对古汉语知识及语法尚未完全掌握弄懂而错译误译，这些错误甚至连著名的翻译高手也在所难免。同样，翻译务必要多注意英语的习惯用法，比如 used to 表示“以前经常”；而 be used to 则表示“习惯于”。举例一：He was used to being made fun of. 如译成“他以前常被人愚弄”则是误译，应译为“他已习惯于被人愚弄”。举例二：He used to live with his parents. 如译成“他习惯和父母住在一起”则是误译，应译为“他以前和父母住在一起”。不要把只能指过去的 used to 加动词不定式和 be used to(doing)sth 相混淆。唯有如此，才能凸显出地道的英语而传递给英语读者。

从司马迁继承“不虚美，不隐恶”的“考信实录”良史标准，到严复“信、达、雅”翻译三标准，再至汉语古诗英译我国译界力求“意美、音美、形美”，都遵奉要体现事物原来的真实面貌这一至高原则，这是中华文化的优秀传统与自身魅力的多次展现。尽管还存在“诗无达诂”和“律诗对仗”两大难题，但深信随着时间的推移，会慢慢找出合理解决的途径的，譬如提出译作要用最近似的对等再现原作的真实内容与意境，很少有“异化”或“归化”倾向的“经典化”即是一例。

第二节　刍议汉诗英译的翻译策略

汉诗英译的目的是要把原语(source language)的信息用译语(target language)传递给译语读者,使信息接受者能获得跟原语读者基本相同的作品思想内容与文学感染,诸如情志、风格、意境、韵味,等等,其释译策略不外乎是异化翻译(foreignization translation)和归化翻译(domestication translation)两种,当然,有时还可采用二者并举的翻译策略。

所谓异化翻译是指坚持原文本中的文化内涵和语言特色,直来直去,突出了在外籍人士心目中"异"的成分以对抗归化原则。具体地解析,如"巧妇难为无米之炊"这一陈述句,译为 Evena a clever housewife cannot cook a meal without rice. 就是典型的异化翻译译文,因为它坚持了中国人饮食文化以米饭为主食的生活习惯的原文喻体,保持原本的语义形象。"异"就异在 cannot cook a meal without rice.

所谓归化翻译则是指翻译时不顾原文中的文化内涵和语言特色,采用了归顺译文的表达习惯。同样以"巧妇难为无米之炊"为例,译为 Even a clever housewife cannot make bread without flour. 这也就是典型的归化翻译的译文了,因为它坚持了西方人饮食文化以面包为主食的生活习惯的译文喻体,"归"就归在 cannot make bread without flour. 反其原本的语义形象之道而译之。

异化翻译与归化翻译之争,在中国译界由来已久,说到底,可视为直译(literal translation)与意译(free translation)的延续。在晚清和民国时期,介入直译、意译争论与各抒见解的人士就有鲁迅、周作人、刘半农、茅盾、朱自清、郑振铎、胡怀琛、郭沫若、成仿吾、闻一多、郁达夫,等等。鲁迅主张直译,他说:"它必须有异国情调,就是所谓洋气。"(《"题末定"草・二》)"循字迻译,庶不甚损原意。"(《艺术玩赏之教育・附记》)"文句仍然是直译,和我历来所取的方法一样;也竭力想保存原书的口吻,大抵连语句的前后次序也不甚颠倒。"(《出了象牙之塔・后记》)郭沫若主张意译,认为"即使字义有失而风韵能传,尚不失为佳品。若是纯粹的直译死译,那只好屏诸艺坛之外了。"(《批判〈意门湖〉译本及其他》)

其实,异化翻译原则与归化翻译原则两者既对立又统一,应是相互渗透、互补的关系。什么地方应该用异化翻译?什么地方应该用归化翻译?要依据不同国家的不同历史文化背景及表达习惯而选定,不必拘泥于形式而应偏重于内涵。总之,形式必须服从内容,内容也要兼顾形式,做到"得意"而"不忘形"。暂且不说文学翻译，就拿人们日常生活中所遇到的普通例子来看：在中国，营业员常问顾客："你要买些什么？"如直译，则成为 What do you want to buy? 此对英语人士来说便是不敬，而应采用归化原则 Can I help you? 再如：中国人说"我想唱首歌"，以此抒发个人情感，如直译，则成为 I want to sing a song. 这对英语人士而言，还误以为想上洗手间。又如，汉语的"黄色书"，倘直译成 Yellow book. 则会被误认"法国政府的报告书"（黄皮书），等等。在日常生活中亦不乏既可运用直译，也可运用意译的翻译策略，如汉语"耳边风"，可直译为 It is like the wind whistling past your ears. 也可意译为 goes in one ear and goes out the other. 再如"生米煮成熟饭"，可直译为 The rice is already cooked. 也可意译成 What's done is done. 又如"三头六臂"，可直译为 three heads and six arms. 也可意译为 be a demigod.

在日常生活和诗歌翻译中会遇到这样一个事实：Milky Way 有人倘若直译为"牛奶路"，就会令人费解，这显然是误译，应该意译为"银河"或"长河"，然而此事确在我国翻译史上曾经发生过。有诗为证："可怜织女星，化为马郎妇。乌鹊疑不来，迢迢牛奶路。"李商隐的七绝《嫦娥》："云母屏风烛影深，长河渐落晓星沉。嫦娥应悔偷灵药，碧海青天夜夜心。"其中第二句，译家张廷琛等译为 The Milky Way has faded, and the morning star declines. 读者一看便懂。

就中国古典诗歌来说，以唐人金昌绪《春怨》为例。

打起黄莺儿，莫教枝上啼。
啼时惊妾梦，不得到辽西。

这首二十字的五言绝句，句句相扣，层层深化，紧密相连，一气呵成，极尽其构思之巧妙。全诗饱含少妇思夫辽西戍边，欲在梦中团圆，因莺啼惊醒未遂而深陷苦楚的真挚感情。从一个侧面反映了当时社会兵役枷锁带给广大人民的种种灾难，连最起码的要求也达不到。它用贴近生活的文字语言，深刻揭示了晚唐社会的尖锐矛盾。这是沿着杜甫现实主义诗歌道路发展的又一首佳作，《全唐诗》仅录作者金昌绪该诗一首，但令读者读后难忘。

美国汉学家华兹生（Watson）运用异化原则英译其诗，译文如下。

Spring Grievance
Shoo the orioles, drive them away,
Don't let them sing in the branches!
When they sing they scare off my dreams,
And I will never get to Liaoxi!

译者的直译译文虽用散体不押韵，但形式相当整齐，以四行对四句，行行意境相扣相承，交织出一幅神似于原作的完整、生动、准确的画面，反映了译者忠实于原作的译学理念，读来又是一篇通顺流畅另一种语言的文学作品，不失为佳译。

英国汉学家弗莱彻(Fletcher)运用归化原则英译《春怨》，译文如下。

A Lover's Dream

Oh, drive the golden orioles
From off our garden tree!
Their warbling broke the dream wherein
My lover smiled to me.

译者的意译译文节奏配置得当，第二行与第四行押尾韵，有音韵感。末句“不得到辽西”译为 My lover smiled to me. 如果把 smile(微笑)改为“苦笑”或“凄笑”，这是鉴于欲团圆的梦境被黄莺打断而“不得到辽西”的无奈，继而梦幻般地出现了恍恍惚惚的夫君的“苦笑”或“凄笑”，那么全句的意境层次是否会更胜一筹呢？试改译为：

(1)My lover smiled a bitter smile to me.(我的爱人相对苦笑)

(2)My lover ghastly smiled to me.(我的爱人相对凄笑)

或 My lover smiled in sadness to me.(我的爱人相对凄笑)

或 My lover smiled with a wry smile.(我的爱人相对凄笑)

这样的试改符合中华传统思维，跟老子思想是合拍的，也即所谓“惚兮恍兮其中有象，恍兮惚兮其中有物。窈兮冥兮，其中有精。其精甚真，其中有信。”(《老子·道经·第二十一章》)意思是：“恍恍惚惚中有形象，恍恍惚惚中有实物。在模糊深远中含有细微的精气，精气是非常真实的，而且十分可信的。”

再如，杜甫《旅夜书怀》。

细草微风岸，危樯独夜舟。
星垂平野阔，月涌大江流。
名岂文章著，官应老病休。
飘飘何所似？天地一沙鸥。

这首五言律诗杜甫作于唐代宗李豫永泰元年(765)，时好友严武亡故，他失去依靠，举家乘舟离成都草堂东下，途径渝州、忠州时所赋。前半首写景，尤其是颔联“星垂平野阔，月涌大江流”平仄协调，意境深远，是千古名联。后半首抒情，慨叹身世漂泊，穷困潦倒，流露出壮志未酬而岁月易逝老病袭来的辛酸。全诗擅长选择典型事物，塑造典型形象，其语言艺术高度凝练，杜诗之功力，于此又见一斑。

美国汉学家宇文所安(Owen)运用异化原则英译该诗,译文如下。

Writing of My Feelings Traveling by Night
Slender grasses, breeze faint on the shore;
Here, the looming mast, the lonely night boat.
Stars hang down on the breadth of the plain,
The moon gushes in the great river's current.
My name shall not be known from my writing,
Sick, growing old, I must yield up my post.
Wind-tossed, fluttering—what is my likeness?
In Heaven and Earth, a single gull of the sands.

译者在翻译此诗前,已相当熟悉这一作品的时代背景与作者的仕途坎坷艰辛,故而选择异化翻译策略,力求呈现“中国情调”,尽量传达诗人的情怀。首联,用 Slender grasses 译“细草”,以 breeze faint 译“微风”,再用 the looming mast(隐现的桅杆)译“危樯”,又以 the lonely night boat 译“独夜舟”,可见译笔着力突出了原诗的意象。颔联“星垂平野阔,月涌大江流。”译的更精彩,不仅形似,而且神似,用 hang down 译“垂”,再以 gush 译“涌”,简洁而有惜墨如金的中国诗味。颈联中,用 my post 译“官”,也是合理的。整篇译文形式整齐典雅,大体上隔行押尾韵,这是宇文氏的成功之作。

中美译家张廷琛、魏博思合译杜甫《旅夜书怀》,译文如下。

Night Thoughts on a Journey
Slender reeds, faint breeze along the banks.
High-masted boat, alone in the night.
Stars descend, rimming the endless land.
The moon emerges, on the great river flowing.
How is it that I'm famous for my compositions?
Out of office, old and sick-to and fro, hither and you
What do I resemble, after all?
A lone gull, poised between earth and sky.

译家采用散体翻译这首杜诗。首联上句以 Slender reeds, faint breeze along the banks. 直译“细草微风岸”,再以 High-masted boat, alone in the night. 直译“危樯独夜舟”,两行译诗显示了跟原诗具有近似的对称美。自第三行至第八行运用意译来完成,用 descend 译“垂”,以 emerge 译“涌”,多少给人一种情之空灵与景之入胜的感觉。第五行 How is it that I'm famous for my compositions？（难道我是因文章而著名吗？）译“名岂文章著”，用限制性定语从句来处理也是符合原意与行文晓畅的。第六行译“官应老病休”，已相当归化了。“飘飘何所似”英译为 What do I resemble, after all？则是典型的归化翻译译文了。全篇译作采用归化翻译加异化翻译二者并举的翻译策略来完成。

又如，李商隐《无题》。

相见时难别亦难，东风无力百花残。
春蚕到死丝方尽，蜡炬成灰泪始干。
晓镜但愁云鬓改，夜吟应觉月光寒。
蓬山此去无多路，青鸟殷勤为探看。

这首七言律诗是晚唐李商隐《无题》诗篇中的精品之一，感情真挚而哀婉动人，韵味隽永而境界朦胧，备受历代诗评家的好评，但对其主旨的阐释不尽相同。有的认为是艳情之作；有的认为是“有求于当路而不得”；有的认为是“将赴东川，往别令狐，留宿而有悲歌之作”；有的认为是别后追思之作；有的认为上无明主，具有屈原《远游》之思；有的认为可以言情可以喻道……众多解读，不一而足，是“诗无达诂”的又一典型例子。然而，全诗缱绻满情，镂心刻骨，意境优美，其含蓄幽深确令西方汉学家视作者为中国意象派诗人的领军人物。

美籍华裔学者、翻译家刘若愚(James J. Y. Liu)英译该诗，译文如下。

Without Title

Hard it is for us to meet and hard to go away;
Powerless lingers the eastern wind as all the flowers decay.
The spring silkworm will only end his thread when death befalls;
The candle will drip with tears until it turns to ashes grey.
Facing the morning mirror, she fears her cloudy hair will fade;
Reading poems by night, she should be chilled by the moon's ray.
The fairy mountain P'eng lies at no great distance;
May a Blue Bird fly to her and my tender cares convey.

首句“相见时难别亦难”译为 Hard it is for us to meet and hard to go away；可视为 It is hard for us to meet and it is also hard for us to go away 的精炼。第二行中的 Powerless lingers the eastern wind 是 The eastern wind powerless lingers 的倒装，再用连词 as（一边……一边……）连接 all the flowers decay. 以上两行译者是用直译处理。颔联“春蚕到死丝方尽，蜡炬成灰泪始干”译成 The spring silkworm will only end his thread when death befalls；

/The candle will drip with tears until it turns to ashes grey. 译得既有对称美，又有意境美，颇为精彩，可以说两行译文都蕴含了直译中有意译，意译中有直译的二者并举的翻译策略。颈联“晓镜但愁云鬓改，夜吟应觉月光寒”又采用了直译，连语句的前后位置也几乎与原作相当，同样精巧。尾联“蓬山此去无多路，青鸟殷勤为探看”译为 The fairy mountain Peng lies at no great distance/May a Blue Bird fly to her and my tender cares convey 则是意译。

值得一提的是，原作是一首首句入韵仄起式的七言律诗，以仄仄平平仄仄平为起句，严格地押上平声十四寒韵，除首联连续押韵外，接下来便是隔句押韵，如“难”、“残”、“干”、“寒”、“看”等五个韵脚。译者除了忠实于原诗的内容外，还特别讲究传达原诗的外在艺术形式，第一、二两行的尾韵分别是 away，decay，接下来就运用隔行押韵，如 grey，ray，convey. 以五个尾韵同位对称汉诗的五个韵脚模式，读来音韵和谐，悦耳动听，其声之美不言而喻。译者有如此的主观精神和翻译技巧，确是难能可贵，在汉诗英译中属少见。译笔堪称上乘。

中国译家张炳星英译《无题》，译文如下：

Untitled

It is hard to meet,
It is also hard to part.
The east wind is weak,
all kinds of flowers depart.
Spring sikworms spin incessantly cocoons of silk until death,
whiled candles will not cease shedding tears
until they are reduced to ashes.
In the morning when you look into the mirror,
you may fear cloud-like temples will change color,
and in the evening when you sing songs,
you'll feel the chill of moonlight with horror.
It is not far from here to your place Pengshan.
Moreover, the bird messenger will assiduously inquire the way for me with a song.

译者虽用散体英译，但还是注重押韵这一艺术技巧，如第一、二、四行分别以 meet，part，depart 押尾韵；第八、九、十一行分别以 mirror，color，horror 押尾韵，有一定的音韵感。首联两句直译，以各两行来完成，都很到位。颔联“春蚕到死丝方尽，蜡炬成灰泪始干”译成 Spring silkworms spin incessantly cocoons of silk until death/while candles will not cease shedding tears/until they are reduced to ashes. 内容上译的不错，能传达原作的信息、神韵和意境；但在形式上，上句用一行表达，下句用跨行译完，因此结构不对称，“形似”嫌不足，因为中国格律诗历来是讲究对仗的对称美的。颈联“晓镜但愁云鬓改，夜吟应觉月光寒”译为 In the morning when you look into the mirror/you may fear cloud-like temples will change color/and in the evening when you sing songs/you'll feel the chill of moonlight with horror. 各用两行直译处理，有的地方译笔细腻，丝丝入扣，比如“晓镜”二字，翻译成现代汉语即是“早晨起来照镜子”。“照镜子”一般可译为 look in the mirror，而译者却译 look into the mirror(细照镜子)，虽然 look in 跟 look into 这里都作“朝……里面看”解释，但后者层次更深。再如“云鬓”，译为 cloud-like temples，用复合词和单词搭配，贴切而有神韵。尾联采用直译与意译二者并举的翻译策略来处理，也不错。

不论异化翻译、归化翻译或异化归化二者并举翻译，都要十分重视近代翻译大家严复提出的“信、达、雅”翻译理论的三原则。他在《天演论》卷首《译例言》中指出：“《易》曰：‘修辞立诚。’子曰：‘辞达而已。’又曰：‘言之无文，行之不远。’三者乃文章正轨，亦即为译事楷模。故信、达而外，求其尔雅。”时人对此评价甚高，康有为评曰：“译《天演论》，为中国西学第一者也。”(《与张之洞书》)；张元济推崇：“厥例有三，曰‘信、达、雅’。读其成书，殆无愧色。”(张元济为应溥泉《德诗汉译》撰写《序》)；蔡元培称赞：“五十年来介绍西洋哲学的，要推侯官严几道为第一。”(《五十年来中国之哲学》)；梁启超评说：“近人严复，标信、达、雅三义，可谓知言。”(《佛典之翻译》)；周桂笙赞评：“译一书而能兼信达雅三者之长，吾见亦罕。”(《译书交通公会序》)；郁达夫高度评价：“信、达、雅的三字，是翻译界的金科玉律，尽人皆知。”(《读了珰生的译诗而论及于翻译》)。

诗歌最难翻译，这几乎是众所周知的，胡适于 1918 年 4 月发表的《建设的文学革命论》中就提及：“诗歌一项，不易翻译，只可从缓。”汉诗英译具有极致的文学价值，又属第一文学翻译范畴，故而要求最高，注重形象思维，含蓄蕴藉地运用景语兼情语来表达原诗的神韵，当不失为翻译之良策。

第三节　汉诗走向世界及英译译作点评

鉴于中国古典诗歌的博大精深与艺术魅力，深受西方教会来华传教士的仰慕，并促使他们欲进一步了解中国传统文化，以便深入传播上帝福音，弘扬教义。因此，西方汉学最早就出自西方教会来华的传教士，他们对东西文化交流的贡献也最早。

据徐宗泽《明清间耶稣会士译著提要》(上海书店出版社 2006 年版)记载,利玛窦(P. Matthoeus Ricci, 1552—1610),字西泰,意大利人。1571 年 8 月 15 日入耶稣会,1582 年 8 月 7 日抵达澳门。1583 年 9 月 10 日同罗明坚入肇庆,"是为教士入中国内地开教之始"。1596 年利氏被任为耶稣会会长。徐光启自 1603 年在南京领洗后,亦在京师,与利氏私交最为亲密,该时人同译《几何原本》。利氏有译著多种,但无汉诗译著。利氏卒于 1610 年 5 月 11 日(明万历三十八年),终年 58 岁,万历帝赐葬地。又记,宋君荣(P. Antonius Goubi, 1689—1759),字奇英,法国人。1704 年入耶稣会,1722 年抵澳门,翌年赴北京。"研究华文颇有进步,不特精于汉学,且亦邃于满文,颇得清廷之尊敬"。有法译并注《诗经》、《书经》、《易经》、《礼记》以及法文《成吉思汗及蒙古史》,其他译著甚多。卒于 1759 年,终年 70 岁。

然而,汉语古诗真正能够通过英译这座桥梁,迈出国门,走向世界,让世界认识中国,了解中国,起到影响力的,当首推 19 世纪的英国传教士理雅各(James Legge, 1815—1897)。

理雅各自幼爱好文学,十四岁入苏格兰阿伯丁文法学校,刻苦学习。后考入阿伯丁大学英王学院,成绩斐然,名列前茅,在校获文学硕士学位。二十二岁进入希伯利神学院(Highbury Theological College)学习神学,翌年师从伦敦大学汉学教授杰德学习汉语。1840 年接管传教士马礼逊创办的英华书院(Anglo-chinese College),并于 1843 年将书院迁往香港,在香港传教办学达三十年之久。1873 年返英,受聘于牛津大学首任汉学教授。

理雅各熟谙汉语,一生从事英译中国儒道著名典籍甚丰。他先后翻译出版了《诗经》、《离骚》、《楚辞》、《古诗源》,尤其是五卷《中国经典》(*The Chinese Classics*),在中国晚清文人王韬等人的协助下,该译著囊括了《论语》、《大学》、《中庸》、《孟子》、《诗》、《书》、《礼》、《易》、《春秋》、《道德经》、《左传》等。理雅名这一汉学研究的伟大成果,为西方世界的汉学做出了划时代的杰出贡献。

理雅各于 1871 年在香港出版了用散体翻译的《诗经》。返英后,为了适应当时英诗的主流形式,他采用了维多利亚时期的格律体重新翻译了《诗经》,便于英国读者的普遍接受,并于 1876 年在伦敦出版面世。这部译作当中曾采用了英诗常见的押 aabb aacc aadd 的双行韵或偶韵(couplet rhyme),工整典雅,颇与汉诗的某种押韵有些接近。比如,李白的七言古诗《宣州谢朓楼饯别校书叔云》:"弃我去者,昨日之日不可留;乱我心者,今日之日多烦忧。长风万里送秋雁,对此可以酣高楼。蓬莱文章建安骨,中间小谢又清发。"此诗的韵脚"留"、"忧"、"楼",属下平声十一尤韵;换韵"骨"、"发",属入声六月韵,可视为英诗押尾韵 aaabb 模式。双行韵也被中国当今译家普遍采用。比如,李益《江南曲》:

“嫁得瞿塘贾,朝朝误妾期。早知潮有信,嫁与弄潮儿。”译家许渊冲译作如下。

A Southern Song

Since I became a merchant's wife.
I've in his absence passed my life.
A sailor's faithful as the tide,
Would I have been a sailor's bride.

此篇译文的尾韵(wife, life, tide, bride)工整典雅,就是令人能产生共鸣,易记易诵的 aabb 双行韵。

翟理斯(Hebert Allen Giles, 1845—1935),是比理雅各稍晚的一位英国著名汉学家,也是一位用英国维多利亚格律体英译汉诗的译家。青年时期曾在伦敦查物豪斯公学学习,1867 年报名参加英国外交部选拔的“见习译员”,经过严格而激烈的考试竞争,以优异成绩,脱颖而出,被正式录用。他历任英国驻华各大城市领事馆的外交公职,最高升至领事。由于个性关系不适宜做外交工作,他于 1893 年辞职返英。

他对中国文学极具兴趣,以炽烈的热情致力于中国传统文化的研究与翻译,先后翻译出版了《中国文学史》(*A History of Chinese Literature*, 1901)、《中国文学撷英》(*Gems of Chinese Literature*, 1883)、《古今诗选》(*Chinese Poetry in English Verse*, 1890)等作品,继理雅各后推动西方人士学习汉文化而做出了历史贡献。下面是翟理斯用英诗格律体翻译的一首唐诗。

静夜思

李 白

床前明月光,疑是地上霜。
举头望明月,低头思故乡。

译作:

Night Thoughts

I wake, and moonbeams play around my bed,
Glittering like hoar-frost to my wandering eyes;
Up towards the glorious moon I raise my head,
Then lay me down-and thoughts of home arise.

李白这首诗短短二十字,在中国可谓家喻户晓,至今仍受人们的普遍喜爱、吟诵。诗的内容没有写别的具体人物,只是透过一轮如水月光,揭示了作者内心对乡情的怀恋，对亲情的思念，对生我养我的这片大地的暗诉。皎洁的月亮无疑是作者踏遍千山万水最亲密的良伴。从形式上看，这首诗的"是"与"头"失粘，在上下句的同一字序位置上，两个"头"同字相对，均是违反格律规则的。因此严格地说，不是律体绝句，只是古体绝句，类似的诗例还有孟浩然的《春晓》、柳宗元的《江雪》、贾岛的《寻隐者不遇》，等等。但清人编《唐诗三百首》，宋、明人编《千家诗》，都把这首诗列为"五言绝句"，这是由于古人对绝句的"律体"与"古体"并无严格的区别，统称为"绝句"的缘故。至于七言绝句，比如王维《渭城曲》："渭城朝雨浥轻尘，客舍青青柳色新。劝君更尽一杯酒，西出阳关无故人。"此诗"舍"与"君"失粘，编入"乐府"，称得上是实至名归。

翟理斯译文用英诗格律体四行来传达，其句子长短，用韵美感 ，保有同原诗相似的简练风格。节奏是抑扬格五音步，押 abab 韵。首句"床前明月光"，译作增加了 I wake，既自然又符合英文文法。第二句的"疑是"译为 my wandering eyes 颇为传神。第三句采用倒装句，便于 head 与第一句的 bed 交错押韵。第四句译的自然贴切。整首诗的翻译是成功的。

再看翟理斯用英语格律体翻译的另一首唐诗：

送友人

李　白

青山横北郭，白水绕东城。
此地一为别，孤蓬万里征。
浮云游子意，落日故人情。
挥手自兹去，萧萧班马鸣。

这首五言律诗的节奏、押韵、平仄、对粘、三对仗都较工整。从内容上看，是一首脍炙人口的送别诗，形象生动，绘声绘色，情景交融，充溢着人际之美。出自狂放不羁"不屑束缚于格律对偶与雕绘者争长"的浪漫主义大诗人李白之手，并不多见，因为李白一生中大量的诗作则是古体诗与乐府歌行。

翟理斯的译文：

Farewell

Where blue hills crose the northern sky,
Beyond the moat which grids the town.
'Twas there we stopped to say goodbye!
And one white sail alone dropped down.
Your heart was full of wandering thought;
For me, —my sun had set indeed;

To wave a last adieu we sought,
Voiced for us by each whinnying steed!

形式上格律比较工整，用抑扬格四音步，具有较美形式的“形似”。尾韵 sky, town, goodbye, down, thought, indeed, sought, steed 全诗押 abab cddd 的交韵(alternate rhyme)，也是英诗中常见的韵式。从内容上看，原诗中的“郭”，系指古代在城外围再加筑一层外墙，谓之“城郭”，译为 northern sky，显然是误译。第二句“东城”的“东”漏译，须知汉语格律诗的对偶是十分讲究对称美的，这也再次证明了译汉语古诗难，译汉语格律诗更难。译者把“孤蓬万里征”译为 And one white sail alone dropped down.(意思是：白色孤帆向远方驶去。)这种错误主要在于对原句的理解有误，应当理解为友人此地一别“就像孤飞的蓬草随风飞卷到万里之外”。颈联“浮云游子意，落日故人情”寓有送行者对离别者的眷恋友情，译成 Your heart was full of wandering thought/For me-my sun had set indeed.(意思：你的心坎里充满着彷徨，至于我，太阳西坠好景已过。)则与原意又有不小的差距，因此这篇译作算不上是佳译。

值得一提的是 19 世纪末至 20 世纪初，一位继承了理雅各和翟理斯用英诗格律体传统来翻译汉诗的英国著名翻译家弗莱彻(William John Bainbrigge Fletcher, 1879—1933)，他是位外交官，曾任英国驻沪、穗领事，受聘于广州中山大学。他热爱中国文学，对唐诗颇有研究，他的译著主要是《汉诗精华》(*Gems of Chinese Verse*, 1918)，由上海商务印书馆出版，多次印刷，广为流传，影响很大。20 世纪初，中国近现代文学家、翻译家苏曼殊(1884—1918)，平生对英国诗人拜伦推崇备至并受其诗风熏染，曾译著《拜伦诗选》一书，请弗莱彻撰写序言。下面选取弗莱彻英译唐诗一例：

春江花月夜(末四句)

张若虚

斜月沉沉藏海雾，碣石潇湘无限路。
不知乘月几人归，落月摇情满江树。

译文：

The moon is sinking to her western hall,
Darkened and drooping in the sea mists'pall
From thee to me I cannot tell how far!
How many with the moon home wandered are
I cannot tell-But as the shadowy trees

Stir on the stream with singings sad and lone,
So sighs my soul to thee, my own, my own!

《春江花月夜》全诗三十六句，每四句换一韵，韵脚依次为平声庚韵、去声霰韵、平声真韵、上声纸韵、平声尤韵、平声灰韵、平声文韵、平声麻韵、去声遇韵等九个韵部包括平、上、去声，抑扬婉转，和谐流畅。以春、江、花、夜四景，围绕烘托月景，发出了“何处春江无月明”，“江月何年初照人”等宇宙哲理问题以及“谁家今夜扁舟子，何处相思明月楼”如怨如诉的乡愁离绪，此诗是唐人以望月抒怀的许多优秀诗篇之一。上述译作选取了全诗的最后四句，描述了斜月隐藏于海雾之中，而碣石山（河北省）与潇湘水（湖南省）遥遥相隔，又怎能乘月归家呢？“落月摇情满江树”是全诗达到感情最高潮的结句，绵绵的两地思念终于在斜月的慢移中把亲情、乡情洒满在江树上，作者的诗情同样也摇动了千百年以来的读者心灵。这首七言古体诗备受中国历代诗词家的赞誉。

弗莱彻没有用英诗格律体来翻译，然而韵律比较上口。第一句“斜月沉沉藏海雾”以两行意译。但第二句的“碣石”、“潇湘”没有译出，当然谈不上加注。其实，后来有的译家为了忠于原著用拼音法把它们译成 Jieshi 和 Xiang River 两个地域名称，并加注，这样处理既做到“信”也易使读者理解。第三句译的相当简洁。末句几乎用三行来意译，似嫌累赘。

再选取弗莱彻英译唐诗一例。

春夜喜雨

杜　甫

好雨知时节，当春乃发生。
随风潜入夜，润物细无声。
野径云俱黑，江船火独明。
晓看红湿处，花重锦官城。

译文：

Kindly Rain

The kindly rain its proper season knows.
With gentle Spring aye born in fitting hour.
Along the Wind with cloaking Night it goes.
Enmoistening, fine, inaudible it flows.
The clouds the mountain paths in darkness hide.
And lonely bright the vessels' lanterns glower.
Dawn shows how damp the blushing buds divide,

And flowers droop head-heavy in each bower.

可以看出，弗莱彻的译作力求用忠于原著的严谨英诗格律体来传递。形式上，既用古语 aye，又用了多个为取得朗读节奏具有音乐感的诗歌押韵效果，出现了英诗中常用的语序倒装句，比如一开头语序倒装：The kindly rain its proper season knows. 便是 The kindly rain knows its proper season. 格律用的是抑扬格五音步(iambic pentameter)。尾韵 knows，hour，goes，flows，hide，glower，divide，bower，也即押 abab cdcd 的交韵，韵律悦耳动听。内容上，基本能达到信、达、雅。存在瑕疵的是：第五句“野径云俱黑”中的“野径”译成 the mountain paths(山径)，不够准确。末句的“锦官城”是实指成都，也曾是杜甫寓居草堂之地，具有深厚历史文化内涵的地方，应实指，不宜泛泛用 in each bower 来虚指。由于中西文化之间存在着很大差异，汉语格律诗与英诗格律体两者之间同样存在着不小差异。要吃透中国文化和汉语古诗，确非易事，不提理雅各、翟理斯、弗莱彻等一批西方汉学家名流，就连中国学者们对自己本土的精深历史文化的某些问题，也存在着歧见与争议。因此，西方译家已经出现过的这样那样的误译、漏译，有时甚至“牛头不对马嘴”的错译是完全可以理解的。

威特·宾纳(Witter Bynner，1881—1968)，20 世纪初中叶的美国著名诗人，早年毕业于哈佛大学。他于 1917 年与 1920 年曾先后去过日本和中国，对东方文化极具兴趣并进行了潜心的研究，尤其是受到中国古典诗歌及诗学观念的熏染。

美国人宾纳和中国人江亢虎在 1920 年合作的《唐诗三百首》英译本《群玉山头》(*The Jade Mountain*：*A Chinese Anthology*)1929 年在纽约整书出版，后又多次再版，流传颇广，影响很大。《群玉山头》书名典出李白《清平调·其一》：“云想衣裳花想容，春风拂槛露华浓。若非群玉山头见，会向瑶台月下逢。”“群玉山头”系传说中西王母居住处，“瑶台月下”指神仙居住之所，这两句诗都是浓墨重彩描述了杨贵妃承沐唐明皇的恩露，只有在以上两个地方才能见到如此绝色佳丽，人间是找不到的。书名起得极具意境，也为西方读者开了眼界。

《群玉山头》曾获英国著名汉学家、翻译家韦利的好评，也是中美学者合作的丰硕成果，为唐诗迈出国门，走向世界，促进中西文化交流起到积极的作用。

下面是宾纳翻译唐诗一例。

寻隐者不遇

贾 岛

松下问童子，言师采药去。
只在此山中，云深不知处。

译文：

A Note Left for an Absent Recluse

When I questioned your pupil, under a pine tree,
"My teacher", he answered,"went for herbs,
But toward which corner of the mountain,
How can I tell, through all these clouds?"

这首五言绝句是中唐著名苦吟诗人贾岛的名作，遣词造句，反复斟酌，刻意求工。此诗采用一问三答的问答体，主要通过二十个字突出了作者对隐者的景仰之情，问答都是直来直去，然而直中具有委婉情趣，颇堪玩味。此诗韵脚"子"、"去"、"处"，都是上声仄韵，是可以的，但有失粘毛病，同样反映出了古人对绝句的律体与古体没有严格划分的事实。译文以第一人称直接问童子(隐者的学生)，童子也用第一人称回答访者，同样称得上是直来直去，如 But toward which corner of the mountain /How can I tell, through all these clouds? 以四行译文对称四句原诗，内容与形式都是成功的，虽采用自由体翻译，不受格律约束，却是译得传神达意，相当精练。

再看宾纳另译唐诗一例：

送 别

王 维

下马饮君酒，问君何所之。
君言不得意，归卧南山陲。
但去莫复问，白云无尽时。

译文：

At Parting

I dismount from my horse and I offer you wine.
And I ask you where you are going and why.
And you answer:"I am discontent.
And would rest at the foot of the southern mountain.
So give me leave and ask me no questions.
White coulds pass there without end."

原诗是一首五言古诗，叙说了友人仕途不得意而归隐终南山，作者置酒饯别，理解对方内心之凄怆，故不多问，并以人世功名如尘土与山中白云无绝期的明喻劝慰，此诗流露出作者同样在仕途上难以施展抱负的有感而发。译者采用散体进行翻译，前四句用四行来表述，辞能达意，明白晓畅，属传神之笔，尤其是第四句“归卧南山陲”译成：And would rest at the foot of the southern mountain. 相当贴切。第五句“但去莫复问”译为：So give me leave and ask me no questions.（意思是：让我走吧，不要再向我提问了。）跟原句意思不符。第六句“白云无尽时”因上下句有连带关系，同样成了友人的语气。其实，末两句应是送者的话语，意思是“你尽管去吧，我不再多问了，人世功名有尽，山中白云无穷，会给你带来欢愉的”。因而译文发生了错位误译，未免有点美中不足。

汉语古诗英译可以采用英诗格律体或散体来翻译，究竟哪一种“体”比较适合呢？笔者个人认为，中国旧体诗中的四大诗体以格律诗最难学，最难做，而格律诗恰恰是代表了唐诗的主流诗体。中国是一个诗歌的国度，唐诗的辉煌成就超越了中国历史上任何朝代，为了保持汉诗的风韵，最好用英诗格律体来翻译，以便尽可能地原汁原味向世界传递，促进中外文化交流。当然，也要重视译语读者的普遍接受需求。

埃兹拉·庞德（Ezra Pound，1885—1972），20 世纪美国著名意象派诗人，英译汉语古诗作品有《神州集》（*Cathay*，1915）、《中庸》（*The Unwobbling Privot*，1947）、《大学》（*The Great Digest*，1947）、《论语》（*Confucian Analects*，1951）、《诗经》（*The Classic Anthology Defined by Confucius*，1954）等。他认为英译汉诗有两条标准：译文要用地地道道的英文表达；译文的意义和氛围要再现原作的内在情绪。

由于庞德对汉语知识知之不多，而且有时往往通过美国欧内斯特·费诺罗萨（Ernest Fenollosa）日文转译遗稿进行改写，因此会造成不少错误。下面是庞德对李白《送友人》这首诗的英译译文：

Taking Leave of a Friend

Blue mountains to the north of the walls,
White river winding about them;
Here we must make separation
And go out through a thousand miles of dead grass.
Mind like a floating wide cloud.
Sunset like the parting of old acquaintance
Who bow over their clasped hands at a distance.

Our horses neigh to each other as we are departing.

译作把“青山”、“北郭”皆译出，但其中“青山”宜译为 green mountains。第二行虽未译“东城”，却用代词 them 表示，读者也能看懂。“孤蓬万里征”是指友人要像蓬草随风孤飞到千里以外去，译作即便使用上下文来诠释也令人费解，Here we must make separatio/And go out through a thousand miles of dead grass.(意思是：我们必须走上千里枯草的征程)，原来仅描叙“友人”却变成“我们”，单数词变成复数词，译意与原意大相径庭，明显错译了。颈联的“游子”是指友人，“故人”则指作者本人，原诗分别用“浮云”和“落日”来比喻各自的惜别心态，是采用了寓情于景的传统手法，把“落日故人情”译成 Sunset like the parting of old acquaintance(落日好像老朋友的离别)，不能不说是词不达意。相比之下，“浮云游子意”译为 Mind like a floating wide cloud. 译得较好。形式上，译作没有韵律感，行数长短无序，也读不上“形似”与“音似”。译者译此诗之所以有败笔，恐怕跟不太了解汉语知识有关系。

与其相对比，选取中国当今译家万昌盛对李白《送友人》这首诗的英译如下。

To My Departing Friend

Beyond the northern wall arise the mountains green,
To the east of the city a winding stream glows white.
From here thou will be gone out of my sight,
Like a lonly straw adrift far, far away, unseen.
Thou will wander as a floating cloud on high,
And my heart will swell with sorrow in sunset glow.
With a wave of hand, thou'll turn and go,
And leave me here harking to the horse's mournful cry.

形式上用两组四行诗来完成，前一组四行是韵体，尾韵 green, white, sight, unseen，押 abba 韵；后组四行末押韵是散体，译者采用了“两体合一”的翻译策略。内容上译文把“青山”、“白水”、“北郭”、“东城”都一一译出，而且显示了工整的对称美。“孤蓬万里征”译为 Like a lonely straw adrift far, far away, unseen. 意似风韵，沁人肺腑。颈联“浮云游子意，落日故人情”译的准确，达意传情。尾联“挥手自兹去，萧萧班马鸣”也不错。于此可见译者对李白此诗的主旨领会理解之深，因而译作读来显得有些游刃有余。

其实，在有“两体合一”的译作之前，早有“两体合一”的创作，最著名的莫过于下面一首唐人七言律诗名篇。

黄鹤楼

崔 颢

昔人已乘黄鹤去,此地空余黄鹤楼。
仄平仄平平仄仄 仄仄平平平仄平

黄鹤一去不复返,白云千载空悠悠。
平仄仄仄仄仄仄 仄平平仄平平平

晴川历历汉阳树,芳草萋萋鹦鹉洲。
平平仄仄仄平仄 平仄平平平仄平

日暮乡关何处是?烟波江上使人愁。
仄仄平平平仄仄 平平平仄仄平平

这首诗就诗歌格律来审视,首联上下句同一字序上两个“鹤”字同声相对,犯了“失对”。颔联出句出现六个仄声,对句“空悠悠”犯了“三平调”,而且不对仗。上半首明显违反了律诗的规则,不遵循格律如同不遵纪守法,只能算是古体诗。下半首对仗工整,对粘合乎要求,在允许平仄变通范围内完全符合律诗的规范,故是合格的格律诗。因此整首诗是一首古风式律诗。此诗以立意为主,不以词害意,意境深邃,气概苍莽,连大诗人李白见了也为之折服,被古人列为唐人七言律诗第一。《唐诗三百首》也同样把它列为七言律诗首位。该作品也是形式必须为内容服务的有力例证。

从以上翟理斯、庞德、万昌盛三篇对李白《送友人》的英译译作质量来看,比较之下,后者最佳,读来使人有“江山代有才人出”的感觉。

英国著名汉学家阿瑟·韦利(Arthur Waley, 1889—1966),十四岁进拉格比学校(Rugby School)学习,因古典文学成绩突出,获取了剑桥大学皇家学院奖学金并准许入该校深造。1913 年离开剑桥大学,任职大英博物馆东方部馆员,负责整理中国敦煌文物。由于他开始接触中国画与日本画上的题诗、印章,激发了他的极大兴趣,成为刻苦自学中文和日文的重大契机。韦利又曾进入伦敦大学亚非学院深造,在熟稔汉学的传教士指导下研习中国古代典籍,并萌生了将汉语古诗英译介绍给广大英国读者的良好愿望。1918 年,韦利《汉诗选译 170 首》(*A Hundred and Seventy Chinese Poems*)在伦敦出版,广受欢迎。后经多次再版,屡版屡罄,洛阳纸贵,又被转译成德文与法文问世。1929 年,他因健康原因,请辞大英博物馆职务,继续在伦敦大学亚非学院为研究生和教师授课。

韦利译著甚丰,主要有《汉诗选译 170 首》、《汉诗选译续编》(*More Translations from the Chinese*, 1919)、《郊庙歌词及其他》(*the Temple and Other Poems*, 1923)、《〈道德经〉研究与其在中国思想中的地位》(*The way and its Power*:*A Study of the Tao Te Ching and its Place in Chinese Thought*, 1934)、《诗经》(*The Book of Songs*, 1937)、《论语》(*The Analects of*

Confucius, 1938)、《白居易的生平与时代》(*The Life and Times of Po chü-I*, 1949)、《李白诗歌与生平》(*The Poetry and Career of Li Po*, 1959)等。

他受汉语五言古诗的启迪,并创新发展出所谓"弹性节奏"(Sprung rhythm),即运用英译诗歌中的一个重读音节代表一个单音节的汉字,从而使每行译诗中皆有一定数量的重读音节与不定数量的非重读音节,保持了较好的形式美和节奏感,他认为这样的节奏功能远胜过用韵功能,并把它比做英诗的无韵体。

笔者认为,无韵诗(blank verse)是英诗中的一种古老诗体,节奏多为抑扬格五音步(iambic penta metre),这种诗体内涵丰富,形式活泼,由于不押韵,更便于让读者的注意力集中到内容上去,如果运用得当,其节奏的协调能更胜一筹。比如韦利英译陶渊明诗歌,每行译文基本上均用五个重读音节与数量不等的非重读音节交错递用来表示原诗一句五个单音节的汉字,读来确有较明显的节奏感。

例如陶渊明《饮酒·其六》倒数第三句"违己讵非迷"(意思是:违背了我的本性,岂不是走上了迷途)译文为 To be úntŕue to myśelf could ónly lead to múddle. 五个符号代表五个重读音节,其他数量不等的为非重读音节,译意是"可是我的虚伪只会导致我的一团糟",译得颇为形象。这一行译作从内容和形式上看是佳译,称得上是范例。

其实,为了追求声律的婉转和谐,流畅生动,中国早在唐代就有人力求出句的尾字尽量四声兼备的"四声递用"之举,以极尽声律变化之能事。如张谓(约711—777)早出英国韦利一千一百多年,他的五言律诗《同王征君湖中有怀》:

八月洞庭秋,潇湘水北流。
还家万里梦,为客五更愁。
不用开书帙,偏宜上酒楼。
故人京洛满,何日复同游。

此诗"秋"(平声)、"梦"(去声)、"帙"(入声)、"满"(上声),出句尾字四声俱备;对句韵脚"流"、"愁"、"楼"、"游",一韵到底,整首诗和顺悦耳,形式上堪称一流。英国汉学家韦利醉心研习汉诗,长期不懈努力,终于创新出用五个重读音节与数量不等的非重读音节的"交错递用法",是否受此类五言诗的启发而开拓出英译汉诗的新天地?不排除其可能性,但尚需作进一步的探讨与考证,现无定论,而他写作抑扬格五音步的传统无韵诗也属顺理成章。

肯尼斯·雷克思洛斯(Kenneth Rexroth, 1905—1982),20 世纪美国著名诗人。幼丧父母,伶仃孤苦,混迹社会底层,一度遭囹圄之灾。青年时期曾在芝加哥艺术学院学习绘画，他从未进过正规大学，依靠自己的勤奋、坚毅进行自修苦学，掌握了中、日、希腊、西班牙等多种外文。十九岁时，雷克思洛斯师从宾纳，学习汉诗，接受宾纳的重点推荐唐代“诗圣”杜甫的文学作品，这对他一生的文学之路与翻译事业产生了重大影响。他在后来的《自传小说》(*An Autobiographical Novel*, 1966)中坦言：“可以肯定地说，在道德情操及领悟力上，是杜甫使我成为更加健全的人。”并且认为杜甫是世界上“在某些方面，比莎士比亚或荷马优秀，至少他更自然更亲切”。二十四岁时开始在杂志上发表诗歌，后又一度担任诗歌理论刊物《黑山评论》编委。他提携后进，使一批青年诗人都能有施展才华脱颖而出的机会，有的后来也成为著名诗人。雷克思洛斯崇尚中国传统文化与古典诗歌，为自己起了一个中国名字“王红公”，署在自己诗集的封面上。

20世纪70年代，他与曾获威斯康星大学比较文学博士的钟玲合作英译《兰舟：中国女诗人选》(*The Orchid Boat*: *Women Poets of China*)和《李清照诗全集》(*Li Ch'ing-chao*, *Complete Poems*)。雷克思洛斯个人有关汉诗英译的译著，主要有《汉诗百首》(100 *Poems from the Chinese*, 1956)、《爱与流年：续汉诗百首》(*Love and the Turning Year*: 100 *More Poems from the Chinese*, 1970)等，其他著述有数十种之多。下面选取雷克思洛斯英译唐诗一例。

曲　江

杜　甫

穿花蛱蝶深深见，点水蜻蜓款款飞。
传语风光共流转，暂时相赏莫相违。

译文：

　　I watch the yellow
Butterflies drink deep of the
Flowers, and the dragonflies
Dipping the surface of the
Water again and again.
I cry out to the Spring wind,
And the light and the passing hours.
We enjoy life such a little
While, why should men cross each other?

杜甫曾作七言律诗《曲江二首》，此乃选取第二首的后半首四句，前半首四句为：“朝回日日典春衣，每日江头尽醉归。酒债寻常行处有，人生七十古来稀。"写的是在曲江池畔赏花、饮酒、典衣，其实曲江池已不复往日繁华，只见小堂中翡翠鸟筑巢，高冢前石麒麟横卧，一片由于战乱后的破败景象。所谓"赏花"、"饮酒"等行乐，只是诗人仕途不得志的一种无奈之举。既然无力回天，而人生又如此短暂，"传语风光共流转，暂时相赏莫相违"当然是意蕴深长的弦外之音了。这首诗，格律严谨，语言凝练，缘情体物，天然自成。杜甫写诗各体兼长，七律写得最为卓著，后人奉为圭臬，此诗也正体现了这点。

雷克思洛斯用九行自由体来翻译这首杜诗，力图用意译贴近原作，再现原作。译者在首行就用 I watch……第六行再用 I cry out……以此表达了译者主体与作者主体的合二为一审美意境，也传递了译者对原作思想感情的认知，这在译文的几处浓郁的诗味中透露出来。比如，把"穿花蛱蝶深深见"译为 Butterflies drink deep of the /Flowers,……其中"深深见"英译 drink deep，这里的 deep 当副词用，相当于 far down，drink deep 可理解为"痛饮"，这就留下了想象空间，意境较深。另外，"传语……"译为 I cry out……相当强化。在形式上，他把前两句的一副工对对仗使用四行跨行连续来表述，反映出译者是将它视为一个整体来看待的。确是佳译。

下面另选雷克思洛斯英译唐诗一例。

宿 府

杜 甫

清秋幕府井梧寒，独宿江城蜡炬残。
永夜角声悲自语，中天月色好谁看？
风尘荏苒音书绝，关塞萧条行路难。
已忍伶俜十年事，强移栖息一枝安。

译文：

I Pass the Night at General Headquarters
A clear night in harvest time.
In the courtyard at headquarters
The wu-tung trees grow cold.
In the city by the river
I wake alone by a guttering
Candle. All night long bugle
Calls disturb my thoughts. The splendor
Of the moonlight floods the sky.
Who bothers to took at it?

Whirlwinds of dust, I cannot write.
The frontier pass is unguarded.
It is dangerous to travel.
Ten years of wandering, sick at heart.
I perch here like a bird on a
Twig, thankful for a moment's peace.

此诗作于广德二年(764)秋,当时作者在严武幕府中任节度参谋。上半首的"清秋"、"江边"、"井梧寒"、"蜡炬残"、"永夜角声"、"中天月色",都是作者当时的外感之物;"悲自语"、"好谁看"却是作者内动于情的怨艾。下半首的"风尘荏苒"、"关塞萧条"、"已忍伶俜"、"强移栖息"则是作者的抒情。整首诗流露出作者自"安史之乱"起至平息后的十年中,备受颠沛流离与不能施展抱负之苦。

雷克思洛斯运用十五行自由体进行英译,首句"清秋幕府井梧寒"就用三行来表达,体现了他强调的"中国法则"(a kind of Chinese rule),即突出外感的具体事物,诸如:clear night, harvest time, the courtyard at headquarters, wu-tung trees 等等来努力追求再现原诗的"诗境"(poetic situation)。译文在构思上下过一番工夫,比如"清秋",译为 harvest time,显得用词不俗,意境优美。再如末联"已忍伶俜十年事,强移栖息一枝安"译为 Ten years of wandering, sick at heart. /I perch here like a bird on a /Twig thankful for a moment's peace. 译文简约流畅,能表情达意。从上下行词句长短对应来看,译者不拘泥于英诗格律体的要求,两者相差甚远矣。他的译作多跨行连续,以上二例,可见一斑。

罗郁正(Irving Yucheng Lo, 1922—),现代美国著名华裔翻译家。出生于福建省福州市,1942 年毕业于上海圣约翰中学,由于成绩优异直升上海圣约翰大学深造,主修英国文学、欧洲古典文学、中国文学。1949 年,获美国哈佛大学英国文学硕士学位,旋即入威斯康星大学攻读英国文学及比较文学。学成后,先后受聘于密歇根大学等高校。1964 年,他加入美国爱荷华大学的东方研究学院,嗣后专注于中国古典文学与比较文学的研究、翻译,成就卓著。1967 年,被聘为印第安纳大学东亚语文系教授。1989 年,他正式从印第安纳大学退休。退休后,罗郁正以"老骥伏枥,志在千里"的不倦精神继续从事研究与翻译工作,并任新加坡国立大学中文系客座教授。他长期钻研中国古典文学与英国文学,故对中英两国存在巨大差异的语言文化娴熟于胸,形成了自己独特的一套译学理念。

罗郁正的主要译著有《辛弃疾》(*Hsin Ch'i-chi*, 1971)、与著名华裔学者柳无忌合编的《葵晔集—中国历代诗词选集》(*Sunflower Splendor: Three*

Thousand Years of Chinese Poetry）以及和美国汉学家舒威霖合编的《待麟集—中国清代诗歌选集》（*Waiting for the Unicorn：Poems and Lyrics of China's Last Dynasty*）等。

下面选取罗郁正英译唐诗一例。

羌村三首（选一）

杜　甫

群鸡正乱叫，客至鸡斗争。
驱鸡上树木，始闻叩柴荆。
父老四五人，问我久远行。
手中各有携，倾榼浊复清。
苦辞酒味薄，黍地无人耕。
兵革既未息，儿童尽东征。
请为父老歌，艰难愧深情。
歌罢仰天叹，四座泪纵横。

译文：

Ch'iang Village

Flocks of chicken clucking from every corner,
They fight each other as visitors arrive.
After I have chased the chickens up the tree,
I could hear the knocks at the wicket gate.
Elders of the village, four or five,
Come to ask me about my long journey.
Each carrying something in his hand,
They pour out of good and poor wine.
"Hope you won't mind if the wine tastes too weak:
No one has been able to attend to farming.
And since we're still in the midst of battles,
All our children have gone to the eastern front."
Then I ask to sing for the elders a song;
In these hard time, I'm deeply moved by their affection.
Singing done, I look up to the heavens and sigh,
And tears stream down the cheeks of all who sit around.

"羌"按现代汉语拼音为 qiāng，即声母 q（欺）与韵母 iang（央）的拼音；译文作声母 ch(蚩)与韵母 iang(央)的拼音。

杜甫《羌村》共三首,这是第三首。因属古体诗,不拘平仄与对粘,全诗押"庚"韵,不换韵,一韵到底,也显见押韵回环之美。此诗五言十六句,前八句出自作者之口,极言村景如绘,乡风淳朴,邻里热情。第九句至第十二句是父老之话,尽诉酒味薄缘起"黍地无人耕",战乱迫使"儿童尽东征"的苦难处境。最后四句乃作者以感激之心宽解众老,"请为父老歌"为"艰难愧深情"作铺垫,尤其是末两句则是全诗达到了情感的巅峰,充溢着杜甫忧伤黎民的强烈思想感情,其心中沉痛,令读者读来动容。

译者的译作不用古语、倒装句、跨行连续,同样用十六行来对应原诗的十六句。虽不是英诗格律体,不押韵,然而句式长短恰到好处,形式上颇相似。十六行英文,基本与每行有五个重读音节,以对应每句五个单音节汉字的原作,每行交织着若干非重读音节,聆听有鲜明的节奏感,畅达易懂,犹如行云流水。"群鸡正乱叫,客至鸡斗争"译为 Flocks of chicken clucking from every corner/ They fight each other as visitors arrive. 译得精练、传神。另如,"艰难愧深情"中的"艰难",译为 In these hard times,"愧深情"译为 I'm deeply moved by their affection. 同样言简意赅,又很传神,都能准确地传达原诗的蕴意。这首杜诗用自由体进行英译,译者必须运用自己的判断来操纵节奏、停顿及思虑比例,很不容易。译作具有典型性,是成功的,值得推荐。

戴维·霍克斯(David Hawkes, 1923—2009),英国翻译家,汉学家,早年学过拉丁文与希腊文,后改学日文。二战期间,一度担任英军日语教师。1945 年攻读于牛津大学,研习中国文学专业。1948 年曾来华在北京大学读研究生,之后回国继续在牛津大学读研究生。1953 年学成后,在母校任讲师。后又在母校任汉学讲座教授及汉学系主任。他热爱中国文学,醉心中国经典名作的翻译,为了全身心投入这一事业,霍克斯宁可提前于 1971 年从牛津大学汉学系退休。1973 年任牛津大学万灵学院(All Souls College)研究员。

霍克斯的英译《红楼梦》(*The Story of the Stone: A Chinese Novel in Five Volumes*)、《楚辞》(*Chu Tzu: The Songs of the South, an Ancient Chinese Anthology*)、《杜诗初阶》(*A little Primer of Tu Fu*)三部译著是他毕生的重大成果,广受读者的好评与欢迎。

由于霍克斯以执着的精神长期从事汉诗英译以及积累大量的实践经验,熟谙此道,因而他本人能用中文写作旧体诗词,这对一位西籍人士而言,实属罕见。他认为,汉语的平上去入四声实际上是不能翻译的,韵脚也是不能再现的。他从比较文学的观点审视,认为汉语的音韵韵部较少,易于押韵和一韵到底,而英语的音韵较多，长诗很难一韵到底，仅能出现在喜剧或打油诗中。同时认为，英文的文法严密，句子中少不了用冠词、介词、副词，而中文字句可以自由伸缩颠倒，易使上下句对仗工整，英文如要这样做，便会影响汉诗的简洁、含蓄和严谨。笔者认为，霍克斯言之有据有理。英诗里的 Couplet，称为“对句”、“对联”、“二行诗”，但毕竟跟汉语格律诗中的对仗不同，相距甚远。Heroic couplet 称为“英雄双韵体”或“叙事诗对句”，是指二行诗中的每一行有五个音步(feet)和十个音节(syllables)，诗的节奏是抑扬格五音步，每两行一组押一韵，这也无法跟汉诗的对仗对等。这里以 14 世纪的英国伟大诗人乔叟(Geoffrey Chaucer，1343—1400)的名著《坎特伯雷故事集》(*The Canterbury Tales*)的《楔子》(General Prologue)节选为例：

It happened in that season that one day
In Southwark, at The Tabard, as I lay
Ready to go on pilgrimage and start
For Canterbury, most devout at heart,
At night there came into that hostelry
Some nine and twenty in a company
Of sundry folk happening then to fall
In fellowship, and they were pilgrims all
That toward Canterbury meant to ride.
The rooms and stables of the inn were wide;
They made us easy, all was of the best.
And shortly, when the sun had gone to rest,
By speaking to them all upon the trip
I was admitted to their fellowship
And promised to rise early and take the way
To Canterbury, as you heard me say.

《楔子》说的是作者坎特伯雷去朝圣，一个晚上投宿于 Tabard 旅店，遇到了一群也准备去朝圣的虔诚香客，大家说好结伴前去。后经旅店主人的提议，为清除旅途中的寂寞，他们每人在途中各讲两个故事，作者便逐个记下了他们讲述的故事。以上十六行诗，二行一组押一尾韵，节奏是抑扬格五音步，体现了“英雄双韵体”的风采。

再看英国 18 世纪古典主义代表诗人蒲柏(Alexander Pope，1688—1744)的《牛顿墓志铭》(Intended for Sir Isaac Newton in Westminster-Abbey)：

Nature and Nature's Laws lay hid in Night.

God said, Let Newton be! and all was light.

（笔者译：自然和自然法则隐藏于夜晚。上帝说，牛顿诞生！因而一片光明。）

短短二行一组押一尾韵的诗，蒲柏以一贯简洁的笔法，高度概括了牛顿的伟大成就，运用“英雄双韵体”达到了最高的艺术境界。

看了以上“英雄双韵体”二例，我们再引用一首唐诗来作比较。

商山早行

温庭筠

晨起动征铎，客行悲故乡。
鸡声茅店月，人迹板桥霜。
槲叶落山路，枳花明驿墙。
因思杜陵梦，凫雁满回塘。

这首五言律诗是中唐诗人温庭筠行旅佳作之一，颔联“鸡声茅店月，人迹板桥霜”历来为人传诵，胡应麟《诗薮》评：“皆形容景物，妙绝千古。”有人认为妙在“状难写之景如在目前”和“含不尽之意见于言外”。不是吗？诗人早行，所见荒山茅店，当空残月尚留，晨鸡啼叫；人马刚过木桥，冷霜留下痕迹。本来荒寂之景，又添羁旅愁苦之情，此一对仗情景交融，意境浑成，正显示诗人炼句的非凡功力。颈联“槲叶落山路，枳花明驿墙”。同样是所见之景，眼前槲叶坠落山路，枳花怒放，这两种春盛植物又反衬出诗人内心凄寂，情何以堪？全诗精练含蓄，对仗工整，隔句押尾韵，一韵到底，这跟英诗“英雄双韵体”作比较，可用“小同大异”来概括，以此也证明霍克斯对汉诗英译译学观念阐述的正确性。

霍克斯英译《杜诗初阶》，主要采取不受行数、格律与节奏束缚的散体意译，力求通俗易懂传达给广大的英语读者。下面选取他的英译杜诗一例。

蜀　相

杜　甫

丞相祠堂何处寻？锦官城外柏森森。
映阶碧草自春色，隔叶黄鹂空好音。
三顾频烦天下计，两朝开济老臣心。
出师未捷身先死，长使英雄泪满襟。

译文：

The Chancellor of *shu*

Where is the Shrine of the Chancellor to be found?

Beyond the walls of the City of Brocade, amidst the densely growing cypresses.
Vivid against the steps, the emerald grass celebrates its own spring unseen.
Beyond the trees a yellow oriole sings its glad song unheard.
The importunate humility of these three visits resulted in the grand strategy which shaped a world for a generation;
His service under two reigns, both as a founder and a maintainer revealed the true loyalty of the old courtier's heart.
That he should have died before victory could crown his expedition will always draw a sympathetic tear from men of heroic stamp.

这首七言律诗是作者寓居成都草堂时所作,被古人评为:"牢壮浑劲,此为七律正宗。"全篇前四句论事,颔联"映阶碧草自春色,隔叶黄鹂空好音"中的"自春色"和"空好音"皆意境深远,令人遥思武侯祠的碧草映阶,春色自是与当年相同;然而诸葛武侯人亡政息后的年年鹂音婉转岂非徒然啼鸣?后来韦庄《台城》的"六朝如梦鸟空啼",不排除正是寻踪此句而蒙受启发。后四句论人,颈联"三顾频烦天下计,两朝开济老臣心"中的"老臣心",足见作者仰慕武侯匡时救危、安邦定国的雄才大略与报国苦心。由凭吊而深叹其功业未成,令古今千载英雄一掬同情惋惜泪,亦乃常情。清方东树评:"此亦咏怀古迹。起句叙述点题,三、四写景,后半论议缔情,人所同有,但无其雄杰明卓,及沉痛真挚耳。"(《昭昧詹言》)

由于此诗的历史文化内涵相当丰富,霍克斯《杜诗初阶》一书又是明显带有普及意义,故而采用自由体翻译,务必使广大英语读者能够理解与接受。当然,译者的译作也是在了解原作的历史背景下经过努力写就的。比如,"三顾频烦"译为 The importunate humility of these three visits(意思是:谦逊而缠扰不休的三次拜访。)再如,"天下计"译为 the grand strategy which shaped a world for a generation(意思是:形成一代的伟大战略。)中间用 resulted in (终归),全句意为"谦逊而缠扰不休的三次拜访,终成一代的伟大战略",译笔畅晓,接近于大白话。"两朝开济老臣心"运用同样的翻译策略,"两朝开济"译为 his service under two reigns, both as a founder and a maintainer (意思是:他为创业者和守业者两朝做出贡献);"老臣心"译为 revealed the true loyalty of the old courtier's heart (意思是:表现出老臣的真正忠心。)汉诗多省略主语,意义上却常有跳跃,上述颈联十四个汉字就是具有典型性的代表。霍克斯的译文除去冠词、代词、介词，有二十六个，增加不少词语，形式上不对等，这种以目的语为归宿的“归化翻译”，适合了广大英语读者，但 domestication（归化）与汉诗的贵在简练又存在着不小的差距。再拿中美现代译家张廷琛、魏博思合译的译文来看，译为 Requested three times to guide the nation/He served two monarchs with utter devotion，两种译文对比，风格迥异，特色不同。

西利尔·白之(Cyril Birch，1925—)，英国出生，曾在伦敦大学亚非学院攻读中国文学，二十九岁获中国文学博士。1960 年，任教于美国加利福尼亚大学伯克利校区东方语文系，后任中文与比较文学教授及系主任。1991 年从美国加利福尼亚大学退休并任名誉教授。

白之对于汉诗英译的译学理念在他的《中国文学选集·第一卷》(*Anthology of Chinese Literature*, *Volume I*)的《导论》(Introduction)中曾作了如下的表述：中国文学源远流长，风格多样，语言繁复，均构成了汉诗英译的难度。中国格律诗在节奏、对仗、用典等方面体现了是诗歌中结构最为复杂的形式，这些都是译者所面对的，并且要加以解决的。

白之的主要译著有《中国文学选集》（二卷）、《牡丹亭》(*The Peony Pavilion*)、《燕子笺》(*The Swallow Letter*)、《浣纱记》(*The Girl Washing Silk*)等。其中两卷《中国文学选集》，曾长期用作大学教材，影响很大。

今选取白之英译唐诗一例。

酬张少府

王 维

晚年唯好静，万事不关心。
自顾无长策，空知返旧林。
松风吹解带，山月照弹琴。
君问穷通理，渔歌入浦深。

译文：

To the Assistant Prefect Chang

In evening years given to quietude,
The world's worries no concern of mine,
For my own needs making no other plan
Than to unlearn, return to long loved woods:
I loosen my robe before the breeze from pines,
My lute celebrates moonlight on mountain pass.

You ask what laws rule "Failure" or "Success"—
Songs of fishermen float to the still shore.

此首赠友酬答的五言律诗是王维晚年隐居辋川的真实生活写照。在"安史之乱"时，他被迫接受伪职，朝廷曾定罪，后蒙特赦。王维自经此变故，心境一改往常，唯焚香念佛、琴诗经卷而已，以打发有涯余生，诗中流露无遗。友人问道困厄或发迹的道理，王维引用《楚辞·渔父》典故："渔父莞尔而笑，鼓枻而去，乃歌曰……"作答，这种不复与言，大有"王者顾左右而言他"之味。

白之采用散体英译，除不押韵外，行数长短比较工整稳妥，似具汉诗风格，从一个侧面反映出译者有再现原诗的强烈意愿。汉诗往往省略主语，如首句"晚年唯好静"，译文也是这样处理，译为 In evening years given to quietude，其实相当于 I am given to quietude in evening years，其中的 given to ……这里作"惯于……"解，既省略了主语，又安排了倒装句。第二句"万事不关心"，译为 The world's worries no concern of mine，用 I 的物主代词 mine，认知了作者的自我抒发。第三句"自顾无长策"，"自顾"作"自己掂量"解，全句意为"自己掂量没有长久的良策"，译文为 For my own needs making no other plan（意思是：对我自己没有作出计划的需要。）有些词不达意，显然是误解。第七句"君问穷通理"，原意是"你问我发生困厄或发迹的规律"，译为 You ask what laws rule "failure" or "success"——译者不拘泥于中文字面，领会内在含义，译文通顺合理，是属于再现原作的成功之笔。末句"渔歌入浦深"是引用了典故，确有其艰深难译之处，如用"注释"则易被西方读者理解与接受，但是白之按照自己的译学理念是执意不愿用"注释"的，译成 Songs of fishermen float to the still shore.（意思是：渔歌飘向寂静的江岸）这就与原句的意蕴存在着差距。

刘若愚(James J. Y. Liu，1926—1986)，美籍华裔学者，1948 年毕业于北京辅仁大学，1952 年获英国布里斯托尔大学硕士学位。他汉学底子深厚，通晓中国文学和西方文学，精研中西比较文学，曾任教于英国伦敦大学、美国夏威夷大学、匹兹堡大学、芝加哥大学、斯坦福大学及中国的香港大学。

刘若愚对汉诗英译具有精到的见解，他认为：1. 汉语古诗不是无法翻译，而缘由每首诗的特有意义、韵律与结构等各种因素形成一个独特的文本，译者进行解析和再现这个文本，即是对原诗的再创作。不同译者的译本不可能保持完全一致，因而"译无定本"就会成为自然而然的事实。2. 出于汉语与英语在语法上的不同，汉语往往省略句子中的主语与连接语，也缺乏数和性别的标志。古诗古汉语的同一个词既可用作名词、形容词，也可用作动词、副词，语法上具有很大灵活性；而英语语法恰恰与其相反，具有明显的固定性。如果要英语硬译、死译,结果形成一种特殊的英语,会使英语读来佶屈聱牙,难以理解与接受,故不应囿于汉诗而应符合英文的意合与形合。3. 在声律问题上,汉诗的平仄无法在英译中出现,译作的音韵,则要采用不同的翻译策略。他主张英译时以不因韵害义为原则,不必坚持一定用韵,但可适当地运用英诗韵律,尽量使译作接近原作。至于汉诗中的双声、叠韵、象声、叠字等音韵技巧则须加注意,应服从于再现原诗的本来含义,而不是相反。4. 汉诗中运用的意象、比喻、象征、典故等都富有中华文化的深厚底蕴,它们可以代表普通名词或抽象概念,从而揭示及增升诗意。译者必须深刻理解,才能再现原作,否则是无法胜任的。5. 在直译和意译的策略上,他主张执中,采取中庸之道。

刘若愚的主要作品有《中国诗学》(*The Art of Chinese Poetry*)、《李商隐的诗》(*The Poetry of Li Shang-yin*)、《中国文学理论》(*Chinese Theories of Literature*)等。

下面选取刘若愚英译唐诗一例。

幽居冬日

李商隐

羽翼摧残日,郊园寂寞时。
晓鸡惊树雪,寒鹜守冰池。
急景倏云暮,颓年浸已衰。
如何匡国分,不与夙心期?

译文:

Living in Seclusion in Late Winter
The day when feathered wings are damaged,
The time when the country garden is quiet-
The cock at dawn disturbs the snow on the tree;
The duck in the cold guards the ice pond.
Time passes quickly; the year is ending.
Worn with age, I am gradually declining.
Why has it never been my lot to fulfil
My life long wish to assist the State?

这首诗出自《玉溪生诗集·卷一》,一名《幽居冬暮》。晚唐杰出诗人李商隐既受牛党显要令狐楚之赏识,又深为李党的王茂元所器重,为生计而不幸卷入牛李党争的政治旋涡。他一生仕途坎坷,备受排斥打击,虽有拳拳报国之心,实无报国之门。这首写景咏物诗与作者的人生悲遇、晚景凄凉互为交织,强烈而直接地反映出其心志遭挫的极度艰辛。

原诗是一首三对仗的五言律诗，首联和颔联工对尤为严谨，译文为了忠于原著传达信息同样译的十分严谨。例如，"羽翼摧残日，郊园寂寞时"译为 The day when feathered wings are damaged/The time when the country garden is quiet-两行都采用了限制性定语从句对所修饰的先行词 The day 和 The time 起到限制作用，关系密切，这是英语语法的表达习惯；汉语表达习惯则相反，把"日"与"时"放在尾位。译文两行的长短适宜，主语词性相同并在同样的词序上相对，定语从句基本上也相同，故与汉诗比对之下，酷似汉诗，神形兼备，正如刘若愚所主张的"意合与形合"，确能让英语读者一睹汉诗的风采。

叶维廉(Wai-lim Yip, 1937—)，广东中山人，少时在乡下小学便开始读《古文观止》和旧体诗，打下了古汉语基础。1955 年进台湾大学，1960 年入台湾师范大学，先后获得英国文学学士、硕士学位。1963 年赴美，翌年以英文诗作再获爱荷华大学美学硕士。1967 年在普林斯顿大学获比较文学博士学位，并一直在加利福尼亚大学(圣地亚哥校区)任教至今。

叶氏的著作有《中国诗学》(2006)、《比较诗学》(1983)、《寻求跨中西文化的共同文学规律》(1986)、《汉诗英华》(*Chinese Poetry*:*Major Modes and Genres*, 1997)、《藏天下：王维诗选》(*Hiding the Universe*: *Poems of Wang Wei*, 1972)、《论庞德的〈神州集〉》(*Ezra Pound's Cathay*, 1970)、《距离之消解——中西诗学对话》(*Diffusion of Distances*: *Dialogues Between Chinese and Western Poetics*, 1993)等数十种。

叶维廉对中国古典诗歌的翻译，成果最著影响最大当推《汉诗英华》和《藏天下：王维诗选》，前者一百多首古诗英译曾被美国的一些大学当做文学教材，后者作为王维个人的选集译作可以帮助西方读者了解与研究王维其人其诗以及提供唐代社会历史背景的某些有价值史料。

叶维廉对汉译古诗的诗学理念可以简要归纳如下。

1. 中国文学批评用"言简而意繁"的方法，一反西洋批评中"言繁而意简"的倾向，是近似诗的表达形态(当是比较而言)，因为它在读者意识里激起诗的活动，诗的再造；即就较为有系统有计划的理论如《文心雕龙》及《沧浪诗话》，在方法仍是"言简而意繁"，而且常用"境界再造"的方法(利用有诗的活动的意象使境界再现)。中国诗因视境与西洋诗大异，故最终的目的又大大不同。

2. 在与作品对话，叶氏主张不用"诠释"(hermenutics)这个术语，而用"传释"代之，他认为"诠释"是 Interpretaion，而"传释"是 Communication，即是要探讨作者传意、读者释意这既合且分、既分且合的整体活动，简称为"传释学"。

他举了一首“字字回文诗”为例的困难，由于汉语文言具有灵活语法，不管从哪一个字开始或哪一个方向去读都能成句成诗，属于印欧语系的英文办不到，连白话也不易办到。英文只能逐字诠释，无法连成句。如名词前的冠词(a，the)，如定位关系的前置词、连接词(On the bank; When the sun…，the sand becomes…)，如主词决定动词的变化(We do; He does)，如单数复数决定动词字尾变化(This man says; These men say)，如现在、过去、将来的行动由代表现在、过去、将来时态的动词去表达(he does; he did; he will do)……这些英文语法中最基本的常识都非常严谨、细分，有时到了僵硬的地步。有了这些元素，要“回文”便完全不可能。更何况汉语文言文中很多字可以兼容数种词性，具有多元性或模棱性，用英文更无法“回文”了。

3. 回文诗中的语法是极端的例子，不可与一般古典诗中的语法对等。但其语法利用“若即若离，可以说明而犹未说明的线索与关系”，而向读者提供了一个由他们直接参与和感受的“如在目前”的意境，这也是一个不移的事实。叶氏举了李白《玉阶怨》为例：“玉阶生白露，夜久侵罗袜。却下水晶帘，玲珑望秋月。”一个深夜不能眠的宫女，没有用“她”或“我”这类字，让读者保持着一种客观与主观同时互对互换的模棱性；一面我们是个观众，看着一个命运情境的演出在我们眼前，一面又化做宫女本身，扮演她并进入她的境况里，从她的角度感受这玉阶的怨情。这是“情景交融”的来源之一，便是主客既合且分、既分且合的状态。

4. 叶氏认为，“秘响旁通”是南朝刘勰在他《文心雕龙·隐秀》第一个提出这个美感的理论家。《隐秀篇》中的一段话，作为中国美学意含“含蓄”的说明，是极其清楚的，无疑是“旁通”、“互体变爻”、“四象”这三个牵源于《易经》的名目。“义生文外”、“秘响旁通”显而易见；“互体变爻”则指一卦可以衍化为无数的卦体；“四象”是“易有太极，是生两仪，两仪生四象，四象生八卦”。而八卦重卦派生六十四卦，刘勰用“化四象”一词，主旨还是指文辞派生文意的活动情况。他认为重卦所成的卦，不是 Combination(结合)而是 Permutation(组合)，Combination 是定形的，是固定、关闭式的，Permutation 则是由动变(而且继续的变)而呈现的组合形象。所以一首诗的文、句，不是一个可以圈定的死义，而是开向许多既有的声音交响、编织、叠变的意义的活动。诗人写诗，无疑是要呈示他观、感得的心像，但这个心像的全部存在事实与活动，不是文字可以规划固定的。

5. 中国诗的传意活动，着重视觉意象和事件的演出，让它们从自然并置并发的涌现作说明，让它们之间的空间对位与张力反映种种情景与状态，尽量去避免通过“我”，通过说明性的策略去分解、串联、剖析原是物物关系未定、浑然不分的自然现象，也就是道家的"任物自然"。叶氏举了王维的两首诗："人闲桂花落，夜静春山空。月出惊山鸟，时鸣春涧中。"(《鸟鸣涧》)以及"木末芙蓉花，山中发红萼。涧户寂无人，纷纷开且落。"(《辛夷坞》)。这两首的景物自现，几乎完全没有作者主观主宰知性介入去侵扰眼前景物内在生命的生存与变化。作者把场景展开后便隐退，任景物直现读者目前，不像大量西方的诗，景物的具体性往往因为作者的介入分析说明而丧失其直接而趋向抽象思维，如同王士祯解读严羽的禅悟说时，讲的就是这种自由无碍活泼的任其自然事物自然兴现。

6. 一首诗构成整体美感经验，读一首诗的整体经验，并非手—饼—手的过程，不是作者用一个盛器(作品)把饼(内容、信息、志、道)交到读者的手上。许多作品真正能够感染激荡读者的有时其盛载的思想并不深刻；这里并不是说思想不重要，而是说思想只是整体生命世界美感经验的一部分而已。再者，就是伟大的思想，如果没有经过艺术其他层面的气脉化，根本发挥不出来。

7. 叶氏读过庞德巨篇《诗章》之四十九，发现句法、意境都近似中国山水诗的传统，曾就庞德从中国诗的语法和文字结构里找到了新的美学基础而推出美国诗重大的变革等等写过不少文字。叶氏就是因为这首诗而开启了他走上庞德研究之途和个人附带的有关《潇湘八景》的寻索。从幽远深微云山烟水的山水画来看，不但延绵几个世纪至今未衰，更是跨国最有影响也最受激赏的作品类型，并认为苏东坡是美学的诠释、推动以及实践的枢纽人物。由云山烟水消解距离到冥思"空盈"，牵涉到"有""无"的深微的领悟。假如把"有"视做具体的存在，把"无"视做不存在，严格地说，这两样都不是固定的东西，自然现象、人的生命、世界的事物都在不断地生成转化，不断地从所谓存在状态(我们暂时借用英文的 Being)转化(Become/Becoming)到不存在状态(Non-being)。我们永远在转化中(Becoming)。

8. 作品诞生以后，是一个存在。它可以不依赖作者而不断与读者交往、交谈；它不但能对现在的读者，还可以跨时空对将来的读者传达交谈。作品中文辞、意象原是依赖过去另一些作品另一些文辞意象来发声，作者在选字、遣词、用象时或有一定的企图，但在作品中，文辞、意象会引发出更大更广的意义范畴。

9. 诗境，一般正常语态所无法言传的诗境，经过诗人对文字独特的处理产生，仿佛读者在读诗时，他已经觉察不到语言本身，而如电光一闪，他被带送入由文字暗示的一个"世界"里。文字只是一种不可言传、复杂感受状态的"指标"。正如庞德后来说的："一个外在的客观的东西本身作了转化而跃入一个内在的主观的东西。"

以上选取介绍一百多年来十二位著名英美译家的简历及所选译作点评，多少能让读者对他们的汉诗歌文化熟稔程度、诗学译学理念、翻译策略、译作的得失成败等等有所了解。他们为汉诗走向世界,促进中外文学与文化的传播交流而付出的艰辛和奉献的历史功绩,将被后人永远铭记。除上述以外还有不少享有盛誉的著名译家,同样为汉诗的繁荣而不懈地勤劳耕耘。

20 世纪后期至今,环顾中国境内,又涌现出一批造诣颇深并有作品问世的译家。展望汉诗英译天地,承前启后,名家辈出,群星璀璨,佳译如林。一二百年间,全球虽然历经了两次世界大战,社会动乱,政局动荡,天灾频仍,却始终未能阻挡住汉诗走向世界的坚强步伐,且有从英译发展到其他语种翻译之倾向与现实。究其基本原因,乃是极具丰富思想与艺术魅力的中华传统古诗备受国人喜爱,也深深吸引异国人士对它的含英咀华,甚至流连忘返,锲而不舍,终于造就了一代又一代成就与声望俱高的汉学家。

有人说,诗歌是第一文学;也有人说,诗是文学的王冠(poetry is the crown of literature)。不管怎么说,汉诗是几千年来我们先哲祖辈留给子孙后裔的珍贵的精神遗产,同时也是探索中华民族悠久历史和灿烂文明的重要津梁之一,我们应该整理发掘,爱护弘扬。

第四节 中外译家英译格律诗对仗评析

汉语格律诗中的对仗,是中国诗歌格律的重要形式之一。它讲究出句和对句的字数一致,词义不重复,同字不相对,平仄要相反。早在南北朝梁代,刘勰就提出了对仗"四对"的重要理论。初唐格律诗成熟定型时,除了词类对应很严表现出均衡华丽兼平仄音乐之美的严对(工对)外,又有一些允许词类对应相对宽松不拘泥于细节的宽对,中唐以后宽对又渐被诗人们普遍使用。当然,严对仍属于对仗中求之不易的创作。

汉诗英译由于两国历史文化迥异,要达到与原诗同样的标准,那几乎是完全不可能的。譬如,汉字是象形方块,一字一格单音节,能做到限定字数、句数,展现出对仗的对称美,从而促使听视感觉的愉悦和谐,十分协调。同时,汉语格律诗也能做到韵脚的一韵到底。英文的单词长短不一,音节有多有少,英诗行数不定,很难做到一韵到底,而要换韵。即便英国维多利亚时期盛行的格律体的诗歌样式,常见的韵式就有 aabb、abab、cdcd、ababcdcdee 等等,跟汉语格律诗的韵脚也不一样。英诗格律体是严格遵守传统英诗格律的,常见的如抑扬格四音步(iambic tetrameter)和抑扬格五音步(iambic pentameter),其韵式严谨工整。英诗中还有古语、缩略、省略、变体字、倒装变序、跨行连续等形式出现,与汉语格律诗未必一样，何况两国语言表达习惯不同。因此，汉诗英译从一个样式转换到另一个样式，绝非易事。

众多中外译家普遍认为，要力求传达原诗内容的信息、神韵、意境和外在形式的音美、形美，不仅要达意还需传情，做到融情于景，情景兼备，意在言外，才是汉诗英译高低标准的关键所在。

下面，笔者依照中国传统规则选编了汉语格律诗对仗英译三十例，并加以评析。其中不乏经过历史时间考验，以文质取胜的传世名句，英译则采撷自中外译家的译作，供读者学习、研究与鉴赏。

一、五言一对仗

日暮苍山远，天寒白屋贫。

——(唐)刘长卿《逢雪宿芙蓉山主人》

Dark hills distant in the setting sun,
Thatched hut stark under wintry skies.

——[中国]文殊译

[评析]“日暮、苍山、天寒、白屋”均一一译出。第一行 Dark hills 后面省略了 be 的第三人称的复数现在时 are；第二行 Thatched hut 后面省略了 be 的第三人称的单数现在时 is。形容词 distant 和 stark 分别用来修饰 hills 与 hut，把表示时间早晚的 in the setting sun 跟表示空间覆盖的 under wintry skies 两个介词短语都放在尾部，且两行音节数相当，词句长短整齐，形成的译文对等有序，同格律诗对仗的形式近似。忠于原作，达意传情，堪称佳译。

日日人空老，年年春更归。

——(唐)王维《送春词》

Dawn after dawn the last doth nearer bring.
Ah! What avails the shy return of spring?

——[英国] L. A. Cranmer-Byng 译

[评析]第一行的古语 doth 相当于助动词 does，用词组 Dawn after dawn 译“日日”比用 Day after day 更具有诗意。汉语重意念，英语重形式，这行译文的 Dawn after dawn 是无灵主语(inanimate subject)，而 bring 是有灵动词(animate verb)，nearer 是副词，把 bring 放在尾部是为了跟第二行尾词 spring 的押韵，故意安排了倒装句。正常语序是 Dawn after dawn doth nearer bring the last. last 这里作名词，指人之衰亡(咽气)。第二行用意译法完成，两行译文每行九个音节。这副对仗的译文符合意美、音美、形美。

松风吹解带，山月照弹琴。

——（唐）王维《酬张少府》

I loosen my robe before the breeze from pines,
My lute celebrates moonlight on mountain pass.

——［英国］C. Birch 译

［评析］译者为了把原诗的意蕴传达给读者，用意译法来完成这副对仗。这里的 pass 是名词，mountain pass 作"山隘"释义，两行译文每行均有十一个音节，符合形似。译作通顺晓畅，意境自明，属成功之作。

野径云俱黑，江船火独明。

——（唐）杜甫《春夜喜雨》

Dark night, the clouds black as the roads,
Only a light on a boat gleaming.

——［美国］K. Rexroth 译

［评析］第一行的 black 是动词，表示"变黑"；as 是副词，这里作"同样地、一样地"释义，以对应汉字"俱"。"江船火独明"译为 Only a light on a boat gleaming. 译笔同样简约、精妙、传神。

众鸟高飞尽，孤云独去闲。

——（唐）李白《独坐敬亭山》

All birds have flown away, so high;
A lonely cloud drifts on, so free.

——［中国］许渊冲译

［评析］原诗的对仗"仄仄平平仄，平平仄仄平"。一字不作变通，尽显严谨工整，不论是意蕴抑或形式都很美；译作紧随其文，刻意求工，精心安排，同样译的很美。"众鸟飞尽"译为 All birds have flown away；"孤云去闲"译为 A lonely cloud drifts on，上下句中间的"高"和"独"分别译为 so high 与 so free. 尤其是 free 译的更神韵，因为汉字"独"本身就含有"独来独往"的意思，而 free 在这里则有"自由飘荡"的含义。上下两行音节数基本相同。这副对仗的英译在布局上可谓构思巧妙，别具匠心，又显得平实随和，为大家手笔。

野旷天低树，江清月近人。

——（唐）孟浩然《宿建德江》

How wide the world was, how close the trees to heaven,

And how clear in the water the nearness of the moon!

——[美国]W. Bynner 译

[评析]这副对仗是作者浪迹异乡,触景生情,有感而发。乡思与客愁融合在一起,景中有情,情中有景,浑然天成。第一行译文中的 world 是名词,兼指个人所经历的现实世界,这里来比做"空旷原野",不用 plain,接着以 how close the trees to heaven 译"天低树",增添了诗的想象空间。译文两行的音节数基本相同,以两行对等原诗两句,共用了三个副词 how 以加强感叹句的语气。忠于原诗。

明月松间照,清泉石上流。

——(唐)王维《山居秋暝》

The moon shines bright among the pine trees.

The stream over the boulders runs crystal-clear.

——[中国]万昌盛译

[评析]用 shines 译"照",介词词组 among the pine trees 译"松间",runs 译"流",都到位。以复合词 crystal-clear 译"清澈",贴切。这副对仗运用直译法完成,译文流畅,符合原诗的清新自然,情趣立见。

五更疏欲断,一树碧无情。

——(唐)李商隐《蝉》

At dawn the intermittent cry is about to cease,

But the tree remains indifferently green.

——[中国]杨宪益、戴乃迭译

[评析]原诗为咏蝉与抒情相结合,译者以意译法译此对仗,同样神韵彰显。用 At dawn 译"五更",再以 the intermittent cry is about to cease(时断时续的蝉鸣马上就要止声了)译"疏欲断",颇为精妙!下一行的动词 remains 这里作"仍然是"释义;用 indifferently green 译"碧无情",其意在言外之遣词造句,堪称上乘,大家之笔,窥豹一斑。

星垂平野阔,月涌大江流。

——(唐)杜甫《旅夜书怀》

Stars drawn low by the vastness of the plain,

The moon rushing forward in the river's flow.

——[英国]C. Birch 译

[评析]两行译文,每行有十个音节。第一行 stars 后接元音起始的词/r/音

应读出;第二行配置的 river's 同样后接元音起始的词/r/音也应读出。形式整齐,符合形似。第一行 stars 后面省略了 are;第二行 moon 后面省略了 is。"平野阔"译为 by the vastness of the plain. 这是为了凸显中国诗意的意境而用介词 by(在……旁边),以扩大视觉上"野"的更加广袤;第二行的"大江流"又安排了介词 in(在……里),译为 in the river's flow. 与上句相对应。这副对仗的译文既传神又有对称美,佳译之一。

名岂文章著,官应老病休。

——(唐)杜甫《旅夜书怀》

My name shall not be known from my writing,
Sick, growing old, I must yield up my post.

——[美国]Stephen Owen 译

[评析]"致君尧舜上,再使风俗淳",原诗作者虽胸怀拯世济民大志,但一生并未实现。这两句诗应解读为"我的名声岂是因文章而著名,为官实因衰老疾病而休止"。言外之意当然是忧郁于壮志未酬而加速衰老,我的经世大志要远比这文章重要得多了。这是作者对自己以往政治抱负要高于文章的总结。译者把"名岂文章著"译为 My name shall not be known from my writing, 由于 shall 与第三人称 my name 连用,就表示了说话者的意志,也是展望,这样和原诗就有了差距,显然是误解误译了。再看"官应老病休"的译文:Sick, growing old, I must yield up my post. (意思是:因患病与衰老,我必须放弃自己的职守)就能准确达意。两行译文给读者留下了两种不同的印象。当然,两行译文每行都有十个音节,句式长短相当整齐,同样也给读者留下了形似美的印象。

鹊飞山月曙,蝉噪野风秋。

——(唐)上官仪《入朝洛堤步月》

Birds fly out of the woods, the mountain moon declining;
Against autumn breeze cicadas start noisily singing.

——[中国]都森译

[评析]"鹊"是禽鸟类之一,专用名词;"蝉"是昆虫类之一,专用名词。两个专用名词各在上下句的相同字序位置上工整地相对。上句的"鹊飞"和"月曙"都是动态,"山"修饰"月",作定语;下句的"蝉噪"与"风秋"也都是动态,"野"修饰"风",也作定语。整首诗的词语结构,婉媚工整,氛围祥和,体现出自贞观至龙朔年间的大唐气象。"鹊"不译 magpies 而译 Birds,显然是泛指,但这样处理未能把原诗的意蕴充分表达出来,多少有点惋惜。"山月曙"译为 the mountain moon declining. 很到位。尤其是 declining 一词,把"曙"的意象和盘托出。第二

行的整个句子可视为“Cicadas start noisily singing against autumn breeze.”的倒装变序。这副对仗用意译法来达意，风韵犹存。

野竹分青霭，飞泉挂碧峰。

——(唐)李白《访戴天山道士不遇》

Wild bamboos slit the blue-green of a cloudy sky.
The waterfall hangs against the jade-green peak.

——[美国]A. Lowell 译

[评析]“青霭”这里指带青色云气的天空，译为 the blue-green of a cloudy sky;“碧峰”译为 the jade-green peak. 上下两行词语结构均按汉诗字序前后排列，并都有复合词对应，显得匀称美观，意象鲜明，具有浓厚的中国诗味。作者虽采用自由体译此诗例，韵感不足，但两行的音节数基本相同，颇具形似。诗的内涵也能清晰传达。

雨打灯难灭，风吹色更明。

——(唐)李白《咏萤火》

The rain cannot smother your fire;
Swept by wind, the more bright you are.

——[中国]张智中译

[评析]原诗上句的“灯”乃实指“萤火”，按照下文辨识，下句的“风吹色更明”当然也是指“萤火”。第一行用 your fire 译“灯”，用 smother(闷熄)译“灭”，贴切。第二行的 the more bright you are 译“色更明”，同样到位。两行译文，每行均有八个音节。这副对仗的译文，达意传神，形似有韵感。

山光悦鸟性，潭影空人心。

——(唐)常建《题破山寺后禅院》

As mountain scenes invite the song of birds,
Images in the pond empty the human mind.

——[中]张廷琛、[美]魏博思合译

[评析]这副寓有哲理的对仗是作者游佛门净地留下的，也称得上是传世名句之一。用意译法把原诗的内涵表达出来，以 invite 译“悦”，贴切。“鸟性”主要体现在鸟儿的鸣唱，用 the song of birds. 合乎情理。第二行再用 Images in the pond 译“潭影”，准确。“空人心”译为 empty the human mind. 这里的 empty 是及物动词，作“掏空”释义，精彩。两行译文的音节数基本相同，用词凝练而传神，佳译。

二、七言一对仗

故乡今夜思千里，霜鬓明朝又一年。

——（唐）高适《除夜作》

Tonight my dear ones far at home are
　　missing me,
A new year and more grey hairs of mine
　　morrow'll see.

——［中国］郭著章译

［评析］原诗语言深沉而精练，上句是指“远在故乡的亲人值此除夕之夜定会怀念千里之外的自己”而不说自己怀念故乡的亲人。诗题英译为 Written on a Chinese New Year's Eve. 与原题相切。第一句译为 tonight my dear ones far at home are missing me. 用跨行连续处理。“亲人们”译为 my dear ones 译的地道，正如“孩子们”译为 the little ones 那样。“千里”不直译而用 far at home 来意译，“思”译成 missing me，译文简约有神韵。下句同样以跨行连续处理，为了跟 me 押韵进行了倒装变序，其正常语序应为 morrow'll see a new year and more grey hairs of mine. 当然，这种倒装也直接加强了“明天是新的一年以及我又增添几缕白发了”的语气，其中 morrow 是英诗中常见的古语，这里用来英译汉语古诗是有助于气氛的。这副对仗的英译各有十二个音节，句式长短比较整齐匀称，符合形似，押的是 bb 韵。聆其译文，不同凡响。

山围故国周遭在，潮打空城寂寞回。

——（唐）刘禹锡《石头城》

Hills surround the ancient kingdom, they never change.
The tide beats against the empty city, and silently, silently returns.

——［美国］A. Lowell 译

［评析］原诗第一句英译时安排了两个句子，以 Hills surround the ancient Kingdom 译“山围故国”，用 they never change 译“周遭在”。下句的“潮打空城”译为 The tide beats against the empty city，“寂寞回”译为 and silently, silently returns. 译文在内容上，竭尽体现原诗深远浑融的意境，努力追求意象，诸如“山围”、“故国”、“潮打”、“空城”等都一一译明，而且词语结构安排得与汉诗对仗相似，特别是“寂寞回”的译文诗味很浓，能将原诗的意蕴传达给读者，唯一美中不足的是两行译文的音节数相差较大，但仍不失为佳译。

沉舟侧畔千帆过，病树前头万木春。

——(唐)刘禹锡《酬乐天扬州初逢席上见赠》

By the sunken barge a thousand sails go past,
Before the withered tree all is green in spring.

——[中国]杨宪益译

[评析]这首七言律诗的颈联，原是作者对自己仕途失意希冀峰回路转的自喻，但因寓有不可抗拒的自然规律，象征着新生力量必然战胜腐朽势力，常被后人引用，遂成千古传诵的名句。“沉舟侧畔”译为 by the sunken barge 以介词短语引领并修饰后面的“千帆过”；“病树前头”译为 before the withered tree 同样以介词短语引领并修饰后面的“万木春”。上下两个译文诗行和两句原诗词语结构非常相似，而且两行各有十一个音节，听视都有美感。译文看来平实随和，但却蕴藏着译语自身激活的能量，以致能达到意象鲜明，神形兼备。

留连戏蝶时时舞，自在娇莺恰恰啼。

——(唐)杜甫《江畔独步寻花七绝句》

Gay butterflies flit in
And round, accompanied by
The joyous song of birds.

——[新西兰]Rewi Alley 译

[评析]这副对仗出自杜甫《江畔独步寻花七绝句》第六首，诗后有载东坡尝云：“齐鲁大臣二人，而史失其名。黄四娘何人，乃托杜诗而不朽也。世间幸不幸类如此。”因此，英译“黄四娘”为 Lady Huang the Fourth 并不重要。把“留连戏蝶时时舞”译为 Gay butterflies flit in /And round，用不及物动词 flit(轻快地飞)再辅以副词 round，在一定程度上能传达原诗的意义。“自在娇莺恰恰啼”译为 accompanied by/ The joyous song of birds. 则要比上句译的逊色。用三个跨行连续译文去英译具有对偶的两句汉诗，在“形似”上已大相径庭，而专用名词“莺”译为 birds 与上句的 butterflies 也不对称。“恰恰”是指娇莺自然和谐的啼鸣，未译。译文虽能带些信息给英语读者，但要分享汉诗的独特风韵却相距甚远矣。

已忍伶俜十年事，强移栖息一枝安。

——(唐)杜甫《宿府》

Ten years of wandering, sick at heart.
I perch here like a bird on a
Twig, thankful for a moment's peace.

——[美国]K. Rexroth 译

[评析]作者时在严武幕府任检校工部员外郎，人们遂以“杜工部”相称。此联反映出作者自“安史之乱”后的十年中，音书隔绝，归路维艰，备尝飘零奔波与孤独之苦。姑且将就的幕僚生活绝非他的初衷，但也只能像鸟儿那样“栖息一枝安”了。用一行译文译上句，二行译文译下句，由于采用自由灵活的散体，句式长短不一，而三行的音节数基本相同。译文注重意象能把原诗的诗境传递给西方读者。

身无彩凤双飞翼，心有灵犀一点通。

——(唐)李商隐《无题》

For bodies no fluttering side by side of splendid phoenix wings,

Between hearts the one minute thread from root to tip of the magic horn.

——[英国]A. C. Graham 译

[评析]此联感情真挚，清新自然，易懂易解，常被后人引用，实属千古不衰的传诵名句。上下两行译文均紧凑而精彩，第一行以连词 For 开头，这里作“由于……”释义，bodies 后面省略了 have(拥有)；第二行以介词 Between 开头，这里作“在……之间”释义，hearts 后面也省略了 have(拥有)。两行词句结构安排适当，且音节数基本相同。汉诗英译本来就是达意不易，传情更难，这副对仗译的不易，并有情致。

春潮带雨晚来急，野渡无人舟自横。

——(唐)韦应物《滁州西涧》

Spring tides robed in rain, swifter by evening;

The ferry landing deserted where a boat swings by itself.

——[美国]B. Watson 译

[评析]“春潮带雨”译为 Spring tides robed in rain，尤其把“带”译成及物动词 robed(这里作“披盖”释义)，后接 in rain，整个句子译的生动、准确、传神。如果把英语反过来译成汉语“春潮披雨”，除了“带”是仄声，“披”是平声外，同样充溢着典雅浓郁的诗意。接下来“晚来急”译为 swifter by evening，用比较级短语以加强语气，说明“潮”与“雨”的来势疾急，相当到位。“野渡无人”译为 the ferry landing deserted(这里的 deserted 当动词，作“擅自离开”释义，用来译“无人”。)后面接(结果)状语从句 Where a boat/swings by itself 译“舟自横”。两行译文的语句结构颇为形似，文笔细腻流畅，能忠实传达原作的信息和意境。

曾经沧海难为水，除却巫山不是云。

——（唐）元稹《离思》

Having once sailed on the sea, no rivers I care to see;
Except clouds in Mount Wu, others will not attract me.

——[中国]陈君朴译

[评析]这副对仗是出自作者为悼念亡妻韦丛的悼亡诗，由于取典高深，构思精妙，情感真实而成为传世名句。比如"曾经沧海"，就被后人比喻经过大世面，见多识广，而"孤陋寡闻"则成其反义词。译文Having once sailed on the see直译"曾经沧海"，no rivers I care to see意译"难为水"。下一行译文Except clouds in Mount Wu，直译"除却巫山"，接着以others will not attract me意译"不是云"。二行译文的音节数基本相同，尾韵see和me相押，词语结构搭配合适几乎可与汉诗对仗乱真。"看似寻常最奇崛，成如容易却艰辛"。

世事茫茫难自料，春愁黯黯独成眠。

——（唐）韦应物《寄李儋元锡》

The word's ways-dim and distant hard to foretell;
Spring griefs-chill and dark; I sleep alone.

——[美国]B. Watson译

[评析]两行译文努力运用同样对称式的汉语格律诗对仗标准来表达，并以连接号表示相关事物的联系。"茫茫"译为dim and distant；"黯黯"译为chill and dark. 以hard to foretell译"难自料"；用I sleep alone译"独成眠"。全诗翻译忠实于原作，又能把原作中蕴含的思想感情传递给英语读者。

疏影横斜水清浅，暗香浮动月黄昏。

——（宋）林逋《山园小梅》

Sparse shadows slant across the shallow water clear,
And gloomy fragrance floats at dusk in dim moonlight.

——[中国]许渊冲译

[评析]这副对仗出自作者名作《山园小梅》的颔联。第一行译文既不做增词处理，也不做减词处理，与汉诗的字序排列相当近似。第二行译文的in dim moonlight是介词短语，可视为后置定语修饰前面的dusk，这个短语应理解为"处于暗淡的月光下"，以强化dusk。除此之外，整行译文跟汉诗的字序排列同样相当近似。两行译文每行有十二个音节，整首诗的译文韵式是abab cdcd也是英诗中的常见韵式。格律诗对仗要达到三美是很不容易的。

三、五言二对仗

感时花溅泪，恨别鸟惊心。
烽火连三月，家书抵万金。

——（唐）杜甫《春望》

Blossoms invite my tears as in wild times they bloom;
The flitting birds stir my heart as I'm parted from home.
For three months the beacon fires soar and burn the skies,
A family letter is worth ten thousand gold in price,

——［中国］吴钧陶译

［评析］杜甫在安史叛军攻取长安前，先将妻子安置于鄜州，自己在灵武途中被俘，羁押于长安。“感时花溅泪”是指作者见花开而溅落眼泪；“恨别鸟惊心”则指作者闻鸟语而惊扰内心。触景抒情，故诗题《春望》。第一句意译为 Blossoms invite my tears as in wild times they bloom，其中 wild times 应理解为“兵荒马乱时期”，invite 这里作“招致、引来”释义。这一行为了押韵而倒装，其正常语序是：Blossoms invite my tears as they bloom in wild times；第二行用 stir 译“惊”，贴切。第三、四句的译文同样恰当，每行音节数基本相同。五言二对仗的译文均能忠于原作，并能在氛围上再现原作伤时悯乱和忧国思家的内在情绪。

四、七言二对仗

花径不曾缘客扫，蓬门今始为君开。
盘飧市远无兼味，樽酒家贫只旧醅。

——（唐）杜甫《客至》

Flower-strewn paths haven't been swept for the guest,
The thatched door is opened today, just for you.
Far as we are from market, our food has no taste.
Being a poor homestead, our wine is home-brewed.

——［美国］Eugene Chen Eoyang 译

［评析］“花径”译为 Flower-strewn paths 形象生动而准确，因为告诉了读者是“花儿撒落地上的小径”，并为后面的“扫”作铺垫。第二句的译文，语言质朴平和。颈联“盘飧市远”译为 Far as we are from market，与“樽酒家贫”译为 Being a poor homestead，展示了对称美；后面各接 our food has no taste（无兼味）和 our wine is home-brewed（只旧醅），更加衬托出汉语格律诗对仗之华丽

均衡美。四行译文具有基本相同的音节数，反映译者努力向西方读者介绍汉诗对仗特征的良好愿望与客观效果。佳译之一。

五、五言三对仗

远水兼天净，孤城隐雾深。
叶稀风更落，山迴日初沉。
独鹤归何晚，昏鸦已满林。

——(唐)杜甫《野望》

The farthest waters merge in the sky unsullied;
A neglected town hides deep in mist.
Sparse leaves, which the wind still sheds,
Far hills, where the sun sinks down.
How late the solitary crane returns!
But the twilight crows already fill the forest.

——[英国]A. C. Graham 译

[评析]原作“远水兼天净”具有“秋水共长天一色”之意境，极美。“兼天净”译为 merge in the sky unsullied，其中 merge 指“兼”，unsullied 指“净”，精彩。第二句的“孤城”译为 a neglected town 要比译成 a lone town 更含蓄，这两行译文互为对偶。第三行 sparse leaves，译“叶稀”，后面跟随非限制性定语从句 Which the wind still sheds.（这里的 sheds 作“脱落”释义）虽然对先行词不起限制作用，但对它加以描述也比较重要。第四行 far hills(山迴)后面又跟随非限制性定语从句 where the sun sinks down. 与上行呼应，词句结构再次表现出汉诗对仗的均衡美。第五、六行的译文有专用名词 crane(鹤)与 crows(鸦)互相对偶，前面各有 solitary(独)和 twilight(昏)修饰。此三对仗的译文不论思想内容的传递与形式构建均与汉诗相似，音节数大体上相同。这一成功译例，佐证了译者葛瑞翰主张汉诗英译要顺译(direct translation)的合理性与可行性。

青山横北郭，白水绕东城。
此地一为别，孤蓬万里征。
浮云游子意，落日故人情。

——(唐)李白《送友人》

Blue mountains lie beyond the north wall;
Round the city's eastern side flows the white water.
Here we part, friend, once forever.
You go ten thousand miles, drifting away

Like an unrooted water-grass.
Oh, the floating clouds and the thoughts of a wanderer!
Oh, the sunset and the longing of an old friend!

——[日本]S. Obata 译

[评析]译者以散体译此诗。第一句的“青山”，译为 blue mountains，还是译 green mountains 比较适宜，因为符合“青葱翠绿的山岭”原意。第二行译“白水绕东城”显然是倒装变序，其正常语序应是：The white water flows round the city's eastern side. 译文到位。“孤蓬万里征”是作者指友人别后会像孤飞的蓬草随风到万里之外，译为 You go tenthousand miles, drifting away/Like an unrooted water-grass. 这是误解原诗的意义而误译了。

六、七言三对仗

凤尾香罗薄几重，碧文圆顶夜深缝。
扇裁月魄羞难掩，车走雷声语未通。
曾是寂寥金烬暗，断无消息石榴红。

——(唐)李商隐《无题二首·其一》

The fragrant silk, “Phoenix Tail”, lie in thin folds;
The green-patterned round top is being sewn in depth of night.
Her fan, cutting the moon's soul, cannot hide her shame;
His carriage, driving the thunder's noise, allowed no time for talk.
In solitude she has watched the golden flickers grow dim;
No news will ever come to announce the Pomegranate wine!

——[美国]James J. Y. Liu 译

[评析]这三副对仗是作者以浓重的笔墨为女主人公刻画了她期待相会与追忆往事的“夜深缝”、“羞难掩”、“语未通”、“金烬暗”以及“断无消息石榴红”等深情而尴尬的丰富内涵，耐人咀嚼。“凤尾香罗”译为 the fragrant silk, “Phoenix Tail”，“薄几重”译为 lie in thin folds，“碧文圆顶”译为 the green-patterned round top，“夜深缝”译为 is being sewn in depth of night. 译文在意象、词汇、结构上皆有功力，以致能以完整的英语句子表达出与汉诗同样语序的简洁性。第二副对仗以相似的翻译技巧来处理，行文流畅，形象鲜明。第三副对仗的意象突出，把“寂寥”译为 in solitude，“金烬暗”译为 the golden flickers grow dim，“石榴红”译为 the Pomegranate wine 等，更充实了意境美。

七、七言四对仗

风急天高猿啸哀，渚清沙白鸟飞回。
无边落木萧萧下，不尽长江滚滚来。
万里悲秋常作客，百年多病独登台。
艰难苦恨繁霜鬓，潦倒新停浊酒杯。

——（唐）杜甫《登高》

The sky is high, the wind is tight, and the apes cry.
The islet is clear, the sand is white,
And birds are whirling in the sky.
A boundless stretch of leaves fall whistling on the ground,
And surging waves of the Yangtze River come around.
I feel deep sorrow for the autumn,
As I've travled thousands of miles in the world.
In my declining years I suffer from illness,
Now I am ascending a height without cheers.
As times are hard, I hate to see white frost creeping over my head.
Being ill and frustrated, from drinking I've abstained.

——[中国]张炳星译

[评析]这首有四对仗的七律，乃杜甫晚年于大历二年(767)所赋。清沈德潜曾评："八句皆对，起二句对举之中仍复用韵，格奇而变。"(《唐诗别裁集》)从诗中透露的"万里悲秋"反映了作者漂泊生涯的空间之广；又从"百年多病"传递了他疾病缠身的时间之长。大历五年(770)冬，一代诗圣终于病逝于从长沙到岳阳的破船上。作品反映出他凄惨坎坷"艰难苦恨"的生活，怀有忧国忧民的情怀。要恰如其分地翻译好这首诗作，不仅要传达字面含义，还得把作者的思想感情展现出来，确非易事。首句"风急天高"不能擅改成"天高风急"，这是由于格律诗的平仄有定规，但译文的前后位置可作移动，译为 The sky is high, the wind is tight，这是符合自然规律，合理的，恰如其分的。第二句"鸟飞回"译为 And birds are whirling in the sky. 生动准确。"无边落木"译为 a boundless stretch of leaves 同样如此；"萧萧下"译为 fall whistling on the ground. 更生动些。"万里悲秋常作客，百年多病独登台"，译文是 I feel deep sorrow for the autumn/As I've traveled thousands of miles in the world/In my declining years I suffer from illness/Now I am ascending a height without cheers. 文笔

流畅，易懂易记，能达意传情，只是“常作客”译的不明显不突出。因为杜甫生活在一个由盛转衰的剧变时代，他大半生失意遭挫，穷困潦倒，因此“常作客”是必然的逻辑，也因如此，他能深刻了解底层人民的疾苦，写出大量现实主义的不朽诗篇。用 I hate to see white frost creeping over my head. 译“繁霜鬓”，行文自然坦率而传神。末行 Being ill and frustrated, from drinking I've abstained.（正常语序是：Being ill and frustrated, I've abstained from drinking.）其中“浊酒杯”不死译硬译，更显自然美感。整篇译文，达意传情，雅俗共赏。

附　录

以《佩文诗韵》为蓝本，经删节后的平水韵常用字表

上　平　声

【上平一东】 东同童僮铜桐峒筒瞳中[中间]衷忠盅虫冲终忡崇嵩[崧]菘戎绒弓躬宫穹融雄熊穷冯风枫疯丰充隆窿空公功工攻蒙濛朦瞢笼胧栊咙聋珑砻泷蓬篷洪荭红虹鸿丛翁嗡匆葱聪骢通棕烘崆

【上平二冬】 冬咚彤农侬宗淙锺钟龙茏舂松凇冲容榕蓉溶庸佣慵封胸凶匈汹雍邕痈浓脓重[重复]从[服从]逢缝峰锋丰蜂烽葑纵[纵横]踪茸蛩邛筇跫供[供给]蚣喁

【上平三江】 江缸窗邦降[降伏]双泷庞撞豇扛杠腔梆桩幢蛩[冬韵同]

【上平四支】 支枝肢移[竹移]为[施为]垂吹陂碑奇宜仪皮儿离施知驰池规危夷师姿迟龟眉悲之芝时诗棋旗辞词期祠基疑姬丝司葵医帷思[思念]滋持随痴维卮麋螭麾墀弥慈遗肌脂雌披嬉尸狸炊湄篱兹差[参差]疲茨卑亏蕤骑[跨马]歧岐谁斯澌私窥熙欺疵赀羁彝髭颐资糜饥衰锥姨夔祇涯[佳、麻韵同]伊追蓍缁其箕椎罴篪萎匙脾坻嶷治[治国]骊綦怡尼漪牺饴而鸱推[灰韵同]匙陲魑锤缡璃骊羸帔縻蘼脾芪畸牺羲曦欹漪猗崎崖萎筛狮蛳鸱绥虽粢瓷椎饴嫠痍惟唯机耆逵岿丕毗枇貔楣霉辎蚩嗤媸飔坩莳鲥鹚笞漓怡贻禧噫其琪祺麒嶷螭栀鹂累踟琶祁骐訾咨睢馗胝鳍蛇[委蛇]陴淇丽[地名]厮氏[月氏]僖嘻琦怩熹孜罹磁痿隋逶郦嵋唯椅[音漪，木名]

【上平五微】 微薇晖辉徽挥韦围帏违闱霏菲[芳菲]妃飞非扉肥威祈畿机几[微也、如见几]讥玑稀希衣[衣服]依归饥[支韵同]矶欷诽绯晞葳巍沂圻颀

【上平六鱼】 鱼渔初书舒居裾琚车[麻韵同]渠蕖余予[我也]誉[动词]舆胥狙锄疏蔬梳虚嘘墟徐猪闾庐驴诸储除滁蜍如畲淤好苴菹沮徂龉茹榈於袪蘧疽蛆醵纾樗躇[药韵同]钦据[拮据]

【上平七虞】 虞愚娱隅无芜巫于衢癯瞿氍儒襦濡须需朱珠株诛硃铢蛛殊俞瑜榆愉逾渝窬谀腴区躯驱岖趋扶符凫芙雏敷麸夫肤纡输枢厨俱驹模谟摹蒲逋胡湖瑚乎壶狐弧孤辜姑觚菰徒途涂荼图屠奴吾梧吴租卢鲈炉芦颅垆蚨孥帑苏酥乌污[污秽]枯粗都茱侏姝禺拘喁踽桴俘臾萸吁滹瓠糊醐呼沽酤泸舻轳鸬驽鯆葡铺[铺盖]菟诬呜迂盂竽趺毋臑酴鸪骷刳蛄晡蒱葫呱蝴劬殂猢郛孚

【上平八齐】 齐黎犁梨妻[夫妻]萋凄堤低题提蹄啼鸡稽兮倪霓西栖犀嘶撕梯鼙赍迷泥溪蹊圭闺携畦嵇跻奚脐醯黧蠡醍鹈奎批砒睽荑篦齑藜猊蜺鲵羝

【上平九佳】 佳街鞋牌柴钗差[差使]崖涯[支麻韵同]偕阶皆谐骸排乖怀淮豺侪埋霾斋槐[灰韵同]睚崽楷秸揩挨俳

【上平十灰】 灰恢魁隈回徊槐[佳韵同]梅枚玫媒煤雷颓崔催摧堆陪杯醅嵬推[支韵同]诙裴培盔偎煨瑰茴追胚徘坯桅傀儡[贿韵同]莓开哀埃台苔抬该才材财裁栽哉来莱灾猜孩徕骀胎唉垓挨皑呆腮

【上平十一真】 真因茵辛新薪晨辰臣人仁神亲申身宾滨槟缤邻鳞麟珍瞋尘陈春津秦频蘋颦濒银垠筠巾民岷泯[轸韵同]珉贫莼淳醇纯唇伦轮沦抡匀旬巡驯钧均榛莘遵循甄宸纶椿鹑屯呻粼嶙辚磷呻伸绅寅姻荀询峋氤恂嫔彬皴娠闽纫湮肫逡菌臻豳

【上平十二文】 文闻纹蚊云分[分离]氛纷芬焚坟群裙君军勤斤筋勋薰曛醺芸耘芹欣氲荤汶汾殷雯贲纭昕熏

【上平十三元】 元原源沅鼋园袁猿垣烦蕃樊喧萱暄冤言轩藩媛援辕番繁翻幡璠鸳鸩蜿湲爰掀燔圈谖魂浑温孙门尊[樽]存敦墩炖暾蹲豚村屯囤[囤积]盆奔论[动词]昏痕根恩吞荪扪昆鲲坤仑婚阍髡馄喷狲饨臀跟瘟飧

【上平十四寒】 寒韩翰[翰韵同]丹单安鞍难[艰难]餐檀坛滩弹残干肝竿阑栏澜兰看[翰韵同]刊丸完桓纨端湍酸团攒官观[观看]鸾銮峦冠[衣冠]欢宽盘蟠漫[大水貌]叹[翰韵同]邯郸摊玕拦珊狻鼾杆蹒姗殚箪瘅谰獾倌棺剜潘拚[问韵同]槃般蹒瘢磐瞒谩馒鳗钻抟邗汗[可汗]

【上平十五删】 删潸关弯湾还环鬟寰班斑蛮颜奸攀顽山闲艰间[中间]悭患[谏韵同]孱潺擐阛菅般[寒韵同]颁鬘疝讪斓娴鹇鳏殷[赤黑色]纶[纶巾]

下　平　声

【下平一先】 先前千阡笺天坚肩贤弦烟燕[地名]莲怜连田填巅鬈宣年颠牵妍研[研究]眠渊涓捐娟边编悬泉迁仙鲜[新鲜]钱煎然延筵毡旃蝉缠廛联篇偏绵全镌穿川缘鸢旋船涎鞭专圆员乾[乾坤]虔愆权拳椽传焉嫣鞯褰搴铅舷跹

鹃筌痊诠悛先邅禅婵躔颛燃涟琏便[安也]翩骈癫阗钿[靛韵同]沿蜒胭芊鳊胼滇佃畋咽湮狷蠲蔫骞膻扇棉拴荃籼砖挛儇璇卷[曲也]扁[扁舟]单[单于]溅[溅溅]犍

【下平二萧】 萧箫挑貂刁凋雕迢条髫调[调和]蜩枭浇聊辽寥撩寮僚尧宵消霄绡销超朝潮嚣骄娇蕉焦椒饶硝烧[焚烧]遥徭摇谣瑶韶昭招镳瓢苗猫腰桥乔娆妖飘逍潇鸮骁祧鹪鹩缭獠嘹夭[夭夭]幺邀要[要求]姚樵谯憔标飚嫖漂[漂浮]剽佻龆苕岧噍哓跷侥了[明了]魈峣描钊轺桡铫鹞翘枵侨窑礁

【下平三肴】 肴巢交郊茅嘲钞包胶苞梢姣庖匏坳敲胞抛蛟崤鸡鞘抄蝥咆哮凹淆教[使也]跑艄捎爻咬铙茭炮[炮制]泡鲛刨抓

【下平四豪】 豪劳毫操[操持]髦绦刀萄猱褒桃糟旄袍挠[巧韵同]蒿涛皋号[号呼]陶鳌曹遭羔糕高搔毛艘滔骚韬缫膏牢醪逃濠壕饕洮淘叨啕篙熬遨翱嗷臊嗥尻鏖螯獒敖牦漕嘈槽掏唠涝捞痨芼

【下平五歌】 歌多罗河戈阿和[和平]波科柯陀娥蛾鹅萝荷[荷花]何过[经过]磨[琢磨]螺禾珂蓑婆坡呵哥轲沱鼍拖驼跎佗[他]颇[偏颇]峨俄摩么娑莎迦疴苛蹉嵯驮箩逻锣哪挪锅诃窠蝌髁倭涡窝讹陂鄱皤魔梭唆骡挼靴瘸搓哦瘥酡

【下平六麻】 麻花霞家茶华沙车[鱼韵同]牙蛇瓜斜邪芽嘉瑕纱鸦遮叉奢涯[支佳韵同]巴耶嗟遐加笳赊槎差[差错]蟆骅虾葭袈裟砂衙呀琶耙芭杷笆疤爬葩些[少也]佘鲨查楂渣爹挝咤拿椰珈跏枷迦痂茄桠丫哑划哗夸胯抓洼呱

【下平七阳】 阳杨扬香乡光昌堂章张王房芳长塘妆常凉霜藏场央泱鸯秧嫱床方浆觞梁娘庄黄仓皇装殇襄骧相湘箱缃创忘芒望尝偿樯枪坊囊郎唐狂强肠康冈苍匡荒遑行妨棠翔良航倡伥羌庆姜僵缰疆粮穰将墙桑刚祥详洋徉佯粱量羊伤汤鲂樟彰漳璋猖商防筐煌隍凰蝗惶璜廊浪当裆珰沧纲亢吭潢钢丧盲簧忙茫傍汪臧琅当庠裳昂障糖疡锵杭邙赃滂禳攘瓤抢螳踉眶炀阊彭蒋亡殃蔷镶孀搪彷胱磅膀螃

【下平八庚】 庚更[更改]羹盲横[纵横]觥彭亨英烹平枰京惊荆明盟鸣荣莹兵兄卿生甥笙牲擎鲸迎行[行走]衡耕萌甍宏闳茎罂莺樱泓橙争筝清情晴精睛菁晶旌盈楹瀛嬴赢营婴缨贞成盛[盛受]城诚呈程酲声征正[正月]轻名令[使令]并[并州]倾萦琼峥嵘撑粳坑铿撄鹦黥蘅澎膨棚浜坪苹钲伧檠嘤轰铮狰宁狞瞪绷怦璎砰氓鲭侦柽蛏茔赪茕赓黉瞠

【下平九青】 青经泾形陉亭庭廷霆蜓停丁仃馨星腥醒[醉醒]惺俜灵龄玲铃伶零听[径韵同]冥溟铭瓶屏萍荧萤荣扃坰蜻硎苓聆瓴翎娉婷宁暝瞑螟猩钉疔叮厅町泠棂囹羚蛉咛型邢

【下平十蒸】 蒸烝承丞惩澄陵凌绫菱冰膺鹰应[应当]蝇绳升缯凭乘[驾乘,动词]胜[胜任]兴[兴起]仍兢矜征[征求]称[称赞]登灯僧憎增曾矰层能朋

鹏肱薨腾藤恒罾崩滕誊崚嶒姮塍冯症簦瞢凝[径韵同]棱楞

【下平十一尤】 尤邮优尤流旒留骝榴刘由油游猷悠攸牛修羞秋周州洲舟酬雠柔俦畴筹稠丘邱抽瘳遒收鸠搜驺愁休囚求裘仇浮谋牟眸侔矛侯喉猴讴鸥楼陬偷头投钩沟幽纠啾楸蚯踌绸惆勾娄琉疣犹邹兜呦咻貅球蜉蝣鞧帱阄瘤硫浏庥湫泅酋瓯啁飕鍪篌抠篝诌骰偻沤[水泡，名词]蝼髅搂欧彪掊虬揉蹂抔不[与有韵否通]瓿缪[绸缪]

【下平十二侵】 侵寻浔临林霖针箴斟沈心琴禽擒衾钦吟今襟[衿]金音阴岑簪[覃韵同]壬任[负荷]歆森禁[力所胜任]祲喑琛涔骎参[参差]忱淋妊掺参[人参]椹郴芩檎琳蟫愔喑黔嵚

【下平十三覃】 覃潭参[参考]骖南楠男谙庵含涵函[包函]岚蚕探贪耽眈龛堪谈甘三酣柑惭蓝担簪[侵韵同]谭昙坛婪戡颔痰篮褴蚶憨泔聃邯蟫[侵韵同]

【下平十四盐】 盐檐廉帘嫌严占[占卜]髯谦奁纤签瞻蟾炎添兼缣沾尖潜阎镰黏淹钳甜恬拈砭詹蒹歼黔钤佥觇崦渐鹣腌襜阉

【下平十五咸】 咸函[书函]缄岩谗衔帆衫杉监[监察]凡馋芟搀喃嵌掺巉

上　　声

【上声一董】 董懂动孔总笼[东韵同]拢桶捅蓊蠓汞

【上声二肿】 肿种[种子]踵宠垅[陇]拥冗重[轻重]冢捧勇甬踊涌俑蛹恐拱竦悚耸巩怂奉

【上声三讲】 讲港棒蚌项耩

【上声四纸】 纸只咫是靡彼毁委诡髓累技绮觜此泚蕊徙尔弭婢侈弛豕紫旨指视美否[否泰]痞兕几姊比水轨止徵市喜已纪跪妓蚁鄙晷子仔梓矢雉死履垒癸趾址以已似耜祀史驶耳使[使令]里理李起杞圯跂士仕俟始齿矣耻麂枳峙鲤迩氏玺巳[辰巳]滓苡倚匕迤逦旖旎舣蚍秕芷拟你企诔捶屣棰揣豸祉恃

【上声五尾】 尾苇鬼岂卉几[几多]伟斐菲[菲薄]匪篚娓悱榧韪炜虺玮虮

【上声六语】 语[语言]圉圄吕侣旅杼伫与[给予]予[赐予]渚煮暑鼠汝茹[食也]黍杵处[居住、处理]贮女许拒炬距所楚础阻俎沮叙绪序屿墅巨去[除也]苣举讵溆浒钜醑咀诅苎抒楮

【上声七麌】 麌雨宇舞府鼓虎古股贾[商贾]估土吐圃庾户树[种植，动词]煦诩努辅组乳弩补鲁橹睹腐数[动词]簿竖普侮斧聚午伍釜缕部柱矩武五苦取抚浦主杜坞祖愈堵扈父甫禹羽怒[遇韵同]腑拊俯罟赌卤姥鹉拄莽[养韵同]栩

窭脯妩庑否[是否]麈褛篓偻酤牡谱怙肚踽虏孥诂瞽羖祜沪雇仵缶母某亩蛊琥

【上声八荠】 荠礼体米启陛洗邸底抵弟坻柢涕悌济[水名]澧醴诋眯娣棨递昵睨蠡

【上声九蟹】 蟹解洒楷[佳韵同]拐矮摆买骇

【上声十贿】 贿悔罪馁每块汇猥璀磊蕾傀儡腿海改采彩在宰醢铠恺待殆怠乃载[岁也]凯闿倍蓓迨亥

【上声十一轸】 轸敏允引尹尽忍准隼笋盾[阮韵同]闵悯菌[真韵同]蚓牝殒紧蠢陨哂诊疹赈肾蜃膑黾泯窘吮缜

【上声十二吻】 吻粉蕴愤隐谨近忿抆刎揾槿瑾恽韫

【上声十三阮】 阮远[远近]晚苑返反饭[动词]偃蹇琬沅宛婉畹菀蜿绻巘挽堰混棍阃悃捆衮滚鲧稳本畚笨损忖囤遁很沌恳垦龈

【上声十四旱】 旱暖管琯满短馆[翰韵同]缓盥[翰韵同]碗懒伞伴卵散[散布]伴诞罕瀚[浣]断[断绝]侃算[动词]款但坦袒篡缎拌澹谰莞

【上声十五潸】 潸眼简版板阪盏产限绾柬拣撰馔赧皖汕铲孱见楝栈

【上声十六铣】 铣善[善恶]遣[遣送]浅典转[霰韵同]衍犬选冕辇免展茧辨篆勉剪卷显饯[霰韵同]践喘藓软蹇[阮韵同]演兖件腆跣缅缱鲜[少也]殄扁匾蚬岘畎燹隽键变泫癣阐颤膳鳝舛娩辗邅先韵同]脔辫捻

【上声十七筱】 筱小表鸟了[未了,了得]晓少[多少]扰绕绍杪沼眇矫皎杳窈窕袅挑[挑拨]掉[啸韵同]肇缥缈渺淼茑赵兆缴缭[萧韵同]夭[夭折]悄舀侥蓼娆硗剿晁藐秒殍了[了望]

【上声十八巧】 巧饱卯狡爪鲍挠[豪韵同]搅绞拗咬炒吵佼姣[肴韵同]昴茆獠[萧韵同]

【上声十九皓】 皓宝藻早枣老好[好丑]道稻造[造作]脑恼岛倒[跌到]祷[号韵同]捣抱讨考燥扫[号韵同]嫂保鸨稿草昊浩镐杲缟槁堡皂瑙媪燠袄懊葆褓毛澡套涝蚤拷栲

【上声二十哿】 哿火舸亸舵我拖娜荷[负荷]可左果裹朵锁琐堕惰妥坐[坐立]裸跛颇[稍也]夥颗祸桠婀逻卵那坷爹[麻韵同]簸叵垛哆硪么[歌韵同]峨[歌韵同]

【上声二十一马】 马下[上下]者野雅瓦寡社写泻夏[华夏]也把厦惹冶贾[姓贾]假[真假]且玛姐舍喏赭洒嘏剐打要那

【上声二十二养】 养痒象像橡仰朗桨奖蒋敞鳖厂枉往颡强[勉强]惘两曩丈杖仗[漾韵同]响掌党想鲞榜爽广享向飨幌莽纺长[长幼]网荡上[上升]壤赏仿罔谠倘魍魉谎蟒漭嗓盎恍脏[肮脏]吭沆慷襁镪抢肮犷

【上声二十三梗】 梗影景井岭领境警请饼永骋逞颖颍顷整静省幸颈郢猛

丙炳杏秉耿矿冷靖哽绠荇艋蜢皿儆悻婧阱狰[庚韵同]靓惺打瘿并[合并]犷眚憬鲠

【上声二十四迥】　迥炯茗挺艇梃醒[青韵同]酩酊并[并行，并且]等鼎顶肯拯謦刭溟

【上声二十五有】　有酒首口母[麌韵同]妇[麌韵同]後柳友斗狗久负[麌韵同]厚手叟守否[麌韵同]右受牖偶走阜[麌韵同]九后咎薮吼帚垢舅纽藕朽臼肘韭亩[麌韵同]剖诱牡[麌韵同]缶酉苟丑糗扣叩某莠寿绶玖授蹂[尤韵同]揉[尤韵同]溲纣钮扭呕殴纠耦掊瓿拇姆擞绺抖陡蚪篓黝赳取[麌韵同]

【上声二十六寝】　寝饮[饮食]锦品枕[枕衾]审甚[沁韵同]廪衽稔凛懔沈[姓氏]朕荏婶沈[沈阳]葚禀噤谂怎恁饪覃

【上声二十七感】　感览揽胆澹[淡，勘韵同]啖坎惨敢颔[覃韵同]撼毯糁湛菡萏罱椠喊嵌[咸韵同]橄榄

【上声二十八俭】　俭焰敛[艳韵同]险检脸染掩点簟贬冉苒陕谄俨闪剡忝[艳韵同]琰奄歉芡崭堑渐[盐韵同]罨捡弇崦玷

【上声二十九豏】　豏槛范减舰犯湛巉[咸韵同]斩黯范

去　　声

【去声一送】　送梦凤洞众瓮贡弄冻痛栋恸仲中[击中]粽讽空[空缺]控哄赣

【去声二宋】　宋用颂诵统纵[放纵]讼种[种植]综俸供[供设，名词]从[仆从]缝[隙也]重[再也]共

【去声三绛】　绛降[升降]巷撞[江韵同]戆

【去声四寘】　寘置事地意志思[名词]泪吏赐自字义利器位戏至次累[连累]伪寺瑞智记异致备肆翠骑[车骑，名词]使[使者]试类弃饵媚鼻易[容易]辔坠醉议翅避笥帜炽粹莳谊帅厕寄睡忌贰萃穗二臂嗣吹[鼓吹，名词]遂恣四骥季刺驷寐魅积[积蓄]被懿觊冀愧匮恚馈蒉篑柜暨庇豉莉腻秘比[近也]鸷毖啻示嗜饲伺遗[馈遗]薏祟值惴屣眦詈企渍譬跛挚燧隧悴尿稚雉莅悸肄泌识[记也]侍踬为[因为]

【去声五未】　未味气贵费沸尉畏慰蔚魏纬胃汇[字汇]谓渭卉[尾韵同]讳毅既衣[着衣，动词]蜚溉[队韵同]翡诽

【去声六御】　御处[处所]去虑誉[名词]署据驭曙助絮著[显著]箸豫恕与[参与]遽疏[书疏]庶预语[告也]踞倨蓣淤锯觑狙[鱼韵同]翥薯

【去声七遇】 遇路辂赂露鹭树[树木]度[制度]渡赋布步固素具务雾骛数[数量]怒[麌韵同]附免故顾句墓慕暮募注住注驻炷祚裕误悟瘑戍库护屦诉妒惧趣娶铸绔傅付谕喻妪芋捕哺互孺寓赴冱吐[麌韵同]污[动词]恶[憎恶]晤煦酤讣仆[偃仆]赙驸婺锢蛀飓怖铺[店铺]塑愫蠹溯镀璐雇瓠迕妇负阜副富[宥韵同]醋措

【去声八霁】 霁制计势世丽岁济[渡也]第艺惠慧币弟滞际涕[荠韵同]厉契[契约]敝弊毙帝蔽髻锐戾裔袂系祭卫隶闭逝缀翳替细桂税婿例誓筮蕙诣砺励瘗噬继脆睿毳曳蒂睇妻[以女妻人]递逮蓟蚋薛荔唳捩粝泥[拘泥]媲嬖彗睥睨剂嚏谛缔剃屉悌俪锲贳掣羿棣蟪薙娣说[游说]赘憩鳜彘呓谜挤

【去声九泰】 泰太带外盖大[个韵同]濑赖籁蔡害蔼艾丐奈柰汰癞霭会旆最贝沛霈绘脍荟狈侩桧蜕酹外兑

【去声十卦】 卦挂画[图画]懈廨邂隘卖派债怪坏诫戒界介芥械薤拜快迈败稗晒溛湃寨疥届蒯篑蒉喟聩块惫

【去声十一队】 队内辈佩退碎背秽对废悔诲晦昧配妹喙溃吠肺耒块碓刈悖焙淬敦[盘敦]塞[边塞]爱代载[载运]态菜碍戴贷黛概岱溉慨耐在[所在]鼐玳再袋逮埭赉赛忾暧咳嗳睐

【去声十二震】 震信印进润阵镇刃顺慎鬓晋骏闰峻衅振俊舜赆吝烬讯仞迅汛趁衬仅觐蔺浚赈[轸韵同]龀认殡摈缙躏廑谆瞬韧浚殉馑

【去声十三问】 问闻[名誉]运晕韵训粪忿[吻韵同]酝郡分[名分]紊愠近[动词]拉拚奋郓捃靳

【去声十四愿】 愿怨万饭[名词]献健建宪劝蔓券远[动词]侃键贩畈曼挽[挽联]瑗媛圈[猪圈]论[名词]恨寸困顿遁[阮韵同]钝闷逊嫩溷诨巽褪喷[元韵同]艮搵

【去声十五翰】 翰[寒韵同]瀚岸汉难[灾难]断[决断]乱叹[寒韵同]观[楼观]干[树干,干练]散[解散]旦算[名词]玩烂贯半案按炭汗赞漫[寒韵同。又副词,独用]冠[冠军]灌爨窜幔粲灿璨换焕唤涣悍弹[名词]惮段看[寒韵同]判叛绊鹳伴畔锻腕惋馆旰捍疸但罐盥婉缎缦侃蒜钻谰

【去声十六谏】 谏雁患涧间[间隔]宦晏慢盼篡栈[潸韵同]惯串绽幻瓣苋办谩讪[删韵同]铲绾孪篡裥扮

【去声十七霰】 霰殿面县变箭战扇煽膳传[传记]见砚院练链燕宴贱馔荐绢彦掾便[便利]眷倦羡奠遍恋啭眩钏倩卞汴片禅[封禅]谴溅饯善[动词]转[以力转动]卷[书卷]甸电咽茜单念[念书]眄淀靛佃钿[先韵同]镟漩拣缮现狷炫绚绽线煎选旋颤擅缘[衣饰]撰唁谚嫒忭弁援研[磨研]

【去声十八啸】 啸笑照庙窍妙诏召邵要[重要]曜耀调[音调]钓吊叫眺少

[老少]诮料疗潦掉[筱韵同]峤徼跳嘹漂镣廖尿肖鞘悄[筱韵同]峭哨俏醮燎[筱韵同]鹩鹞轿骠票铫[萧韵同]

【去声十九效】 效教[教训]貌校孝闹豹罩棹觉[寤也]较窖爆炮[枪炮]泡[肴韵同]刨[肴韵同]稍钞[肴韵同]拗敲[肴韵同]淖

【去声二十号】 号[号令]帽报导操[操行]盗噪灶奥告[告诉]诰到蹈傲暴[强暴]好[爱好]劳[慰劳]躁造[造就]冒悼倒[颠倒]燥犒靠懊瑁燠[皓韵同]耄糙套[皓韵同]纛[沃韵同]潦耗

【去声二十一个】 个贺佐大[泰韵同]饿过[歌韵同。又过失，独用]座和[唱和]挫课唾播破卧货簸轲[轗轲]驮髁[歌韵同]磋作做剁磨[磨磐]懦糯缚锉挼些[楚些]

【去声二十二祃】 祃驾夜下[降也]谢榭罢夏[春夏]霸暇灞嫁赦籍[凭籍]假[休假]蔗化舍[庐舍]价射骂稼架诈亚麝怕借卸帕坝靶鹧贳炙嗄乍咤诧侘罅吓娅哑讶迓华[姓华]桦话胯[遇韵同]跨衩柘

【去声二十三漾】 漾上[上下]望[阳韵同]相[卿相]将[将帅]状帐唱让浪[波浪]酿旷壮放向忘仗[养韵同]畅量[数量]葬匠障瘴谤尚涨饷样藏[库藏]舫访觃嶂当[适当]抗桁妄怆宕怅创酱况亮傍[依傍]丧[丧失]恙谅胀罔脏[内脏]吭砀伉圹纩桄挡旺炕亢[高亢]阆防

【去声二十四敬】 敬命正[正直]令[命令]证性政镜盛[茂盛]行[学行]圣咏姓庆映病柄劲竞靓净竟孟诤更[更加]并[梗韵同]聘硬炳泳迸横[蛮横]摒阱檠迎郑獍

【去声二十五径】 径定听胜[胜败]罄磬应[答应]赠乘[名词]佞邓证秤称[相称]莹[庚韵同]孕兴[兴趣]剩凭[蒸韵同]迳甑宁胫暝[夜也]钉[动词]订饤锭謦泞瞪蹭蹬亘[亘古]镫[鞍镫]滢凳磴泾

【去声二十六宥】 宥候就售[尤韵同]寿[有韵同]秀绣宿[星宿]奏兽漏富[遇韵同]陋狩昼寇茂旧胄宙袖岫柚覆复[又也]救厩臭佑右囿豆饾窦瘦漱咒究疚谬皱逅嗅遘溜镂逗透骤又侑幼读[句读]堠仆副[遇韵同]锈鹫绉咮灸籀酎诟蔻彀构扣购瞉戊懋贸袤嗽凑鼬甃沤[动词]

【去声二十七沁】 沁饮[使饮]禁[禁令]任[信任]荫浸谮谶枕[动词]噤甚[寝韵同]鸩赁喑渗窨妊

【去声二十八勘】 勘暗滥啖担憾暂三[再三]绀憨澹[咸韵同]瞰淡缆

【去声二十九艳】 艳剑念验堑赡店占[占据]敛[聚敛]厌焰[俭韵同]垫欠僭酽潋滟俺砭坫

【去声三十陷】 陷鉴泛梵忏赚蘸嵌站馅

入 声

【入声一屋】 屋木竹目服福禄谷熟肉族鹿漉腹菊陆轴逐苜蓿宿[住宿]牧伏夙读[读书]犊渎牍椟黩毂复[恢复]粥肃碌骕鬻育六缩哭幅斛戮仆畜蓄叔淑倏独卜馥沐速祝麓辘镞蹙筑穆睦秃縠覆辐瀑郁[忧郁,郁郁葱葱]舳掬踘蹴踢茯袱鹏鸽髑槲扑匐簇蔟煜复[复杂]蝠菔孰塾矗竺曝鞠嗾谡簏国[职韵同]副

【入声二沃】 沃俗玉足曲粟烛属录辱狱绿毒局欲束鹄蜀促触续浴酷躅褥旭欲笃督赎渌纛碡北[职韵同]瞩嘱勖溽缛梏

【入声三觉】 觉[知觉]角桷榷岳乐[音乐]捉朔数[频数]卓啄琢剥驳雹璞朴壳确浊擢濯渥幄握学龌龊槊搦镯喔邈荦

【入声四质】 质日笔出室实疾术一乙壹吉秩率律逸佚失漆栗毕恤密蜜桔溢瑟膝匹述黜弼跸七叱卒[终也]虱悉戌嫉帅[动词]蒺侄踬怵蟋筚篥必泌荜秫栉唧帙溧谧昵轶聿诘耋垤捽茁觱鹬窒苾

【入声五物】 物佛拂屈郁[馥郁,郁郁乎文哉]乞掘[月韵同]吃[口吃]讫绂弗勿迄不佛绋沸茀厥倔黻崛尉蔚契屹熨[未韵同]绂

【入声六月】 月骨发阙越谒没伐罚卒[士卒]竭窟笏钺歇突忽袜曰阀筏鹘[黠韵同]厥[物韵同]蹶蕨殁橛掘[物韵同]核蝎勃渤悖[队韵同]孛揭[屑韵同]碣粤樾鳜脖饽鹁捽[质韵同]猝惚兀讷[呐]羯凸咄[曷韵同]矻

【入声七曷】 曷达末阔钵脱夺褐割沫拔[挺拔]葛阏渴拨豁括抹遏挞跋撮泼秣掇[屑韵同]聒獭[黠韵同]剌喝磕蘖瘌袜活鸹斡怛钹捋

【入声八黠】 黠拔[拔擢]八察杀刹轧戛瞎刮刷滑辖铩猾捌叭札扎帕茁鹘揠萨捺

【入声九屑】 屑节雪绝列烈结穴说血舌洁别缺裂热决铁灭折拙切悦辙诀泄锲咽[呜咽]轶噎彻澈哲鳖设啮劣玦截窃孽浙孑桔颉拮撷揭褐[曷韵同]缬碣[月韵同]挈抉亵薛拽[曳]爇冽瞥迭跌阅餮耋垤捏页阕觖谲鸩撇蹩篾楔惙辍啜缀撤绁杰桀涅霓蜺[齐,锡韵同]批[齐韵同]

【入声十药】 药薄恶[善恶]作乐[哀乐]落阁鹤爵弱约脚雀幕洛壑索郭错跃若酌托削铎凿箔鹊诺萼度[测度]橐钥龠瀹着著虐掠获[收获]泊搏藿嚼勺谑廓绰霍镬莫箨缚貉各略骆寞膜鄂博昨柝格拓轹铄烁灼疟蒻箬芍踖却噱矍攫醵踱魄酪络烙珞膊粕簿柞漠摸酢怍涸郝垩谔鳄噩锷颚缴扩椁陌[陌韵同]

【入声十一陌】 陌石客白泽伯迹宅席策册碧籍[典籍]格役帛戟璧驿麦额柏魄积[积聚]脉夕液尺隙逆画[动词]百辟赤易[变易]革脊翮屐获[猎获]适索

厄隔益窄核鸟掷责坼惜癖僻掖腋释译峄择摘弈奕迫疫昔赫瘠谪亦硕貊跖鹡碛蹐只炙[动词]踯斥岁鬲骼舶珀吓磔拆喀蚱舴剧檗擘栅啧帻箦扼划蜴辟帼蝈刺嵴汐藉螯蓦摭襞虢哑[笑声]绎射[音亦]

【入声十二锡】 锡壁历枥击绩勣笛敌滴镝檄激寂觌溺觅狄荻幂戚鹈涤的吃沥雳霹惕剔砾翟籴倜析晰淅蜥劈甓嫡轹栎阒药踢迪皙裼逖蚬阒汨[汨罗江]

【入声十三职】 职国德食[饮食]蚀色力翼墨极殛息熄直值得北黑侧贼饰刻则塞[闭塞]式轼域蜮殖植敕亟棘惑忒默织匿慝亿忆臆薏特勒肋幅仄昃稷识[知识]逼克即唧[质韵同]弋拭陟恻测翊洫啬穑鲫抑或匐[屋韵同]

【入声十四缉】 缉辑戢立集邑急入泣湿习给十拾袭及级涩楫[叶韵同]粒汁蛰执笠隰汲吸絷挹浥悒岌熠葺什芨廿揖煜[屋韵同]歙笈[叶韵同]圾褶翕

【入声十五合】 合塔答纳榻阁杂腊匝阖蛤衲沓鸽踏拓拉盍塌咂盒卅搭褡飒磕榼遢蹋蜡溘邋趿

【入声十六叶】 叶帖贴牒接猎妾蝶叠箧惬涉鬣捷颊楫[缉韵同]聂摄慑镊蹑协侠荚挟铗浃睫厌靥蹀躞燮摺辄婕谍堞霎嗫喋碟鲽捻晔躐笈[缉韵同]

【入声十七洽】 洽狭峡法甲业邺匣压鸭乏怯劫胁插锸押狎夹恰蛱硖掐劄袷眨胛呷歃闸霎[叶韵同]

参考文献

(春秋)孔子等:《四书》,中国文史出版社 2003 年版。

(战国)吕不韦:《吕氏春秋》,华夏出版社 2002 年版。

(战国)屈原:《楚辞》,吉林摄影出版社 2004 年版。

(汉)王逸注:(宋)洪兴祖补注《楚辞章句补注》,吉林人民出版社 1999 年版。

(宋)郭茂倩:《乐府诗集》(全三册),西苑出版社 2003 年版。

(宋)朱熹:《诗集传》,中华书局 2011 年版。

(宋)朱熹注解,张帆等整理:《诗经》,三秦出版社 1996 年版。

(南朝梁)刘勰:《文心雕龙》(全两册),燕山出版社 2001 年版。

(南朝梁)钟嵘:《诗品》,中国社会科学出版社 2007 年版。

(南朝)徐陵:《玉台新咏》(全两册),华夏出版社 1998 年版。

(唐)吴兢著,叶光大等译注:《贞观政要全译》,贵州人民出版社 1991 年版。

(清)蘅塘退士:《唐诗三百首》,中国文史出版社 2003 年版。

(清)彭定求等:《全唐诗》(全三册),海南国际新闻出版中心 1995 年版。

(清)沈德潜:《古诗源》(全两册),华夏出版社 1998 年版。

(清)沈德潜:《唐诗别裁集》(全两册),上海古籍出版社 1979 年版。

(清)王国维《人间词话》,兰州大学出版社 2004 年版。

(清)王士祯:《唐人万首绝句选》,华夏出版社 1999 年版。

(清)叶燮、沈德潜:《原诗　说诗晬语》,凤凰出版社 2010 年版。

(清)张玉书、陈廷敬等:《康熙字典》,上海书店出版社 1985 年版。

《杜工部集》(全两册),辽宁教育出版社 1997 年版。

《李太白集》(全两册),辽宁教育出版社 1997 年版。

曹明纲:《魏晋南北朝散文》,上海书店出版社 2000 年版。

陈福康:《中国译学史》,上海人民出版社 2010 年版。

陈增杰:《唐人律诗笺注集评》,浙江古籍出版社 2003 年版。

丁往道、竹青:《英诗入门·佳作百篇赏析》,上海译文出版社 1989 年版。

高文达主编:《新编联绵词典》,河南人民出版社 2001 年版。

郭著章等:《唐诗精品百首英译》,武汉大学出版社 2010 年版。
贺新辉主编:《唐诗精品鉴赏辞典》,中国社会科学出版社 2003 年版。
蒋伯潜等:《骈文与散文》,上海书店出版社 1997 年版。
林家骊:《一代辞宗——沈约传》,浙江人民出版社 2006 年版。
刘国善等:《历代诗词曲英译赏析》,外文出版社 2009 年版。
刘坤尊:《英诗的音韵格律》,广西师范大学出版社 2011 年版。
龙榆生:《中国韵文史》,上海书店出版社 2002 年版。
陆尊梧:《中国典故》,上海东方出版中心 1998 年版。
钱歌川:《翻译的基本知识》,世界图书出版公司 2011 年版。
钱仲联:《近代诗三百首》,浙江古籍出版社 1990 年版。
汪涌豪、骆玉明:《中国诗学》(全四册),上海东方出版中心 1999 年版。
吴云、冀宇校注:《唐太宗全集校注》,天津古籍出版社 2004 年版。
许渊冲等:《千家诗》,中国对外翻译出版公司 2009 年版。
羊春秋选注:《明诗三百首》,岳麓书社 1994 年版。
[美]叶维廉:《中国诗学》(增订版),人民文学出版社 2006 年版。
岳希仁编著:《宋诗绝句精华》,广西师范大学出版社 1996 年版。
张炳星:《英译中国古典诗词名篇》,中华书局 2010 年版。
张廷琛等选译:《唐诗一百首》,中国对外翻译出版公司 2007 年版。
张仲谋主编:《历代名家绝句评点》,汕头大学出版社 2001 年版。
朱光潜:《诗论》,北京出版社 2009 年版。
朱徽:《中国诗歌在英语世界》,上海外语教育出版社 2009 年版。

后　记

每学唐诗,“李诗以高胜,杜诗以大胜”的古评常在耳畔萦绕,何不类比推理格律诗之深度与广度?

从2002年春开始撰写此书,几度增删修改,时断时续迄今已十易寒暑。自我思量要著书首先必须有一个安下心来的写作环境,这就得感谢内子华文芹,她勤俭持家,撑起治理家务的大半片天,我才有更多的精力与时间从事著述,解除了心余力绌的窘境。我的两个女儿竺成珠、竺成蕾,早已成家自立,但对父母的关怀和生活之照顾未尝中辍,使我倍觉家园的温馨,此种良好氛围也助添了我的笔耕力量。

浙大出版社胡畔编辑于去年三月曾对我欲出书意向表示关注与肯定,拳拳之意,令人动容,奈何因尚未成书而推迟至今春。值此拙著付梓之际,我谨向黄宝忠副总编、胡畔编辑“点燃自己,照亮别人”所付出之辛劳表达诚挚的谢意。同时,也向上海文化发展基金会李萍女士对我的指益致以谢忱。

接着,我拟再写一本《英汉诗歌形式之比较与研究》(书名暂定),但愿能在主客观条件允许下顺利完稿,俾便为文化大发展大繁荣及活跃中外文化交流而添砖加瓦。

竺士元

2012年仲秋